Un Scénario d'Amitiés

Heureuse rencontre que la nôtre!
Joie, amour et prospérité!
Amitiés
Micheline

Micheline Descary

Un Scénario d'Amitiés

Collection Valeurs de Vie

LAVAL
Éditeur et Distributeur

Données de catalogage avant publication
de la Bibliothèque nationale du Canada

Descary, Micheline, 1947-
Un scénario d'amitiés

(Collection Valeurs de vie)
ISBN 2-922573-01-X

I. Titre. II. Collection.

PS8557.E7588S34 2001 C843'.54 C2001-901088-5
PQ3919.2.D48S34 2001

Illustration de couverture :
©Claude Théberge, 1997-©
Autorisation : ©Éditions Galerie L'Imagerie, 1998

Typographie et mise en page :
Geneviève Arts

Photo :
Brodeur Poitras

Équipe de révision :
Natalie Argondizzo
Christine Mercier
Rita Landry
Guy Sarrazin
Richard Marcoux

Laval éditeur et distributeur
1565, Montée Masson
Laval, Québec, Canada H7E 4P2
Tél. : (450) 661-2665
Téléc. : (450) 661-4984

Diffusion
Pour le Canada, les États-Unis et les autres pays
Laval éditeur et distributeur
1565, Montée Masson
Laval, Québec, Canada H7E 4P2
Tél. : (450) 661-2665
Téléc. : (450) 661-4984

ISBN 2-922573-01-X
Dépot légal : 2e trimestre 2001
Bibliothèque nationale du Québec
Bibliothèque nationale du Canada

REMERCIEMENTS

Je remercie de tout coeur :

Ma mère, pour son amour et sa générosité.

Mon fils Patrick, pour sa patience lorsque l'ordinateur fait des siennes.

Mon fils Philippe, pour son amour malgré nos petites altercations.

Les membres de ma famille immédiate pour nos belles rencontres.

Denis, pour avoir fait naître en moi l'amour inconditionnel.

Richard Marcoux, pour son amitié inconditionnelle.

Yves Dubé, pour sa contribution spéciale.

Mes précieux collaborateurs : Natalie Argondizzo, Christine Mercier, Rita Landry, Richard Marcoux, Guy Sarrazin. Je leur dois beaucoup.

Mes amis ou personnages qui ont su donner du souffle à mes textes : Geneviève Cright, Natalie Argondizzo, Christine Mercier, Claire Caouette, Line Lecourt, Louise Turcotte, Monique Vary, Carmen Chabot, Lise Massé, Ginette Latour, Aline Joyal, Dyane Bissonnette, Diane Asselin, Hélène Roy, Micheline Lafrance, Johanne Lanthier, Johanne Melançon, Myriam Baillargeon, Claire Paquette, Ghisline Légaré, Sylvie Caron, Mélissa Vermeys, Paulyne Bélanger, Nicole Fortier, Raymonde Belziles, Janine Belziles, Monique McKinnon, Marthe Noël, Michèle Charlebois, Ève Marcoux, Laurence Hamelin, Line Lesieur, Charlotte Morel, Louise Boivin, Madeleine Rousseau-Hébert, Norma Roussel, Mitsi Cardinal, Gilberte Bourgault, Anne Robidoux, Richard Marcoux, Gabriel Ouellet, Gilles St-Pierre, Donald Saint-Pierre, Patrick Larcher, Gilbert Martin, Pierre Hamelin, Daniel Johnson, Clément Roy, René Lanthier, Marcel Plourde, André Chouinard, Alain Fabry, Claude Eichelbrenner.

Mes collègues dans le monde de l'édition : Colombe Plante, Nicole Gratton, Francine Chicoine, Arouna, Misha Defonseca, Irène Mercier, Michèle Laramée, Huguette Paquin, Lise Monette, Louise Monette, Louise St-Pierre, Sonia Blain, Pierrette Brière, Jacques Salomé, Marc Fisher, Pier-Luke, Albert Roy, Albert Belzile,

Jean Perron, Pierre Boivin, Louis Lachance, Francis Pelletier, Jacques Pellerin, Alain Lévesque, Benoît Gendron.

Les professeurs de l'école Ste-Trinité, pour leur confiance et le partage.

Robert Lachance, éditeur chevronné qui continue de me faire confiance.

Mon dernier groupe d'élèves : je ne vous oublierai jamais.

Tous ceux et celles qui ont suivi le cours " Valeurs de Vie ", un merci spécial pour la confiance, la belle complicité et le partage.

À mes fidèles lecteurs : vous vous reconnaîtrez.

***

Note de l'auteure

Lorsqu'on part à la conquête de l'autre, on est surpris de réaliser que le rendez-vous était avec soi-même.

Tout au long de mon expérience, j'ai constaté que nous n'avons pas d'ennemis : nous n'avons que des enseignants. Il est alors possible d'observer et d'évaluer nos apprentissages sans jugement. Avec amour et compréhension, je me suis pardonnée d'avoir jugé car l'amour inconditionnel ne juge pas, il accepte et comprend la réalité.

La conscience de notre propre valeur, de notre estime de soi et de notre identité est essentielle à la réussite de toute relation d'amour ou d'amitié. Chaque relation est le miroir de nos croyances, de nos préjugés ou de nos jugements.

L'amitié, c'est aussi précieux que l'amour, et il n'y a pas de véritable amitié sans compassion. Cette forme d'amour qu'est la compassion libère l'esprit de croyances désuètes pour ainsi faire émerger en nous le véritable pouvoir : celui de l'amour inconditionnel.

En faisant confiance au processus de la vie, on arrive à se détacher du résultat escompté en amitié ou en amour. Si l'amour est le fruit de l'arbre de la vie, l'amitié en est la fleur. Donc, puisque l'amitié est un des fondements de l'amour, je peux affirmer que je suis près du but.

Bonne route sous le Ciel de l'Amitié !

Avec amour,

Micheline Descary

À Richard Marcoux,
pour son amitié inconditionnelle.

CHAPITRE 1
La tragédie

C'est l'attitude avec laquelle nous vivons chaque situation qui définit la qualité de notre vie.

Florent Mariotto

...Je souhaite sincèrement que Denis aille dans son cœur écouter ce que son âme lui crie. Qu'il reconnaisse en toi cette flamme qui le polarise et l'invite à aller plus loin sur le chemin de la connaissance. Que la paix s'installe en son cœur et chasse la peur et la crainte. Je vous souhaite à tous les deux des retrouvailles dans la lumière, votre lumière. Que votre Destin selon les Plans et l'Harmonie Divine, vous berce en vous apportant Joie et Bonheur et que l'Amour inconditionnel fasse à nouveau son œuvre en vous guidant.

Il est clair pour Delphine que cette lettre l'invite à rester confiante quant au déroulement de sa vie. L'inspiration qu'elle y puise lui donne le courage de cuisiner un délicieux repas et, une fois à la tâche, elle se laisse gagner par le plaisir tout simple de décorer la table de fantaisies de Noël ; réjouir les yeux met le cœur en fête. Puis, vient ensuite une conversation téléphonique avec un ami de sa mère.

– Joyeux Noël, Delphine ! J'ai lu ton premier livre : quelle générosité... Je te souhaite du bonheur en amour pour la nouvelle année.

Handicapée par l'extinction partielle de sa voix, Delphine chuchote au téléphone et abrège à contrecœur la conversation en le remerciant pour ses bons voeux. Le sentiment qui monte en son cœur est doux et pur comme des flocons de neige qui tombent doucement sur la terre endormie. La fête de Noël a cette particularité de replonger les cœurs dans les joies de l'enfance. C'est pour cette raison qu'on y trouve toujours une teinte de nostalgie. Après le déballage des cadeaux en compagnie de ses enfants, elle s'endort en pensant que c'est le Noël le plus paisible qu'elle ait jamais connu.

Les jours suivants, elle reçoit des invitations à souper chez quelques amis. Difficile de tenir une conversation, sans voix. Cela l'incite à rester à la maison le reste des vacances pour lire et écrire. Avant de s'imposer un mutisme complet, elle décide d'adresser une prière à l'Univers : « **Que ce qui doit être accompli, le soit rapidement.** »

***

Et vient le Nouvel An. En pleine possession de ses moyens, Delphine, comme tout un chacun, est prête à entamer ce nouveau calendrier avec de bonnes résolutions. Toute sa famille fête cette journée au restaurant. Elle se retrouve assise à côté d'Anne, sa belle-sœur, et la conversation porte sur les enfants et sur l'amour.

– Il faut que je te raconte la conversation que j'ai eue avec mon fils, l'autre jour, dit sa belle-sœur. Il m'a regardée intensément et m'a dit : « Maman, tu as de l'amour plus grand que ton cœur, mais si tu meurs avant moi, qui va continuer de m'en donner ? » Je lui ai répondu : « L'amour, mon ange, tu l'as en toi, je te l'ai transmis. Cet amour-là ne te quittera jamais. »

– Comment a-t-il réagi ? demande Delphine qui n'est plus du tout étonnée des arguments de son neveu qui a maintenant sept ans.

– Il m'a dit, convaincu : « L'important, si j'ai l'amour dans mon cœur, c'est que je serai capable d'aimer les autres, c'est ça ? » J'ai alors vu dans ses yeux que j'avais réussi à lui transmettre l'essentiel : il comprend ce qu'est l'amour sans condition.

– C'est le plus bel héritage qu'on puisse laisser à nos enfants, même si je suis de plus en plus persuadée qu'ils savent déjà beaucoup de choses en venant au monde. Dis-moi, comment s'est passé ton séjour en Haïti ?

– Ce pays fait de gros efforts pour être prêt à accueillir à nouveau les touristes mais, malheureusement, la pauvreté est encore omniprésente. Imagine-toi qu'avant mon départ, lorsque j'ai dit à mes enfants que je côtoierais des enfants qui ne recevraient rien à Noël, ils ont décidé de préparer une valise de vêtements et de jouets.

– C'est merveilleux ! Ils comprennent déjà ce qu'est la générosité et le partage.

– Et de plus, ils n'ont pas choisi de vieux vêtements, mais bien ceux qui sont à la mode. J'étais moi-même étonnée...

– Quelle belle valeur, cette générosité qui vient du cœur. Si tous les enfants choyés pouvaient voir ce qui se passe dans d'autres pays, leurs valeurs changeraient. Il n'y a rien comme vivre l'expérience des plus démunis pour comprendre à quel point nous n'apprécions pas assez le confort dans lequel nous vivons. J'aime tes enfants, Anne, leur authenticité m'apporte beaucoup.

– C'est réciproque, Delphine, ils t'adorent !

Le déballage des cadeaux chez la mère de Delphine clôture bien la journée. Sur le chemin du retour, elle se demande bien ce que cette nouvelle année lui réserve.

***

Les vacances terminées, elle se prépare mentalement à vivre l'intensité du retour en classe. Elle aurait apprécié prolonger le congé encore un peu...

Très tôt le matin, la sonnerie du téléphone la tire du sommeil. Une collègue de travail lui annonce que les écoles sont fermées, faute d'électricité. Au saut du lit, elle est mordue par le froid glacial de sa chambre. L'horloge témoigne d'une panne d'électricité effective depuis trois heures du matin. Regardant par la fenêtre, le spectacle la sidère : on dirait un paysage de cristal. Les arbres sont prisonniers d'un carcan de glace, décor irréel sorti d'un conte des mille et une nuits.

Malheureusement, il y a aussi la désolation : les voitures sont figées, recouvertes d'une épaisse couche de glace. Courant vers une autre fenêtre, elle remarque d'autres faits plus troublants : plusieurs arbres brisés entravent une partie de la rue. Delphine a l'impression d'être sur une autre planète. Au même moment, Patrick et Annie se réveillent, et après un échange d'impressions et de stupeur, le bout du nez gelé, ils réclament un bon café chaud.

– J'ai fait bouillir de l'eau dans le brûleur à fondue, dit Delphine.

– Heureusement qu'il restait du combustible, dit son fils.

L'énergie de la journée est mobilisée par le déglaçage répété des voitures et la recherche de solutions à l'inhabituel. Durant la soirée, c'est à la lueur des chandelles qu'ils s'installent pour jouer aux cartes, bien emmitouflés dans de bonnes couvertures. Les pannes semblent augmenter... Le noir de la ville est saisissant pour des yeux qui n'ont pas l'habitude d'une obscurité aussi dense.

– Réalises-tu, maman, que dans un pays industrialisé comme le nôtre, il suffit d'une panne d'électricité pour que la vie soit paralysée ?

– Je réalise surtout que nous n'avons pas beaucoup de réserves. La voisine me disait tout à l'heure qu'il n'y a plus de chandelles, ni de lampes de poche et de combustible dans les magasins. Il faut dire qu'ici, au Québec, nous n'avons pas appris à prévoir de tels sinistres. On a toujours tendance à penser que ça n'arrive qu'aux autres, mais notre continent n'est pas à l'abri des conditions climatiques désastreuses et, malheureusement, nous dépendons vraiment de l'électricité, surtout l'hiver. Il faudrait remédier à cet état de chose car, l'hiver, chez nous, c'est long !

– Le côté positif d'un tel événement, c'est la solidarité. Si la panne se prolonge, les gens vont s'entraider et communiquer comme jamais ils ne l'ont fait auparavant.

– C'est quand même dommage qu'on fraternise uniquement dans des situations urgentes comme celle-ci, dit Delphine. La nature est-elle en train de nous démontrer que nous formons une grande chaîne et que nous avons tous besoin les uns des autres ?

Après cet échange de réflexions autour des ombres dansantes orchestrées par les chandelles, ils décident d'aller dormir. Un lit douillet avec une montagne de couvertures représente le refuge le plus chaleureux.

***

Toujours bien emmitouflée, à la lecture du journal du matin, les gros titres à la une lui sautent aux yeux : “ LA PIRE TEMPÊTE DE VERGLAS DE NOTRE HISTOIRE : DEUX MILLIONS DE QUÉBÉCOIS PRIVÉS DE COURANT. “ L'enfer est à craindre au moins jusqu'à vendredi. Nous ne sommes que mercredi... réalise Delphine, transie. Pour un enfer, c'en est un de glace. Les photos du journal dépeignent des routes et des voitures coincées sous les branches des arbres, et Delphine apprend que les bris de pylônes qui transportent les lignes à haute tension ont provoqué la fermeture des autoroutes.

Déjà vingt-trois heures qu'ils endurent le froid. L'évidence s'installe, il faut rechercher un endroit plus chaud, mais soudainement, comme par magie, l'électricité revient. Delphine, en pensée, remercie le Ciel et les employés d'Hydro-Québec qui travaillent sans relâche pour rétablir la situation. Sans attendre, elle en profite pour faire deux gros chaudrons de soupe et elle trépigne d'impatience à l'idée du plaisir qu'elle aura à prendre une bonne douche. Hélas, c'est un bonheur de courte durée car, le lendemain matin, c'est de nouveau la panne.

– Maman, suggère Patrick, je crois qu'on fait mieux de partir. Le verglas continue de plus belle et la panne risque de se prolonger plusieurs jours.

Après avoir vérifié si la situation est similaire auprès des membres de sa famille et de ses amis les plus proches, et constatant à nouveau que la ville baigne dans l'obscurité la plus complète, Delphine téléphone à Gilles qui habite une municipalité voisine.

– J'allais justement t'appeler. Il y a de l'électricité chez moi, je t'attends.

Annie est invitée chez sa mère qui n'est pas affectée par l'interruption. Patrick et elle conviennent de s'y réfugier quelques jours, le temps que tout rentre dans l'ordre. L'invitation de Gilles, son fidèle lecteur, arrive à point pour Delphine. Elle se rend donc à son appartement dans le but d'y loger temporairement.

– Dis-donc, tu es bien installé, dit-elle en arrivant. J'aime ta décoration. Quel exotisme !

Delphine est agréablement surprise de ressentir les bonnes vibrations qui habitent l'appartement de cet homme.

– Ça me fait plaisir de te rendre service, Delphine. Dans une telle situation, l'entraide est essentielle. Je crois que malgré leurs difficultés personnelles, les gens sont prêts à s'oublier pour aider les autres. Bien sûr, il y a des exceptions, mais je n'arrive pas à croire qu'il y a du monde assez mesquin pour voler et profiter de la situation en haussant les prix.

– Je pense que dans toute tragédie, les gens qui sont bons de nature deviennent encore meilleurs et ceux qui n'ont pas le cœur à la bonne place deviennent davantage inconscients.

– Ça, c'est vrai ! Je crois que partout sur terre il y a des personnes généreuses et de vils profiteurs.

En écoutant les informations à la télévision, Delphine réalise que les Québécois, en général, sont des gens de cœur. L'aide arrive de partout : des cordes de bois de chauffage, des couvertures, des vêtements, des jouets et de la nourriture pour ceux qui se sont installés dans les centres d'hébergement.

– C'est triste de voir les arbres déchiquetés comme ça, dit Gilles.

– Ne t'inquiète pas, la nature va faire son travail : les racines sont là. D'ici quelques années, nous aurons à nouveau de beaux arbres.

Puis, regardant son bon samaritain, elle ajoute :

– Nous avons aussi nos racines. La nature humaine a la capacité de passer au travers de toute tragédie sans trop laisser de blessures au cœur. Nos racines, ce sont nos valeurs, c'est notre spiritualité. Si on n'a pas cela, on est à la merci des coups durs.

– Nos belles certitudes et notre tranquillité sont durement mises à l'épreuve, mais je crois que tout le monde aura l'opportunité d'apprendre la patience, la tolérance, le respect et le souci des autres.

– Nous savons tous que depuis quelque temps, les conditions climatiques changent sur notre planète. Il serait peut-être temps de changer aussi le climat de nos pensées.

– Je crois que la terre n'a pas fini de se révolter... Peut-être que les catastrophes surviennent pour qu'elle trouve son équilibre ? Nous ne respectons pas toujours cette boule d'énergie qui nous supporte, dit Gilles.

Avant de s'endormir sur le futon du salon, Delphine réfléchit : elle songe aux tueries qui se produisent actuellement dans certains pays. Les " êtres humains " ne sont-ils pas sur terre pour aimer et construire plutôt que haïr et détruire ? Elle constate heureusement que l'armée est présentement dans les rues pour aider et protéger.

***

Ironie du sort ? Le courant s'éteint dans certaines villes et se rétablit ailleurs. C'est au tour de Delphine d'héberger son ami Gilles.

– Je suis heureuse de te rendre la pareille, dit-elle. Comme nous ne savons pas du tout à quel moment l'école reprendra, je trouve agréable d'avoir de la visite durant ce congé forcé.

– L'année scolaire des enfants sera-t-elle compromise si l'école ne reprend pas avant quelques semaines ? demande son pensionnaire.

– Écoute, ce qui arrive présentement, en termes d'apprentissages, équivaut au moins à une année d'école. As-tu une idée de tout ce que les enfants ont la chance d'apprendre durant ce temps ? La vraie vie : le bénévolat, l'amour des autres, la satisfaction de se sentir utile, la patience, la tolérance, et j'en passe. Nous sommes contraints d'apprendre à " être " dans une société où le " avoir " est dominant. Cette tragédie, si nous savons en tirer le meilleur, est une leçon de vie inestimable. Les gens vont communiquer, s'ouvrir à de nouvelles amitiés, remettre en question leurs valeurs, leur routine, leur raison d'être.

– Tu sais, les gens oublient vite. Une fois le confort retrouvé, tu ne penses pas que tout le monde retournera à ses vieilles habitudes ?

– Je ne crois pas : pas cette fois-ci. Les sinistrés n'oublieront pas. La devise du Québec n'est-elle pas : " ***Je me souviens*** " ? Je sais qu'il y aura quand même des gens négatifs qui trouveront le moyen de critiquer l'autorité ou la température malgré toute l'aide reçue, car les gens de nature négative deviennent souvent survoltés en situation tragique. Gilles, sais-tu à quoi je pense soudainement ? Je pense que ce ne sont pas " les gars de bureau " qui sont dehors à geler durant tout ce temps. Ces hommes, ces " manuels " qu'on oublie si souvent de valoriser, ce sont eux qui font l'impossible présentement pour nous secourir : les monteurs de ligne, les électriciens, les bûcherons, les plombiers, les policiers, les pompiers, l'armée et tous les bénévoles. L'aide vient de partout, et souvent, sans diplôme...

– Tu as raison... C'est bien beau l'ordinateur, l'Internet, mais à quoi ça sert lorsqu'il n'y a pas d'électricité ?

– Je voue une admiration sincère à tous ces hommes. Dans les circonstances, je me sens bien petite et impuissante. J'espère que chacun réalisera que **tous** les métiers sont importants. Nous dépendons tous les uns des autres, qu'on le veuille ou non. Au lieu de dénigrer nos voisins, il serait peut-être temps qu'on apprenne à les apprécier ?

– Tu as bien raison, on a tous besoin des autres. Au fait, as-tu eu des nouvelles de Denis ?

– Non, pas du tout... Je suis inquiète car il est dans le triangle des sinistrés. Le connaissant, il doit sûrement faire du bénévolat.

– Tu espères toujours ?

– Je n'attends plus rien, c'est le vide total. Je sens qu'une pause est nécessaire. Je demande seulement à recevoir l'énergie qui pourrait m'éclairer sur la situation. Je suis quand même déçue qu'il n'ait pas pris de mes nouvelles même si je lui avais dit de ne pas me rappeler... Gilles, sais-tu que tu es mon meilleur ami, présentement ? J'aime causer avec toi, tu as du répondant !

– Ça fait plaisir à entendre. Avec toi, Delphine, j'en apprends beaucoup sur moi-même.

Les jours suivants, des gens sans services essentiels circulent chez Delphine. Ils viennent pour prendre une douche ou encore pour partager un repas chaud, puis, ils retournent dormir devant un feu de bûches. Annie a repris le travail à Montréal et Patrick fait du bénévolat. Philippe, le cadet, n'a pas eu à souffrir du froid, car il habite chez sa tante qui heureusement n'a pas été affectée par l'interruption majeure.

***

L'école reprend après deux semaines de congé forcé. Lorsque Delphine aperçoit " son arbre " par la fenêtre de sa classe, handicapé de plusieurs branches, elle a un pincement au cœur. Cet arbre, témoin de riches expériences humaines, elle l'a vu grandir fidèlement, s'embellir à chaque printemps, se colorer à chaque automne. Elle sent un fil se briser en elle, comme le présage d'une étape qui s'achève...

Chassant sa mélancolie, elle retrouve ses élèves avec joie. Bien sûr, l'incontournable panne d'électricité est le sujet de toutes les conversations. Elle incite les enfants à verbaliser et surtout à dédramatiser les expériences vécues. Pour certains, ce fut une prolongation des vacances, pour d'autres, une véritable catastrophe les amenant à expérimenter une façon de vivre plutôt rudimentaire en passant par la corvée du bois de chauffage jusqu'à l'obtention d'eau chaude.

– Les épreuves comme celles que nous venons de vivre font

partie de la vie. Les épreuves sont de grands maîtres qui nous enseignent l'humilité, en ce sens que rien n'est acquis, que les désastres terrestres peuvent aussi toucher le Québec. « Ça n'arrive qu'aux autres » est une pensée irréaliste. La leçon à tirer de cette tragédie peut nous enrichir, tout dépend de nos réactions. La tempête de verglas peut nous apprendre à évoluer. N'est-ce pas qu'il a fallu mettre en pratique la patience, la tolérance et l'entraide ?

– Moi, dit un garçon, j'ai réalisé que la vie était bien fragile et que nous n'avions aucun contrôle sur la nature.

– Et lorsque nous perdons le contrôle, enchaîne Delphine, c'est l'ouverture à la vie, à la générosité du cœur, à la peine des autres. Notre petite famille s'agrandit à la famille humaine. Bien des gens se sont rapprochés pendant cette épreuve. Il n'y a pas un party qui ait encore rapproché autant de monde. Il est quand même dommage que l'être humain ne se réveille qu'après une ou plusieurs tragédies. C'est malheureusement encore dans l'épreuve que l'on devient plus fort et que les valeurs changent. Rappelez-vous que peu importe le temps qu'il fera, tant qu'il y aura de l'amour dans le monde, il y aura de l'espoir en la vie.

– En tout cas, Delphine, ma famille et moi, on a aidé plein de monde. Plusieurs de nos voisins sont venus se réchauffer chez nous car nous avions un foyer qui chauffait presque toute la maison.

– Tu vois, lors d'une catastrophe naturelle, on peut être des victimes qui n'en finissent plus de se plaindre ou on peut être des bâtisseurs en relevant nos manches, en s'armant de courage et en unissant nos forces. Même si ce fut pénible, des tempêtes de neige ou de verglas, c'est quand même moins dangereux que des tempêtes de bombes : il y a plus de survivants.

Elle peut voir dans leurs yeux beaucoup de compréhension et de sagesse. Avant de débuter son cours de français, elle ajoute :

– Comptons-nous chanceux de vivre sur une terre de paix et de liberté. L'armée était dans les rues pour nous aider et nous protéger. Il n'en va pas de même pour tous les pays. Dans plusieurs endroits, sur terre, l'armée est synonyme de guerre. Gardons une minute de silence afin de remercier le Ciel d'être encore en vie. Je vous rappelle que la reconnaissance attire les bienfaits.

***

Delphine n'est pas très bricoleuse. Heureusement, Gilles lui offre son aide pour réparer les quelques bris domestiques.

– Tu es habile pour les réparations de toutes sortes ?

– Prends pour acquis que je sais bricoler aussi bien que Denis, répond-il fièrement.

Delphine lui confie alors la tâche de réparer les tiroirs qui glissent mal, de changer le robinet qui coule et de fixer le couvre-plancher de la cuisine qui s'est décollé à certains endroits. Tout en travaillant, Gilles ose dire :

– Je ne comprends pas ce gars-là...

Levant la tête, Delphine devine qu'il parle de Denis.

– Tu n'es pas obligé, non plus. Il faut vraiment aimer de toute son âme pour comprendre l'autre et le chemin menant à un amour d'âme est long... On arrive à aimer quelqu'un qu'une fois qu'on l'a compris, mais on ne peut pas comprendre quelqu'un tant qu'on n'a pas choisi de l'aimer. Tu sais, lorsque j'ai " les bleus ", je me repasse ma plus belle cassette : la première fois où il m'a demandé de lui faire confiance.

– Ça doit être ça, avoir la foi : tu y crois encore alors que tout le monde n'y croit plus.

– C'est beaucoup plus qu'une question de foi : lorsque tu mènes une vie honnête, débarrassée d'inutiles secrets, tu retrouves toute ta liberté et ton inspiration. Quand Dieu sera prêt à ce que ma vie change, j'irai dans une autre direction. Je ne crains rien. " Il " est en train de me tracer le chemin, c'est Lui qui dirige le spectacle.

– Il faut vraiment avoir confiance...

– Aucune parole négative ne peut m'influencer sans mon consentement et Dieu sait si je suis entourée de " barreurs de foi ". La jalousie et la peur habitent encore trop d'habitants sur cette planète.

– C'est quoi au juste, son problème ?

– Je pense que son ego le garde dans l'obscurité et les illusions, empêchant ainsi la connexion entre sa tête et son cœur. L'ego entretient la peur et le doute en lui, ce qui lui fait faire de fausses promesses.

– Il faudrait peut-être qu'il se regarde en face et qu'il commence à se parler.

– Ma grand-mère, qui parlait souvent toute seule, disait qu'il n'y a rien de bon à dire si on ne se l'est pas déjà raconté à soi-même.

– Comme c'est vrai. Merci à Dieu d'avoir créé les grands-mères ! La tienne était-elle toujours aussi philosophe ?

– Je me rappelle qu'elle disait aussi que les âmes des défunts arrivaient à l'église quand la musique commençait, et qu'ils partaient quand le curé débutait son sermon.

Gilles rit de bon cœur.

– Je sais maintenant de qui tu as hérité ton sens de l'humour, Delphine. Tu l'aimais, ta grand-mère ?

– Oui, je l'aimais beaucoup et elle me le rendait bien. C'était une femme qui disait ce qu'elle pensait. Sur certains sujets, elle était en avance sur son temps. Je lui parle souvent dans mes rêves. Je m'ennuie d'elle, parfois...

– Pour revenir à l'ego, j'ai lu quelque part qu'y renoncer est plus difficile que de bâtir une grande pyramide.

– C'est parce que ça demande l'ouverture du cœur et la plus grande intégrité.

– Et tu l'aimes, malgré tout...

– Aimer quelqu'un, c'est l'aimer tout entier et non pas à moitié, mais comme je ne suis pas d'accord avec certains de ses comportements, je lui laisse le temps de se découvrir lui-même.

– J'ai parlé de toi à mon ex-femme. Elle a lu ton livre et je crois qu'elle vit la même situation que la tienne. Elle m'a demandé si tu accepterais de la rencontrer ?

– Je n'y vois pas d'inconvénient. Mais, dis-moi, tu es en bons termes avec elle ?

– Oui, nous sommes de bons amis. Lorsque nous nous sommes quittés, Sophia et moi, l'amour n'était simplement plus là. J'avoue que je n'étais pas le même homme que tu connais aujourd'hui. Sophia a toujours su ce qu'elle voulait dans la vie. J'étais un peu son ombre et nous n'avions pas les mêmes ambitions.

– Dis-lui qu'elle peut me téléphoner.

– Je n’y manquerai pas. Je suis persuadé que vous vous entendrez très bien.

À la fin de la soirée, Delphine est enchantée de réaliser que Gilles est effectivement un excellent bricoleur. C’est fou ce qu’un tiroir docile et une goutte d’eau qui ne coule plus peuvent avoir comme impact sur le moral...

***

CHAPITRE 2
Tendres amitiés

La profondeur du regard révèle le degré de compréhension d'une personne ainsi que sa sagesse.

Eugène E. Whitworth

Attablée au restaurant, lorsque Delphine aperçoit une jolie femme à l'allure déterminée venir vers elle, elle devine immédiatement que c'est Sophia. D'apparence distinguée et de style plutôt classique, Sophia affiche une différence marquée par rapport au côté bohème de Gilles, son ex-mari. Delphine a du mal à cacher sa surprise.

– Je suis heureuse de te rencontrer, Sophia. Gilles m'a beaucoup parlé de toi. Il paraît que nous vivons la même histoire, toutes les deux ?

– Delphine, j'avais tellement hâte de faire ta connaissance ! Grâce à Gilles, j'ai l'impression de te connaître. Tu ne peux imaginer à quel point nos histoires se ressemblent. Au fur et à mesure que je te lisais, je trouvais des réponses à mes questions en ce qui concerne ma relation. Depuis huit ans, j'attends que l'homme que j'aime fasse un choix.

– Huit ans, c'est long... Comment te sens-tu dans cette situation ?

– Je ne doute pas une seule seconde de sa sincérité lorsqu'il me dit que je suis la femme de sa vie, je le crois. Mais pour lui, la famille passe avant tout : son fils demeure sa priorité.

– Un sacrifié parmi tant d'autres : probablement un père dépendant de son fils.

– Il a de la difficulté à prendre ses responsabilités. Je pense qu'il ne veut pas prendre l'initiative de divorcer par peur de se sentir coupable.

– La culpabilité qui a fait partie de notre éducation est en train de tuer bien du monde. En as-tu déjà parlé avec lui ?

– Je lui pose souvent des questions sur son vécu car, vois-tu, il pense me protéger en taisant certaines choses. J'aimerais qu'il me parle de ses problèmes, de ses peurs. Quand je ne suis pas au courant de ce qui se passe, j'imagine les pires scénarios. S'il se confiait, je dédramatiserais la situation, ça me sécuriserait. Je me surprends parfois à douter...

– A-t-il demandé de l'aide ?

– Il a commencé à suivre une thérapie.

– Alors, c'est bon signe. En général, ce sont les gens en santé qui consultent. Ceux qui en ont vraiment besoin rejettent souvent la faute sur les autres.

– Je garde espoir car je l'aime vraiment. Au fait, je lui ai donné ton livre en espérant qu'il se reconnaîtra en Denis.

– Alors, tu n'as plus qu'à attendre ses commentaires.

L'heure suivante se passe tranquillement à discuter des valeurs et de l'évolution. Delphine perçoit que l'opinion de Sophia envers son ex-mari est empreinte d'amitié et de respect. Quel bel équilibre, se dit-elle. Si tous les ex-conjoints agissaient avec autant de maturité, ils contribueraient sans contredit à la santé mentale de la planète entière, et surtout à celle de leurs enfants qui en ressortiraient gagnants.

***

– Il y a une publicité sur ton livre dans une revue, crie du bout du corridor de l'école, sa collègue Natalie.

Brandissant la revue à bout de bras, elle la tend finalement à Delphine qui s'empresse de lire.

“ *La clé de la Vie.* ”

Quoi de plus approprié pour notre numéro spécial sur les maladies cardio-vasculaires et pour la fête de la Saint-Valentin, que de nous raconter une histoire d'amour et de cœur ! À travers sa biographie, l'auteure nous livre un message issu de sa propre réflexion sur la vie. Elle nous sensibilise à l'amour inconditionnel et à l'importance de cesser de s'accrocher aux anciennes valeurs pour suivre nos vrais sentiments.

Un large sourire de contentement illumine le visage de Delphine.

– Enfin, un peu de publicité, c'est encourageant !

– Tout le monde aurait intérêt à lire ton livre, dit sa collègue.

– Écoute, l'été dernier, une dame est passée devant ma table de signature et m'a dit : « C'est vous qui avez écrit cela ? Ce n'est pas tout à fait le temps : il faudra attendre deux ans et je vous annonce que vous allez en écrire au moins trois. » Je crois qu'elle s'est trompée. J'ai dit à Denis que l'histoire se terminerait avec le deuxième tome. On verra bien. De toute façon, il semble que ce ne soit pas moi qui décide. Le destin joue de ces tours... Au fait, comment ça va avec tes élèves ?

– Tout dépend des jours. Parfois c'est le paradis, parfois c'est l'enfer. Disons que ça va un peu mieux depuis que je prends le temps de dialoguer avec eux. Dernièrement, c'est plutôt avec un parent que j'ai eu de la difficulté. Selon lui, j'avais tous les torts et son fils était un ange.

Delphine sourit en voyant la mine défaite de Natalie.

– Des pères surprotecteurs, il y en a autant que des mères. Je ne peux te cacher que dans notre profession, les manifestations concrètes de reconnaissance sont rares. L'éducation des enfants est quelque chose de complexe et nous ne voyons pas souvent de résultats visibles à court terme. De plus, l'évolution du système scolaire a contribué à diminuer notre autonomie en tant qu'enseignants et, comme groupe, nous avons peu de possibilités de nous exprimer et d'agir conjointement. Donc, ce n'est pas étonnant que notre identité professionnelle se soit peu développée.

– Est-ce qu'on peut espérer avoir plus de pouvoir dans l'avenir ?

– Je pense que oui. Différents comités sont sur le point de voir le jour où les enseignants pourront donner leur avis au ministre de l'Éducation sur les questions qui touchent l'enseignement et sur l'importance de notre contribution dans la formation des futurs collègues. Nous aurons aussi un rôle important à jouer avec les parents au sein du conseil d'établissement. Enfin, j'espère aussi que nous pourrons faire des propositions à la direction de l'école sur des points d'ordre pédagogique, tels les programmes d'étude, les modalités d'apprentissage et le choix des manuels.

– J'espère que tu as raison, que tout cela sera vraiment pris en considération. Ce n'est pas tout d'enseigner : il faut aussi avoir la possibilité de créer selon nos talents et nos habiletés. Pour cela, il faudrait peut-être que nos opinions soient respectées et prises en considération.

– Quand nos dirigeants comprendront que nous sommes les mieux placés pour expliquer ce qui se passe concrètement dans nos classes, quand nous serons vraiment écoutés, les solutions adéquates naîtront et le système d'éducation se portera beaucoup mieux. À mon avis, l'ère du pouvoir dictatorial est terminée. Nous sommes à une époque de communication et de consultation, dit Delphine, soudainement interrompue par une sonnerie. En attendant, nous sommes régies par des cloches. Je te souhaite une bonne journée, Natalie.

Lorsque Delphine arrive dans sa classe, une de ses élèves lui tend une enveloppe.

– Ma tante a lu ton livre et elle m'a donné cette lettre pour toi.

Pendant que les enfants déballent leurs sacs, Delphine ouvre l'enveloppe.

Bonjour Delphine,

Je suis enseignante à l'élémentaire depuis vingt ans. Permets-moi de te tutoyer, car depuis que j'ai lu ton livre, j'ai l'impression de te connaître.

Je me reconnais tout à fait dans les commentaires que tu y fais concernant l'enseignement. Depuis que j'enseigne, je ne cesse de promouvoir auprès de mes élèves et de leurs parents, les valeurs dont tu parles. Je dis à mes élèves que si je n'avais qu'une matière à choisir, malgré ma passion des mathématiques et mon souci de bien écrire et de mieux parler, je choisirais l'éducation religieuse ou la morale, parce que dans cette matière, on met l'accent sur l'éducation à la vie.

Imagine-toi qu'après avoir lu ton livre durant la panne d'électricité, je t'ai spontanément écrit une longue lettre dans laquelle je te partageais mes émotions du moment. En la relisant, je me suis trouvée un peu trop émotive ou sensible ou... je ne sais quoi, et j'ai brûlé la lettre. Pourtant, elle ne contenait que de belles choses sincères et profondes... mais je me suis " censurée "... Si j'avais toujours mis en actions mes pensées gentilles, je te dis que j'en aurais fait des heureux!!! Enfin... je travaille là-dessus !

Plusieurs des livres apparaissant en bibliographie du tien ont aussi été parmi mes lectures préférées.

Je termine en te disant que je suis heureuse que ma nièce croise ton chemin. Même si ma vie ne ressemble pas à celle de Delphine car, il y a 27 ans , je rencontrais l'Amour de ma vie, je crois que la place de l'amour vrai (inconditionnel) est la seule vraie mission de chacun des êtres humains sur terre.

Cette lettre n'ira pas au panier mais te parviendra telle que je l'ai écrite en cette fin de journée qui précède le retour de mes élèves chéris. (J'ai vraiment hâte de les revoir et de partager avec eux les expériences enrichissantes que cette tempête de verglas aura permises.)

Simplement,
Célia, une tante ravie

P.S. Félicitations et merci pour ce beau livre rempli d'amour.

Delphine plie la lettre qui rejoindra les autres dans son coffre aux trésors. Elle songe à cette retenue que les gens ont face à l'expression de leurs sentiments. Elle trouve dommage cette autocensure. Personne ne devrait se sentir gêné de s'exprimer de façon spontanée : ça fait tellement de bien au cœur.

***

Delphine consacre la soirée à son fils Philippe qui est à la recherche d'un appartement où on accepte les chiens. Les premières visites sont intéressantes pour l'aspect des lieux, mais dès que Philippe pose la question cruciale relative au chien, la réponse est directe et sans compromis : c'est un “ non ” catégorique.

– Maman, il n'est pas question que j'abandonne Roxie.

– Sois patient, ne désespère pas : on finira bien par trouver quelque chose.

Après avoir visité plusieurs logements, ils se regardent, découragés : plus qu'un seul à visiter sur leur itinéraire. Delphine s'adresse au Ciel en espérant que sa prière sera entendue. L'appartement est intéressant et le concierge est très sympathique.

Puis, vient l'inévitable question et le pincement des lèvres pour parer le coup à une autre déception. Le doute et l'espoir font place à la surprise lorsqu'ils entendent les mots tant espérés :

– Oui, nous acceptons les animaux.

Philippe rayonne. Delphine remercie le Ciel d'avoir exaucé sa prière. Roxie est une chienne tellement attachante que les autres locataires ne pourront que l'aimer. Revenue chez elle, satisfaite de la tournure des événements, elle songe avec bonheur que son fils développe de plus en plus son autonomie.

***

Le jour de la Saint-Valentin, Delphine décide qu'à défaut de fêter l'amour, elle fêtera l'amitié. Elle concrétise aussitôt son idée en allant porter un joli présent dans la boîte aux lettres de Gilles : un petit ourson en peluche et des chocolats. C'est aussi une façon de le remercier pour les réparations effectuées chez elle. Au retour, elle ramasse son courrier et son regard est attiré par une enveloppe rouge. Elle l'ouvre joyeusement et découvre une superbe carte où on peut lire :

« La vie est un jardin extraordinaire et tu possèdes tout pour y semer le bonheur. »

Elle sourit en reconnaissant l'écriture de son libraire préféré.

Je ne pouvais résister à la tentation de venir te souhaiter une très Joyeuse Saint-Valentin. Tu as semé tellement de belles choses en mon cœur, que celui-ci tenait fermement à te dire combien il te souhaite de vivre une journée empreinte d'amour sous ses formes les plus douces. Mes meilleures pensées t'accompagnent et, croix de fer, croix de bois, je te promets d'avoir une pensée spéciale pour toi en cette merveilleuse journée. La vérité de ton cœur est pour moi source de joie et de bonheur. Denis réalise-t-il vraiment de quel merveilleux bonheur il est en train de se priver ? Pourtant, la fleur qui s'étale en ton cœur est tellement extraordinaire !

Amitiés, A. Chouinard

Cette carte remplit Delphine de bonheur. L'amitié, c'est tellement précieux.

***

Pour le dîner de la Saint-Valentin, Delphine est invitée chez la maman d'une élève. Elle passe un agréable moment en bonne compagnie et reçoit, en prime, une jolie tasse remplie de chocolats, délicate attention qui la touche beaucoup. Puis, en fin d'après-midi, Gilles lui propose d'aller souper dans les Laurentides. L'ambiance des lieux et la bouteille de rosé invitent à la confidence.

– Ton geste m'a touché, Delphine. Lorsque j'ai aperçu ton cadeau dans la boîte aux lettres, j'ai finalement compris que j'étais important pour toi.

– Je t'ai pourtant déjà dit que tu pouvais compter sur mon amitié.

– Oui, je sais. Mais là, tu as fait plus que le dire, tu l'as prouvé.

– J'apprécie beaucoup ta compagnie, et en attendant la femme de tes rêves et moi l'homme qui m'est destiné, le temps qui passe peut être agréable, non ?

– Absolument ! Trinquons à notre amitié.

Même si Cupidon vole au-dessus des tables voisines, Delphine se considère choyée de passer cette soirée avec un ami comme Gilles.

***

– Delphine, c'est Donald. Que dirais-tu de souper avec moi, ce soir ?

– Je dirais “ oui ” sans hésiter. C'est un plaisir de t'entendre. À tout à l'heure !

Elle est ravie de passer quelques heures en compagnie de cet homme d'une grande compétence en ce qui concerne les médecines douces.

– Tout d'abord, dit-il, je te remercie très sincèrement de me référer des gens. J'apprécie beaucoup.

– **Lorsqu'on croit en quelque chose, on en parle**. J'aime informer ceux qui ont besoin d'aide. Et toi, que deviens-tu ?

– Je travaille beaucoup, ma clientèle augmente. Et toi, depuis mon passage au Lac D'Argent, j'imagine que tu as eu des nouvelles de Denis ?

– Oui, à l'occasion de mon anniversaire : ce fut ma fête... Je crois qu'il refuse de voir la vérité en face, il nie ses émotions.

– Je vois : il continue de se dénier.

– Que veux-tu dire par " se dénier ? "

– Que son esprit continue de se déséquilibrer parce qu'il s'empêche de faire ce qui lui plaît. S'il se dénie, il déniera forcément les autres.

– Denis se dénie... Ouais, à bien y penser, il devrait changer de prénom. C'est presque de la provocation.

– Le jeu de mots est approprié... J'imagine qu'il tente toutes sortes d'expériences ?

– Oui, c'est le cas, et je t'avoue que certains de ses comportements sont difficiles à accepter.

– On ne doit pas le juger, pas plus qu'il n'a le droit de se juger lui-même. Je sais que tout ça est très difficile à admettre mais chacun doit accepter ses expériences, sinon l'énergie se cristallise, ce qui provoque d'autres expériences plus intenses pour stopper le mécanisme. Les jugements provoquent leur propre destruction, et puis la vérité est souvent déformée par le jugement.

– Mais, dis-moi, comment faire la différence entre un jugement et la vérité ?

– Il s'agit de ressentir la situation et si une chose est vraie, elle s'impose d'elle-même. Ceux qui ont suffisamment d'expérience le savent, car **l'expérience douloureuse arrive dans la vie à la suite d'un mauvais jugement**. C'est en s'acceptant totalement que l'on trouve la vérité car, à force de nier ce qu'on veut vivre sous le joug de l'autorité de quelqu'un d'autre, on finit par ne plus être capable de contenir ses émotions. Si on n'a pas assez de volonté pour passer à l'action, c'est le corps physique qui absorbe ce que le corps émotionnel ne peut plus contenir.

– Comme c'est vrai ! Je me rappelle que Denis a eu mal au bras durant un bon moment. Évidemment, le médecin ne trouvait rien d'anormal. Je lui ai tout simplement fait remarquer qu'il n'arrivait pas à prendre sa nouvelle situation en main. C'est donc ainsi qu'apparaît la maladie ? Le déniement associé au manque de volonté...

– Et notre science médicale actuelle est née... Chirurgie et médicaments ont été inventés pour supprimer les symptômes, ce qui sabote à nouveau la volonté.

– Mais est-ce qu'on peut se passer de médicaments et de chirurgie ?

– Non, pas encore. Tant que le mental contrôlera la volonté, l'espèce humaine continuera d'être malade.

– Mais, Donald, que faudrait-il faire ?

– Bouger ! La stagnation, c'est la mort. Ou on régresse, ou on avance. La plupart des troubles sociaux viennent du fait que la volonté est déniée. Tu n'es pas sans savoir que dans certains pays, la société torture, emprisonne, drogue, tue ou enferme dans les hôpitaux ceux qui essaient de passer à l'action. Le désespoir envahit ceux dont la volonté est réprimée et la mort s'ensuit. Plus la volonté est écrasée, plus la maladie est violente.

– Mais si tous les gens font ce qu'ils désirent réellement faire, ce sera le chaos sur la planète !

– Ce sera le chaos si l'esprit n'est pas éclairé par l'amour. **Les gens doivent aller chercher des connaissances**, ils doivent abandonner les vieux schémas de pensée, tels la domination, le pouvoir, la peur et la culpabilité. **Un esprit éclairé et dirigé par l'amour posera une action juste** et sa volonté sera alors libérée. La volonté et l'intelligence doivent se conjuguer avec le cœur. Si on reconnaît la vraie nature des choses, on peut y faire face facilement. Malheureusement, plusieurs personnes agissent encore comme des autruches.

– Que veux-tu dire par “ la volonté et l'intelligence doivent se conjuguer avec le cœur ? ”

Donald sort un bout de papier de sa poche et trace un triangle en inscrivant respectivement à chacune des extrémités : cœur-intelligence-volonté.

– Tu vois, Delphine, pour être équilibré, on doit intégrer ces trois atouts. Malheureusement, plusieurs personnes en possèdent seulement un ou deux.

– Peux-tu préciser ?

– Dans le monde, il y a des gens qui sont très intelligents et qui ont du cœur mais il leur manque la volonté. Ce sont de bonnes personnes, riches en savoir mais qui ne passent pas à l'action.

– Ce type de personne ressemblerait bien à Denis...

– Si tu l'aimes, c'est qu'il doit sûrement avoir du cœur.

– Et je ne doute pas de son intelligence mais, pour ce qui est d'agir, il est totalement coincé.

– Ensuite, tu connais sûrement des gens de cœur qui feraient tout pour les autres, qui donneraient leur chemise, mais malheureusement, leurs connaissances sont limitées.

– J'ai remarqué que ces personnes-là se font souvent exploiter à cause de leur naïveté. J'avoue avoir déjà été de celles-là... C'est pour cette raison que je suis allée chercher des connaissances.

– Les connaissances nous aident à discerner, en effet. Et puis, il y a l'autre catégorie de personnes, la plus dangereuse : ceux qui sont intelligents et qui passent à l'action mais qui n'ont pas de cœur.

– Je vois... Les criminels, les scientifiques qui se servent de leur savoir dans le but de détruire, les dirigeants qui usent de leur pouvoir dans le seul but de contrôler, pour assouvir cette soif de pouvoir. Ça revient à dire ce que j'ai toujours pensé : une pensée juste mènera à une action juste à la condition que cette pensée passe par le cœur.

– C'est exactement ça, et pour établir une bonne relation entre les trois, **on doit se débarrasser des habitudes qui collent au corps et des jugements qui collent à la conscience.**

– Donc, si je comprends bien, la violence viendrait d'une volonté réprimée ?

– Eh oui ! Et les interdictions commencent dans la petite enfance. De plus, la télévision montre aux enfants une réalité programmée de ce qu'est le monde alors qu'ils devraient pouvoir découvrir le monde à leur manière. Ils ne devraient pas être conditionnés et perpétuer ensuite des comportements imposés par la publicité.

– La semaine dernière, j'ai écouté volontairement une émission de télévision où la violence était omniprésente. En trois heures d'écoute, j'ai été témoin de 32 meurtres. Tout le monde se tirait à bout portant. Je ne comprends pas qu'on permette une telle chose : c'est une insulte à la vie humaine. Les enfants programment dans leur cerveau des images destructrices et ensuite, nous les professeurs, on doit leur enseigner le respect de la personne humaine. N'est-ce pas incohérent ? La vie devrait être honorée partout dans le monde, y compris à la télévision. Combien sont anesthésiés pour ne pas dire complètement drogués par cet appareil ? Certains cinéastes se servent de leur pouvoir en profitant de la naïveté et de l'ignorance des gens : ils inventent des scénarios qui traduisent la violence qu'ils ont dans leur tête dans le seul but de faire de l'argent. Quand verra-t-on un jour beaucoup plus d'émissions intelligentes et valorisantes qui feront avancer les gens plutôt que de les rabaisser au rang d'animal ? On veut que la société change, que la violence cesse, mais ce que la télévision nous montre trop souvent, c'est qu'une vie, ce n'est rien. Paf, un de moins ! Où est la conscience collective là-dedans ? Je réalise aussi à quel point les parents ont un grand rôle à jouer dans l'éducation des enfants...

– C'est vrai. Les parents ont une grande responsabilité envers leurs enfants car tout débute dans la famille. Il serait préférable que ceux qui veulent des enfants guérissent de leurs comportements et véhiculent des valeurs fortes s'ils veulent les élever avec amour et joie. Peux-tu imaginer la nature des enfants qui naîtraient de parents ayant bien intégré leurs principes féminin et masculin ? Ils seraient équilibrés et grandiraient dans un milieu familial évolué. Une fois adultes, ils n'auraient pas à se libérer des conditionnements vécus durant leur enfance. L'harmonie spirituelle, au sein du couple, engendrerait des enfants sains et équilibrés.

– Ce n'est pas tout à fait la réalité...

– Nous sommes le produit des générations antérieures, mais je pense que les jeunes d'aujourd'hui sont un peu plus conscients de ce qu'ils ont à régler. Faire un enfant est une grande décision qui a souvent été prise à la légère.

– Malheureusement, plusieurs personnes ont pensé que le fait d'avoir des enfants réglerait leurs problèmes de couple... En ce qui me concerne, j'adore les enfants, mais j'ai conseillé aux miens de prendre leur temps, leur disant que je n'étais pas vraiment pressée d'être grand-mère. Mais revenons au déniement : si je résume, les gens qui répriment leur volonté risquent de devenir violents par la suite ? N'y a-t-il pas un moyen d'expulser cette violence ?

– Bien sûr. Pour parvenir au calme, on doit libérer la rage, autant que possible seul et dans un endroit sécuritaire. De vieilles charges émotionnelles seront nettoyées d'un seul coup.

– C’est vrai qu’une bonne crise de colère, entre quatre murs, libère des tensions et enlève les fils d’araignée de l’esprit. Je te remercie, Donald, d’éclairer ma lanterne. Je me rends compte que l’analyse est un outil puissant qui nettoie la partie obscure en nous.

– Recevoir des idées toutes faites, c’est se déconnecter de sa conscience et de sa perception individuelle des choses. Un tel déniement est dangereux. Tôt ou tard, on doit récupérer les parties de nous-mêmes qu’on a reniées. **L’ignorance est souvent une cause d’intolérance** et tout attribuer au hasard est une insulte à l’intelligence humaine.

– À ce sujet, j’ai toujours pensé que quelqu’un là-haut tirait les ficelles.

Cette conversation recharge les batteries de Delphine. Elle accueille cette grande paix intérieure qui accompagne toujours une prise de conscience.

***

Delphine reçoit chez elle, Frédéric, son futur stagiaire. Ce jeune homme au sourire radieux lui plaît immédiatement.

– Si j’ai tenu à te rencontrer avant ton stage, c’est tout simplement dans le but d’échanger avec toi sur nos valeurs respectives. Dis-moi, pourquoi te diriges-tu vers l’enseignement aux enfants ?

Spontanément, le jeune homme répond :

– Je pense que les enfants, à l’élémentaire, ont aussi besoin d’un modèle masculin. Comment voulez-vous qu’ils intègrent leur principe masculin s’ils ne sont éduqués que par des femmes ?

– J’aime ta réponse, dit-elle, ravie et surprise à la fois. Dis-moi, Frédéric, quel âge as-tu ?

– Dix-neuf ans.

Quelle belle jeunesse, se dit Delphine. Quelle maturité pour un jeune homme de son âge.

– Je vais te confier quelque chose : il y a une dizaine d’années, j’enseignais à demi-temps avec un jeune homme qui sortait de l’université. Nous partagions également l’horaire et les matières. Ce fut ma plus belle année, une année idéale. Les élèves avaient l’image féminine et masculine devant eux, à tour de rôle. J’ai compris, cette année-là, que c’était l’idéal pour les enfants.

Comme on a tous besoin d'équilibrer ces deux principes, quoi de mieux que d'avoir les deux modèles sous les yeux ?

– C'est logique ce que vous dites. Donc, l'idéal serait que les cours soient partagés entre hommes et femmes ?

– Tout à fait. Viendra peut-être un jour où les gens pourront se permettre de travailler à mi-temps, ce qui créera, par le fait même, de l'emploi pour les jeunes.

Le regard de Frédéric se porte subitement sur la table du salon, où " La clé de la Vie " y a sa place.

– C'est vous qui avez écrit ce livre ? demande-t-il étonné.

– Oui, c'est moi.

Et de fil en aiguille, Delphine lui raconte son amour pour les enfants, sa passion pour l'enseignement des valeurs.

– C'est mon vécu, autour de ma propre histoire d'amour. Mais je te raconterai cela plus tard.

Puis, se ravisant, elle lui tend le livre :

– Tiens, je te le prête. Je crois opportun que tu lises de quelle façon je procède avec les élèves. La façon d'entrer en relation avec eux est capitale : les cris et les humiliations sont à éviter. Ça m'arrive de les disputer lorsqu'ils dépassent les bornes, mais il y a une façon de le faire. Tu n'auras qu'à m'observer. En passant, tu peux me tutoyer : à l'école, tout le monde se tutoie.

– J'ai vraiment hâte de commencer mon stage. Je t'avoue que je craignais de rencontrer une enseignante traditionnelle, sans aucune ouverture d'esprit.

Delphine éclate de rire.

– On a besoin de jeunes comme toi dans l'enseignement. Tu profiteras de mon expérience et je bénéficierai de tes idées nouvelles. Il y a toujours place à l'amélioration. L'important, c'est d'accepter que toute notre vie se résume à apprendre.

Delphine regarde partir ce jeune homme plein d'énergie qui représente un autre espoir pour la relève.

***

Assise dans la salle d'attente de l'aéroport, jetant un coup d'œil à l'avion qui la conduira à Sept-Iles, Delphine a soudain une étrange intuition : elle pressent qu'elle va faire une rencontre importante.

En entrant dans l'appareil, elle constate que le siège qui lui est assigné se trouve juste à côté de celui du chef de l'opposition du gouvernement du Québec, monsieur Daniel Johnson. Après de brèves salutations, monsieur Johnson lui offre galamment le choix du hublot ou de l'allée. Delphine préfère le hublot car elle adore observer les nuages. Après le décollage, elle devine, à voir monsieur Johnson rassembler des documents, qu'il prépare une conférence. Profitant du fait qu'il la regarde en souriant, elle lui demande :

– Vous descendez à Québec ?

– Oui, et vous ?

– Je vais jusqu'à Sept-Iles.

– Vous êtes Septilienne ?

– Non, je suis de la rive sud de Montréal. Je me rends au Salon du livre, je suis auteure.

– Je suis ravi de vous connaître, dit-il en lui tendant la main. Et vous écrivez quel genre de livres ?

– J'écris sur l'amour, les valeurs et l'évolution.

Fermant ses dossiers, une joyeuse lueur au coin des yeux, il reprend :

– Mais ce que vous me racontez est bien plus intéressant que cette documentation !

Delphine est ravie de constater son ouverture.

– Monsieur Johnson, que pensez-vous de l'avenir du Québec ?

Son mutisme lui laisse sous-entendre que sa question restera sans réponse. Sachant qu'elle a peu de temps à sa disposition, sans préambule, elle aborde un sujet qui lui tient à cœur.

– Monsieur Johnson, ose-t-elle lui demander, avez-vous lu le tome II du livre “ Conversations avec Dieu ? ”

– Non, mais j'en ai entendu parler.

– Voyez-vous, dans ce livre, un chapitre s'adresse aux gouvernements. Toutes les explications sont données pour que l'harmonie règne sur l'ensemble de la planète. Ce qu'il faudrait vraiment, d'après l'auteur, c'est un changement de conscience collective. Il indique la route à suivre pour que la politique et la vérité fassent bon ménage. Sa pensée concernant les lois mérite une attention particulière.

Visiblement intrigué par les dires de Delphine, il dit :

– Je vous promets de le lire.

– Vous y trouverez également d'excellents passages concernant le pouvoir. Vous qui côtoyez le pouvoir tous les jours, quelle place accordez-vous à l'amour dans votre vie ?

– Je pense que sans amour, le pouvoir ne mène nulle part...

– Comme vous avez raison !

Alors que l'avion se pose déjà sur la piste, il dit :

– J'ai été heureux de faire votre connaissance. Je réfléchirai à ce que vous m'avez dit. Dommage que la conversation s'arrête ici, c'était facile de communiquer avec vous. Je vous souhaite un bon séjour à Sept-Iles et si l'occasion s'y prête, allez donc chez " Omer ", les fruits de mer y sont excellents !

– J'en prends note. Je vous souhaite également un bon séjour à Québec. Monsieur Johnson, savez-vous que vous êtes un homme de cœur ? Je l'ai vu dans vos yeux...

La réponse, quoique timide, ne tarde pas à venir :

– Malheureusement, on ne me le dit pas assez souvent...

– L'important, c'est que vous, vous le sachiez.

Delphine le regarde descendre de l'avion et se trouve privilégiée d'avoir conversé avec l'homme et non l'homme politique. Une agréable rencontre qui fera partie des beaux souvenirs.

Lorsque l'avion décolle à nouveau, elle constate qu'il ne reste plus que sept passagers. L'hôtesse de l'air remarque le livre qu'elle a en main.

– Nous lisons sur les mêmes sujets, dit-elle. Vous permettez que je m'assoie près de vous quelques minutes ?

– Avec plaisir, répond Delphine qui ne peut s'empêcher de penser que les mêmes énergies s'attirent. Ce livre fera partie de ma bibliographie.

– Vous êtes auteure ?

– Depuis bientôt un an.

Delphine lui résume le contenu de son livre et, voyant son intérêt, lui donne les renseignements nécessaires pour se le procurer.

– Continuez votre belle œuvre. Les gens ont besoin d'entendre parler d'amour, ils ont besoin de références pour changer leurs valeurs.

– C'est encourageant de constater que plusieurs personnes de ta génération s'intéressent aux valeurs et à l'évolution. Je pense qu'il y a beaucoup d'espoir pour un monde meilleur.

– Il s'agit simplement d'aller chercher des connaissances, de les appliquer et de faire confiance à la vie.

Comme l'avion amorce déjà sa descente, Delphine dit :

– J'ai été ravie de faire ta connaissance. Garde toujours ton beau sourire, le monde en a besoin !

– Merci ! Au revoir !

Quelle belle jeune fille, pense Delphine, et quelle voix ! Elle est persuadée que le timbre de voix d'une personne révèle une partie de son identité. Ça ne trompe pas...

Arrivée à Sept-Iles, elle est accueillie par Francine Chicoine qui la conduit immédiatement chez la libraire où elle logera.

– Je t'emmène dans un paradis naturel, dit l'auteure. Ça te plaira : la maison se trouve en pleine nature.

– Tant mieux, c'est ce dont j'ai besoin. Quoi de mieux après une journée passée dans le tourbillon d'une foule que de se ressourcer dans la nature ? Participes-tu au Salon ?

– Non, pas cette année. Je suis ici en visite, pour écrire. L'endroit est inspirant, tu verras !

– J'ai l'intention de me procurer ton livre, j'en ai entendu parler.

– J'ai déjà lu le tien. Je me demande bien comment finira ton histoire.

– Pour l'instant, c'est un mystère...

Arrivée à destination, Delphine est charmée par le décor des lieux. D'un côté, un tapis de neige immaculée, de l'autre, la mer mystérieuse avec ses vagues en cadence, imperturbable témoin d'un hiver tantôt doux, tantôt glacial. Déjà, elle se sent bien. La maison, imposante, est invitante. L'intérieur ne trahit pas l'impression déjà reçue, car la décoration est d'un goût exquis. Tout est chaleureux et invite au repos. Lorsqu'elle entre dans la chambre qui sera témoin de ses rêves, en apercevant le magnifique édredon, elle s'exclame :

– Cette dame connaît-elle mon amour des marguerites ? Cet édredon est superbe ! Mes fleurs préférées, sur fond bleu.

Puis, se retournant, comme pour accentuer l'effet déjà très

agréable, un joli bouquet de marguerites semble lui souhaiter la bienvenue.

– Quel bel accueil ! Je me sens déjà chez moi.

Delphine défait sa valise et se prépare à participer à la quatorzième édition du Salon du livre de la Côte-Nord.

Sur place, elle est frappée par le dynamisme de l'équipe des bénévoles. Ce sont incontestablement des amants de la lecture, pense-t-elle.

En soirée, elle participe à un jeu questionnaire animé par " le Camelot ", célèbre auteur-animateur bien connu dans les Salons du livre. La journée est couronnée par une danse où le Camelot entraîne Delphine dans un rock'n roll endiablé. De retour " chez elle ", la libraire l'accueille avec un délicieux goûter.

– C'est vraiment gentil de m'héberger, dit Delphine. Et puis on est tellement bien chez toi, c'est chaleureux.

– Tout ce que tu vois ici a été réalisé avec amour. J'y ai mis du temps, de l'énergie et de la joie.

– Ça se ressent. Aimer la vie comme tu sembles l'aimer est la meilleure assurance contre le découragement.

– Tu sais, Delphine, une fois le passé digéré, il est plus facile d'aimer la vie et de vivre au présent.

– Je suis entièrement d'accord avec toi. Il est important de mettre de l'ordre dans sa vie, de se débarrasser des jouets qui ne servent plus. Une vie sans bilan ne vaut pas la peine d'être vécue. Qu'en penses-tu ?

– Tu as raison. J'ai laissé au vestiaire les habitudes, les préjugés et les vieux principes démodés. Ce ne fut pas facile ; j'ai toutefois réalisé qu'on ne peut aimer la vie que si on la comprend et pour la comprendre, les écorces qui nous empêchent de respirer doivent tomber.

Delphine sait que la vérité de l'Être est dans son regard. Que d'amour dans les yeux de cette femme, pense-t-elle avant de s'endormir bien au chaud dans son jardin de marguerites.

***

La seconde journée au Salon du livre s'annonce mouvementée. Delphine a le cœur qui pétille de joie. Le plaisir des rencontres n'a d'égal que la profondeur des conversations comme avec ces deux auteures de la Côte Nord. La limpidité de leur âme transparaît dans leur regard : Marie-Camille et Nadia touchent le cœur de Delphine par leur simplicité. En fin d'après-midi, elle participe à une émission de radio locale en compagnie d'un jeune animateur qui connaît bien son métier.

– Bonjour, Delphine. Dites-moi, est-ce la première fois que vous visitez notre région ?

– Je suis déjà allée du côté de Fermont rendre visite à un ami de longue date, mais c'est mon premier séjour à Sept-Iles.

– Parlez-nous un peu de votre livre, “ La clé de la Vie ”.

– C'est un livre principalement axé sur l'amour et les valeurs. Je dis les choses comme elles sont. Les enfants y occupent une grande place ; j'ai toujours pensé que les âmes des enfants sont plus vieilles que les nôtres. Vous savez, on entend souvent dire que les jeunes n'ont plus de valeurs, mais est-ce qu'on leur inculque vraiment ce dont ils ont besoin, c'est-à-dire l'amour, le respect et l'intégrité ?

– Vous touchez là un point important... Qu'est-ce qui vous a amenée à écrire ?

– La douleur et l'amour m'ont amenée à l'écriture et l'inspiration me fournit le message. Avec le temps, la douleur s'est atténuée : le courage, la persévérance et la foi ont pris racine dans mon cœur. Vous savez, dans ce grand bateau qu'est la vie, il y a des hublots et plusieurs gilets de sauvetage dont la patience, la tolérance, l'éveil de la conscience, la sensibilité, le respect, l'intelligence et la volonté.

– En effet, ce sont de bonnes bouées de sauvetage. Quel message pouvez-vous donner à nos auditeurs ?

– Écouter son cœur et son âme, c'est beaucoup mieux qu'écouter sa raison ou la télévision. C'est ce qui contribue à notre équilibre.

– Merci, Delphine, pour ce témoignage, et bonne route sur le chemin de l'écriture. Chers auditeurs, je vous invite à venir rencontrer Delphine à son kiosque, au 14e Salon du livre de la Côte Nord.

En soirée, les participants du Salon du livre sont conviés à l'Hôtel de ville pour un cocktail de bienvenue. Monsieur le maire, dans son discours, insiste sur l'importance de la culture dans toute société.

Le lendemain, une dame se présente au kiosque de Delphine.

– Lorsque vous avez mentionné le mot “ valeur ” à la radio, je me suis dit que je devais me procurer votre livre. À mon humble avis, tout est à réinventer concernant les valeurs. Il devrait exister, dans les écoles, des cours sur les valeurs profondes. Qu'en pensez-vous ?

– C'est mon plus grand rêve, madame.

– Alors n'abandonnez pas. Je vous lirai avec attention.

– Merci. Votre témoignage m'encourage à continuer, dit Delphine, lui remettant le livre dédicacé.

Qui est cet homme charmant qui s'avance vers elle, le sourire aux lèvres ?

– D'Artagnan ! Quel bonheur de te revoir ! Savais-tu que je serais ici ?

– Oui, je le savais. Quant à moi, j'ai su à la dernière minute que je participerais au Salon. Tu as l'air en forme à ce que je vois !

– Écoute, ici, il est impossible de s'ennuyer : nous sommes traités aux petits oignons. Nous avons un chauffeur de camionnette à notre disposition, en tout temps. Cet homme est d'une rare gentillesse, toujours de bonne humeur. De plus, parmi les bénévoles, plusieurs sont des retraités de l'enseignement, alors, tu parles si les conversations sont animées !

– Je dois retourner à mon kiosque, travail oblige... On mange ensemble, ce soir ?

– Avec plaisir !

– Je te ferai connaître une brûlerie où le café à lui seul vaut le déplacement. À plus tard !

Après avoir signé deux douzaines de livres, Delphine est ravie de passer l'heure qui suit avec “ son d'Artagnan préféré ”.

– Puis-je te demander où tu en es avec Denis ?

– Il y a longtemps que je n'ai eu de ses nouvelles, répond mélancoliquement Delphine.

– Il ne bouge toujours pas... En n'agissant pas, il joue le rôle de la victime.

– Il est à la merci de la façon dont il perçoit les événements.

Il a peur. S'il pouvait donc prendre conscience de ce qui nourrit ses peurs. S'il savait que derrière chaque peur se cache un cadeau.

– Il semble paralysé...

– Pour l'instant, c'est vrai. Un jour, ses peurs peuvent le propulser.

– J'admire ta persévérance.

– C'est une amie fidèle. J'ai quand même décidé de donner des vacances à mon cerveau : je fais confiance et je prie. Dieu aime les prières. Peut-être aura-t-il envie de faire un miracle ? Et puis lorsqu'on croit en ses rêves, ils n'ont pas le temps de s'user !

– Lorsque Dieu fait des miracles, ce ne sont pas toujours ceux que l'on espère mais ceux qui sont bons pour nous. Il paraît que si nous savions ce que Dieu sait, nous voudrions ce qu'il veut.

– Toujours aussi philosophe, d'Artagnan ? Eh bien j'espère vraiment que Dieu sait ce qu'il veut...

Le repas se termine par un cours sur le café. Généreuse de son temps, la propriétaire les renseigne sur les différentes sortes de café et leurs qualités respectives. Delphine repart avec un kilo de café riche et moelleux.

***

En route vers l'aéroport, une bénévole avec qui elle s'est liée d'amitié la questionne.

– Je t'ai observée durant la fin de semaine, Delphine, et j'ai remarqué ton dynamisme inépuisable. Où prends-tu toute cette énergie ?

– Pour moi, tous les moments sont extraordinaires, les bons comme les moins bons. La vie peut être pleine de passion et de sens ou ennuyeuse et insensée. Tout dépend de la relation que l'on entretient avec elle.

– As-tu toujours pensé de cette façon ?

– Plus jeune, il m'arrivait de me plaindre, mais j'ai toujours aimé la vie avec beaucoup d'intensité. Je me rends compte que plus je vieillis, plus j'apprends. Je t'avoue que l'écriture me détend et me procure une satisfaction qui contribue à mon équilibre. Adopter un nouveau mode de vie, c'est comme escalader une montagne : ça prend du courage, de la persévérance, et une grande force intérieure. Une autre a grandi en moi, une autre avec qui j'ai fait connaissance et que j'aime de plus en plus.

– Quelle est l'expérience qui se cache sous tes mots ?

– L'amour ! Je n'ai jamais cessé d'aimer malgré les épreuves et les trahisons. J'essaie de conserver l'innocence de l'enfant en moi tout en cultivant la sagesse de mon expérience.

– Tu parles comme un prophète.

– Savais-tu que chaque être humain est habité par un prophète ? Nous possédons tous en nous une bibliothèque vivante qui nous révèle notre identité en temps opportun.

– Tu sembles familière avec les mystères de l'au-delà, je me trompe ?

– Si Dieu a mis en nous des pouvoirs hors de l'ordinaire, c'est sans doute qu'il avait une bonne raison. Je crois de plus en plus au monde de l'invisible, mais je sais aussi que je ne dois jamais oublier mon numéro de téléphone. Il est très important de demeurer les deux pieds sur terre, conclut Delphine.

– Je te souhaite un bon voyage de retour et rappelle-toi que tu es toujours la bienvenue à Sept-Iles.

– Au revoir et merci ! dit-elle, heureuse de constater la convivialité des Septiliens.

***

Le retour à la réalité demande une certaine adaptation. La période de transition est souvent très brève entre un Salon du livre et l'environnement habituel de l'école. Les réflexes de la profession reviennent toutefois rapidement car Delphine reçoit les parents de ses élèves pour la remise des bulletins. Elle pense qu'elle ne pourra pas continuer bien longtemps à ce rythme : enseigner, écrire, participer aux Salons. Un jour, elle sait qu'elle devra choisir. Son intérêt profond serait d'enseigner les “ Valeurs de Vie ” aux adultes. Cette idée séduisante fleurit en son cœur : une fleur avec des racines de plus en plus fortes. Elle sait avec conviction que c'est sa destinée. Imprégnée de cette vision future, au sortir de sa classe, elle est interceptée par la maman d'une élève de la classe voisine.

– Je vous félicite pour votre livre. Vos cours sur les valeurs m'ont beaucoup touchée. J'ai lu un autre volume qui, je pense, pourrait vous intéresser. Je le verrais très bien s'insérer dans la bibliographie de votre prochain livre.

– Comme il n'y a pas de hasard, j'apprendrai sûrement quelque chose. Seriez-vous disponible pour aller prendre un café ?

– Je cours chez moi chercher le livre et je reviens vous prendre. À tout à l'heure.

Au restaurant, Judith enchaîne :

– Les écrits d'Anthony De Mello m'aident à vivre au quotidien chaque instant de ma vie. Il affirme que si on reste fixé à notre passé, on perd sa vie car le passé est mort. C'est un gaspillage de temps.

– Le passé, c'est le plus grand des maîtres ; on ne doit jamais le regretter. Il s'agit plutôt de l'analyser pour comprendre le présent sinon on se créera un futur identique à ce même passé. L'important n'est-il pas de naître chaque jour et, surtout, de rester éveillé ? Et quand on vit le présent, on ne connaît ni angoisse, ni souffrance ; on prend les choses comme elles viennent, sans peur. De toute façon, c'est le seul temps dont on dispose.

– Parfois, le tourbillon du quotidien nous empêche de vivre éveillé mais je pense que le défi est de faire de notre vie une œuvre riche de sens et d'expériences. C'est dans ce sens que je pense que vos écrits projettent de la lumière dans les ténèbres de ce monde. Votre appétit m'a aidée à y voir plus clair.

– Tu peux me tutoyer. Judith, ça fait du bien de t'entendre : j'ai aussi besoin d'une poussée d'énergie de temps à autre pour continuer ma route. La plupart du temps, il y a des oiseaux qui chantent dans mon cœur, mais parfois j'ai des larmes qui coulent en songeant à la bêtise humaine. Il arrive parfois que ma plume se brise.

– Je comprends ce que tu ressens. Il m'arrive aussi de vouloir brasser les âmes sans foyer, celles qui n'ont aucun but ni destination. Il y a encore trop de paresse mentale. Nous devons changer notre regard sur le monde, penser un peu moins et ressentir un peu plus.

Comme Judith termine sa phrase, elles aperçoivent Clarissa, une autre maman d'élève qu'elles connaissent bien toutes les deux.

– Bonsoir ! Quelle belle coïncidence ! Puis-je me joindre à vous ? Je ne voudrais pas vous déranger...

– Tu ne déranges pas du tout, dit Judith en tirant une chaise.

– Dis-moi, Delphine, as-tu des nouvelles de Sarah ?

– Après lui avoir fait parvenir mon premier livre, j'ai reçu une belle lettre. Mais depuis, je n'ai pas eu le temps de lui écrire. Tu sais, avec Sarah, le temps n'existe pas. Quand je lui téléphone ou que je lui écris, c'est comme si on s'étaient vues la veille.

– Que devient-elle ?

– Je l'ignore, elle ne m'en parle pas beaucoup. Je suppose qu'elle continue à peindre sous le soleil de Floride.

– Elle t'a beaucoup aidée je crois, il y a plusieurs années ?

– Elle m'a surtout ouvert les yeux sur le monde spirituel. Je lui dois beaucoup. Il paraît que j'ai été son pire sujet tellement j'étais coincée dans certaines de mes valeurs. Il y eut une époque où je refusais de comprendre. Elle a été très patiente...

La conversation se poursuit joyeusement. Delphine adore discuter de valeurs et d'évolution avec des parents d'élèves. Ce sont de bons moments de réconfort.

Cette nuit-là, elle rêve qu'elle chevauche un magnifique cheval brun pâle, au pied d'une haute montagne. Elle rêve d'un amour heureux et partagé, mais elle se sent incapable de gravir la montagne. Résignée, prête à faire demi-tour, elle aperçoit la directrice de l'école, souriante, qui lui indique une route plus facile à suivre. Delphine lui exprime sa reconnaissance, passe devant elle et emprunte le chemin qui la conduira au sommet.

Durant la semaine de relâche, elle se retrouve au Salon de l'Habitation dans un kiosque réservé aux “ Loisirs à la maison ”. Elle a le plaisir de revoir une ancienne collègue de travail et d'échanger des souvenirs communs. Elle revoit aussi Paul, l'homme avec qui elle a partagé dix années de sa vie. Elle le regarde tendrement, avec au cœur un espoir sincère qu'il ait trouvé la voie du bonheur. Quelques parents d'élèves s'arrêtent ensuite pour faire la conversation. Soudain, un couple s'avance vers elle.

– Nous reconnaissez-vous ? Nous nous sommes rencontrés l'été dernier à Saint-Hyacinthe.

– Bien sûr que je vous reconnais !

– Je vous dis que vos enseignements sur les valeurs, c'est quelque chose ! dit l'homme.

– Il est toujours aussi gentil, dit Delphine à la dame.

– Et je l'aime toujours autant ! répond-elle. On attend impatiemment la sortie de votre deuxième livre. C'est pour bientôt ?

– Probablement l'an prochain.

– À l'an prochain, alors !

Un autre couple s'avance et l'homme demande, mi-sérieux :

– Connaissez-vous un moyen pour faire pousser le 3e œil ? Je pose souvent cette question à ma femme mais je n'obtiens jamais de réponse...

Delphine sourit et jette un coup œil complice à son épouse.

– J'ai peut-être une réponse pour vous. L'ouverture du 3e œil pourrait se comparer à un téléviseur qui s'allume. En pesant sur le bouton, l'écran noir s'éclaircit tout d'un coup et l'image apparaît.

– Mais dites-moi donc sur quel bouton je dois peser ? Je ne vois rien d'autre que la réalité qui m'entoure.

– Peut-être que vous êtes dû pour changer de lunettes ? Avant de penser à faire fonctionner le 3e œil, il faut s'ouvrir les deux yeux bien comme il faut. La vue s'éclaircit avec l'observation, l'expérience et les connaissances, et si vous ajoutez l'amour à ces ingrédients, vous verrez apparaître le plus beau des romans feuilletons à votre téléviseur.

– Je vois, dit l'homme en souriant. Je pense que je ne me suis pas encore assez observé. J'y penserai pour les lunettes...

Cette amusante conversation les amène à rire de bon cœur. Tel qu'entendu, Gilles retrouve Delphine à l'heure du souper, au salon des exposants.

– Comment vont les affaires ? s'informe-t-il.

– J'ai bien dédicacé une quarantaine de livres jusqu'à maintenant. C'est fou le monde qui passe ici ! Et puis j'ai aussi rencontré bien des gens que je connaissais.

– Tu n'as pas croisé Denis, par hasard ?

– Non. Il ne sait même pas que je suis ici. Il est probablement occupé à toutes sortes de choses et ne doit pas avoir le temps de visiter des expositions.

– J'ai lu quelque part que quelqu'un qui est toujours absorbé par son travail ou qui fait partie de multiples organismes sans jamais avoir le temps de souffler ou de s'occuper des siens, est comme dans une garderie pour adultes.

– L'humour, ça s'attrape à ce que je vois ! C'est vrai que quelqu'un qui n'est pas bien chez lui s'arrangera pour être dehors le plus souvent possible : c'est peut-être une façon d'éviter la véritable intimité. Combien sont emportés par leurs activités à tenter de gravir les échelons, pour se rendre compte bien souvent, qu'ils se sont trompés d'échelle ? Combien de personnes indispensables sont au cimetière ?

– Cet homme semble incapable d'intimité... Tu sais bien, Delphine, que l'intimité ne se révèle que dans un engagement à 100%. Quel engagement a-t-il pris concernant votre relation ?

– Aucun. Il me demande seulement de lui faire confiance.

– La confiance, la confiance, c'est bien beau, mais la confiance, ça se mérite ! Pour moi, il n'y a que l'action qui compte.

– C'est plus complexe que tu ne le croies... Une action non réfléchie peut mener au désastre.

– Oui, mais quand même ! Ça va bientôt faire quatre ans que tu lui fais confiance et il ne bouge pas !

– Ne viens pas me dire toi aussi que j'ai perdu mon temps : c'est en partie grâce à lui si je suis devenue auteure et si j'ai évolué autant. Songe que si j'ai produit à ce point, c'est qu'il a dû me nourrir quelque part, non ? Aurais-tu quelqu'un à me présenter, par hasard ?

– Non, pas vraiment. Mais que feras-tu si ce n'est pas Denis, ta destinée ?

– Alors, il se présentera quelqu'un d'autre et je l'aimerai autant ! Ne t'inquiète pas pour moi : si l'amour se présentait sous une autre forme, je saurais le reconnaître. Je ne suis pas idiote, j'ai bien l'intention de partager tout l'amour qui est en moi.

– Tu me rassures. Parfois j'ai peur que les gens pensent que tu es complètement cinglée.

Delphine ne peut s'empêcher de rire. Gilles enchaîne :

– Et tu trouves ça drôle ?

– Sais-tu que rire de soi est essentiel sur le chemin de la santé mentale ? Veux-tu savoir ce que je pense du " qu'en dira-t-on ? " Pour moi, c'est le moyen de communication préféré des gens faibles. Je n'ai pas le temps de m'attarder à ces balivernes et je ne laisserai surtout pas polluer mes énergies par certains jugements. Pour découvrir qui on est, le jugement des autres est superflu, croix-moi. L'estime de soi, ce n'est pas notre entourage qui nous la donne : on doit plutôt y arriver tout seul, on a ainsi plus de chances de réussir.

– Delphine, c'est parce que je t'aime bien que j'ai peur pour toi... Dis-moi au moins que tu ne souffres plus.

– Il y a un bon moment que je ne souffre plus. Le temps qui passe a effacé les brûlures du passé. J'espère seulement que sa traversée du désert ne le conduira pas à sa destruction. Gilles, continue de bien m'aimer mais arrête d'avoir peur, je t'en prie. Moi aussi je t'aime bien : tu as dû être mon petit frère dans une autre vie.

En rentrant chez elle, elle songe que bien des gens s'inquiètent pour elle. Derrière cette inquiétude, elle est consciente de l'amour qui s'y trouve. On s'inquiète toujours pour les gens qui ont touché notre cœur.

***

CHAPITRE 3
L'humour au quotidien

> ***Ce qui empêche les hommes d'être heureux, c'est l'incapacité de comprendre la perfection de toute situation.***
>
> **Marc Fisher**

À l'école, Delphine reçoit un appel de la maman d'une élève.

– Je ne savais pas à qui confier ce problème, et soudainement j'ai pensé à vous.

– Si je puis vous être utile, madame, il me fera plaisir de vous aider.

– Voilà : depuis quelque temps, lorsque ma fille va chez son père, elle se fait laver le cerveau en entendant parler de péchés, de culpabilité et de prières. Accepteriez-vous de lui parler ? Je suis convaincue que vous trouveriez les bons mots. Je ne sais trop à quelle religion son père a adhéré car il n'a jamais tenu ce langage auparavant. J'ai peur que ma fille ne se laisse influencer.

Le sujet est délicat mais la mère semble si dépourvue que Delphine accepte d'en discuter avec cette élève dès le lendemain.

– Ta mère m'a parlé de toi. Dis-moi, que se passe-t-il lorsque tu vas chez ton père ?

– Depuis quelque temps, il fait des choses bizarres, comme dire la prière avant et après chaque repas. Ensuite, dès que je fais quelque chose qui lui déplaît, il dit que je fais des péchés.

– Dire des prières n'a jamais fait de mal à personne, au contraire. Garde ça pour toi mais je prie aussi beaucoup. Par contre, s'il te parle de péchés, sois prudente. Il ne s'agit pas de contredire ton père, mais plutôt de discerner si ce qu'il dit à ton sujet est dans le but de te corriger d'un défaut. Je te donne un exemple : admettons qu'il te surprenne à mentir, est-ce qu'il te vante les bienfaits de l'honnêteté ou s'il cherche à te culpabiliser en te traitant de mauvaise fille ?

– Il m'a dit que si je continuais à faire des péchés, Dieu me punirait et j'irais en enfer.

Delphine imagine le Bon Dieu dans son ciel, faisant des grimaces en constatant de quelle façon on se sert de son nom. Il fut un temps où c'était chose courante car la religion exerçait son pouvoir en tenant les hommes prisonniers d'une culpabilité dévorante. L'image du Dieu vengeur prévalait sur le Dieu amour. Aujourd'hui, si l'être humain veut se sortir de cette culpabilité qui ne mène à rien, il doit tout simplement développer la vertu opposée au défaut à corriger.

– Écoute, dit Delphine, si quelqu'un essaie de te culpabiliser en te parlant de péchés, fais comme si tu n'avais rien entendu. Je sais, moi, que tu es une bonne fille et tu ne dois surtout pas en douter. S'il t'arrive de faire des erreurs, au lieu de te culpabiliser, cherche à comprendre ce que tu dois améliorer en toi. Se culpabiliser mène à la destruction. On doit plutôt se pardonner en essayant de faire mieux la prochaine fois.

La sécurité ayant fait place à la peur, l'élève répond :

– Je te remercie. J'ai confiance en toi, ça me rassure.

Delphine a du mal à croire qu'au nom d'une religion, des adultes influencent des enfants à l'esprit malléable, des enfants qui leur font confiance et que l'on trahit en les culpabilisant.

***

Installée devant la télévision pour écouter les informations, elle apprend que Daniel Johnson, le chef de l'opposition, a démissionné de son poste : il se retire complètement de la vie publique. À voir son air radieux et celui de son épouse, Delphine sourit en ayant la certitude qu'il a fait un bon choix. Quel homme courageux, pense-t-elle. La sérénité qu'il affiche lui fait dire qu'il a retrouvé son vrai pouvoir. Delphine ne s'est jamais intéressée à la politique car, malheureusement, trop de gens de ce milieu pensent encore à se salir les uns les autres. Les remarques négatives qu'elle a déjà entendues sur certaines figures politiques la faisaient réagir. Elle répondait : « Plus vous salissez quelqu'un, plus la boue risque de vous revenir en pleine figure. »

– Delphine, es-tu au courant de la démission de monsieur Johnson ? s'informe son amie Christine au téléphone.

– Je viens de l'apprendre à l'instant.

– Que lui as-tu dit dans l'avion qui aurait pu l'influencer ? demande en riant sa copine.

– N'exagère pas ! Sa décision devait être prise depuis longtemps. Je crois qu'il a compris que le pouvoir n'était pas politique mais qu'il venait plutôt de l'intérieur de soi. Tu sais, j'admire cet homme dans son geste et je suis fière d'avoir eu la chance d'échanger avec lui.

Après cet entretien, Delphine écoute attentivement le discours de monsieur Johnson. Quel grand homme, pense-t-elle.

***

– Bonjour, mon nom est Myriam et je suis journaliste à Hull. J'ai lu votre livre et je voudrais vous rencontrer pour une entrevue. Serez-vous au Salon du livre ?

– Bien sûr, répond Delphine, enthousiaste.

– Alors, je vous retrouve à votre kiosque la semaine prochaine. À bientôt !

Quelle belle voix, constate Delphine en raccrochant. Une voix joyeuse et fervente. Le téléphone sonne à nouveau.

– Maman, je ne sais plus quoi faire, dit Philippe. J'ai des problèmes financiers.

– Je te comprends, ce n'est pas toujours facile à gérer. Demeure confiant car tout finit toujours par s'arranger. Au fait, tu as encore reçu des disques par la poste ; je ne comprends pas pourquoi tu en achètes encore si tu as des problèmes financiers.

– Ne me mets pas ça en plus sur le dos, je n'ai pas besoin de ça ! Oh, et puis, je n'ai plus envie de parler. Je raccroche.

Sidérée, les yeux de Delphine s'arrondissent.

– Mais il m'a presque raccroché au nez... dit-elle en regardant le combiné.

Elle n'approuve pas ce manque de respect, mais elle connaît son fils, il va rappeler... Il y a quelques années, dans une telle situation, elle l'aurait rappelé en lui disant : « Est-ce que c'est une façon de parler à sa mère ? J'exige des excuses tout de suite ! » Aujourd'hui, elle est dotée d'un peu plus de sagesse et de discernement. Elle n'a même pas le temps de retourner à la cuisine que l'appareil indispensable sonne.

– Excuse-moi, maman, pour tout à l'heure...

Doucement, mais fermement, Delphine répond :

– Philippe, je t'aime beaucoup mais je ne suis pas en état de te parler présentement car je pourrais dire des choses regrettables. C'est à mon tour de prendre du recul face à tes agissements. Lorsque je serai calmée, je te téléphonerai. On sera alors plus en mesure de se comprendre.

Et elle raccroche sans plus de détails. Un peu de silence le fera réfléchir, pense-t-elle. Le lendemain, elle reprend le combiné, son cœur de mère bien ouvert.

– Malgré tout l'amour que je te porte, Philippe, je n'approuve pas ce manque de respect. À l'avenir, réfléchis avant de poser un geste d'impatience, car l'impatience finit toujours par nuire à celui qui en est atteint. La maturité donne de bien meilleurs résultats.

– Je m'excuse, maman. Lorsque je n'arrive pas à trouver une solution à mon problème, tu le sais, j'ai tendance à paniquer.

– J'accepte tes excuses, mais rappelle-toi que la patience et la confiance, ça se développe. Tout va rentrer dans l'ordre, tu le sais bien. C'est de toi que j'ai appris ça, tu me l'as si souvent répété.

– Je sais... Seras-tu à la maison, ce soir ? Je passerais te voir quelques minutes.

– Je serai là. À tout à l'heure !

Lorsqu'on sonne à la porte, Delphine est certaine de voir apparaître Philippe. L'immense bouquet de fleurs dans les bras d'un inconnu qui s'avance, la surprend. Elle s'empresse de lire la jolie petite carte représentant un petit garçon à genoux, les yeux bien ronds, les bras grands ouverts, tenant un bouquet de fleurs dans une main, avec l'inscription : « Ne nous fâchons pas, je t'aime. » Derrière la carte, elle lit : « Voici ces fleurs pour me faire pardonner. Je m'excuse, je n'aurais pas dû agir ainsi, je t'aime. »

Les larmes aux yeux et le sourire aux lèvres, Delphine réalise que malgré ses petits défauts, Philippe est un jeune homme de cœur. Quelques minutes plus tard, il dit en se jetant dans ses bras :

– Maman, pardonne-moi, je ne recommencerai plus, je te le promets.

Y a-t-il quelque chose de plus merveilleux que la paix, l'amour et le pardon entre deux êtres ?

***

De retour à l'école, Frédéric, le stagiaire de Delphine, passe quelques jours à observer son maître associé. Ensuite, il doit faire cavalier seul. Pour son premier cours, il choisit une notion mathématique portant sur le plus petit commun dénominateur. Attentive, Delphine voit en lui une certaine perfection : il est souriant, attentif, appelle les élèves par leur prénom, les informe des objectifs, utilise des consignes claires, motive les jeunes, se déplace auprès d'eux, soutient un élève sans perdre de vue l'ensemble du groupe. C'est sans contredit un perfectionniste, pense-t-elle. Et bien sûr, l'erreur est humaine... À la fin du cours, il demande aux élèves :

– Y en a-t-il qui n'ont pas compris ce que je viens d'expliquer ?

Comme personne ne lève la main, il est tellement heureux du résultat que, dans un élan d'enthousiasme, il lève les bras au ciel. La scène qui suit aurait été digne d'un des meilleurs vaudevilles : en levant les bras, son mouvement fait décrocher la carte géographique suspendue sur un bâton de bois et il se retrouve avec " le Québec " sur la tête, ce qui le fait fléchir. Après quelques secondes de silence, les élèves sont pris d'un fou-rire contagieux et incontrôlable. Réalisant ce qui vient de se passer, rouge d'émotion, il jette un œil rapide sur Delphine, implorant son intervention. Elle sait que si elle empêche les élèves de rire, elle en aura pour une heure à essayer de les calmer. Elle se lève donc et leur dit :

– Je n'ai jamais rien vu de si drôle ! Je vous permets de rire, les enfants, c'était tellement drôle!

Les gorges se déploient et les poumons se vident durant cinq bonnes minutes. Frédéric assiste à la scène, complètement dépassé par la situation, le regard incertain, ne sachant plus quelle attitude adopter. Voulant reprendre le contrôle après cet imprévisible événement, il enchaîne en inscrivant silencieusement au tableau une équation mathématique. Au lieu de placer le signe de l'addition entre deux nombres, il écrit le symbole de l'égalité. Delphine s'en aperçoit mais respecte sa règle d'or de ne jamais intervenir en pareille situation. Elle se demande, amusée, comment il se sortira de ce pétrin. Les élèves cherchent à comprendre comment un tiers peut bien égaler un quart et surtout ils se demandent de quelle façon ils résoudront ce problème. Un garçon s'exclame soudainement sans aucune retenue :

– C'est impossible, ton équation ! Est-ce que ça se peut qu'on en sache plus que toi ?

Delphine n'arrivera jamais à étouffer la spontanéité de cet élève qu'elle adore. Elle observe son stagiaire en pensant que son ego est en train d'en prendre pour son rhume. Se tournant vers le tableau, il réalise enfin sa distraction. D'un coup sec, il efface l'équation et dit aux élèves :

– Ce problème est vraiment trop difficile, je vous en donne un autre.

Et une cuillère de sirop pour le rhume de l'ego ! pense Delphine. Complètement abasourdi par des situations qui se jouent de lui, déconcentré et stressé au maximum, Frédéric se retourne sur lui-même et dans son mouvement, fait voler la corbeille à papier tout en faisant quelques pas de valse afin de rétablir son équilibre. C'en est vraiment trop. Les élèves n'en demandaient pas tant. Assistent-ils à une répétition d'un futur humoriste qui s'évertue à éprouver les meilleurs sketchs d'un spectacle inédit ? Tous se regardent et se retiennent pour ne pas éclater de rire à nouveau. Heureusement, c'est l'heure de la récréation.

– On peut dire que tu as été sauvé par la cloche ! Je tiens à te féliciter pour ta maîtrise : ton ego est sûrement très éprouvé...

Finalement décontracté, il éclate de rire sous le regard complice de Delphine.

– Tu sais, même avec trente ans d'expérience, je fais encore des erreurs. Il arrive parfois que les élèves me reprennent. J'en profite alors pour les remercier d'avoir remarqué ma distraction et d'être aussi attentifs. On doit savoir faire preuve d'humilité dans l'enseignement : c'est quelque chose que les enfants m'ont appris. Ils m'ont appris à être moi-même, sans artifices.

– Maintenant, je sais où se trouve la corbeille à papier, dit-il, mort de rire.

– Dans de telles situations, amène les élèves dans ta complicité : ils te respecteront beaucoup plus que si tu te montres insulté. L'orgueil n'a pas sa place auprès des enfants. Et puis, rire de soi est le meilleur remède contre les maladies. Apprends à rire de toi-même.

Delphine se dit que pour son premier cours, il a été durement éprouvé. Il n'en sera que plus fort, conclut-elle.

***

En conversation téléphonique avec une collègue, Delphine est interrompue par l'autre ligne qui sonne.

– Bonjour, c'est Denis. Je suis à deux pas de chez toi, as-tu quelques minutes à me consacrer ?

Les trémolos dans la gorge, elle arrive à articuler :

– Je t'attends !

En arrivant, il s'effondre dans ses bras.

– J'ai réalisé à quel point j'étais bien avec toi. Je repense souvent à notre week-end dans la région de Charlevoix. Imagine, moi qui n'ai pas l'habitude de visiter les boutiques, j'ai réalisé que je me sentais bien partout avec toi.

Il se met à pleurer doucement. Delphine, par son silence, respecte ces instants de tendresse.

– Je ne pensais plus être capable de pleurer. Je suis seul, je n'ai aucun ami.

– C'est bien parce que tu n'en veux pas... Plutôt que de te demander si tu plais aux autres, essaie donc de trouver ceux qui te plaisent à toi.

– J'ai l'impression de ne pas être apprécié à ma juste valeur, surtout dans mon bénévolat.

Le ton de Delphine change radicalement.

– Quand donc vas-tu finir de consoler ton ego ?

– C'est le pire des défauts, j'en conviens...

– Si tu envoyais ton ego dans une maison de redressement, peut-être pourrais-tu ensuite affronter tes démons ? Je ne supporte plus tes paroles en l'air, tes promesses pleines de trous... Tu n'es pas fatigué de vivre sous les apparences d'une fausse personne ?

– Germaine va me rendre fou !

– Veux-tu savoir qui est-ce qui peut te rendre fou ? Arrête de rejeter la faute partout et regarde-toi dans un miroir. **Un ennemi n'existe pas à moins d'avoir besoin d'en combattre un.** Plus tu t'acharnes à lui faire porter le fardeau de tes propres défauts, plus ceux-ci te collent à la peau ! Désolée de faire éclater ta bulle égocentrique... Tu ne t'es jamais préoccupé de ce que je pouvais ressentir. Je pense que tu t'es servi de moi pour endormir ta souffrance.

– Delphine, je souffre...

– Non, tu ne souffres pas assez ! Tu dis avoir vécu les affres de l'angoisse, ça te coûte la peau des fesses pour nourrir ton misérable ego, tu es à quelques pas du paradis et tu ne sais pas encore où est la porte ?

– C'est Dieu qui gouverne la vie, c'est Lui l'Intelligence organisatrice.

– Oui, c'est vrai ! Par contre, aide-toi et le ciel t'aidera ! J'espérais de tes nouvelles pendant les semaines de verglas... Je savais que tu étais dans la zone sinistrée, je me suis imaginée les pires scénarios.

– On n'a pas quitté la maison : c'était la survie. Comme je sais que tu as beaucoup d'amis, je n'étais pas inquiet, j'étais certain que quelqu'un prendrait soin de toi.

– Te fier sur mes amis est une façon comme une autre de te déresponsabiliser... Tu sais, lorsque plus personne ne se soucie de nous, la vie n'a plus de sens. C'est bon de savoir que quelqu'un s'inquiète, parfois.

– Comment vont tes Salons du livre ?

– Je serai à Hull la semaine prochaine. Je ne sais plus quoi répondre aux lecteurs qui me demandent de tes nouvelles... Ils sont aussi impatients que moi. J'ai commencé à écrire le troisième tome mais sache que je n'écrirai pas une encyclopédie sur le sujet, c'est hors de question.

– Tu peux répondre que je ne suis pas encore revenu mais que je suis toujours là. Qui occupe le kiosque avec toi ?

– Un représentant et Colombe, une auteure que je considère comme ma petite sœur de l'édition. Il paraît qu'on se ressemble car plusieurs lecteurs nous confondent.

Déposant des billets dans la main de Delphine, il dit :

– Tu inviteras Colombe à prendre un verre à ma santé.

– Merci, dit-elle, surprise par son geste.

Après son départ, Delphine a l'impression que Denis est sous le choc de grandes vérités à son sujet. Tout dépendra de l'attitude qu'il adoptera : endormir ses souffrances ou repartir d'un pied ferme vers une saine reconstruction. Prise d'une fatigue soudaine, elle s'installe dans son fauteuil et se met à l'écoute de son âme, cette muse qui la hante jusqu'à ce qu'elle se décide enfin à écrire. Elle se recueille et essaie de retrouver la sérénité. Elle sait qu'il lui sera impossible de s'endormir si elle n'a pas tout dit, si elle n'a pas couché sur papier l'essentiel.

***

Après avoir animé un atelier de peinture avec son stagiaire, Delphine se dirige aux lavabos pour nettoyer pinceaux et spatules et se rend ensuite aux toilettes. En fermant la porte, elle pousse un cri : le dos de la porte est maculé de peinture verte fraîchement appliquée. Les marques de doigts témoignent d'un geste délibéré. Elle devine de qui il s'agit. Elle prend une bonne respiration et retourne en classe. Pendant que Frédéric s'occupe des élèves, elle fait signe à la jeune fille en question de la suivre. Elle n'a pas encore ouvert la bouche qu'elle l'entend dire, effrayée :

– Ce n'est pas moi qui ai barbouillé la porte !

Doucement, mais avec fermeté, Delphine enchaîne :

– Bon, alors si ce n'est pas toi, c'est donc quelqu'un d'autre. Mais si par hasard c'était toi, je préférerais que tu me le dises tout de suite. Tu sais, j'ai mis beaucoup de temps et d'énergie à préparer cet atelier et je suis fatiguée. Je devrai donc passer en revue toutes les filles et ça risque d'être long. Je suis réellement fatiguée.

Sans aucune hésitation, la jeune fille avoue :

– C'est moi. Je vais tout nettoyer.

– Je viens avec toi mais, d'abord, j'apprécierais que tu m'écoutes. Tout le monde à l'école sait que nous avions un atelier de peinture aujourd'hui. Réalises-tu ce qui aurait pu arriver si quelqu'un d'autre que moi avait découvert ce geste de vandalisme ?

– On t'aurait disputée...

– C'est plus grave que ça ma belle fille... On aurait pu nous défendre de peindre pour le reste de l'année. Penses-tu que les élèves méritent d'être privés de quelque chose qu'ils aiment faire à cause d'un geste irréfléchi de ta part ?

– Non, Delphine, je m'excuse, je ne le ferai plus jamais !

– Mon intention n'est pas de te culpabiliser mais de te responsabiliser car tu sais, le vandalisme, c'est quelque chose qui nuit à tout le monde. Prends conscience de tes gestes avant de faire quoi que ce soit. Habitue-toi à prendre soin de tout ce qui t'entoure et je t'en prie, pense à la loi du retour, tu te rappelles, le boomerang ? Est-ce que je peux te faire confiance à l'avenir ?

Penaude, l'enfant répond :

– Oui...

– Tu ne recommenceras pas, c'est promis ?

– C'est promis, je te le jure ! dit-elle l'air reconnaissant.

– Quant à moi, sois assurée que personne à l'école ne sera au courant de cet incident : ce sera un secret entre toi et moi. À moins que tu me donnes la permission de le raconter dans mon troisième livre ? Ça pourrait peut-être servir de leçon à d'autres jeunes qui auraient malencontreusement les mêmes idées que toi ?

– Ça ne me dérange pas que tu l'écrives dans ton livre, dit-elle repentante.

– Ce serait tout à ton honneur, tu sais. Admettre ses sottises demande du courage et ce n'est pas tout le monde qui y arrive, crois-moi. Je veux que tu saches que je t'aime autant qu'avant, dit-elle, caressant la tête de l'enfant.

Après l'avoir aidée à nettoyer le dégât, Delphine la regarde sortir de l'école, le cœur léger, les yeux pétillants. Elle se demande bien quelle souffrance se cache derrière de tels gestes...

***

Au Salon du livre de Hull, installée à sa table de signature, Delphine fait la connaissance de Myriam, une jeune journaliste pleine d'enthousiasme.

– C'est l'heure de l'entrevue. Je vous attends au Petit Salon dans dix minutes.

– J'arrive !

Devant un petit auditoire attentif, Delphine répond au jeu de la vérité.

– J'ai la joie d'avoir avec moi, ce matin, l'auteure de " La clé de la Vie ". Vous voulez bien nous en parler, Delphine ?

– Cette histoire commence par une histoire d'amour et j'aborde ensuite les valeurs et l'évolution.

– Parlez-nous des personnages et de leurs expériences.

– Tout d'abord, j'explique comment j'ai repris l'éducation de mes deux fils alors âgés de dix-huit et vingt et un ans. Ce ne fut pas chose facile. Comme j'étais en situation monoparentale, mes fils n'ont pas eu de modèle masculin. J'ai dû leur apprendre à se créer eux-mêmes en leur redonnant une bonne estime de soi et surtout en leur faisant confiance. On y trouve aussi de beaux dialogues avec mes élèves, avec des collègues sur l'éducation, et avec des amies sur l'évolution. Et bien sûr, il y a Denis, mon personnage principal, l'homme aimé.

– Vous parlez dans votre livre d'une carte des valeurs. Comment fait-on sa carte des valeurs ?

– Il s'agit d'identifier ce qui est le plus important dans sa vie. Est-ce l'amour ? le respect ? l'honnêteté ? le soutien ? l'argent ? la justice ? Lorsqu'on arrive à comprendre les valeurs de l'autre, la communication s'avère plus facile.

– Est-ce que ça se change, des valeurs ?

– Oui, heureusement ! Lorsque quelque chose ne fonctionne plus, on doit penser différemment.

– Qu'est-ce qui vous a incitée à écrire votre histoire ?

– Je la trouvais incroyable, palpitante et hors de l'ordinaire. À un moment donné, j'ai senti que j'étais dirigée dans le déroulement de ma vie et mes nombreuses lectures m'ont amenée à conscientiser un principe universel. Pour moi, la clé de la vie se trouve dans l'équilibre des principes féminin et masculin. C'est une nourriture spirituelle qui m'éclaire de plus en plus.

– Si vous aviez des dons de magicienne, que changeriez-vous à l'histoire ?

– Personnellement, j'aurais voulu partager ma vie avec Denis, mais avec le temps, j'ai fini par comprendre que cette histoire d'amour compliquée était nécessaire à mon évolution ; de plus, j'avais plusieurs messages à transmettre venant de différents personnages. Remarquez que si Denis était revenu au début de l'histoire, je n'aurais pas eu de livres à écrire.

– C'est un fait. Où en est Denis, présentement ?

– Il chemine à son rythme. Je le laisse libre.

– Où en est Delphine ?

– Elle a une vie passionnante. Elle se promène dans tous les Salons du livre, fait des rencontres exceptionnelles et vit l'amitié sous toutes ses formes.

– Où puisez-vous l'énergie, la patience et la force de tout supporter ?

– Dans la foi en la vie, car j'ai toujours pensé que la vie est intelligente. Aussi, je puise ma force dans l'amour de l'être humain et la compassion qui l'accompagne. Quoiqu'il arrive, j'aurai toujours confiance en l'être humain.

– La patience n'a-t-elle pas des limites ? Êtes-vous de celles qui aiment trop ?

– On n'aime jamais trop. On peut mal aimer, mais jamais trop. Quand on aime, la patience vient avec.

– Vous ne croyez pas au hasard ?

– Non, je suis convaincue que le hasard n'existe pas. Je rencontre toujours les personnes essentielles à mon évolution et j'ai remarqué que les événements se présentent toujours au bon moment.

– Vous avez une belle bibliographie. Pourquoi incitez-vous le lecteur à en prendre connaissance ?

– Les écrits de ces auteurs ont collaboré à mon évolution et m'ont aidée à devenir celle que je suis. C'est la moindre des choses que je les recommande. Et puis, je pense que si d'autres personnes veulent voir plus loin que les autres, ils doivent grimper sur les épaules des grands maîtres.

– Je reconnais là votre générosité. De quel style est votre livre ?

– Je dirais... un style universel, écrit simplement, avec mon cœur.

– Peut-on savoir ce que nous réserve le deuxième tome ?

– Plusieurs nouveaux personnages entrent en scène dans le domaine des médecines douces, de l'éducation, de la religion, de l'énergie entourant les relations, toujours autour de l'histoire d'amour.

– Donc, vous allez attendre Denis ?

– Je ne l'attends pas vraiment. J'ai simplement décidé de suivre les signes de mon destin.

– Avez-vous peur d'être déçue ?

– Quand on aime, on n'est jamais déçu car **l'amour ne se perd pas**. L'amour inconditionnel que l'on sème autour de soi est une énergie qui prend racine dans le cœur de la personne et cet amour fleurira un jour ou l'autre. Par choix, j'espère bien partager ma vie avec un compagnon bientôt.

– Avez-vous toujours été intéressée par les grandes questions sur la vie ?

– Oui, c'est ma passion. Petite, j'observais le monde avec des yeux d'adulte tout en préservant mon cœur d'enfant. Je me suis toujours questionnée sur le sens de ma vie sur terre et lorsqu'on se questionne, on finit par trouver des réponses.

– Comment arrivez-vous à faire comprendre les " Valeurs de Vie " à des enfants de dix ans ? N'est-ce pas plus difficile qu'avec des adultes ?

– Au contraire, c'est plus facile car l'enfant est pur. En général, les enfants savent comment les choses doivent se passer et leur jugement est terrible car ils sentent la vérité. De génération en génération, les enfants sont plus évolués. Observez les enfants de deux ans : ils savent des choses instinctivement. Vous savez, les adultes ne sont pas plus intelligents ni évolués que les enfants : l'expérience est la seule chose que nous avons de plus qu'eux. Donc, on doit simplement les guider et les responsabiliser en leur expliquant les conséquences de leurs gestes ou de leurs décisions.

– Quelle est la signification de la marguerite ?

– Dès l'âge de six ans, à l'école, je dessinais des marguerites dans la marge de mes cahiers. J'aime cette fleur et, un jour, je me suis mise à inscrire des valeurs dans les pétales. Avec les enfants, je travaille une valeur par mois.

– Malheureusement, le temps est déjà écoulé. Cette discussion fut très enrichissante ; je vous remercie, Delphine, pour cet entretien.

Puis, regardant l'auditoire, l'animatrice ajoute :

– À vous tous, je suggère fortement la lecture de ce volume inspirant.

Delphine est satisfaite. Myriam lui remet une jolie carte où figurent des marguerites, et elle lit : « *Je voulais vous offrir de vraies marguerites mais je n'ai trouvé que celles-ci. Voici un petit bouquet de valeurs. Merci pour l'entrevue et bonne chance dans vos projets d'avenir.* »

Cette jeune fille ira loin, pense Delphine. Quel professionnalisme pour son âge!

– J'ai l'intuition que l'on se reverra, Myriam. Si tu viens à Montréal, n'hésite pas à me téléphoner.

– La vie est souvent faite de surprises, sait-on jamais ?

Les ventes du livre vont bon train. Les énergies combinées du représentant, de Colombe et de Delphine y sont sûrement pour quelque chose. Ils forment un trio harmonieux, souriant et accueillant. Quelques minutes après s'être préparée à accueillir les gens, un beau jeune homme vient vers elle.

– Je suis heureux de vous rencontrer. J'ai lu votre livre et je l'ai prêté à tous mes amis. Vos cours sur les valeurs m'ont énormément touché.

– C'est gentil de me le dire. La suite est prévue pour l'an prochain.

– Il y a une suite ? Je surveillerai ça de près en librairie. Soyez assurée que je vous lirai à nouveau. J'ai été enchanté de faire votre connaissance.

Quel bel exemple pour la jeunesse. Ce jeune homme respire la joie de vivre, l'équilibre et l'enthousiasme. Elle ne peut s'empêcher de penser que les jeunes filles de quinze ans doivent être à ses pieds. Une jeune femme s'avance ensuite vers elle, souriante, timide.

– Je m'appelle Mitsi. J'ai eu l'occasion de feuilleter votre livre et je suis d'accord avec vous sur bien des points. Nous avons besoin de références pour bâtir notre identité. Continuez votre belle oeuvre, ça nous aide à apprécier la vie !

Douce et belle Mitsi... On ne pouvait trouver nom plus ravissant pour une si jolie personne.

– Mitsi, sais-tu que tes yeux et ton sourire sont un baume sur la souffrance humaine ?

– Merci. J'aimerais beaucoup œuvrer en ce sens.

– Je t'encourage. Le monde a besoin de jeunes comme toi.

Le regard de cette jeune femme laisse croire à Delphine qu'elles se reverront dans d'autres circonstances. Les gens de même énergie se croisent et se recroisent...

Deux jeunes filles, aussi mignonnes que spontanées, écoutent Delphine raconter à un lecteur qu'il lui arrive de recueillir ses personnages dans les Salons du livre.

– On aimerait bien que tu parles de nous dans ton livre ! Moi c'est Édith et elle, c'est Maude.

– Très bien, Édith et Maude, j'en prends note. J'écrirai que j'ai rencontré deux charmantes jeunes filles, joviales, intelligentes et honnêtes, ça vous va ?

– C'est vrai ? C'est une promesse ?

– C'est promis !

Bras dessus, bras dessous, les deux jeunes filles, folles de joie, disparaissent dans la foule.

Longeant le couloir de l'hôtel qui la mène à sa chambre, une dame, marchant devant elle, se retourne brusquement et dit :

– Je savais qu'il y avait quelqu'un derrière moi, même si je n'entendais pas vos pas. Je sentais beaucoup d'énergie.

– J'avais deviné que vous vous retourneriez. Je m'appelle Delphine, je suis auteure.

– Enchantée de vous connaître. Je m'occupe de la soirée de poésie. Quel est le titre de votre livre ?

– La clé de la Vie.

– J'irai vous voir demain à votre kiosque : ou ma serrure est brisée ou je n'ai vraiment pas la bonne clé. Je ne vous ai pas croisée par hasard...

– Rien n'est dû au hasard, madame. Je pense que Dieu nous a tous donné la bonne clé ; il s'agit simplement de trouver la bonne serrure. À demain !

Arrivée à la chambre, Delphine retrouve sa collègue en train de relaxer.

– Quelle journée ! Tu étais radieuse, Colombe, aujourd'hui.

– J'étais pleine d'énergie. Je crois que les gens réalisent de plus en plus qu'il est important de bien se nourrir.

– Tes recettes sont faciles à faire, et puis, c'est tellement bon ! Ça roule bien, tes cours ?

– À merveille ! Ceux et celles qui s'inscrivent veulent comprendre la dynamique d'une alimentation naturelle, saine et équilibrée. Ils sont motivés à bien nourrir leur corps et par le fait même, ils nourrissent leur esprit de pensées positives.

– Un esprit sain dans un corps sain. L'un ne va pas sans l'autre...

– Toi aussi tu étais en forme, il y avait beaucoup de monde autour de toi.

– Il est facile de constater que les habitants de Hull sont aussi de grands amants de la lecture. Ce que j'apprécie le plus dans mes conversations avec les lecteurs, c'est lorsque je vois cette petite étincelle dans leurs yeux, cette lueur qui les anime.

– La satisfaction ressentie à voir la lumière dans l'œil de l'autre n'est-elle pas le reflet de Dieu qui serait content ?

– J'aime la comparaison. On pense de la même façon, toi et moi. C'est pour ça que je me sens proche de toi et que j'ai toujours hâte de te revoir à chacun des Salons.

– Moi aussi, Delphine, j'apprécie ta compagnie. Je te considère vraiment comme ma petite sœur.

Delphine qui n'a pas eu la chance d'avoir une sœur biologique, retrouve des " sœurs d'âme " parmi plusieurs de ses amies.

***

Entourée de représentants et d'auteurs, Delphine est dans son élément. Elle ne manque pas d'aller saluer la représentante de " L'imagerie ", boutique qui offre des reproductions d'œuvres de peintres québécois. Le sourire de cette femme est dynamisant. Dans un état d'esprit empreint de légèreté, elle retourne à son kiosque où une dame l'attend.

– Me reconnaissez-vous ? J'ai acheté votre livre, hier ; je l'ai lu d'un trait et je tenais absolument à vous remettre ceci. Si vous saviez comme je me suis reconnue en vous. Vous m'avez éclairée sur ma situation actuelle. J'ai de grosses décisions à prendre.

Delphine ouvre l'enveloppe qu'elle lui tend.

– Ce sont des poèmes que j'ai écris dernièrement.

Croire sans juger

Nous avons cru ces personnes plus âgées,
pensant qu'elles étaient mieux placées.
Elles étaient très importantes,
au regard fragile d'un enfant.
Nous les regardions avec admiration,
ces grands êtres que nous adorions.
Comment aurions-nous pu savoir,

qu'il ne fallait pas toujours les croire ?
Leurs commentaires souvent démesurés,
de jour en jour se sont ancrés.
Des mots, des gestes insignifiants,
qui restent gravés pour très longtemps.
Enfin, le temps vient où l'on s'aperçoit,
que nous ne sommes pas ce que l'on croit.
C'est alors que nous pouvons changer,
ces croyances trop longtemps enracinées.
Devant notre nouvelle façon d'agir,
peut-être voudront-ils se dévêtir,
Trouver leur essence souvent masquée,
par des convictions à leur tour imposées.

Pourrions-nous

Le nombre de toutes nos erreurs,
bien sûr, nous fait très peur.
Nos masques aident à cacher nos petits secrets bien gardés.
Au fil des ans qui passent, la culpabilité s'entasse.
On se chante une ballade jusqu'à se rendre malade.
Inconsciemment, nous récitons
les paroles de vieilles chansons.
Si nous pouvions nous regarder
sans l'obligation de nous juger.
Mais pourrions-nous nous aimer
après tous ces gestes insensés ?
Comment pourrions-nous continuer
à vivre nos vies bien rangées ?
C'est plus facile de pointer du doigt,
détourner le regard encore une fois.

G. Laflamme

– C'est beau ce que vous écrivez. Les gens ont besoin de poésie et la vôtre suppose de grandes réflexions. J'y sens un peu d'amertume... L'image qui me vient est celle du poussin qui essaie de sortir de sa coquille, comme une éclosion finale qui mènerait à la naissance. Continuez et, surtout, laissez parler votre cœur.

– Gardez ces poèmes, vous êtes libre d'en faire ce que vous voudrez.

L'émotion est palpable entre les deux femmes. Leurs yeux se croisent, portant le même message traduit par des larmes qui perlent délicatement. Que de moments intenses vécus dans ces Salons du livre ! Puis, un homme qui feuillette le livre de Delphine, dit :

– Je suis tout à fait d'accord avec vous lorsque vous dites que les luttes de pouvoir sont encore bien présentes dans notre société. Je suis avocat et ce que j'entends quotidiennement est incroyable ! Je pourrais vous en parler durant des heures. Dans ce milieu, l'intégrité n'est malheureusement pas au premier rang. Vous n'avez pas idée de toutes les conspirations qui se font.

– L'argent est encore une valeur première pour bien du monde, n'est-ce pas ?

– À qui le dites-vous ! Le système est corrompu. Je ne sais pas encore combien de temps je tiendrai dans ce milieu car laissez-moi vous dire qu'il y aurait tout un ménage à faire. Tout est à repenser !

– Ce sont des avocats comme vous qu'il nous faut. Vous pouvez sûrement aider à améliorer certaines choses.

– J'ai l'impression de me battre contre une armée.

– La plus grande arme est celle du cœur. La bataille est plus longue mais la victoire est au bout du combat.

– Alors, s'il faut miser sur le cœur, je suis bien armé. Mais je suis conscient que la spiritualité, l'honnêteté, la soif de justice qui m'habite, la quête de la simplicité et de la vérité sont des valeurs méconnues dans la société où je vis et où j'essaie d'atteindre une certaine qualité d'existence.

C'est une première pour Delphine. Entendre des propos si rapprochés des siens de la bouche d'un avocat renforce sa confiance aux changements possibles chez l'être humain.

– On ne doit surtout pas se décourager, dit-elle.

– Vous avez raison, tout n'est pas perdu. Votre livre me fascine, je le prends.

– Je suis à écrire la suite.

– Ah oui ? Écoutez, voici ma carte. Si vous m'invitez au lancement de votre deuxième livre, je vous promets d'être là. Je ne refuse jamais une invitation de la part d'une personne qui mise sur le cœur pour vivre en harmonie avec elle-même et communiquer avec les autres.

– Comptez sur moi, je vous aviserai en temps et lieu.

Delphine songe qu'elle aurait fait une très mauvaise avocate. À l'idée de se retrouver avec la conviction soudaine d'avoir un client coupable, elle serait incapable d'assurer une défense adéquate. Question de conscience, tout simplement. La conversation avec cet avocat, ce partisan de la justice humaine est passionnante, mais comme le Salon se termine, elle se prépare à aller prendre l'autobus qui la ramènera chez elle.

***

Le premier avril ne vient pas sans les blagues de poisson apprêté à toutes les sauces. Delphine n'est pas en reste de ces bonnes traditions. De connivence avec la secrétaire de l'école, elle décide de jouer un tour à son stagiaire. La secrétaire prévient Frédéric à l'intercom qu'il a un appel téléphonique sur la deuxième ligne. Il descend donc, et lorsqu'il prend le combiné, évidemment, il n'y a personne au bout du fil. Il se retourne vers la secrétaire et dit :

– Il n'y a personne sur la ligne...

– Ah bon, la personne a dû raccrocher, répond-elle innocemment.

Lorsqu'il remonte en classe, une affiche se trouve sur la porte avec l'inscription : " Il n'y avait personne sur la ligne ? " Lorsqu'il ouvre la porte, tous les élèves crient : « Poisson d'avril ». Frédéric n'en revient pas de s'être fait avoir ainsi... Il regarde Delphine et dit :

– Je ne me suis douté de rien ; tu es formidable, garde toujours ton cœur d'enfant, c'est comme ça qu'on t'aime !

– Je t'emmène au restaurant, ce midi ; que dirais-tu de manger du poisson ?

– Ça me convient, répond-il le sourire narquois. On pourrait peut-être en profiter pour discuter un peu de mon stage ?

– Les grandes idées se rencontrent, tu m'enlèves les mots de la bouche.

Bien installés, à l'écart, Frédéric raconte sa première année à l'université.

– Jusqu'à maintenant, les cours ne nous préparent pas vraiment à la réalité en classe : ils ne sont que d'ordre théorique. On ne nous apprend pas à être souriant, dynamique et motivant. On ne nous inculque pas le feu sacré, on ne nous dit pas qu'il est essentiel d'aimer les enfants. Tout cela, Delphine, je l'ai appris de toi. À l'université, les professeurs connaissent bien leur matière mais, généralement, peu transmettent l'amour de leur matière. Ce dont nous avons besoin, c'est de comprendre l'utilité et le but du cours. Nous avons besoin d'exemples de la vie courante en classe. Il y a tout un monde entre ce que j'apprends à l'université et ce que j'ai appris dans ta classe. J'ai aussi constaté en te lisant que tu appliques vraiment ce que tu dis, j'ai constaté à quel point tu es cohérente. Ce n'est pas une simple recette que tu lances dans les airs mais plutôt des exemples qui font réfléchir : **c'est du gros bon sens.**

– Si tu savais comme je rêve d'enseigner les valeurs aux jeunes de ton âge. La vie m'y conduira peut-être, un jour.

– Que penses-tu de moi jusqu'à maintenant ? Suis-je à ma place auprès des enfants ?

– La réponse à ta question, je l'ai eue dès le début du stage. Les enfants sont les meilleurs juges : je pouvais voir dans leurs yeux que votre relation serait bonne. Des enfants qui aiment leur enseignant, c'est un signe qu'ils sont aimés en retour. Entrer en relation avec les enfants est capital dans notre profession et notre façon de communiquer est primordiale. Il faut savoir " Être " et ceci demande beaucoup d'humilité. On doit prendre le risque de parler de soi, on doit savoir se positionner clairement. Peux-tu me dire quels sont les professeurs dont tu te souviens le plus ?

– Ceux avec qui j'ai eu une relation de qualité, bien entendu.

– Tout est là. Tout dépend de la qualité de la relation.

– Mais ce n'est pas toujours facile d'entrer en relation avec des enfants qui sont agités ou violents...

– Non, je te le concède, mais essaie de voir au-delà des apparences. Ne pose pas d'étiquettes ou de jugements de valeur. Les comportements sont une forme de langage. L'enfant qui est incapable de parler de sa souffrance va la crier par un comportement dérangeant. Un comportement malsain indique une blessure, mais pour comprendre quelqu'un, on doit établir une bonne relation avec lui.

– Je crois que les enfants sont à la recherche de nouvelles valeurs, de modèles qui les sortiraient de leurs relations de soumission.

– J'ai compris, avec les années, qu'on ne doit user ni de séduction avec eux, ni d'agression.

– C'est à dire ?

– Jacques Salomé nous dit d'éviter le paternalisme, la manipulation ou la carotte qui les ferait avancer, que l'enfant nous fait toujours payer la soumission que l'on exige de lui.

– Alors, que doit-on faire dans la pratique ?

– Lorsqu'un problème se pose, vérifie toujours l'idée de l'enfant, ensuite, exprime la tienne, et finalement, échangez ce que vous ressentez. Au lieu d'utiliser le pouvoir par une attitude intimidante, il est préférable d'utiliser une autorité dont l'influence permettra à l'élève d'être lui-même. Les enseignants qui ont perdu l'autorité se réfugient dans le pouvoir. Ils se piègent eux-mêmes en piégeant les enfants.

– Comme c'est vrai tout ça... Pour revenir à ma question, penses-tu que je suis à ma place auprès des enfants ?

– Bien sûr ! Tu sais les valoriser et les encourager. Je ne t'ai jamais vu intimidant ou sarcastique. Tes cours sont bien planifiés et j'apprécie tes multiples exemples.

– Y a-t-il un point particulier sur lequel je dois m'améliorer ?

– La patience est une vertu que l'on doit mettre en pratique tous les jours : les élèves ne travaillent pas tous au même rythme. Rappelle-toi aussi que les enfants n'oublient jamais une promesse.

– Je te remercie, Delphine, de me donner l'heure juste. Étant un peu perfectionniste, je sais que j'ai à développer la patience et la tolérance. Quant aux promesses tenues, j'ai pu observer que c'est ce qui fait notre crédibilité.

– Je ne suis pas du tout inquiète pour toi, je te fais confiance. Tu sais, l'excellence n'arrive pas sur un plateau d'argent, elle se mérite à force d'organisation, de préparation et de persévérance devant les obstacles. On ne peut partir de l'infini, mais on peut y arriver.

Revenue chez elle, Denis l'attendait.

– Tu sais que je ne peux oublier la date anniversaire de notre rencontre. Je t'ai fait des cassettes de musique.

Delphine est surprise de constater qu'elle n'a pas grand chose à lui dire. La boussole de son cœur est-elle en train de changer de direction ? Un certain ennui semble freiner l'élan de son âme. Complices du silence, ils se laissent bercer par une douce musique.

***

Sous un soleil radieux, Delphine et Colombe roulent en direction du Nouveau-Brunswick où elles sont attendues au Salon du livre d'Edmundston. Six heures de route, agrémentées de belle musique.

– C'est gentil à Denis d'avoir pensé à te faire des cassettes.

– Il ne veut pas que je l'oublie...

– Tu sais, j'admire l'amour que tu éprouves pour lui mais... crois-tu vraiment qu'il reviendra ?

– Je ne sais pas, Colombe. Je le sens encore très cérébral. Son instabilité et son indécision sont des signes que sa personnalité refuse de se laisser diriger par son Moi supérieur, ce qui l'amène à trahir tout le monde par ses faiblesses.

– Il y a tellement de gens qui sont sous la dépendance d'une autre personne dont ils n'ont pas le courage de se libérer.

– Ses croyances créent sa réalité mais la réalité se moque bien de ses croyances. Je pense qu'il va lui falloir toucher le fond avant de rebondir. Viendra un moment où il sera capable d'affronter les obstacles. Avant d'arriver au paradis, on doit parfois traverser les feux de l'enfer. Un jour, il se rendra compte que la résistance fait mal.

– S'il ne comprend pas, c'est qu'il n'a pas fait face à ses propres émotions.

– C'est juste. Il a une fausse image de lui-même, il ignore sa valeur et il trouve toujours de bonnes excuses. J'ai remarqué que, souvent, les événements de la vie nous déséquilibrent pour nous obliger à nous connaître et à ensuite nous transformer. Il n'y a pas de remède pour ceux qui ne comprennent pas le sens de la vie : **la guérison est dans la compréhension**. Il s'agit de trouver les bonnes clés, c'est le secret de la liberté.

– Tu n'as pas l'impression de stagner durant tout ce temps ?

– Il paraît que **Dieu est toujours à jour**... Denis obéit à son propre rythme. Il n'a pas eu la chance, comme moi, de fréquenter les anges.

– Toi aussi, tu crois aux anges ?

– S'il y a une chose qu'on devrait conserver de l'enseignement religieux reçu, c'est bien l'existence des anges... Là-dessus, la religion avait raison. Remarque que j'aime mieux fréquenter les anges, car j'ai lu quelque part qu'à force de fréquenter des " ânes ", on finissait par manger du foin.

– J'aime ton sens de l'humour, Delphine. Fais confiance à la sagesse du Ciel, Il ne t'abandonnera pas. Même dans le désert on trouve des oasis.

– Et toi, ma belle Colombe, sais-tu que tes paroles contiennent des perles de sagesse ? Tu dois avoir une baguette magique dans la bouche !

Arrivées à Edmundston, silencieusement, elles s'installent à l'hôtel. Après une bouffée d'air frais, elles rejoignent leur kiosque où elles sont accueillies chaleureusement par la représentante. Les bénévoles circulent et distribuent à chacun des kiosques de jolis paniers remplis de victuailles. Edmundston semble battre au rythme du cœur généreux de ses habitants : sa légendaire hospitalité demeure immuable. Delphine n'a même pas le temps de s'asseoir, qu'une dame vient vers elle et demande le sourire aux lèvres :

– L'avez-vous marié, Denis ?

Surprise par une question aussi directe, Delphine se doute bien que sa réponse va la décevoir...

– Il n'est pas encore revenu, ma chère dame. Il faudra prendre votre mal en patience car il ne revient pas encore dans le deuxième tome. Je suis à écrire le troisième en espérant que ce sera le dernier...

– Êtes-vous certaine, au moins, qu'il reviendra ?

– Non, je n'ai plus cette certitude.

– Alors, je vous trouve courageuse de continuer à écrire !

– Pour moi, écrire, c'est bâtir un acte d'amour. Je garde confiance que le meilleur ressortira de toute cette histoire.

– S'il essaie d'échapper à l'amour, Dieu restera sourd à ses prières. L'expérience donne souvent de grands coups de bâton à ceux qui ont la tête dure. En ce qui me concerne, votre livre m'a reviré la doublure à l'envers !

Delphine rit de cette belle spontanéité.

– Il s'agit peut-être simplement d'enlever la doublure ? Et si on essayait de voir l'aspect positif derrière toute difficulté ?

– Ça demande toute une force !

– Rappelez-vous que ce qui fait une difficulté aujourd'hui, peut se révéler une bénédiction demain...

– Merci du conseil et bonne chance !

Se tournant vers Colombe, Delphine dit :

– On n'enseigne jamais trop bien ce que l'on a besoin d'apprendre... As-tu vu nos voisins d'en face ? Nous sommes choyées : un poète et un artiste. Étienne Deschênes, le musicien de l'heure, ira sûrement très loin.

Au même moment, Albert Roy, poète acadien, se présente à Delphine :

– Autant sympathiser tout de suite puisqu'on devra s'endurer toute la fin de semaine. Vous écrivez sur quoi ?

– Mon amie Colombe écrit des livres de cuisine santé, et moi j'écris sur l'amour et les valeurs.

– Alors on échangera des mots de rencontre, des mots remplis de vraies valeurs.

– Et vous, Albert, quel genre de poésie écrivez-vous ?

– En regardant les jeunes écrire des graffiti amoureux dans leur agenda scolaire, j'ai eu l'envie de retourner user mes jeans sur les bancs de mon adolescence. " Écooole ! Maudite école " se veut un clin d'œil à une profession que j'adore, c'est un hommage à tous ceux et celles qui trouvent que l'enseignement est la plus belle des professions.

– Vous enseignez ?

– Le français, au secondaire. Je suis aussi animateur et comédien.

Au même moment, un homme qui semble connaître Albert, l'interpelle :

– Salut ! Que deviens-tu ?

Albert le présente immédiatement à Delphine.

– Je vous laisse, vous allez bien vous entendre tous les deux.

Puis, regardant son ami, il ajoute :

– Delphine écrit sur les valeurs.

– Alors, Delphine, il n'y a pas de hasard. Je m'appelle Gilbert et depuis quelques années, j'informe les gens par des articles, des cours, des séminaires et des conférences sur les valeurs humaines.

– Et quelles sont les valeurs que vous enseignez ? demande Delphine de plus en plus intéressée.

– La vérité, l'action juste, la paix, l'amour et la non-violence.

– Ce sont de belles valeurs, en effet.

– Je pense que la vie sans ces valeurs est comme un corps sans âme.

– Rattachez-vous ces valeurs à une religion en particulier ?

– Non, pas du tout. Quand je parle d'amour, on me fait parfois " le coup de la secte ", mais...

– Vous n'êtes pas le seul ! Les gens devraient se questionner sur leur propre sectarisme...

– Pour moi, l'amour est la seule religion, le seul langage est celui du cœur, et il n'y a qu'un seul Dieu. On peut continuer à être fidèle aux pratiques religieuses auxquelles nous avons été initiés en autant qu'elles n'éteignent pas la flamme de l'Unité. Vous êtes dans l'enseignement aussi ?

– Oui, depuis une trentaine d'années.

– Dites-moi, à votre avis, la méthode d'enseignement utilisée de nos jours fait-elle de nous de meilleurs individus, respectueux, tolérants et compatissants ou est-ce plutôt le contraire qui se produit ?

– C'est plutôt le contraire... Je pense comme vous : les valeurs humaines devraient être enseignées dans les écoles. Le but de l'éducation ne devrait-il pas être la formation du caractère avant toute chose ?

– Ce qu'il faudrait vraiment, c'est éliminer l'ignorance de ce que chaque individu est venu faire sur terre. Pour devenir meilleur, on doit changer son cœur. N'êtes-vous pas de mon avis ?

– Tout à fait. J'ai toujours pensé que la nature fondamentale de l'homme est divine et que le but de la vie est la réalisation de sa divinité en développant l'amour et le respect pour toute forme de vie.

– Saï Baba affirme que la politique sans principes, l'éducation sans caractère, la science sans humanité et le commerce sans moralité peuvent être dangereux.

– Ce grand maître a raison. Tout ramène au cœur et si on veut une vie heureuse et fructueuse, la foi et la confiance sont essentielles.

– J'ai été enchanté de faire votre connaissance. Je prends votre livre. Comme je vais souvent à Montréal, peut-être aurais-je la chance de vous revoir ?

– Voici mes coordonnées. Surtout... n'hésitez pas. Il me fera plaisir de bavarder avec vous à nouveau.

Delphine reprend place à sa table de signature et rencontre quelques personnes qui repartent avec son livre sous le bras.

Après une journée enrichissante auprès des lecteurs, elle éprouve le besoin criant d'un bol d'air frais. Elle marche au moins une vingtaine de minutes et entre ensuite spontanément dans la cathédrale de l'Immaculée-Conception. D'architecture gothique et romane, elle remarque la splendeur des vitraux et des rosaces. Elle ne se souvient pas avoir vu des vitraux aussi lumineux, aussi vibrants de clarté. Le profond sentiment de paix qu'elle ressent augmente ses énergies.

Le lendemain, Albert Roy, le poète, lui annonce :

– Ce soir, à la soirée de poésie, j'ai une surprise pour vous et votre amie !

La curiosité de Delphine est piquée au vif...

Dans un spectacle alliant musique et mise en scène parfois théâtrale, heureuses de se retrouver dans l'univers des poètes, Delphine et Colombe se laissent emporter par de belles et riches images. Dix poètes aux accents différents, dix voix, parfois à l'unisson, parfois en opposition, pointent des instants, dévoilent des bribes de vie et explorent plusieurs facettes de l'émotion. Lorsque c'est au tour d'Albert Roy de monter sur scène, il dit suavement :

– Du coq que je suis, je dédie ce poème : “ Fébrillité ”, (avec deux “ l ”), à deux belles poulettes que j'ai côtoyées toute la fin de semaine, Colombe et Delphine.

Delphine est clouée sur sa chaise.

– La poésie fait parfois rougir, dit-elle à son amie.

– Tout le monde nous regarde !

– Souris, Colombe, à 50 ans, être qualifiées de “ poulettes ”, c'est un cadeau !

Fébrillité

Dans quelques heures je regarderai avec toi
Les couleurs du couchant venir déposer aux pieds de tes seins
L'offrande toujours renouvelée d'un amour idyllique.
Et sur la crête de tes pensées je glisserai à nouveau
Vers un paysage composé de brouillard estudiantin
Et de sable chaud arraché aux grands rivages de l'Est.
Dans quelques heures, j'écouterai avec toi
Le chant des goélands acadiens.
Nous unirons nos voix aux leurs
Pour chanter l'Hymne des libres fils et filles du futur.
Dans quelques heures je goûterai avec toi
Les embruns du pays qui courent encore dans mes veines.
Lavés et relavés par les passages des saisons,
Nous mordrons, quand même, ensemble
Dans la rusticité d'un passé encore présent.
Dans quelques heures je toucherai avec toi
Les épaves retrouvées sur la grève
Nous les sauverons et nous y graverons
L'image d'un 1755 encore amer.
Puis à notre tour nous recomposerons
L'amour de Gabriel pour Évangéline.
Dans quelques heures je sentirai avec toi
Les effluves dorés des rêves que nous nous fabriquerons.
Et en travestissant le jour en nuit et le lit en rivière
Nous monterons un grand cerf-volant qui fera fi
de l'intemporel.

À la fin de cette soirée tout à fait magique, Albert, le coq acadien, offre son livre de poésie dédicacé aux poulettes qui couvent un plaisir intense devant ce qu'on ne peut qualifier de “ basse ” cour. Quelle générosité, ces Acadiens, tout de même !

– Albert, vous êtes de ceux que l'on n'oublie pas disent tendrement les deux volailles, “ littérairement ” aux oiseaux.

Delphine réalise que ce repas de poésie préparé avec amour a nourri son âme. Les mots d'une chanson de Pauline Julien lui viennent instantanément à l'esprit : « Ce soir, j'ai l'âme à la tendresse... »

Tout de suite après la clôture du Salon, Delphine et Colombe reprennent silencieusement la route du retour. Après un Salon du livre, les mots doivent se reposer.

***

CHAPITRE 4
Confidences

Vous devez plonger profondément dans la mer pour trouver des perles.

Saï Baba

En ce matin de Pâques, Delphine a le goût de sortir et de profiter des conditions idéales pour faire de la bicyclette. Une ballade de quelques heures lui permet d'apprécier les premiers signes du printemps. Au retour, elle relit la carte de souhaits de Frédéric qui représente un magnifique dauphin plongeant dans la mer.

« Je ne pouvais pas, dans les circonstances, faire abstraction de cette fête de Pâques. En effet, en ce jour symbolisant la résurrection de Jésus, je me vois aussi ressusciter. Ma vie prend un tournant ainsi que mes idéologies et ceci, je te le dois.

Bien plus que de m'enseigner ton métier, tu m'as enseigné la foi, l'amour, la tolérance... la vie, quoi ! Alors, au dauphin que tu es je dis merci car, bien aggripé à ton aileron, je me suis laissé guider dans cette mer qu'est la vie. Je sais maintenant que je pourrai frayer mon propre chemin à travers les requins et les carpes dans l'espoir d'accomplir la mission que j'ai choisie.

Ne lâche surtout pas ce que tu as entrepris, ce que tu enseignes est universel. Tes buts se réaliseront car tu es née pour accomplir de grandes choses. »

Merci et encore merci ! Je t'aime,
Frédéric, ton stagiaire

Delphine a les larmes aux yeux. Un de plus qui saura nager et se rendre à bon port, se dit-elle. Le lendemain, le téléphone sonne.

– Bonjour ! C'est Gilbert, du Nouveau-Brunswick ; vous souvenez-vous de moi ?

– Bien sûr, Gilbert, quel plaisir !

– Je suis à Montréal, présentement. Je pourrais vous rendre visite si vous avez une petite heure à m'accorder.

– Avec plaisir ! Je vous attends.

Lorsqu'il arrive, Delphine est heureuse de constater qu'il a en main son premier livre.

– Vous qui préparez une thèse sur les valeurs, je suis flattée de l'intérêt que vous accordez à mon petit bouquin.

– Je l'ai lu avec beaucoup d'enthousiasme car plusieurs de vos enseignements me rejoignent aussi. Le Programme d'éducation des Valeurs humaines que je préconise prépare les enfants à un éveil qui fera d'eux des enfants épanouis et des adultes compatissants.

– Je voudrais tellement que les enfants développent la confiance en soi, l'estime de soi et la force morale. Ainsi, ils seraient capables de faire des choix sains en rapport avec des buts positifs.

– Vous savez comme moi que pour avoir une bonne estime de lui-même, l'enfant doit être aimé.

– Cela va de soi. Aujourd'hui, bien des gens ont tendance à ne pas tenir compte de la voix de la conscience, alors que s'ils aimaient, ils découvriraient la paix, car l'amour, comme sentiment, est paix. Avec une conscience de l'amour, les jeunes finiraient par se détourner des drogues, de l'alcool ou des relations destructives.

– L'amour, d'après moi, est aussi non-violence qui englobe la coopération, la bienveillance, la justice, la bonne citoyenneté, l'équilibre écologique, le respect de la diversité et une prise de conscience de l'Unité de la vie.

– Selon votre programme, comment ces valeurs humaines sont-elles enseignées ?

– Par des citations et des prières qui reflètent la sagesse d'une variété de cultures. On raconte aussi des histoires riches en valeurs humaines, des histoires d'actions nobles, de réalisations inspiratrices. Il y a aussi des moments de silence d'où émerge une paix intérieure permettant une visualisation créatrice. Les chants de groupe sont choisis pour renforcer les valeurs et encourager la démolition des barrières artificielles c'est-à-dire raciales, culturelles et religieuses ; on y développe plutôt le sens de la communauté. De plus, l'énergie de la musique stimule la vitalité physique, encourage le raisonnement analytique et suscite des expériences d'unité et de beauté. Finalement, des activités telles que l'art, l'écriture, les jeux de rôle, encouragent l'expression de soi et la coopération.

– Depuis toujours, je sais que seule la connaissance académique n'a pas une grande valeur. Elle peut seulement aider quelqu'un à gagner sa vie, mais l'éducation doit aller plus loin que cela. Elle doit préparer aux défis de la vie, moralement et spirituellement. Pourquoi tant de gens sont-ils tourmentés par l'anxiété et le découragement ? Parce que les valeurs humaines sont absentes chez ces personnes " éduquées ". Aïvanhov disait que « Il est plus difficile de chercher à s'améliorer que d'obtenir des diplômes. Ensuite, les enfants se retournent contre les parents en se servant de leur " savoir " pour mieux les assommer. »

– Ce grand maître avait raison, acquiesce Gilbert en riant. La terre est peuplée de gens éduqués mais peu " valorisés ".

– Quel est l'objectif de votre programme ?

– Éduquer l'enfant pour lui permettre de développer les cinq aspects de sa personnalité : intellectuel, physique, émotionnel, psychique et spirituel. Les enfants d'aujourd'hui sont le trésor d'un pays. Ils sont les futurs dirigeants, éducateurs, scientistes, parents, hommes et femmes d'affaires. Ne devrait-on pas les aider à développer leur caractère, un bon leadership et une bonne manière de vivre dans une communauté grandissante ?

– Nous avons les mêmes objectifs en ce qui concerne l'éducation. Verra-t-on un jour des enfants heureux d'aller à l'école ? Des enfants qui auront soif d'apprendre le sens de la vie et qui voudront diriger cette vie pour qu'elle soit bonne et prospère ?

– Je l'espère autant que vous, Delphine. On ne doit pas se décourager, le monde se réveille petit à petit. Un jour, la masse comprendra que tout est à réinventer, que l'amour de l'être humain est le seul but de notre passage sur terre.

– Ça fait du bien de savoir que nous sommes plusieurs à penser ainsi.

– Je dois vous quitter, je rentre chez moi ce soir. Nos routes se croiseront peut-être à nouveau, qui sait ?

– C'est toujours agréable d'échanger sur un sujet aussi

important que les valeurs. À un de ces jours peut-être, et bonne route !

L'Unité commencerait-elle à se faire ? se questionne Delphine.

***

C'est fête à l'école pour la dernière journée de Frédéric, le stagiaire de Delphine. Lorsqu'il entre en classe, les élèves l'accueillent chaleureusement avec des applaudissements, lui offrent des fleurs et un T-shirt personnalisé. Sur le devant y sont inscrits les mots " Frédéric, on t'aime ", accompagnés d'une fleur peinte par une élève. À l'endos, une photo de toute la classe est imprimée.

– C'est pour que tu ne nous oublies pas, dit une élève.

Ému, il arrive à articuler :

– Cette idée est tellement originale. Je ne pourrai jamais vous oublier !

Et puis il enfile le T-shirt et imite un mannequin. Les élèves s'amusent et rient de bon cœur. Delphine admire son naturel. Une pièce de théâtre est ensuite présentée par un groupe d'élèves sur la vie des coureurs des bois. En terminant, Frédéric prend sa guitare et dit :

– En ce moment, je suis heureux parmi vous, mais je sais que ce soir, chez moi, je serai un peu triste de vous avoir quittés, car ces quelques mois passés en votre compagnie, je ne les oublierai jamais. J'ai appris énormément avec vous tous, vous avez été formidables et je vous adore ! J'aimerais maintenant vous chanter une chanson qui raconte la vie de Zlata, une petite fille qui a connu la guerre. Dans son journal, Zlata, lorsqu'elle parle des adultes qui se battent, écrit : « Les chers bambins s'amusent et à cause de cela, nous, les enfants, on souffre et on pleure. La politique c'est l'affaire des grands, mais " les petits " la feraient sûrement mieux. » Cette chanson résume bien les conflits de l'ex-Yougoslavie.

S'accompagnant à la guitare, Frédéric chante avec tout son cœur. Il enchaîne ensuite :

– Cette dernière chanson, je l'ai composée pour vous.

Les élèves écoutent attentivement.

La première fois où je vous ai vus, mes yeux ont scintillé et je me suis demandé ce qui allait se passer. J'ai tout de suite compris qu'on allait faire la belle vie.

Y a eu des peines, des joies, des beaux moments, des rires, on s'est bien amusés, mais aujourd'hui c'est le moment de se dire au revoir.

Je ne vous oublierai jamais, je vous ai aimés, je vous aime encore, oui je vous aime encore.

Je reviendrai, soyez-en sûrs, c'est une promesse. Pour tous les beaux moments passés ensemble, je vous dis " merci ", je vous dis " merci ".

Delphine est toujours un peu mélancolique lorsqu'un stagiaire quitte. Travailler en équipe est tellement énergisant ! Toute à sa réflexion, elle a le bonheur de voir arriver sa stagiaire d'il y a quatre ans.

– Je viens te souhaiter de bonnes vacances et t'apprendre une belle nouvelle : je me marie cet été.

– Comme je suis heureuse pour toi, Mélissa ! Tu es radieuse ! L'heureux élu sait-il qu'il a une perle à ses côtés ?

– Oui, je crois bien qu'il le sait. Quant à moi, j'ai trouvé l'homme qui me convenait. Aimerais-tu entendre quelques lectures choisies avec mon fiancé et qui seront lues lors de la célébration du mariage ?

– Bien sûr ! répond Delphine enthousiaste. Je t'écoute.

– La première est une lettre de saint Paul Apôtre aux Romains.

« Ne prenez pas pour modèle le monde présent, mais transformez-vous en renouvelant votre façon de penser pour savoir reconnaître quelle est la volonté de Dieu : ce qui est bien, ce qui est capable de lui plaire, ce qui est parfait.

Que votre amour soit sans hypocrisie. Fuyez le mal avec horreur, attachez-vous au bien. Soyez unis les uns aux autres par l'affection fraternelle, rivalisez de respect les uns pour les autres.

Ne brisez pas l'élan de votre générosité, mais laissez jaillir l'Esprit ; soyez les serviteurs du Seigneur. Aux jours d'espérance, soyez dans la joie. Aux jours d'épreuves, tenez bon et priez avec persévérance.

Partagez avec les fidèles qui sont dans le besoin et que votre maison soit toujours accueillante. »

– Dis-donc, saint Paul, il était en avant de son temps. Que c'est beau !

– Ce texte traduit bien ce que nous voulons vivre. Je te lis maintenant la Prière des époux.

« *Nous entreprenons aujourd'hui un long voyage de vie commune sur la belle rivière de la vie. Seigneur, durant ce voyage :*

Guide-nous vers des ports de tendresse, de partage et de pardon. Place sur notre itinéraire les îles de la joie de vivre, de la compréhension et de l'écoute.

Chasse le brouillard de l'envie et de la jalousie sur les rives avoisinantes pour nous dévoiler toute la beauté de la nature et des Hommes.

Donne-nous la Sagesse d'apprécier les choses simples, saines et vraies...

Simple comme la beauté d'une fleur...

Saine comme l'exercice à vélo...

Vraie comme le sourire d'un enfant.

Seigneur, charge l'écho des montagnes de nous rappeler que rien n'est acquis et quand le fardeau sera trop lourd, aide-nous à réaliser que dans les brèches de la souffrance s'élaborent des énergies pour aimer. Fais en sorte que nous, nous n'oublierons jamais notre amour. Amen. »

– C'est vrai que rien n'est acquis... Mais l'amour est tout-puissant et si ton fiancé et toi unissez vos vies en ayant des valeurs profondes, votre union sera réussie. Je suis tellement heureuse pour toi, Mélissa. Tu mérites de vivre ce grand Amour.

Delphine se dit que si tous les jeunes pouvaient penser et ressentir les choses comme Mélissa, il n'y aurait plus de divorces.

***

Au Salon du livre de Trois-Rivières, une dame semble sortir tout droit d'un conte de fée.

– Vous semblez vivre une belle histoire d'amour...

– C'est la mienne.

– Moi aussi je vis un beau roman. Après quatorze ans de mariage, mon mari me dit souvent que je suis sa rose unique.

– Quel beau cadeau ! dit Delphine émerveillée.

– Je lui réponds qu'il est mon petit prince et que le Seigneur est le renard qui a su nous apprivoiser.

– Que c'est poétique et profond... Je ferai part de votre témoignage à une de mes stagiaires qui se marie bientôt car je suis convaincue qu'elle pense comme vous.

– Il s'agit de développer notre identité personnelle. Je suis " moi ", il est " lui ". Nous avons ensuite appris à cultiver ce jardin qu'est l'amour.

– Si tout le monde pensait ainsi, il y aurait beaucoup plus de couples heureux. Continuez à semer des étoiles de bonheur autour de vous car tout ce que l'on sème dans l'amour fleurira.

– Pour moi, aimer, c'est être heureuse et offrir ce bonheur à l'autre. Bonne continuation sur le chemin de l'amour, tout le reste vous sera donné par surcroît !

Après cette bouffée d'énergie, Delphine remarque qu'une dame attendait patiemment la dédicace de son livre.

– Pardonnez-moi de vous avoir fait attendre...

– Oh, c'était tellement intéressant ce que vous racontait la dame, j'en ai profité aussi !

Lorsque Delphine commence à écrire « La vie est un cadeau, il suffit de le déballer », la dame dit :

– Laissez-moi vous dire que parfois, on s'enfarge dans les rubans !

– Quel humour, madame... C'est vrai, je vous l'accorde, mais une fois les rubans démêlés, le secret de la jeunesse ne consiste-t-il pas à gravir sa montagne spirituelle en allant toujours de l'avant, dans la joie ?

– Ce n'est pas toujours facile...

– Il suffit d'avoir le cœur rempli d'amour, d'émettre une intention claire, de conserver un bon sens de l'humour et de ne jamais perdre de vue son but.

– Vous me faites penser à un transformateur d'énergie.

– Merci. Rappelez-vous que lorsque votre indice d'énergie est élevé, vous devenez, en effet, une puissante antenne réceptrice.

Delphine la regarde s'éloigner, le sourire aux lèvres.

À l'heure du souper, la serveuse du restaurant lui dit :

– On aime bien ça lorsqu'on reçoit les auteurs et les représentants du Salon du livre car vous êtes du monde facile et agréable à servir. Vous êtes respectueux, pas pressés, et surtout vous comprenez qu'on ne peut pas vous servir tous en même temps.

– Ce n'est pas ainsi pour tous les Salons ?

– Mon Dieu, non ! Si vous saviez comme on rencontre toutes sortes de gens : des effrontés, ceux qui se prennent pour d'autres, des impatients, des “ chialeux ”.

– Je pense que les auteurs savent ce qu'est la patience. Déjà, pour écrire un livre, on doit remettre notre travail cent fois sur le métier. Ensuite, avant de trouver la maison d'édition conforme à nos valeurs, on doit s'armer de patience. Une fois la parution du livre, il s'agit de se faire connaître. Ça prend énormément de patience et de persévérance pour réussir dans ce domaine.

– Ben moi je vous le dis, on vous aime bien !

– Merci ! Gardez toujours votre bonne humeur, les gens en ont besoin !

Delphine est ravie du témoignage de cette femme tout à fait sympathique. Revenue à sa table de signature, elle est abordée par une jeune fille très expressive.

– Vous êtes enseignante ?

– Oui, de cœur et d'âme.

– Moi aussi, depuis quelques années. Comment ça va à votre école ?

– Vous savez, le milieu de l'enseignement est un milieu assez individualiste. Pour moi, le meilleur moment, c'est lorsque je ferme la porte de ma classe et que je me retrouve avec les élèves.

– Vous ne trouvez pas qu'il y a un peu trop de compétition ?

– Il y en a toujours eu, mais pour moi, la vraie compétition c'est d'être supérieur à ce qu'on était. C'est ce que j'apprends à mes élèves.

– J'enseigne à la maternelle. Lorsque je suis arrivée à l'école, le directeur, je le vois encore se chromer les oreilles, se rentrer le bedon, et du haut de sa grandeur, comme un coq qui s'étire, me dire : « C'est moi le boss ! Tu n'as aucune initiative à prendre ici, tu fais ce que je te dis. Je n'aime pas les classes maternelles, vous êtes un monde à part. »

Delphine ne peut s'empêcher de penser à Albert, le coq acadien, pourtant si généreux. Les coqs québécois seraient-ils différents ?

– De plus, enchaîne la jeune fille, la porte de son bureau est presque toujours fermée, c'est comme si on le dérangeait. On doit prendre rendez-vous avec monsieur si on veut lui parler ! Il devrait savoir qu'avec des enfants, c'est toujours de l'imprévu, on ne peut pas planifier le moment où on aura besoin d'aide. Mais le pire de tout, imaginez-vous donc que les élèves n'ont jamais le droit de passer aux lavabos après la récréation, c'est défendu. Comment voulez-vous, avec des mains sales à outrance, que les cahiers demeurent propres ?

– Difficile, en effet, alors qu'on doit leur apprendre certaines règles d'hygiène...

– Et les cours de morale ? Comme cette matière est considérée peu importante, la morale se donne dans un petit local, sans fenêtre.

Les souvenirs remontent en Delphine qui sourit malgré elle.

– Je pense que le système tue dans l'œuf les jeunes comme moi qui sortent de l'université. On tue aussi notre énergie avec de la paperasse. Il y a tellement d'étapes à franchir côté administratif que c'est décourageant de pondre des projets. Tant que l'école servira la bureaucratie, c'est une cause perdue. Je pense que l'heure n'est plus à la faiblesse ni à la timidité ; il est temps de prendre position.

– Serais-tu d'accord pour que les cours de morale soient remplacés par des cours sur les valeurs ?

– Ça ce serait une bonne idée ! Mais je ne suis pas certaine que mon directeur apprécierait : son amour du pouvoir est bien trop fort. Je verrais mal qu'un directeur qui n'est pas respectueux, patient et tolérant accepte que ces valeurs soient enseignées dans son école.

– Diriger, c'est montrer le chemin par l'exemple. Je connais des directions d'école qui font un boulot extraordinaire. J'ai même appris la tolérance de l'une d'elle. Je te souhaite bonne chance dans tous tes projets et rappelle-toi que les obstacles sont faits pour être surmontés.

Après cet entretien, Delphine songe que c'est la direction de l'école qui façonne l'ambiance et la bonne entente entre les élèves, les parents, le personnel de l'école, la commission scolaire et le ministère de l'Éducation. Une bonne direction sait faire un lien harmonieux entre tous les intervenants. Est-ce vraiment le cas dans toutes les écoles ?

À la fermeture du Salon, elle se rend chez sa bonne samaritaine qui prit soin d'elle l'an dernier lors de l'accident.

– Bienvenue, Delphine ! Les années se suivent mais ne se ressemblent pas.

– Heureusement ! Comme ça passe vite, un an ; j'ai l'impression que c'était hier. Comment ça va, toi ?

– Très bien ! Je suis très occupée avec ma garderie.

– Au fait, qu'arrive-t-il avec l'histoire de la garderie à 5 $. Ça ne t'a pas affectée ?

– Figure-toi que non. Ici, j'arrive à recréer l'image de ma famille. Je vis intensément avec les enfants qui me sont confiés. Le matériel dont j'ai fait l'acquisition est très varié et le terrain de jeu est agréable et sécuritaire. De plus, j'ai engagé deux spécialistes qui ont une formation en théâtre et je prends une stagiaire à l'occasion. Finalement, comme le groupe est restreint, les parents savent que leurs enfants sont en sécurité chez moi.

– Si j'étais enfant, c'est ici que je voudrais me faire garder ! Ta décoration est joyeuse et colorée et ce n'est pas le matériel qui manque.

Après quelques minutes de bavardage à visiter tous les recoins de la salle de jeux, Delphine va dormir, heureuse à la pensée de belles amitiés autour d'elle.

***

Après avoir feuilleté " La clé de la Vie ", une dame tombe dans les bras de Delphine en pleurant.

– Je vois que vous parlez de suicide dans votre livre. Je suis découragée. J'ai quitté mon mari dernièrement et depuis cette rupture, il a fait une tentative de suicide mais la corde a lâché. Depuis, il menace sans cesse de recommencer si je ne reviens pas. Il me culpabilise sans arrêt, je ne sais plus quoi faire...

– L'aimez-vous encore ? demande Delphine.

– Non ! J'ai enfin rencontré le grand Amour, le premier amour de ma vie que j'ai revu après vingt ans.

Ce n'est pas la première fois que Delphine entend un témoignage de ce genre. Elle est horrifiée de réaliser que certains êtres humains sont souffrants au point de contrôler ainsi l'existence de personnes qu'ils prétendent aimer.

– Il y a tellement de ressources aujourd'hui. A-t-il pensé à demander de l'aide ?

– Tout ce qu'il veut, c'est que je lui revienne.

– Je vous promets de prier pour qu'il prenne sa vie en main, mais ne vous laissez pas manipuler par ses menaces.

La dame s'arrête de pleurer.

– Vous êtes sérieuse ?

– Très sérieuse. Chacun est libre de faire ce qu'il veut de sa vie et vous êtes uniquement responsable de la vôtre. J'ai connu quelqu'un autrefois qui m'a fait cette menace à quelques reprises. Je lui ai finalement dit : « Écoute, peut-être que c'est ton karma, après tout. Si vraiment tu veux te détruire, sache que j'aurais beaucoup de peine et probablement que je pleurerais durant quelques heures mais, ensuite, je m'occuperais de ma vie, car j'ai bien l'intention de profiter de toutes les joies qu'elle m'apporte et je t'avise que je ne me sentirai coupable en aucun temps. C'est ta vie, tu en fais ce que tu veux. »

– Et ça a marché ?

– Il n'a plus jamais fait cette menace.

– Et s'il l'avait fait ?

– Et bien j'aurais pleuré quelques heures sur sa bêtise, j'aurais pleuré sur lui et non sur moi, car vous savez, je ne suis pas certaine que le sort des suicidés dans l'au-delà soit de tout repos. Ils ont peut-être des comptes à rendre pour avoir gaspillé ainsi le bien le plus précieux, c'est pour cela qu'on doit prier pour eux. Rappelez-vous toujours que vous n'êtes pas responsable de la vie des autres, chacun a sa route à suivre. Le seul péché serait que vous vous laissiez manipuler car votre vie vous appartient. Ceci s'applique aussi à nos enfants. Comme parents, nous avons la responsabilité de les aimer, de les guider par notre exemple et de leur assurer le gîte, mais nous ne pouvons pas contrôler tous leurs faits et gestes. Nous avons le devoir de leur expliquer certaines conséquences mais, tôt ou tard, nous devons leur laisser le choix de vivre leur vie comme ils l'entendent. **Nos enfants ne nous appartiennent pas : ils sont venus par nous pour expérimenter la vie sur terre et apprendre quelques leçons ; ils sont venus pour apprendre l'amour.** La preuve, c'est qu'ils peuvent nous être enlevés à tout moment. Nous sommes tous des enfants de Dieu ou de l'Univers, selon nos croyances. On ne peut posséder personne, on ne peut que partager tout ce que la vie nous offre.

– Je me sens plus forte maintenant, vous venez de me montrer l'autre côté de la médaille. Je vous remercie...

– Ne me remerciez pas, c'est vous qui devrez faire le travail. Cessez surtout d'avoir peur. Personne ne peut vous faire de mal sans que vous y consentiez. Delphine regarde s'éloigner cette femme qui semble avoir pris un peu d'assurance. Peu après, un homme, poussant son fauteuil roulant, s'approche d'elle et dit :

– Voulez-vous m'encourager en achetant mon livre ? Je m'appelle Jacques Pellerin. Je n'ai pas les moyens de louer un kiosque mais je suis convaincu que mes écrits pourraient aider bien du monde.

Delphine prend le livre qu'il lui tend et lit : " Regard sur mes 22 ans de Parkinson " .

– Bien sûr que je vais vous encourager, dit-elle émue.

– Vous savez, j'ai entrepris une véritable lutte pour ma vie.

– Je vous trouve très courageux, monsieur.

– La Providence me conduit là où elle veut que j'aille. Seul l'espoir du secours Divin peut nous donner ce courage. Personne ne peut comprendre exactement ce qui se passe dans le cœur d'un être humain.

– Je suis entièrement d'accord avec vous. On ne peut avoir qu'une perception sur la nature des gens qui nous entourent et, souvent, nous sommes loin de la réalité.

– Et pourtant, nous sommes souvent jugés. Quand on est handicapé, les barrières sociales tombent et notre vulnérabilité nous donne un peu d'humilité. Voulez-vous que je vous lise quelques passages sur la maladie de Parkinson que j'ai mis en alexandrins ?

– Je vous écoute, répond Delphine attentive.

O Parkinson, je note ici la souffrance
De tous les gens qui vivent dans l'espérance
D'être pour toujours et à jamais soulagés
De cette maladie dont ils sont affligés.
On ne saurait tout dire sur le Parkinson
Qui s'attaque à toutes sortes de personnes
Mais soyez rassurés, bien que très affreuse
Elle n'est pas contagieuse.
Notre système compensatoire propre
À des gestes de désespoir se rapproche.
Et la nuit commence dans l'immobilité
Et devient soudain agitée et tourmentée.
C'est dans ces moments-là qu'on nous reproche
D'être absent des conversations et des proches
Mais, nous tentons par des moyens bien personnels
D'occuper notre esprit devenu impersonnel.
Une attitude toujours très positive
Est l'un des facteurs importants pour survivre
Contre cette maladie débilitante
Et qui nous donne une apparence ignorante.
Pour bien terminer, je vous invite à sortir
Cela vous redonnera votre confiance
Ainsi vous garderez cette espérance
Qu'un jour, on arrivera bien à s'en sortir !

– Comme c'est beau... Vous savez, je ne suis pas familière avec cette maladie.

– Le Parkinson est causé par un manque de dopamine, en conséquence, le corps ne répond plus aux ordres du cerveau.

– Qu'est-ce que la dopamine ?

– C'est un neurotransmetteur. S'il en manque, le cerveau ne peut faire exécuter ses commandes et c'est pour cette raison que les parkinsoniens ont une démarche hésitante et bien d'autres problèmes, mais j'ai toujours été convaincu que les cellules saines peuvent venir en aide aux cellules malades si nous les mettons en action. C'est une opinion bien personnelle.

– Et je la partage. Lorsque j'ai une baisse d'énergie, il m'arrive de parler à mes cellules. La plupart du temps, ça marche !

Nos cellules sont des entités vivantes. Il y a plusieurs années, mon système immunitaire était déficient : je vivais avec seulement 900 globules blancs dans le corps. Je devais me présenter à l'hôpital le lendemain matin. Toute la nuit, mentalement, avec une foi inébranlable, j'ai fabriqué des globules blancs que je faisais entrer par mon nez, mes oreilles et ma bouche. Je n'avais rien à perdre à essayer. Arrivée à l'hôpital, les tests indiquaient que mes globules avaient augmenté à 5000. Les médecins n'ont rien compris. Souriante, je leur ai dit que j'avais fabriqué des globules toute la nuit. Ils m'ont retournée chez moi, l'air sceptique.

– C'est là que l'on voit que la science n'arrivera jamais à tout expliquer. Je vais vous dédicacer mon livre.

Et Delphine lit : *Que la lecture de ce bouquin vous fasse apprécier la vie et dire comme Jean Ferrat : « Que c'est beau, c'est beau la vie ! »*

– Merci, dit Delphine en embrassant le cher homme qui s'éloigne ensuite, supporté par son fauteuil roulant.

Elle voit venir vers elle une lectrice qu'elle reconnaît.

– Vous et votre livre ! Il me suit partout : dans la voiture, au parc, en vacances. Lorsque je suis triste, je l'ouvre au hasard et ça me fait du bien.

– Merci pour votre beau témoignage.

– Mais... j'attendais la suite.

– Je suis à faire les dernières corrections. Ça ne devrait pas tarder.

– À l'an prochain, alors ?

– Probablement. Merci pour votre fidélité !

Se retournant, elle remarque qu'un couple feuillette son livre.

– Je me présente : Pier-Luke, l'auteur de " La Rose parmi les Pissenlits ", et voici l'Amour de ma vie, dit l'homme en lui présentant une jolie femme au sourire radieux.

– Ça alors, quelle heureuse coïncidence ! Dernièrement, j'ai lu ton livre à mes élèves et ils ont beaucoup apprécié.

– C'est vrai ? répond l'auteur, semblant avoir une hausse soudaine d'énergie.

– C'est tellement une belle histoire ! Les élèves ont été charmés par ta poésie.

– Je suis heureux d'apprendre cela.

– Mais, dis-moi, je viens d'acheter les cinq derniers exemplaires. C'est donc dire qu'on ne le retrouvera plus sur le marché ?

– J'espère, au contraire, qu'on pourra se le procurer dans un proche avenir. C'est d'ailleurs la raison de ma venue ici aujourd'hui.

– Ah oui ?

– Oui, je désire reprendre mes droits d'auteur.

– Et pourquoi donc ?

– Lors du lancement de La Rose, tout s'est déroulé à merveille. Par contre, du côté de ma carrière, les événements se sont bousculés très rapidement : on m'a offert d'aller travailler en Californie. C'est le genre d'occasion qui ne se présente qu'une fois dans une vie.

– Et tu l'as acceptée ?

– Exactement ! J'ai eu seulement une journée pour me décider. Ce fut déchirant, car je savais que c'était un moment crucial pour mon livre. Évidemment, le livre a été soldé et n'a pas connu le succès que j'espérais.

– Et maintenant, que comptes-tu faire ?

– Négocier pour reprendre mes droits d'auteur et relancer La Rose, car je crois qu'elle mérite un meilleur sort. Je ne sais pas encore quand ni comment, mais je fais confiance à la Vie... elle ne m'a jamais déçu ! Et toi, comment vont tes ventes ?

– À merveille, j'en ai bien dédicacé une trentaine.

Sa compagne dit :

– Je remarque qu'il y a des marguerites sur ton livre. Connais-tu la signification de cette fleur ?

– Non, pas du tout, mais je me souviens que lorsque j'allais à l'école, je dessinais des marguerites partout.

– Je travaille avec les élixirs floraux et l'élixir de la marguerite aide à synthétiser les informations en provenance de sources multiples et à les intégrer dans une perspective globale de la vie. C'est comme si les forces de l'intelligence étaient stimulées et s'alliaient aux qualités du cœur.

– J'ai dû avaler une grosse quantité de cette potion magique ! Je synthétise tout !

– Cet élixir est recommandé aux personnes qui doivent

planifier un projet ou organiser une activité. Les étudiants, les enseignants, les écrivains, les chercheurs et tous ceux qui effectuent un travail intellectuel nécessitant de l'organisation sur le plan mental bénéficient des vertus de cet élixir.

– C'est très intéressant ce que tu m'apprends. Il faudra que j'étudie les fleurs de plus près. Pier-Luke, j'ai une idée ! Que dirais-tu de venir raconter à mes élèves ton expérience comme poète ?

– J'avoue que ça me plairait mais je n'ai jamais fait ça.

– Il y a un début à tout. J'en parlerai à mes élèves. Entendre parler de poésie ne pourra que leur faire du bien et ça équilibrera leur côté féminin qui, pour plusieurs, demande à être développé.

– Alors, j'attendrai ton appel. Oui, ça me plairait vraiment.

Après une fin de semaine passablement occupée, Delphine et Colombe se retrouvent au restaurant.

– On n'a pas vraiment eu le temps de bavarder, ça va me faire du bien de décompresser avant de rentrer chez moi. Dis-moi, Colombe, est-ce que les gens se confient facilement à toi ?

– De plus en plus. J'ai remarqué au fil des ans que les gens ont besoin de communiquer. Je trouve ça très agréable.

– Je t'avoue que le contact avec mes lecteurs est ce que j'apprécie le plus.

– Ça ne doit pas toujours être facile de raconter ce que tu vis sans connaître la fin de l'histoire ?

– C'est incompréhensible pour bien des gens, mais même si je n'en connais pas l'issue, j'apprécie chaque moment de ce voyage qu'est la vie. Je la laisse orchestrer les événements de ce mystère qui se déroule. Il y aura bien une surprise au bout du chemin...

– En attendant, tu ne trouves pas le temps long ?

– J'essaie d'imiter les enfants. Un enfant arrive à être joyeux sans raison et il est toujours occupé à quelque chose.

– J'admire ta confiance.

– C'est ce que j'ai de plus précieux.

– Dis-moi, as-tu déjà été rancunière dans ta vie ?

– Non, la rancune, je ne connais pas. Pour moi, c'est une méthode préhistorique qui complique tout, en alourdissant le karma. Et puis je sais que la vie ne pardonne pas, la loi du retour nous poursuit jusqu'à ce que nous ayons réparé. Il est grandement temps aussi que la vengeance, une autre méthode archaïque en place depuis des siècles, éclate pour laisser sa place à un nouveau système de valeurs.

– Je pense, dit Colombe, que le secret est de ne pas se laisser piéger par une société qui essaie de nous embarquer dans son bateau.

– En effet, souvent les valeurs que la société véhicule ne sont pas des valeurs profondes. Il y a bien des gens qui se disent profonds, mais quand on se met à creuser...

– Tu réussiras toujours à me faire rire, Delphine. Ce que j'aime chez toi, c'est ta façon de dédramatiser.

– Rappelle-toi que si on veut avoir un beau jardin, on doit laisser le soleil y entrer. Le rire réchauffe toujours une fleur oubliée.

Sur le chemin du retour, Delphine est de plus en plus convaincue que l'amour fait figure de découverte récente en cette fin de millénaire.

***

– J'ai quelque chose à te lire, dit sa collègue Natalie à la fin des classes. En mettant de l'ordre dans mes papiers, j'ai mis la main sur le témoignage d'un directeur d'école. Lorsque j'étais étudiante à l'université, il nous avait renseignés sur la nature d'un bon directeur. Écoute ça.

Un directeur d'école, à mon avis, doit être présent à l'école et vu par l'élève sous des formes, des aspects ou des contacts comme un ami, un animateur, un organisateur, un motivateur, un administrateur, un psychologue, un superviseur, un représentant des parents de l'enfant, un compagnon de travail, un planificateur, un aide pour tous les besoins affectifs, sociaux, intellectuels et organiques.

Il doit aussi être un tremplin pour un futur satisfaisant, un membre de l'équipe école avec le comité consultatif et le comité d'école à part entière, un pensant et un exécutant, une personne qui peut s'élever à la hauteur de l'élève, un pourvoyeur qui est une ressource aux différents besoins et une référence certaine.

Il doit faire le lien entre les cinq types d'intervenants du monde scolaire : élèves, parents, école, commission scolaire, ministère de l'Éducation. Pour tous, il doit assurer le dialogue basé sur le contrôle et le soutien en regardant les deux côtés de la médaille.

Un directeur d'école se doit d'être le cœur de son école qui a des pulsations vives et vivifiantes qu'avec l'entrée dans son aorte, de la participation, la collaboration, l'initiative, la compréhension, l'aide, le soutien et l'évolution des cinq intervenants du monde scolaire.

Le directeur n'est pas le nombril de l'école et ne doit pas se croire le nombril. Il n'est rien si les cinq intervenants refusent de partager sa vie : voilà pourquoi l'importance du lien à créer et à communiquer entre les cinq intervenants.

Une école ne réussit pas sa mission par la présence seule d'une direction. Il lui faut l'apport de chacun des cinq intervenants auxquels le directeur doit apporter les contenus des divers aspects, qualités ou formes ou contacts déjà énumérés. J'appelle cela Ma Main Scolaire et il me fait plaisir de vous la présenter et de la partager avec vous lors de cette entrevue que vous devez réaliser pour vos études universitaires à la Faculté d'éducation.

Bonne chance dans vos études.

– Le moins que l'on puisse dire, c'est que ce directeur a bien équilibré ses côtés féminin et masculin. Tu aurais dû entendre le témoignage d'une enseignante au Salon du livre de Trois-Rivières concernant son directeur d'école ! Tout le contraire. J'aurai tout entendu dans la même semaine.

– Pourtant, ces deux directeurs ont le même diplôme.

– C'est la preuve qu'un diplôme ne justifie pas tout. Quelqu'un peut être diplômé jusqu'aux dents et être le dernier des incompétents. Et dire que le système, souvent, s'attarde essentiellement aux diplômes... Ça me rappelle un peu l'histoire de ma petite belle-sœur qui voulait étudier pour devenir vétérinaire. Je ne connais personne qui aime autant les animaux qu'elle : elle ramasse et soigne tous les chats et les chiens errants du quartier. Eh bien, même si ses notes étaient très bonnes, elle a été refusée. Ils considéraient seulement les élèves qui avaient de très hautes notes. Je me souviens encore de sa peine. Il y a de quoi décourager tous les jeunes qui ont la passion d'un métier mais qui sont forcés d'abandonner leurs rêves à cause d'exigences trop élevées sur le plan intellectuel.

– La terre entière doit fourmiller de jeunes qui n'ont pu réaliser leurs rêves. Pour ma part, j'ai bien aimé ce directeur et je n'ai jamais oublié ce qu'il nous a communiqué. Il devrait enseigner l'amour de son travail à toutes les directions d'école.

– Je suis de ton avis, il nous faudrait plusieurs modèles comme lui. Je dois partir, j'ai du boulot et ce soir j'ai une sortie. À demain !

Elle n'est pas aussitôt rentrée qu'une employée de la maison d'édition téléphone.

– J'ai une bonne nouvelle à t'apprendre : Colombe et toi êtes auteures invitées au Salon du livre de l'Abitibi. Tu recevras bientôt ton billet d'avion. Ta chambre d'hôtel est réservée, tes repas sont payés, et un montant te sera versé pour chaque jour de présence.

– ...

– Delphine, es-tu là ?

– Oui, oui... arrive-t-elle à articuler, c'est que je ne suis pas habituée à être assommée par des surprises. Je n'ai jamais eu de difficulté à gérer une épreuve : je pleure un bon coup, je relève mes manches et je continue à avancer. Question d'habitude... Faudrait peut-être que je m'habitue à gérer les bonnes nouvelles. Et si le vent virait de bord ? On ne sait jamais !

– Je sais à quel point tu es sensible aux cadeaux de la vie, je ne savais trop comment te l'annoncer. Je te souhaite une bonne journée !

– Merci ! Ne t'inquiète pas, ça va aller.

– Elle demeure assise un bon moment, le temps de redonner à ses jambes la faculté d'avancer. Elle se rend ensuite chez Christine qui doit réviser quelques chapitres du manuscrit, et lui apprend la bonne nouvelle.

– Je suis heureuse pour toi. Tu as tellement travaillé, tu le mérites ! Tiens, pige donc une carte.

– Que vais-je apprendre cette fois-ci ?

– Le Succès, la maîtrise de l'action.

« De toute évidence, le personnage de cette lame est au zénith et le monde entier fête sa réussite en le gratifiant d'une pluie de serpentins.

Parce que vous acceptez les récents défis que vous lance la vie, vous pouvez actuellement enfourcher l'exaltant tigre de la réussite. Accueillez la chance, savourez-la et partagez votre bonne fortune avec autrui. Ne perdez pas de vue que les pluies de serpentins ont un début et une fin. Si vous gardez bien cela à l'esprit et savourez chaque parcelle de bonheur qui vous échoit, vous serez capable d'accueillir le futur sans regret quel qu'il soit.

Ne cédez surtout pas à la tentation de vous accrocher à cette période d'abondance et de plastifier vos joies afin de les faire durer. La sagesse fondamentale à retenir face aux aspects foisonnants de votre succès est que " cela aussi passera ". Fêtez l'événement certainement et continuez de chevaucher le tigre. »

– C'est vrai que les défis de la vie ne cessent jamais. De toute façon, la stagnation, c'est la mort. Autant accueillir les défis que le destin m'envoie avec sérénité et détachement. Je sais que je ne suis pas au bout de mes surprises...

– Tout dépend de l'attitude que l'on a face aux défis et je sais que tu sauras les affronter un à un. Tu es forte et intègre dans ta confiance, tout en étant réceptive aux changements. Je ne suis pas inquiète pour toi.

– Je te remercie, Christine, tes mots me font du bien.

À son retour, Denis l'appelle.

– Es-tu disponible pour souper avec moi, ce soir ?

– Non, je regrette, Gilles m'a invitée à l'accompagner à un vernissage. Il doit passer me prendre dans quelques minutes.

– Ah bon... Je sais que je devrais t'appeler plus souvent mais je me trouve moche ces temps-ci. Je n'aurais rien de bien drôle à te raconter, je suis en petits morceaux. Je me sens isolé, je ne me sens pas bien du tout... Bonne soirée alors, je me reprendrai une autre fois.

– Delphine a l'impression de se retrouver à la " case départ ". Lorsque Gilles arrive, elle lui dit :

– Denis a appelé, il voulait m'inviter.

– Tu sais qu'avec moi, tu peux changer d'idée.

– Il n'en est pas question, ta bonne humeur m'oxygène. Tu sais, je pense qu'il est jaloux de toi.

– Il sait pourtant que nous sommes seulement des copains ?

– Oui, mais il ne semble pas me croire.

– C'est vrai que notre amitié a fleuri en un instant. C'est son problème après tout !

Après la visite à la galerie d'art, ils marchent jusqu'à une terrasse et devant une bonne bière, Gilles lui demande :

– Je ne voudrais pas être indiscret mais... tu n'as jamais eu envie d'autres hommes durant toutes ces années à attendre Denis ?

– Faudrait pas me prendre pour une sainte, je ne suis pas aveugle. Oui, ça m'est arrivé à quelques reprises dans des moments de solitude, mais je n'ai trouvé personne qui s'accordait avec mes vibrations sur les quatre plans : physique, émotionnel, intellectuel et spirituel. Je dois t'avouer aussi que j'ai des idées bien arrêtées en matière de sexualité et ça n'a rien à voir avec la morale.

– Que veux-tu dire ?

– Qu'une relation sexuelle est l'échange électromagnétique le plus puissant qui puisse exister entre deux personnes et que lors d'un contact sexuel, l'homme laisse une signature dans le corps de la femme ; il y a également échange au niveau des champs vibratoires.

– Là tu m'apprends vraiment quelque chose... dit Gilles l'air étonné.

– Lors d'une expérience sexuelle, par l'entremise des hormones, s'opère un transfert de l'essence d'une personne à une autre. Par ce lien magnétique, il y a échange d'émotions. Donc, si notre partenaire vit de la colère, de la rancune ou de la peur, on peut en être influencé.

– De quelle façon ?

– Je ne t'apprends rien en disant que l'homme est le transmetteur et la femme le récepteur. Dans un premier temps, si l'homme est dépourvu d'affection en ayant pour seul but l'exploitation de sa partenaire, la femme risque d'être intoxiquée physiquement et émotivement. Comprends-tu comment certaines personnes peuvent court-circuiter notre volonté ? Plus les contacts physiques sont fréquents, plus il est difficile de se débarrasser de l'énergie de l'autre, même d'une personne que nous n'aimons pas, c'est comme un aimant. Dans un deuxième temps, si le champ vibratoire de la femme est marqué par une impulsion négative, soit par un intérêt purement matériel ou financier, soit par la séduction en soumettant son partenaire à ses désirs, l'homme est psychiquement blessé car il y a imprégnation des énergies de l'autre et si on se lie et qu'on échange chimiquement avec quelqu'un qui n'a rien en commun avec nous, on ramasse ses " résidus " parce qu'on échange de l'énergie à un niveau passablement intime.

– On a intérêt à s'assurer de la fidélité de notre partenaire. Je n'ose penser à tout ce qu'on pourrait ramasser...

– Il y a longtemps que j'ai compris que la sexualité n'est plus une affaire de morale mais d'énergie.

– Donc, si je résume, à cause du lien magnétique, il est possible de demeurer attaché à une personne durant toute une vie si on a une dépendance sexuelle ?

– Pourquoi penses-tu que les couples qui ne s'aiment plus mais qui ont quand même des relations sexuelles sont incapables de se séparer ? La dépendance n'est pas seulement dans la tête, elle est d'ordre énergétique. Se libérer d'une dépendance sexuelle, c'est un acte de volonté commandé par l'amour de soi lorsqu'une relation ne nous convient plus. Lorsqu'on arrive à reconnaître le côté sacré de l'acte sexuel, j'ai lu quelque part que les signatures anciennes peuvent s'effacer en sept ans, bien sûr, c'est dans le cas d'échanges fréquents. Les personnes mariées qui ont des aventures extra-conjugales auront plusieurs divorces à régler énergétiquement... Les mélanges d'énergie sexuelle peuvent être dangereux. Lorsque j'ai expliqué ça à une de mes amies, elle en était malade simplement à penser aux hommes qui avaient laissé une graine d'énergie en elle. C'est pour cela qu'il est important de ne pas avoir de dépendance sexuelle.

– Je commence à comprendre pourquoi tu as refusé d'être seulement la maîtresse de Denis...

– Avec tous les conflits intérieurs qu'il vivait, j'aurais pu être déstabilisée physiquement, émotivement et psychologiquement.

– Il y a pourtant eu le week-end dans la région de Charlevoix...

– Il me disait être chaste depuis plusieurs mois. Je me suis donnée à lui en toute confiance en ayant la certitude d'être protégée. De toute façon, j'ai la quasi-certitude que lorsqu'on fait l'amour par amour, il ne peut rien nous arriver. Je demeure persuadée que si on trouve le bon partenaire dans un contexte de monogamie, on peut parvenir à travers la sexualité à des états d'âme très élevés. Il est préférable d'être avec une seule personne mais cela ne veut pas dire qu'on est obligé de demeurer avec la même personne pour toujours. Par contre, s'il se trouve que c'est pour toute la vie, eh bien tant mieux ! Il s'agit de trouver la personne qui s'harmonise bien avec nos vibrations.

– Le choix n'est pas toujours évident...

– C'est pour cela qu'il est très important que la relation soit fondée sur la confiance, sur l'amour de la personne et non plus sur une sexualité qui sert de distraction dans le but d'éviter l'intimité. Faire l'amour par amour amène une grande joie intérieure même après l'acte sexuel. Sans la vibration de l'amour, le vide s'installe rapidement.

– Je pense que l'amour est l'essence de ce qui doit être créé dans toutes les relations.

– Pourquoi penses-tu que le cœur se trouve à mi-chemin entre la tête et le sexe ? Peut-être est-ce pour y relier les deux ? En matière de sexualité, je pense que tout doit être guidé par le cœur, que ce soit nos pensées ou nos actions, sinon cela crée de la confusion en nous et autour de nous, et lorsque l'intégrité et l'amour sont absents de l'union des corps, cela peut définitivement entraîner toutes sortes de dommages à l'intérieur du corps. Par contre, les partenaires qui vibrent avec amour, intégrité et respect, tu imagines la nature de leurs champs vibratoires ? La sexualité dans l'amour est une clé qui ouvre la porte à des royaumes supérieurs de conscience.

– Ça fait réfléchir...

– Il ne s'agit pas de se culpabiliser ou de renier ses expériences passées mais plutôt d'être responsable de son corps, surtout lorsqu'il faut décider avec qui on veut l'unir dans une relation sexuelle. De toute façon, si les partenaires ne fonctionnent pas sur le même voltage, ça ne fonctionnera pas parce que la fusion sur le plan vibratoire sera impossible. Si deux partenaires consentants ont des relations sexuelles uniquement pour le plaisir de la chose, ça fonctionnera... pour un temps.

– Donc, si je comprends bien, la sexualité peut nous faire évoluer à la condition de trouver le ou la partenaire qui acceptera de faire le même cheminement que nous et d'être ouvert.

– Je pense surtout que la sexualité accomplie dans l'amour nous connecte à une fréquence d'extase par laquelle on peut retrouver le contact avec notre source divine. La mentalité négative que bien des gens ont, concernant la sexualité, est périmée. Il y en a encore pour qui c'est quelque chose de sale ou de tabou. Ne faudrait-il pas lui donner la place qui lui revient ? La sexualité est un cadeau du Créateur ! À nous de l'utiliser à bon escient.

– Mais dis-moi, se peut-il que Denis te manipule par son charme et non avec le cœur ?

– C'est arrivé à quelques reprises mais je m'en rendais compte et je le lui disais.

– Comment réagissait-il ?

– Lorsqu'il se sentait démasqué, il fuyait ou il changeait de sujet.

– Comment veux-tu qu'il s'engage avec qui que ce soit alors qu'il est incapable de s'engager envers lui-même ? Il vient chercher le meilleur de toi, ensuite il fuit !

– Un jour, il se reconnaîtra, je n'en ai aucun doute... Et toi, comment vont tes amours ?

– C'est un peu tôt pour en parler mais je pense avoir rencontré l'âme sœur...

– Mais c'est merveilleux ! Je sens qu'on va se voir moins souvent mais je suis heureuse pour toi. Tu le mérites !

– Delphine, tu es un petit cœur sur deux pattes. En attendant que Denis s'en rende compte, j'apprécie ta compagnie. Allez, je te ramène.

***

Delphine se retrouve avec une ancienne collègue de l'agence de voyages qu'elle n'a pas vue depuis longtemps.

– Je viens aux nouvelles, que deviens-tu ? Vois-tu encore Denis ?

– Oui, à l'occasion.

– Ne me dis pas que tu espères encore après toutes ces années ?

– Ce que j'espère, c'est que cette histoire finisse bien.

– Je l'ai aperçu l'an dernier dans une boîte à chansons. Il était avec sa femme.

– Il en avait le droit, ils sont encore ensemble.

– Eh bien tu vois, c'est ça qui me choque, Delphine ! Cet homme n'est pas franc, il n'est pas transparent. Ton attitude me décourage, tu devrais le détester ! Ouvre-toi les yeux, j'ai peur pour toi !

– Ne transfère surtout pas tes peurs et tes croyances sur moi ! Demande-toi plutôt ce que le comportement de Denis réveille en toi. À quelle situation de ta vie personnelle mon histoire te fait-elle penser ? Est-ce que tu gardes en toi la trace d'une douleur non guérie ?

Le choc de cette prise de conscience est immense.

– C'est vrai, tu as raison... J'ai beaucoup souffert dans mes relations.

– Je te rends ta peur, mais essaie de t'en débarrasser, c'est à toi que tu fais du mal. Tu sais, mon enthousiasme naïf hurle des certitudes. Ce n'est pas une question de croyances mais de connaissances. Je mettrai un point final à cette histoire lorsque tout sera accompli. La vie est faite d'étapes, et pour l'instant, je sens que je dois poursuivre l'écriture. Je ne suis pas sans savoir que c'est une mise à l'épreuve de tout mon être.

– Je n'ai jamais vu ça une femme positive comme toi...

– J'ai aussi mes moments de nostalgie, mais si tu laisses une seule pensée négative être ton maître, tu deviendras une victime. Pour l'instant, je nage dans une mer d'espoir : j'ai rendu les clés, je me laisse conduire par quelqu'un de beaucoup plus grand que moi.

Pourquoi s'inquiéterait-elle ? Elle sait par expérience, qu'un amour, bien souvent, prépare et conduit à un autre amour...

***

Comme Delphine sait que l'amitié n'a pas d'âge, elle participe au “ Salon des Aînés ” d'une ville voisine. Son fils Patrick et un représentant de la maison d'édition décorent le mur de son kiosque de fleurs séchées et de chapeaux de paille fixés sur des nappes turquoise qui servent de toiles de fond. Lorsqu'elle arrive, elle est satisfaite du coup d'œil, c'est joli.

– Maman, un homme est venu consulter ton livre plusieurs fois. Il semblait intrigué. Je lui ai dit de revenir, que tu serais là un peu plus tard.

– Merci d'avoir monté le kiosque, j'apprécie beaucoup. Tu peux partir, il y aura sûrement un bénévole qui me remplacera de temps à autre.

Comme les kiosques sont à proximité les uns des autres, elle fait la connaissance de ses voisins, René et Norma, fondateurs de la Société pour la prévention des abus envers les Aînés.

– J'ai de la difficulté à croire que des personnes âgées soient victimes de violence. Est-ce courant ? demande Delphine étonnée.

– Beaucoup plus que vous ne le croyez... Les abusés les plus nombreux sont parmi les veuves et les célibataires. Vous savez, nous vivons dans une société qui proclame que toute personne a droit au respect intégral de sa liberté, de sa dignité et de sa sécurité. Pourtant, à notre porte, chez notre voisin, à l'hôpital que nous fréquentons, dans notre famille peut-être, des centaines de personnes âgées à travers le Québec sont victimes de vexations, de violence et d'abus de tous genres. Ces personnes sont laissées à elles-mêmes et craignent de faire connaître leur situation.

– Mais de quelle nature est cette violence ?

– Il y a des abus physiques, incluant l'abus sexuel et la négligence. Il y a des personnes âgées qui sont frappées, secouées, rudoyées, harcelées. Il y a des abus psychologiques tels l'agression verbale répétitive, les menaces, l'infantilisation, l'humiliation, l'isolement et la privation de chaleur humaine, ce qui occasionne de l'angoisse, des douleurs morales ou de la dépression. Il y a aussi des abus d'ordre matériel ou financier comme le détournement de fonds ou de propriétés, l'abus de confiance, l'exploitation et la fraude.

– La négligence est une forme d'abus plus subtile, dit Norma. Il y a des personnes âgées qui ne reçoivent pas les soins essentiels tels un régime adéquat, des services médicaux ou les médicaments requis. D'autres n'ont pas leur prothèse, leurs lunettes, leur dentier ou leur canne, et parfois, elles sont laissées longtemps sans surveillance avec des vêtements sales. L'indifférence sociale dénie souvent l'identité et la dignité de la personne.

– Mais qui peut faire ça à des personnes sans défense ? demande Delphine horrifiée, pas du tout familière avec ce type de violence.

– Dans 90 % des cas, les abuseurs sont des parents proches : le conjoint, les enfants ou les petits-enfants. Ils manquent totalement de connaissances sur les soins à donner à leurs aînés. Souvent, ils sont aux prises avec des problèmes de toxicomanie ou d'alcoolisme qui affectent leur jugement, d'autres ont une dépendance financière. Les violences subies durant l'enfance peuvent aussi se répercuter sous forme de vengeance par l'abuseur.

– Le désir de vengeance est encore perpétué... dit Delphine l'air désolé.

– Un parent abuseur peut malheureusement devenir un aîné abusé et cette violence peut être transmise de génération en génération, dit Norma.

– Les conséquences doivent être terribles pour les abusés...

– En effet, ils souffrent de dépression ; on dénote chez eux un manque d'intérêt, un sentiment de solitude sans parler de la culpabilité, et plusieurs ont des pensées suicidaires.

– Mais quelles solutions proposez-vous pour que cette violence cesse ?

– Tout d'abord, dit René, il faut faire de la prévention en distribuant de l'information aux personnes âgées et à la population en général. On doit sensibiliser les gens aux manifestations et aux conséquences de ce type de violence.

– Mais concrètement, en matière de prévention, qu'est-ce qu'on peut faire ?

– On pourrait offrir un service de soutien, tel un suivi psycho-social, transport et accompagnement, hébergement temporaire, services de maintien à domicile, services de réseaux téléphoniques, appui à l'intégration communautaire, places en centre de jour et services de garde à domicile.

– Ce serait extraordinaire qu'un tel programme existe partout. Je ne peux m'empêcher de penser qu'un jour, j'atteindrai l'âge d'or, moi aussi. Mais dites-moi, Norma, y a-t-il des attitudes à éviter avec nos aînés ?

– Oui, l'attitude de sauveur : prendre continuellement les décisions à la place de l'aîné diminue sa confiance en lui.

L'attitude de jugement est aussi à déconseiller. L'idéal est une écoute adéquate : les écouter sans les blâmer, être patient, respecter leurs décisions sans oublier que l'inaction est aussi un choix à respecter.

– Et les aînés, comment peuvent-ils s'aider eux-mêmes ?

– En reconnaissant ce qu'ils sont capables de faire, en tirant un enseignement positif de leurs erreurs et leurs faiblesses, en se faisant confiance, en reconnaissant leurs forces et leur potentiel et en se respectant eux-mêmes. Malheureusement, ils se sentent souvent impuissants, ils craignent les conséquences du dévoilement de leurs émotions par peur du rejet de la famille, ils ont honte de la situation, ils protègent parfois la personne abusive, surtout si c'est un proche. Lorsqu'ils viennent d'une autre culture, ils ont peur d'être déportés dans leur pays d'origine.

Delphine est renversée par tant d'aveux, tant de souffrances vécues.

– Qui finance votre programme d'aide ? demande-t-elle.

– Jusqu'à maintenant, nous vivons de dons. Nous avons reçu très peu de dons de ceux et celles que nous avons aidés car ils étaient plus nécessiteux qu'à l'aise financièrement, et nous le comprenons très bien. Il y a un an, j'ai fait des demandes de subventions au gouvernement, au Secrétariat de l'Action communautaire autonome, à la Régie régionale de la Santé et des Services Sociaux de Laval et même à Centraide. Je n'ai pas encore eu de nouvelles. Norma et moi travaillons à notre domicile qui est envahi par les dossiers. Nous souhaiterions ouvrir un local, ce qui nous permettrait de continuer notre oeuvre. D'ici quelques mois, les fonds seront épuisés et nous devrons tout laisser tomber. J'espère qu'un jour, quelqu'un entendra notre appel.

– Le vieillissement est l'affaire de tout le monde, dit Delphine, c'est peut-être la seule justice qui existe sur cette terre.

Puis, ses yeux tombent sur un cahier ouvert et elle lit : “ **Quand je serai vieille...** ”

– C'est mon cahier d'écriture, dit Norma. Je suis poète à mes heures.

– Puis-je lire ce texte ? demande Delphine.

– Si vous voulez. J'ai laissé parler mon cœur.

« Ma personne âgée ne voudrait pas être seule, sans amis : ce serait pour elle la pire chose qui pourrait lui arriver.

Être seul quand nous sommes vieux ne peut être pour personne la meilleure chose qui existe. Être entouré de belles choses, de personnes aimées et qui vous aiment, non pas pour le peu de biens qu'on a pour nous-mêmes ou de ce que l'on peut leur apporter dans la vie.

J'avance en âge, bientôt ce sera moi qui serai à la place de ces personnes âgées qui se morfondent dans des résidences où les propriétaires ne leur donnent pas toujours l'attention voulue et les soins dont ils ont besoin pour vivre normalement.

S'il est possible, je prendrai mon temps avant de faire le pas d'aller me placer dans les bras du loup. C'est certain, je ne pourrai pas finir mes jours dans un petit logement à m'occuper de moi-même, de mes choses... mais le jour où je sortirai de ce logis sera parce que je ne pourrai plus me défendre et de faire autrement.

Ma vieillesse, je l'imagine pleine d'amour, de compréhension, de bonté et surtout de respect envers ma personne qui ne pourra que se laisser transporter d'un bord et de l'autre.

Ce que je souhaite, c'est que les propriétaires qui m'auront comme locataire aient le cœur placé à la bonne place, que les soins qu'ils me prodigueront ne soient pas pour leurs salaires, mais pour l'amour de la personne âgée et de ses expériences que cette dernière pourra leur apporter.

Je sais que " je rêve en couleur " comme on dit, mais j'espère et je crois qu'arrivée à ce temps-là, il y aura de bonnes personnes qui seront là pour donner de l'amour à ces gens âgés qui pour la plupart seront seuls dans la vie.

Jusqu'à maintenant, je suis en bonne santé et je souhaite que cela continue tel quel ; on ne sait jamais ce que la vie nous réserve. Il faut vivre au jour le jour et espérer qu'il y aura encore de l'amélioration dans ce domaine parce que des personnes âgées, il y en aura de plus en plus. »

Les larmes perlent sur les joues de Delphine.

– C'est touchant, Norma, ce que vous écrivez. " L'âge d'or " devrait être un âge heureux, rempli de bonheur pour tous. Continuez votre belle oeuvre tous les deux, j'admire ce que vous faites et, surtout, ne désespérez pas : l'aide finit toujours par arriver au bon moment. Je vous remercie pour cet entretien, je ne connaissais pas cette malheureuse réalité.

– Voici de la documentation si vous voulez en apprendre davantage.

– Je lirai ça attentivement, je vous le promets.

Au moment où Delphine réintègre son kiosque, une dame s'approche et lui dit :

– On a bavardé lors d'un Salon mais je n'étais pas décidée ; aujourd'hui, ça y est, je le veux votre livre.

– Mais je vous reconnais ! Comment va le 3e œil de votre mari ?

– Il le cherche encore...

– S'il le cherche à l'extérieur de lui, il ne le trouvera jamais.

– Je sais. Je lui dis souvent de se regarder, mais encore faut-il qu'il se regarde plus haut que le nombril. Un jour, il finira peut-être par se découvrir.

– Je vous le souhaite. Quelqu'un qui arrive honnêtement à se regarder au niveau du cœur finit toujours par voir les autres avec de bien meilleurs yeux. Ça m'a fait plaisir de vous revoir. Bonne lecture !

Un homme d'allure élégante se pointe devant sa table et dit :

– Votre livre me fascine, je l'ai consulté à quelques reprises. Que dois-je en espérer ?

– Aimez-vous les histoires d'amour ?

– Le véritable amour ?

– Delphine pointe le sous-titre.

– Ça existe, ça ?

– Pour moi, c'est le seul amour valable.

– Et quelle en est votre définition ?

– Aimer l'autre pour lui-même, sans attentes.

– Votre histoire m'intéresse, je le prends.

– À quel nom la dédicace ?

– Oubliez la dédicace, ce n'est pas nécessaire...

Delphine, surprise, lève la tête en souriant.

– C'est que... voyez-vous, vous ne connaissez pas mes dédicaces, vous manquez quelque chose.

– Bon, alors je veux bien.

Lorsqu'il mentionne son nom plutôt hors du commun, Delphine le regarde attentivement.

– Seriez-vous par hasard un ami de ma copine Michèle ?

– C'est vous la copine de Michèle, qui écrit ? Ben ça alors, quelle coïncidence !

La vie prend parfois des chemins détournés pour arriver à ses fins. Michèle lui avait déjà parlé de cet ami à quelques reprises et Delphine lui répétait : « Prête-lui le livre ». Et c'est lui qui est venu le chercher ! Comme quoi, dans la vie, on ne doit jamais forcer les choses, mais simplement émettre une intention, et l'énergie dirigera cette intention si c'est bon pour l'évolution de la personne concernée. L'homme repart vers son kiosque, semblant satisfait de la dédicace, et Delphine le voit ensuite s'entretenir avec une dame. Après quelques minutes, celle-ci vient vers elle et lui offre trois bouteilles de vin.

– C'est de la part de l'homme qui vient d'acheter votre livre, il vous en fait cadeau.

– C'est très généreux de sa part, remerciez-le pour moi, répond Delphine qui songe qu'une dédicace n'a jamais été aussi payante...

Pour se délasser les jambes, elle décide de visiter tous les kiosques. Elle est soudainement attirée par une grande affiche titrée " La Maison de l'Univers ".

– Quel joli nom ! Où se trouve-t-elle, cette maison ? demande-t-elle à la dame.

– C'est un projet que j'espère mettre sur pieds dans les mois qui viennent. Je veux ouvrir un Centre de croissance personnelle.

– Vous m'intéressez, je crois que l'on a quelque chose en commun. Je suis professeure et auteure et mon rêve est d'enseigner les valeurs. Je suis justement à la recherche d'un Centre de ce genre.

– Le but de mon projet est d'amener les gens à un éveil de la conscience et à développer l'estime de soi. De plus, je désire aider à harmoniser la médecine traditionnelle avec les médecines alternatives.

– Nous avons vraiment des buts communs. Et comment recrutez-vous votre personnel ?

– Je suis à la recherche de personnes qui donneront des cours, des ateliers et des conférences. Je voudrais aussi dans mon équipe des thérapeutes abordant différentes approches.

– Êtes-vous thérapeute ?

– Actuellement, je fais les thérapies en utilisant les fleurs de Bach.

– De quoi s'agit-il ?

– Ça ne s'explique pas en quelques minutes. Peut-on se donner rendez-vous ? Je sens que notre rencontre n'est pas le fruit du hasard.

Delphine, enthousiaste, lui donne ses coordonnées.

– On a peut-être un bout de chemin à faire ensemble. Je m'appelle Delphine. Tu peux me tutoyer.

– Et moi, Johanne. Je te téléphonerai bientôt.

Après sa tournée, elle retourne à son kiosque. Le Salon se déroule dans la bonne humeur. Comme c'est la fête des Mères, toutes les mamans reçoivent un cadeau. Quelle générosité, ces organisateurs ! Après s'être régalée au copieux et succulent buffet préparé par les bénévoles, elle s'entretient avec une vingtaine de futurs lecteurs, partageant son vécu.

***

Le lendemain de ce Salon, son amie Michèle lui téléphone.

– Lorsque je suis rentrée du travail, j'avais un message sur le répondeur. Un ami me racontait votre agréable rencontre au Salon des Aînés. Sa voix était joyeuse, enthousiaste. Tu parles d'une coïncidence ! Il a passé la nuit à lire ton livre qui, dit-il, a soutenu son intérêt. Ça lui a permis de se questionner sur ses valeurs, il a vraiment eu l'air d'apprécier. Je crois que ton livre sera un élément important dans son évolution.

– Les choses s'arrangent souvent d'une façon que l'on ne peut même pas imaginer.

– Il y a longtemps que j'ai compris cela. Delphine, si j'arrivais à rassembler un groupe de personnes, accepterais-tu de nous donner des cours ?

– Oh, que j'aimerais ça ! Bien sûr que j'accepterais !

– Je te tiens au courant. Au revoir !

***

Delphine se retrouve chez Johanne pour enfin connaître les vertus des “ Fleurs de Bach ”.

– Chaque essence de fleur correspond à une émotion spécifique, dit Johanne. Si la personne vit plus qu'une émotion, on peut mêler plusieurs essences que l'on dilue ensuite avec de l'eau. Une fois la préparation faite, on dépose quelques gouttes sous la langue.

– Ce docteur Bach était un avant-gardiste.

– Il disait que la médecine traditionnelle se concentre plutôt sur la maladie et ignore la personnalité du malade, qu'elle enraie les symptômes sans en supprimer la cause. Je pense aussi qu'il est préférable de traiter la personne malade et non seulement la maladie.

– Il me semble que c'est logique.

– Pas pour tout le monde. La terre fourmille de gens qui s'anesthésient par les médicaments et, malheureusement, la douleur est une leçon qui disparaîtra seulement lorsque la leçon sera apprise. Si on pouvait prendre conscience de nos comportements erronés et les corriger, nous n'aurions plus besoin des dures leçons de la souffrance. Les vraies maladies de l'être humain sont : l'orgueil, la haine, l'égoïsme et l'ignorance. Pour plusieurs, il semble difficile d'arrêter de juger.

– On vit vraiment un problème de société grave, enchaîne Delphine, mais je suis persuadée que la société, ça commence dans la famille. Le vrai mal dans le monde, c'est le manque d'amour, et je pense que bien des gens s'éveillent à cette réalité.

– Tu as raison. De plus en plus de familles comprennent qu'elles doivent abattre les murs, pour ne pas dire les prisons qu'elles ont érigées entre ses membres. L'absence de conflits peut immuniser toute personne contre les maladies mentales, nerveuses ou physiques.

– Là-dessus, je suis bien de ton avis. J'ai toujours pensé que la tranquillité d'esprit et l'harmonie éliminent, en général, la maladie. Et l'harmonie, ça commence dans la famille. Combien d'entre nous sont considérés comme des héros au dehors et se conduisent comme des gens mesquins chez eux ?

– Ma grand-mère disait que si tout le monde nettoyait le devant de sa porte, toute la planète serait propre.

Nos grands-mères ont dû fréquenter la même école, car la mienne disait qu'avant de surveiller les tomates pourries du voisin, chaque famille devrait arracher les mauvaises herbes de son jardin. Tout ça pour dire que si chacun y mettait du sien, ce serait l'harmonie partout. Dis-moi, quand comptes-tu ouvrir ce Centre ?

– À la fin de l'été, si j'ai mon personnel. Présentement, je suis à la recherche d'un local. Delphine, je réalise que nous avons le même idéal. Que dirais-tu de faire partie de l'équipe ?

– J'avoue que l'idée me plaît. Il y a au moins deux ans que je pense à laisser l'enseignement traditionnel.

– N'es-tu pas près de la retraite ?

– Vois-tu, je ne dois pas compter là-dessus. Même si j'ai maintenant plus de trente ans d'enseignement, j'ai retiré douze ans de fonds de retraite il y a de cela plusieurs années. Alors, je n'aurais rien du tout. Reste à savoir si j'aurai le courage de faire le grand saut.

– Prends le temps de réfléchir, je te tiendrai au courant des développements.

Delphine aura-t-elle assez confiance en la vie pour faire cet immense pas vers l'inconnu, sans argent de côté et avec des dettes ?

***

CHAPITRE 5
Émouvantes rencontres

Je traîne cette douleur sourde au fond de moi, comme une compagne qui marche avec moi.

Misha Defonseca

La classe terminée, Natalie rejoint Delphine dans son local.

– Peux-tu m'expliquer comment il se fait qu'un enfant intelligent arrive à commettre des actes stupides de violence ?

– L'intelligence telle qu'on la conçoit n'a rien à voir avec l'intelligence émotionnelle.

– Il y a donc plusieurs sortes d'intelligence ?

– Eh oui ! La science évolue elle aussi... L'intelligence seule nous rend capable de penser et d'exister tandis que l'intelligence émotionnelle nous rend capable de vivre.

– En quoi consiste cette intelligence émotionnelle ?

– C'est l'art de reconnaître et de maîtriser ses émotions, c'est la faculté de s'automotiver, de s'engager dans un projet, c'est savoir développer l'empathie pour en arriver à gérer de bonnes relations humaines.

– Comment se fait-il qu'on n'enseigne pas ça aux enfants ? La réussite de la vie affective devrait être une matière aussi importante que les mathématiques ou le français. Ce n'est pas tout de réussir dans la vie, on doit leur montrer comment réussir leur vie. Combien de gens ont une situation sociale enviable alors que leur vie intime est un pur gâchis ?

– C'est la preuve que l'intelligence relationnelle ne prépare personne à affronter les épreuves de la vie. Un quotient intellectuel élevé ne garantit pas le bonheur ni la prospérité et pourtant l'école actuelle met l'accent sur l'intellect et ignore complètement l'intelligence émotionnelle. En dehors de la lecture, l'écriture et les mathématiques, une bonne éducation se devrait de cultiver la préparation à la vie au lieu de l'ignorer. Si on encourageait les enfants à développer leurs talents qui les amèneraient à se réaliser, si on passait moins de temps à les classer en leur donnant plutôt la chance de cultiver leurs aptitudes, si on leur laissait certains choix, ils deviendraient plus responsables et tout changerait.

– Quelle valeur peut-on accorder aux tests de quotient intellectuel ?

– Ces tests sont fondés sur une conception étroite de l'intelligence ignorant les talents et les dons.

– Mais alors, ne faudrait-il pas penser à autre chose ?

– À mon avis, on pourrait bâtir des tests sur l'intelligence émotionnelle. Certains psychologues commencent à reconnaître le rôle des sentiments dans la vie car ils savent que les émotions enrichissent. C'est impossible que la logique pure apporte des solutions " humaines ", et ce dont le monde a besoin, c'est de sentiments.

– Oui, mais comment se développe cette intelligence émotionnelle ?

– Elle se forme durant l'enfance et l'adolescence. La base de la vie affective chez l'enfant se construit lorsque ses émotions sont reçues avec empathie par l'adulte.

– Est-ce que l'empathie est synonyme de sympathie ?

– Pas tout à fait. L'empathie, c'est la faculté de lire dans le cœur de l'autre, c'est faire preuve de compassion, c'est être capable de se mettre à la place des autres. Ceux qui sont insensibles aux chagrins de leurs semblables auront beaucoup de difficulté à aimer.

– Donc, tous les parents et les agents de l'éducation auraient intérêt à être empathiques ?

– Je suis convaincue que cette qualité est primordiale dans l'éducation des enfants. Une relation discordante entre un adulte et l'enfant peut profondément l'ébranler émotivement. Lorsque l'enfant manifeste une joie ou un chagrin ou ressent le besoin de se confier et que l'adulte ne répond pas par une écoute active, il finit par ne plus vouloir communiquer et ensuite il sera incapable de ressentir cette émotion. Le prix à payer pour ce vide affectif durant l'enfance peut être élevé autant pour le parent que pour l'enfant. Une relation importante mérite de l'attention, des soins, de la tendresse et de l'amour. Les enfants rabroués perdent confiance aux adultes car ils savent que bien souvent, on leur ment. Ils sont traités d'enfants difficiles alors qu'ils considèrent les adultes stupides dans leurs comportements. Comme ils sont sous leur autorité, ils se sentent pris au piège et on les affuble du Désordre du déficit de l'attention ou du Désordre hyperactif du déficit de l'attention. Les vieilles disciplines n'ont plus aucun effet sur les enfants : l'intimidation et la culpabilité ne sont plus valables. Leur crier après ne les fait pas changer, au contraire, ils voient la faiblesse de l'adulte, ce qui les fait sourire. Une action disciplinaire, calme et rapide s'avère plus efficace ; on ne doit surtout pas se laisser dominer. Ça se résume en trois mots : amour, fermeté, intégrité.

– Ce n'est pas évident avec des enfants violents...

– Au début, la douceur n'a pas de prise sur un enfant issu d'un milieu violent. Il peut même rire de toi en t'envoyant promener. Il ne s'agit pas de se mettre à crier mais de reprendre l'enfant sur un ton ferme en lui faisant ressentir que tu es plus forte que lui, sinon il te manquera de respect. À la seconde intervention, tu ajoutes de la compassion en gardant un ton ferme. Ensuite, tu essaies de le conscientiser en douceur par le questionnement, ajustant progressivement le ton de la conversation. J'avoue que ça demande beaucoup d'observation et de discernement et bien sûr, on doit aimer l'enfant que l'on reprend.

– Même si parfois ma tolérance est à bout, ces enfants-là manquent tellement d'amour, s'il fallait en plus qu'on ne les aime pas à l'école, que deviendraient-ils ?

– Je vois que tu es à la bonne place. Je te félicite !

– Je réalise qu'il y a beaucoup de gens sourds sur le plan affectif...

– Et plusieurs sont des handicapés de la communication. Plutôt que de dire à un enfant : “ C'est laid ce que tu fais ”, on pourrait lui expliquer les conséquences de sa mauvaise conduite. Les adultes ne sont-ils pas souvent des juges rapides et froids ?

– Comment peut-on arriver à cerner tout cela ?

– En développant l'intelligence interpersonnelle. Il s'agit de déceler l'humeur, le tempérament, ce qui motive un être, ce qu'il désire et y réagir adéquatement, bref, c'est l'art de comprendre les autres. Une personne réellement intelligente a le don de gérer harmonieusement les relations humaines. Un leader qui possède des qualités émotionnelles rend les gens plus humains autour de lui. C'est pour ça qu'on doit préparer les jeunes à la vie car les faiblesses de l'intelligence émotionnelle causeront de la violence, de la dépression, une dépendance à la nourriture ou aux drogues.

– En résumé, si j'arrive à comprendre et à maîtriser mes sentiments et si j'arrive à deviner ceux des autres en développant l'empathie, ma vie sera plus harmonieuse.

– Et plus comblée. Toute personne qui demeure esclave de ses pulsions sera affectée d'une déficience morale. Savoir conserver son sang-froid forme la volonté et le caractère. Rappelle-toi aussi que quoique tu fasses, tu dois le sentir dans tes tripes. Comprendre l'intelligence émotionnelle est un atout de plus dans une vie.

– Mais on n'a jamais fini de s'instruire !

– Non, et c'est merveilleux. Tous les matins je me lève en me demandant ce que la journée va m'apprendre. Je suis souvent surprise, mais rarement déçue.

– J'aime ton enthousiasme, c'est contagieux.

– J'ai bien l'intention de continuer ainsi un autre demi-siècle ! Il n'y a pas de limite à ce qu'on peut découvrir.

– Je te remercie de m'avoir accordé du temps.

– C'est tellement intéressant de causer avec toi et ne t'inquiète surtout pas pour ton intelligence émotionnelle, je sais que tu es sur la bonne voie.

– Delphine, si j'arrivais à réunir un petit groupe de personnes, accepterais-tu de nous donner quelques cours sur les valeurs ?

– Tu es la deuxième personne qui me demande cela, c'est sûrement un signe... Bien sûr, j'adorerais ça. Et puis il faudra bien que je commence un jour ou l'autre. Je te remercie de me faire confiance.

***

Natalie et Michèle ayant rassemblé une quinzaine de personnes, Delphine donne enfin son premier cours aux adultes sur les " Valeurs de Vie ".

– Je vous remercie de la confiance que vous m'accordez car enseigner les valeurs, c'est un sujet délicat. Tout d'abord, il est important que vous compreniez bien que je ne suis pas une thérapeute mais une enseignante. Ce que je vais vous enseigner pourrait se comparer à un coffre d'outils : vous prenez seulement

les outils dont vous avez besoin. Ne me croyez pas sur parole, servez-vous plutôt des outils. L'expérience est un grand maître, les mots ne pourront jamais la remplacer. Ce que j'enseigne conduit à une prise de conscience, mais cette ouverture de conscience ne doit pas provoquer de jugements sur vous-mêmes ni sur les générations antérieures car ***les jugements bloquent l'énergie et retardent l'évolution****. Je donnerai des exemples et partagerai des situations qui ont jalonné ma vie et qui ont donné de bons résultats. Plus on se connaît soi-même, mieux on comprend les gens qui nous entourent. Ce cours sur les " Valeurs de Vie " vise donc à découvrir le bonheur, le bonheur tout simple de vivre sa vie en relation avec les joies, les peines, les obstacles, les pertes, les surprises et les défis. Le bonheur est un état que l'on doit cultiver à l'intérieur de soi, donc, il est inutile de le chercher à l'extérieur.*

Le premier cours de Delphine porte sur les luttes de pouvoir. Avant de changer ses valeurs, il est important d'identifier ses comportements, de changer ce qu'il y a à changer avant de refaire le plein. Ensuite, le deuxième cours, celui qu'elle considère le plus important de tous en ce qui a trait à l'équilibre de l'être humain, porte sur la compréhension des principes masculin et féminin.

– L'ère dictatoriale des machos " sauce salsa piquante " et des féministes enragées tire à sa fin. Le défi est de réconcilier une fois pour toutes les hommes et les femmes en cessant cette confrontation des sexes, car souvent la confrontation est le fruit d'un manque de connaissance de sa propre condition et le délit de fuite idéal pour ne pas s'accueillir. Il est grandement temps que les hommes intègrent leur principe féminin en vivant leurs émotions et en ressentant les choses avec le coeur tout en continuant de s'affirmer, et que les femmes intègrent leur principe masculin en s'affirmant tout en conservant la tendresse du coeur, c'est-à-dire s'ouvrir à l'autre et se permettre une fois pour toutes de vraiment être libre à l'amour inconditionnel. Faisons-nous donc le cadeau de sentir que l'autre est là, qu'il existe d'autres réalités que celle entre nos deux oreilles. De là la nécessité de ce cours. La synthèse de mon histoire familiale vous permettra d'identifier les forces et les lacunes de votre propre histoire et ainsi vous situer.

Delphine expose au tableau les attributs essentiels au développement des principes féminin et masculin. Une bonne heure d'explications est nécessaire. C'est le cours-clé qui allume les lumières dans la tête des participants. Qu'on le veuille ou non, la clé de la vie se trouve dans ce principe universel. C'est un cours analytique, logique, une synthèse de l'origine des comportements. Elle entend des réflexions du genre :

– Je viens de comprendre ma vie d'un seul coup...

Au troisième cours, finalement, elle aborde les valeurs.

– Je commencerai donc par la Foi. La Foi, c'est une énergie qui guide notre vie. La véritable Foi est une certitude absolue qui engendre un résultat positif. Elle est fondée sur un SAVOIR acquis par L'EXPÉRIENCE. La Foi, c'est une expérience, ce n'est pas une croyance. Tous les jours nous faisons l'expérience de la foi. Pour conserver sa foi en la vie, le secret est de vider son esprit des croyances désuètes et des préjugés qui ont marqué nos vies, tels : « Si je fais ce que je veux, je serai traité d'égoïste. Si je ne fais pas telle chose, on ne m'aimera plus. Tous les hommes sont pareils ! Il n'y a plus de miracles de nos jours. Les choses ne changent jamais. » Une croyance est un système de pensées qui bloque l'énergie. La véritable Foi ouvre le chemin vers de nouvelles connaissances dont la connaissance de l'être humain.

– Mais nous avons été éduquées de cette façon ! Il fallait toujours penser aux autres avant soi sinon on nous traitait d'égoïste, dit Natalie.

– Et ceux qui passaient avant nous, ne sont-ils pas devenus égoïstes à tout prendre pour acquis ? Très mauvais pour l'estime de soi, n'est-ce pas ? Est-ce que nos croyances sont toutes au service de l'amour ? Êtes-vous prêtes à bousculer vos croyances sociales, religieuses ou tout concept qui vous sépare de vous-même ? Plusieurs croient qu'ils ont la foi parce qu'ils croient en Dieu, alors qu'avoir la foi, c'est faire l'expérience de Dieu. Nous sommes guidés par un Plan Divin qu'on le veuille ou non, athées ou croyants, on est tous guidés par la Source en nous. Plus on fait ce

que l'on aime dans le quotidien, plus on est heureux, et plus on est heureux, plus on veut être au service des autres, car on a le goût de partager ce bonheur et on réalise que les gens recherchent notre présence. Si vous n'êtes pas bien dans votre peau, qui le sera autour de vous ? Notre façon d'être, déteint sur chaque personne qui croise notre chemin. Mes enfants m'apprécient davantage depuis que j'ai appris à être bien dans ma peau. Notre relation est saine, sans équivoque, basée sur une confiance mutuelle, et ça, ça n'a pas de prix. Les inquiétudes et les tensions familiales ont disparu.

– Je réalise que j'ai souvent fait des choses pour être aimée, dit une autre participante.

– Si les gens nous apprécient seulement parce qu'on répond à tous leurs désirs, il serait peut-être mieux d'aller se faire aimer ailleurs. Les hommes ne sont pas tous pareils, heureusement ! J'en connais de très sensibles, généreux, avec le cœur à la bonne place.

– Peux-tu me donner leur adresse ? ironise une participante.

– Ne le cherche pas. Cet homme de qualité arrivera dans ta vie au bon moment. Les mêmes qualités s'attirent... Si on veut attirer un prince, on doit d'abord être princesse et vice-versa. Pour ce qui est des miracles, j'en vois presque tous les jours. Ouvrez vos yeux et souriez. Un simple sourire est un miracle, il peut sauver une vie. Dire que les choses ne changent jamais, à moins de mener une vie végétative, c'est être aveugle. En ce qui me concerne, les choses changent tous les jours et les surprises de la vie arrivent toujours au bon moment. Il s'agit d'y croire, de laisser une place au mystère car on ne sait jamais de quoi sera fait demain... Sans la foi, nous essayons de contrôler ce qu'on n'a pas d'affaire à contrôler et ainsi nous perdons du temps. Violer les lois universelles relève d'un manque d'intelligence. La foi est une clé qui nous sauve du temps.

– Ça prend du courage, dit Michèle.

– Beaucoup de courage et de détermination en effet, car c'est une illusion de croire que l'on contrôle tout. La personnalité le

croit mais la vie nous envoie constamment des leçons où nous devons nous abandonner, lâcher prise. Il s'agit de faire confiance aux coïncidences, aux événements, aux personnes que l'on rencontre. Aller de l'avant nous rend toujours plus vivant. Quand on fait confiance, les portes s'ouvrent et les coïncidences se multiplient. La synchronicité est la clé pour augmenter son énergie.

Passons maintenant à la Joie. Si la Foi est joyeuse, le résultat se manifestera beaucoup plus rapidement. Ce qui n'est pas fait avec joie n'a aucune valeur. Le sourire est à la figure ce que le soleil est aux fleurs. Si vous voulez aider le monde, souriez ! Il s'agit de donner un sens à l'aventure humaine et se sentir un maillon important de l'histoire du monde.

– Ce n'est pas facile de toujours être joyeux, de faire l'imbécile heureux, dit une participante.

– Je ne crois pas que les imbéciles soient ceux qui sourient, dit Delphine, le sourire en coin. Bien sûr, pour vivre la joie, on doit éliminer certains virus qui empoisonnent la vie comme la violence verbale et physique, la peur, la peine et la colère. Il vaut mieux se taire plutôt que dire des sottises que l'on pourrait regretter ensuite. Il vaut mieux partir plutôt que blesser quelqu'un. La joie est possible si on arrive à dédramatiser les situations et à rire de soi. Si vous saviez combien de fois je peux rire de moi dans une semaine ! Je ris de mes réflexions, de mes pensées, de mes maladresses, de mes distractions et même parfois de mes chagrins. J'arrive à me faire rire moi-même.

Delphine a besoin de s'abreuver à ses souvenirs.

– À l'époque où Denis demeurait chez moi, je me souviens d'une journée particulièrement joyeuse où je lui avais joué un tour. J'avais déposé de la tendresse dans son casse-croûte. Je l'imaginais déballer son sandwich et découvrir le bout de papier sur lequel j'avais écrit " Bon appétit ! " Sur le gâteau, il y avait un " Je t'aime ! " et sur le breuvage " Coucou, c'est moi ! ".

– Comment a-t-il réagi ? demande Michèle.

– Il m'a avoué que ses compagnons de travail étaient jaloux, qu'ils n'avaient jamais eu une surprise semblable. Simplement à imaginer la tête qu'il ferait, j'ai ri toute la journée. C'est un de mes plus beaux souvenirs.

– J'ai déjà fait une chose semblable, dit une participante. J'ai déjà déposé des petits mots doux dans ses bas, ses poches, ses souliers et aussi dans les tiroirs de sa commode. Je me souviens à quel point il avait ri et m'avait regardée tendrement.

– Ces instants de joie et de complicité sont précieux. Il s'agit d'avoir un peu d'imagination.

Delphine alloue ensuite quelques minutes aux participantes pour qu'elles racontent leurs expériences de foi et de joie. À la fin du cours, elle leur dit :

Ne pourrait-on pas découvrir le sens de sa vie dans la joie plutôt que dans la souffrance ? Je vous souhaite une joyeuse semaine dans la foi la plus absolue en vous-même.

***

Dans l'avion qui vole vers l'Abitibi, Delphine et Colombe se racontent les derniers événements qui ont marqué leurs vies respectives. Juste avant d'atterrir, le petit appareil se met à valser de façon inquiétante. Déstabilisée par les turbulences, Delphine arrive à articuler :

– Le pilote a dû attraper le syndrome des valses de Strauss ou bien il a aussi hâte que nous d'arriver en terre abitibienne.

Colombe pouffe de rire. Le colibri aérien pique du nez de plus belle.

– Aimes-tu toujours autant l'avion ? demande-t-elle à Delphine.

– Moi ? Toujours ! J'aurais dû marier un pilote.

– Il n'est jamais trop tard pour le demander. Tu n'as qu'à émettre l'intention.

Delphine a des diamants dans les yeux et le sourire aux lèvres.

– Si j'épousais un pilote, on pourrait voler comme des oiseaux en regardant toujours dans la même direction...

L'appareil vole maintenant au rythme d'un tango.

– As-tu peur ? demande Delphine.

– Pas du tout, j'ai plutôt le goût de rire !

– Parfait ! De toute façon nous savons que nous sommes protégées mais ça ne semble pas être le cas pour tout le monde. Regarde comme les gens sont livides et crispés...

– Ils ne doivent pas nous trouver normales de rire ainsi...

– En tout cas, à la vitesse où l'avion s'amuse à descendre, si nous rasons des clôtures, ça fera une bonne quantité de bûches pour la prochaine panne d'électricité.

Elles éclatent de rire toutes les deux, se laissant porter par un triple swing. Les passagers, visiblement intrigués par leur attitude plutôt décontractée, lancent des regards interrogateurs. Lorsque l'avion se pose enfin sur la piste, elles sont les dernières à descendre, les autres passagers s'étant précipités vers la sortie à la vitesse de l'éclair.

– Je crois qu'ils ne sont pas prêts d'oublier ce vol, dit Delphine.

– Pour ma part, je me suis bien amusée, dit Colombe. Comme dans toutes choses, il s'agit de dédramatiser les situations.

Accueillies à l'aéroport, elles sont conduites à leur hôtel à La Sarre.

Au Salon, Delphine découvre dans la pochette qu'on lui remet, le logo de la ville de La Sarre avec une note explicative.

« *Aux amis de la nature, tant par ma figure que par ma fière allure, j'exprime eau et verdure. Que vous soyez résidents ou de passage un instant, la nature vous y attend. Sous son aspect graphique, à l'exemple de la population lassaroise, il se veut révélateur d'une dynamique d'ensemble. Sous ses axes à angle droit, il exprime la droiture et sous ceux à angle ouvert, il témoigne de l'ouverture d'esprit, traits de caractères légendaires des résidents.* »

Ensuite, monsieur Raoûl Duguay, président d'honneur, procède à l'ouverture.

Un Salon du livre est un immense coffre rempli de trésors. C'est en lisant qu'on apprend à penser, à imaginer, à connaître le monde et à se connaître soi-même.

Toute bonne lecture est une vitamine qui excite l'esprit, une émotion qui fait vibrer le cœur. Et plus on lit, plus la lecture devient une passion, une nourriture essentielle.

Je vous invite donc à venir rencontrer les auteur(e)s dont les œuvres vous passionnent, à participer à des animations, à des entrevues, à des conférences et à des discussions vivantes et variées.

Amoureux de la littérature, venez cueillir dans le coffre aux trésors du Salon du livre, ceux qui vous feront chavirer de plaisir !

Ça s'annonce bien, pense Delphine. Une bénévole lui remet un cadeau souvenir : un magnifique coffret en bois peint à la main représentant une scène champêtre. Quelle générosité ! ces Abitibiens. Ce coffret abritera les lettres de ses lecteurs, décide-t-elle.

En se dirigeant à sa table de signature, elle aperçoit d'Artagnan qui vient vers elle, accompagné d'une jolie femme à l'allure distinguée.

– Je te présente Arouna. Elle arrive de Paris, elle occupera mon kiosque toute la fin de semaine.

Arouna, d'un regard franc, lui dit :

– Je suis heureuse de te connaître. En feuilletant ton livre, j'ai pu constater que nous n'avons pas le même cheminement, mais nous avons le même but. Tu ne seras pas obligée de passer par les Indes pour comprendre et vivre une spiritualité vivante.

– Tu es allée en Inde ? demande Delphine intéressée à en apprendre davantage.

– Je suis d'abord partie pour Jérusalem à la rencontre de mes racines. De retour à Paris, Omraam Mikhaël Aïvanhov a élargi mon horizon spirituel. Puis, comme professeur de yoga, je me suis engagée dans une voie spirituelle qui m'a conduite en Inde où je suis devenue Swami.

– Ce terme manque à ma culture ; qu'est-ce qu'un Swami ?

– C'est un Maître.

– Et tu as connu Aïvanhov ?

– Oui. Ce Maître d'origine bulgare, philosophe et pédagogue français, vécut la majeure partie de sa vie en France. Ses multiples œuvres, quel que soit le sujet abordé, offrent aux êtres humains une véritable feuille de route pour une meilleure compréhension de soi-même et une meilleure conduite de sa vie.

– J'ai commencé à étudier ses œuvres et j'avoue que je suis emballée. Mais au retour des Indes, qu'as-tu fait ?

– J'ai fondé mon Ashram, une sorte de lieu saint où des psychanalystes et des scientifiques donnèrent des conférences et des ateliers.

– Ton livre, c'est ton cheminement spirituel si je comprends bien ?

– Oui, je partage mon expérience, ma quête. J'explique la façon dont les événements ont donné un sens à ma vie. La spiritualité, pour moi, c'est faire des liens, c'est relier. Accorder du sens à un événement, c'est chaque fois un choix de notre part, exactement comme lorsque nous tombons amoureux. C'est ainsi que peu à peu nous dessinons notre vie.

– Je pense aussi de cette façon. Lorsque je regarde en arrière, je constate que chaque événement de ma vie est à sa place, riche d'expériences. Et ensuite, comment s'est poursuivi ton chemin initiatique ?

– J'ai éprouvé le besoin de redevenir Madame-tout-le-monde. Je suis partie pour Toronto où j'ai gagné ma vie dans le domaine de la décoration. Ce fut tout un changement... J'ai dû déjouer tous les pièges de l'ego. Je voulais vivre une spiritualité authentique dans le monde et non au sommet de la montagne. Aujourd'hui, je vis à Paris où je tente seulement d'être “ l'amie spirituelle ”. Je réunis à l'occasion mes anciens disciples en donnant de petits ateliers. Je me définis comme une “ synthèse ambulante, vivante ”.

Elle doit sûrement prendre de l'élixir de marguerite, pense Delphine.

– J'ai compris que si on a la chance d'être messager, il faut que ce soit dans une absolue simplicité, enchaîne Arouna.

– Ma quête spirituelle est définitivement différente de la tienne dans le quotidien, mais je réalise en effet que nous avons le même but.

– Mon livre est le voyage initiatique d'une femme moderne, c'est un livre d'amour, c'est une quête spirituelle qui invite le lecteur à prendre la route de sa propre mémoire.

– J’ai bien hâte de te lire, Arouna, et je sens qu’on se reverra un jour.

– Je le sens aussi. La vie est pleine de surprises !

– J’ai été ravie de te connaître !

– Moi aussi, Delphine. Seras-tu de l’excursion qui est prévue pour nous, demain ?

– Bien sûr, à demain !

Installée à son kiosque, sa curiosité aiguisée, elle feuillette le livre d’Arouna où il est question de relations amoureuses, de la quête de Dieu et de la modernité.

La soirée se passe à discuter avec des lecteurs rencontrés l’an dernier à Rouyn-Noranda. Delphine apprécie leur fidélité. Une dame l’interpelle :

– C’est une amie qui m’a prêté votre livre, mais aujourd’hui je l’achète. Je veux le relire. Si vous saviez comme je me suis reconnue à travers votre histoire !

– Vous êtes gentille, j’apprécie vraiment.

Un homme s’approche ensuite et dit, le livre à la main :

– J’ai l’impression que ma femme est comme la Germaine de votre livre. Elle n’est pas reposante.

– Chose certaine, elle doit être malheureuse, répond Delphine.

– Êtes-vous heureuse, vous ?

– Il m’arrive comme tout le monde d’avoir des hauts et des bas, mais oui, je suis une femme heureuse. Mon bonheur, c’est moi qui le fais, je n’attends plus qu’on me l’apporte.

– Et comme le bonheur attire le bonheur, vous risquez d’être heureuse longtemps ! Je vous envie...

– Mais le bonheur est un état, tout le monde peut y arriver !

Facile à dire lorsqu’on vit en couple...

– Ça dépend ! Si vous et votre épouse vivez comme deux poissons dans un bocal, en effet, ce n’est pas le bonheur, mais si vous apprenez à vivre comme deux oiseaux qui volent, vous ne pensez pas que ça pourrait aller mieux ?

L’homme sourit malgré lui.

– Je crois que je vais essayer d’apprendre à voler.

– Et ne vous inquiétez pas pour les hauteurs : au début, c’est paralysant, mais à la longue, plus on vole haut, plus on a une vue d’ensemble du paysage.

– Merci pour les bons mots. Je vous lirai attentivement.

Le lendemain, les auteurs invités sont conduits à Gallichan où Liliane Gagnon, peintre miniaturiste et le sculpteur Jacques Baril les reçoivent sur leur domaine. Inspirés par la nature abitibienne, ces artistes utilisent ce que la nature leur lègue pour créer leurs œuvres. La petite Boutique de l'Atelier livre aux visiteurs les découvertes que ces artistes ont faites aux mains de la nature.

– J'utilise dans mes créations, dit Liliane, la concrétion calcaire, phénomène géologique que l'on retrouve en région. Ces " pierres de fée " aux formes évocatrices prennent une toute nouvelle dimension sous mes pinceaux. Je crée des mondes imaginaires où évoluent de minuscules personnages à la recherche de leur propre histoire à raconter. Dans de petits tableaux en trois dimensions ou sous l'aspect de roches, je réinvente des mondes lilliputiens.

– C'est magnifique, Liliane, ce que vous faites, dit Delphine. Je n'ai jamais rien vu de tel. Quelle précision dans vos œuvres !

Liliane les conduit ensuite à l'atelier de Jacques, cet artiste-sculpteur dévoué à son art depuis dix-huit ans.

– Je raconte l'histoire de cette nature abitibienne par des objets fétiches trouvés lors de promenades imaginaires et réelles. Je les façonne, les use, les coupe, les transforme et les assemble de façon à les lier à ma propre existence.

– Quels sont vos projets en cours ? demande Delphine.

– J'envisage d'allier le plaisir de la promenade en forêt et celui de la découverte artistique. Bientôt vous pourrez visiter notre forêt privée et au gré de votre promenade dans les sentiers y découvrir des œuvres monumentales installées en pleine nature. Il vous faudra revenir.

– Avec joie ! s'exclament plusieurs auteurs.

Quittant ce décor champêtre, après avoir remercié chaleureusement leurs hôtes, ils se dirigent sur le site historique de Rapide-Danseur pour y visiter l'église. L'excursion se termine par un succulent repas servi par le chaleureux propriétaire d'un restaurant typique. Delphine se retrouve assise face à Misha Defonseca, cette auteure qui a vécu parmi les loups.

– Je sens que je dois lire ton livre, Delphine. En faisant le tour du Salon, je me suis arrêtée à ton kiosque et j'ai été attirée par le titre.

– Si tu veux, on peut faire un échange. Je voulais aussi lire le tien.

– Avec plaisir !

– Je ne connais pas ton histoire mais j'en ai entendu parler. Dis-moi, Misha, comment en es-tu arrivée à vivre avec des loups ?

– Durant la guerre, je suis partie de Belgique à la recherche de mes parents qui avaient été déportés. J'ai traversé plusieurs pays et j'ai parcouru plus de 3000 kilomètres à pieds.

– Mais quel âge avais-tu donc ?

– J'avais sept ans.

– Une fillette... dit Delphine bouleversée.

– Je me promenais d'un village à l'autre en me cachant et en volant pour me nourrir et me vêtir. J'ai vu tellement de massacres que j'avais une idée fixe : éviter l'humain à tout prix, ne pas me faire attraper ! La haine des humains me donnait la force de marcher. Je me suis donc réfugiée en forêt. En Pologne, une famille de loups m'a adoptée. Plus tard, en Ukraine, j'ai retrouvé une autre famille de loups et je gardais même les louveteaux.

– Comment as-tu réussi à apprivoiser les loups ? demande Delphine qui n'en revient pas.

– Je ne les craignais pas. Je les imitais dans leurs attitudes et j'ai appris à les comprendre. La nuit, je dormais dos à dos avec une louve. Sa fourrure me réchauffait le corps et le cœur. Cette louve était ma mère, j'étais son petit.

Delphine a les larmes aux yeux.

– Et comment te nourrissais-tu ?

– Ma mère louve partageait ses proies avec moi. Elle m'apportait souvent du gibier que je mastiquais avec un plaisir fou. Lorsque “ ma mère ” est morte, tuée par un maudit chasseur, j'ai cru devenir folle. Je voulais tuer ce salaud qui m'avait pris ma mère.

– Misha, c'est terrible ce que tu as vécu...

– J'avais toujours faim, j'étais toujours en révolte, je haïssais et je fuyais les hommes. Je n'étais heureuse que dans la nature parmi les animaux.

Delphine n'a jamais entendu un récit aussi bouleversant.

– En temps de guerre, les hommes agissent comme s'ils étaient des animaux.

– Non, ils agissent comme des hommes, reprend Misha. Les loups m'ont protégée, nourrie, réchauffée et sauvée à maintes reprises de la violence des hommes dits intelligents. De toutes les créatures de Dieu, seul l'humain assassine son semblable. L'homme n'est pas un loup, il est un homme, un point c'est tout !

– Je comprends ta haine, Misha, et je la respecte. Quelle force la nature t'a donnée pour avoir traversé ces années d'épreuves ! Quelle rage de vivre tu devais avoir pour que la mort ne réussisse pas à t'emporter ! Quelles leçons tu as à donner aux humains : des leçons de courage, de détermination, de débrouillardise et d'espoir. Je t'admire d'être ce que tu es !

– Tu sais, on ne guérit pas d'une enfance comme la mienne. Je suis restée un être sauvage et rebelle. Les hommes ont peur des loups, moi j'aime les loups et j'ai peur des hommes.

– J'ai hâte de te lire. Tu sais, je vois une belle sensibilité dans tes yeux. On ne doit jamais désespérer du monde et des hommes. J'en connais de merveilleux.

De retour au Salon, Delphine se demande comment il se fait que des enfants arrivent à supporter autant de souffrances... Elle relit la dédicace que Misha lui a écrite.

À Delphine,

Moment d'éternité que l'amitié. Je me souviendrai de notre belle randonnée, de nos échanges.

Affectueusement,

Misha

En soirée, elle a la surprise de voir apparaître Gilberte, la mère de Line, sa stagiaire d'il y a deux ans.

– J'ai eu des problèmes de santé dernièrement qui m'obligent à ralentir mes activités, mais je tenais quand même à venir te saluer. Je ne pourrai pas rester longtemps.

– Je suis contente de te revoir. Line m'a mise au courant. Prends-tu soin de toi, au moins ?

– Je commence à m'y mettre sérieusement. J'ai décidé de me choisir, je fais des choses que j'aime, je mets toutes les chances de mon côté pour récupérer, reprendre des forces, remplir mon être d'énergie pour mieux repartir ensuite sur des bases solides pour accomplir ce qui doit être. Un nouveau départ, une nouvelle vie. J'ai l'impression d'être née à nouveau, il y a à peine cinq mois. Je remercie l'Univers d'être bien entourée, j'ai de belles âmes autour de moi.

– On doit savoir s'arrêter de temps en temps pour faire le point, sinon, la vie s'en charge.

– Oui, je sais, je l'ai appris à mes dépens. Je regrette seulement de ne pouvoir m'asseoir avec toi autour d'une bonne table pour échanger davantage. Mais, demain, que dirais-tu de faire la connaissance de deux de mes copines ? Elles ont lu ton livre et elles voudraient te rencontrer. Es-tu libre à l'heure du souper ?

– Oui, ça me va. Je prévoyais justement me libérer quelques heures.

– Tu sais, Delphine, ta chaleur humaine me fait du bien. À mes yeux, tu es une étoile qui brille dans le cosmos.

– Merci du compliment, mais si tu regardes attentivement autour de toi, tu verras que de plus en plus de gens brillent comme des étoiles. Lors des Salons du livre, si tu pouvais voir les constellations d'étoiles qui passent devant moi, tu serais surprise. Il y a bien de temps à autre un petit volcan en éruption, mais c'est normal. Avant de devenir étoile, on doit souvent passer par le feu.

– J'aime ta façon de voir la vie. On gagne à te connaître.

– Ne sommes-nous pas sur terre pour nous entraider, pour apprendre l'amitié, le partage, l'amour et la compassion ?

– Tu as raison, je le réalise par le soutien que mes amies m'apportent. Je ne sais pas quand je retournerai à Montréal mais je te le laisserai savoir. J'ai des confidences à te faire.

– À bientôt, Gilberte, et prends soin de toi, dit Delphine en l'embrassant.

Encore perdue dans ses pensées, elle aperçoit la libraire de Sept-Iles qui vient vers elle, accompagnée de Francine Chicoine.

– Je suis heureuse de vous revoir !

– Moi aussi, Delphine, dit la libraire chaleureusement. Savais-tu que j'étais retraitée ?

– Tu as vendu la librairie ? Mais tu semblais tellement aimer ton travail ! Tu ne vas pas t'ennuyer ?

– Je ne crois pas. Ce fut une belle étape de ma vie, en effet. J'y travaillerai à l'occasion, mais j'ai décidé de vivre à temps plein, de m'occuper de moi, de profiter du temps sans me presser.

– Alors là, je te comprends. C'est une sage décision. Et puis tu vas pouvoir apprécier ton coin de paradis : on est tellement bien chez toi !

– J'ai l'intention de convertir le rez-de-chaussée de ma maison en un gîte du passant.

– Quelle bonne idée, c'est génial ! Tu sais, j'y avais pensé. Lorsque je suis arrivée chez toi, à la vue des trois magnifiques chambres et du mignon petit salon, je me suis dit que tout ça avait le potentiel d'un superbe gîte étant donné que ces pièces sont indépendantes de tes appartements.

– Et puis, pour moi, c'est une façon de garder le contact avec les gens.

– D'autant plus que c'est saisonnier. Tu auras du monde surtout l'été. Je suis contente pour toi, tu es radieuse ! Je te souhaite bonne chance dans tous tes projets.

– Je te laisse avec Francine, j'ai quelqu'un à rencontrer. À un de ces jours !

– Oh, ne t'inquiète pas, on se reverra sûrement ! Et toi, Francine, je ne savais pas que tu serais ici, dit Delphine.

– Je partage un kiosque avec Arouna, l'auteure française.

– Tu es au kiosque de d'Artagnan, alors ? Mais c'est merveilleux ! J'aime l'énergie de cet homme, on ne s'ennuie jamais avec lui.

– Ça, je te l'accorde ! Il a un humour exceptionnel.

– J'ai pu m'en rendre compte au Salon du livre de Rimouski. Il m'a tellement fait rire. Alors que je lui faisais des confidences, je lui disais que parfois j'étais fatiguée d'attendre après quelque chose ou quelqu'un. Il m'a répondu : « Il paraît que le plaisir est dans " l'attente ". » Et il a ajouté subtilement : « J'ai assez hâte de faire du camping ! »

Francine rit de bon cœur.

– Il aime jouer avec les mots, en effet, mais j'apprécie aussi son côté professionnel.

– Alors là, pour être professionnel, il l'est ! Dans le métier, le professionnalisme et l'entregent sont essentiels. Pour moi, il sera toujours mon d'Artagnan préféré et un bon collègue. Et toi, l'écriture, ça va ?

– Je suis à écrire sur un sujet complètement différent de mon premier livre.

– Au fait, je viens d'en terminer la lecture. J'aime ton style, et quel humour ! Du bonbon... La maladie t'a ouvert de nouvelles portes, n'est-ce pas ?

– La maladie m'a remise face à moi-même. J'ai compris l'urgence de l'essentiel, l'importance de réaliser ce que j'ai toujours voulu faire, c'est-à-dire, écrire.

– Les épreuves nous donnent souvent la chance de se découvrir soi-même.

– J'ai réalisé à quel point les murs du système sont épais, à quel point ceux qui sont imbus de pouvoir risquent de tomber de haut. La transparence n'est pas encore de ce monde, crois-moi. Beaucoup trop de gens portent un masque avec des yeux de merlan frit. Pourquoi blesser avec des armes quand on peut le faire avec des fleurs ? Pourquoi tuer avec un poison compromettant quand on peut si bien réussir avec du miel ? La chute risque d'être douloureuse. L'élévation est bien autre chose...

– À tous, tôt ou tard, la vie envoie ses leçons d'humilité.

– J'ai aussi appris à voir les choses différemment, à prendre le temps, mais je me suis rendu compte qu'en révisant mes valeurs, je bouscule celles des autres ; ils se sentent obligés de revoir leurs propres valeurs.

– Je vis aussi cette situation. Je me suis déjà fait dire que mon attitude obligeait les autres à changer. J'ai répondu : « Ne trouves-tu pas qu'il est grandement temps qu'il y ait un changement dans les consciences ? Si on ne révise pas nos valeurs, on s'en va définitivement vers l'autodestruction. » Les aveugles du cœur cherchent encore la lumière. S'ils savaient à quel point on est plus heureux lorsqu'on voit clair.

– Ça nous permet aussi de voir au travers des autres. Je vois que tu as du monde à ta table, je te laisse. Ça m'a fait plaisir de te revoir, Delphine. Je te souhaite un bon Salon.

– À toi aussi, Francine. À la prochaine !

Une femme prend deux livres.

– Je pense à quelqu'un qui pourrait aussi avoir besoin d'une clé.

– Il paraît qu'on ne doit jamais partir en quête de soi-même sans amener quelqu'un avec soi... Cette personne est chanceuse de vous avoir pour amie.

Après avoir signé plusieurs livres, Delphine se retrouve au restaurant en compagnie des deux copines de Gilberte.

– Nous avons lu ton livre, dit l'une d'elles, mais comment fais-tu pour accepter le comportement incompréhensible de Denis ?

– Je comprends votre réaction et je sais que les opinions sont controversées. Une de mes collègues a menacé de jeter le livre par la fenêtre si Denis ne revenait pas au sixième chapitre. Je lui ai demandé ce que ça lui rappelait dans sa propre vie pour qu'elle réagisse aussi violemment. Lorsqu'on comprend une situation, il est plus facile de l'accepter. **Être tolérant, c'est apprendre à connaître quelqu'un au lieu de le détester.**

– Mais la véritable compréhension ne vient qu'en agissant et il n'agit pas !

– Je sais. Il doit affronter les défis du changement et Dieu sait que ce n'est pas facile !

– Tu l'excuses toujours...

– Tout a un prix et la sagesse n'est pas bon marché. Pour l'instant, il fait semblant d'être la personne qu'il croit être. Sa carte des valeurs lui a été imposée par des personnes de bonne foi et elle continue de mener sa vie jusqu'au jour où il acceptera de réviser sa carte et de changer.

– Mais ça peut prendre plus d'une vie pour changer !

– J'en suis consciente. On doit relire le livre de son enfance pour guérir les blessures du passé.

– Mais tu ne vas quand même pas l'attendre toute la vie ?

– Non, pas toute la vie. Présentement, je crée ma réalité afin d'apprendre les leçons dont j'ai besoin et j'ose courageusement le rêve.

– Il y a des mauvaises langues qui disent que tu es naïve.

– Je préfère être naïve à l'occasion plutôt qu'ignorante : les mauvaises langues devraient savoir que la langue a été créée pour savourer, remercier, encourager, éclairer et guider...

Malgré sa souplesse, Delphine demeure inébranlable dans ses convictions. Elle enchaîne :

– Je ne sais pas si ma destinée est vraiment liée à celle de Denis, mais il y a une chose dont je suis certaine : je dois continuer d'écrire cette histoire et je sais que la fin sera heureuse, avec ou sans lui. J'espère seulement que la confiance que je lui porte lui permette de se réaliser. J'ai vu en lui une profondeur d'émotions que je n'ai encore vue chez aucun autre homme. Un jour, j'espère qu'il cessera de poser des gestes maladroits et qu'il expérimentera la force de la volonté.

– Quelle foi tu as...

– La foi, ça ne se mesure pas. Un jour, la foi dépassera la science, car la science, elle, se mesure. Mesdames, j'ai été ravie de faire votre connaissance mais je dois vous quitter car dans quelques minutes je participe à une table ronde.

Lorsque c'est au tour de Delphine de donner son opinion sur " L'écriture et la nouvelle technologie ", elle raconte :

– Au moment où j'ai eu l'idée d'écrire un livre, j'étais consciente qu'il me fallait d'abord réussir à apprivoiser cette drôle de machine qu'est un ordinateur. Ce n'est pas chose facile pour un tempérament plutôt artistique. Le défi était de taille. Une fois devant l'appareil apprivoisé, j'ai réalisé que j'étais incapable d'y écrire mes textes directement. Je devais d'abord écrire à la plume, ensuite tout recopier au clavier en faisant les corrections qui s'imposaient au fur et à mesure. Maintenant, je ne pourrais plus me priver de l'ordinateur que j'ai mis à mon service. Pour ce qui est d'écrire des lettres personnelles, je préfère encore la plume car, pour moi, une lettre tapée demeure impersonnelle et ne remplacera jamais la spontanéité des mots qui courent sur le papier. C'est tout simplement une histoire d'amour entre la plume et moi.

– Dans votre livre, Delphine, il est question de valeurs, dit l'animateur. De quelles valeurs est-il question ?

– Des valeurs toutes simples, telles l'amour, l'amitié, la joie, le respect, la patience.

– Et quel est votre but ultime concernant l'enseignement de ces valeurs ?

– Mon rêve le plus cher serait qu'elles soient enseignées dans les écoles au même titre qu'une matière principale. Être patient, ça s'apprend, découvrir la joie, c'est possible, et savoir aimer, c'est ce dont tout être humain a besoin pour ensuite être aimé.

– Programme intéressant, dit l'animateur. En fait, vous proposez un retour aux valeurs fondamentales.

– Ce que je propose surtout, c'est un éveil de conscience et une fois la conscience éveillée, il est plus facile d'accéder au bonheur.

– Merci, Delphine, pour votre témoignage, et bonne chance !

À la fin de la table ronde, en descendant de l'estrade, elle est interceptée par un gentilhomme.

– Je m'appelle Jean Perron. Ce que vous venez de dire m'a beaucoup touché. Accepteriez-vous de m'accorder quelques instants ? Je voudrais vous remettre le livre que j'ai écrit.

– Avec plaisir, répond Delphine, accueillant avec joie cette autre belle surprise de la vie.

Le kiosque de Jean, converti en salon confortable, ravit l'œil. Son hôte lui remet un joli volume admirablement relié et doux au toucher.

– Quel petit bijou que ce livre ! C'est votre histoire ?

– Si on veut, par bribes. Ma mère disait souvent : « Jean a l'écorce dure, mais il a le cœur tendre. Attendez-donc de voir sous l'écorce. » Devant mes frasques nombreuses, elle invitait les membres de notre famille à être patients, à attendre que je me révèle et me découvre tel que je suis... sous l'écorce.

– J'aurais aimé votre mère, dit Delphine attendrie.

– J'ai donc rassemblé des phrases, des dictons et des proverbes qui ont un sens pour moi. Lorsque vous avez mentionné les mots qui correspondent aux valeurs humaines, ça m'a rappelé tous les obstacles qu'il faut surmonter pour enfin goûter l'amour, l'équilibre et une certaine sagesse. Lentement, ces mots ont fait leur chemin... sous l'écorce. Ils m'ont enrichi de leçons, ils ont construit mon expérience de la vie et ils m'ont obligé à porter un regard critique sur des comportements qui méritaient d'être changés.

Tout en l'écoutant, Delphine est persuadée que l'écorce a disparu complètement tellement les mots qu'elle entend pénètrent son cœur.

– Votre mère avait une excellente intuition. Sous l'écorce devait battre un cœur tendre que seule une mère pouvait entendre.

Delphine feuillette délicatement le livre et ses yeux tombent sur ces mots : “ La vérité sort de la bouche des enfants. ”

– De quelle vérité s'agit-il ? demande-t-elle souriante.

– Attendez que je me rappelle... Mon fils avait dix ans quand j'ai commencé à jouer au tennis. Je recherchais alors la compagnie de partenaires expérimentés avec lesquels je pouvais améliorer mes performances. C'est à peine si je remarquais mon fils qui, près du court, attendait patiemment que je consente à échanger quelques balles avec lui. Égoïstement, je ne sentais ni son amour ni sa tendresse. Un jour, je l'ai entendu dire : « Papa ne veut jamais jouer avec moi ». Cela ne m'a fait ni chaud ni froid. Pourquoi aurais-je perdu mon temps à m'amuser avec un enfant de cet âge-là ? Prenant son petit courage à deux mains, il est venu me dire le fond de sa pensée : « Papa, quand tu seras vieux, je ne jouerai pas avec toi. » Là, il m'a pincé au cœur. Vingt ans plus tard, nous profitons ensemble de la grande vérité qu'il m'a servie du haut de ses dix ans. Aujourd'hui, j'entends à l'occasion : « Une petite game, dad ? »

– Votre récit est très touchant... J'ai toujours pensé qu'à l'école des enfants, plusieurs parents échouent à l'examen des valeurs de vie. Tout ce temps perdu à rattraper... Heureusement, après un échec, on a souvent droit à une reprise. Personnellement, même si je ne peux revenir sur le passé, je remercie le Ciel d'avoir pu me reprendre à temps, dit Delphine d'un air nostalgique. Je dois maintenant retourner à mon kiosque. Jean, ce fut un plaisir de passer ces quelques instants en votre compagnie.

– Attendez, j'ai autre chose pour vous.

Il donne à Delphine cinq copies additionnelles de son livre, un boîtier comprenant trois disques compacts et un quatrième disque.

– Vous trouverez bien cinq personnes à qui donner ces livres, et ces trois disques se veulent un recueil de souvenirs : c'est mon “ Tour du chapeau de souvenirs ” et sur ce disque-ci, c'est moi qui chante avec Suzanne Lapointe. Eh oui ! J'avais ce rêve de faire un disque, alors je l'ai fait ! Rappelez-vous toujours qu'il est bon d'aller au bout de ses rêves !

Delphine, les mains pleines, est renversée par tant de générosité.

– Merci, dit-elle d'une voix émue. J'ai été ravie de faire votre connaissance.

– Moi aussi et je souhaiterais être invité au lancement de votre deuxième livre.

– Je suis honorée, je vous aviserai en temps opportun.

– Où cela aura-t-il lieu ?

– Aux " Ailes de la Mode ".

– Ça alors ! Le propriétaire est un de mes amis, nous avons joué au tennis ensemble.

– Quelle heureuse coïncidence ! À bientôt alors et encore une fois merci !

De retour à son kiosque, un bel homme à l'allure découragée s'arrête à sa table. Il regarde son livre et se décide à le consulter discrètement. Delphine peut lire une certaine souffrance sur ses traits, une sorte de désespoir qui lui donne un coup au cœur. Elle croise ses yeux et perçoit cette lueur qui lui est si familière : celle de ses propres souffrances, de ses désirs et de ses passions.

– Je peux vous aider ? lui demande-t-elle avec un large sourire.

– Je suis complètement dépassé par les événements. Je ne comprends plus rien. Ma femme m'a quitté pour un autre homme. Depuis, malgré moi, je réfléchis énormément sur le sens de ma vie. Je cherche un livre qui m'aidera à comprendre. Le sous-titre de votre livre, " L'inconditionnel amour ", m'accroche. Disons que je cherche des réponses.

– Je suis désolée pour vous... Je comprends votre souffrance, vous savez. Avez-vous des enfants ?

– J'en ai quatre. Trois filles et un garçon, de quatre à onze ans.

– Derrière votre souffrance, je sens de la colère. Malgré votre douleur, essayez de ne pas démolir leur mère : c'est tellement important pour leur identité.

– Elle m'a dit être certaine d'avoir rencontré son âme sœur. J'ai l'impression que tout s'écroule autour de moi.

Si Delphine le pouvait, elle bercerait le petit enfant blessé au cœur de cet homme, tellement il est malheureux. Elle sait très bien ce qu'est l'abandon. Elle lui tend son livre et dit :

– Ça vous aidera à comprendre certaines choses. Ça ne résoudra peut-être pas le problème mais ça peut vous aider à voir clair et lorsqu'on comprend, la douleur s'atténue et avec la foi, l'espoir revient.

– Vous en êtes certaine ?

– Regardez-moi, croyez-vous que je n'aie jamais souffert ? Si ce livre ne vous a rien appris, téléphonez-moi, je vous rembourserai !

– Je vous fais confiance. J'en prends deux, je voudrais aussi l'offrir à une amie.

Delphine lui offre une étreinte en lui souhaitant de retrouver la joie de vivre.

– Tout va bien aller, faites confiance au destin et... si le cœur vous en dit, donnez-moi des nouvelles.

Elle regarde partir cet homme en ayant le sentiment qu'elle le reverra un jour...

Cette brochette de belles rencontres en un seul week-end représente un bilan fabuleux : ses lecteurs, Arouna, Misha, Francine, Gilberte, Liliane, Jacques, Jean, la libraire, et même son lecteur malheureux. Elle apprécie de plus en plus sa vie d'auteure, riche d'échanges et d'émotions de toutes sortes.

Le brunch du dimanche est l'occasion pour plusieurs auteurs de révéler quelques secrets sur leurs œuvres après quoi elle s'entretient avec une vingtaine de lecteurs. Le Salon terminé, c'est le chemin vers l'aéroport. Delphine apprécie le vol de retour qui s'avère beaucoup plus calme qu'à l'arrivée.

***

Le lendemain soir, déjà en pyjama, elle reçoit la visite imprévue de Denis.

– Te préparais-tu à te coucher ? demande-t-il.

– Après un Salon du livre, j'ai besoin de récupérer ; je prévoyais, en effet, me coucher tôt.

– Je ne te dérangerai pas longtemps. Comment aimes-tu mes nouvelles lunettes ?

– Elles te vont bien. Elles sont plus délicates, plus raffinées. Peut-être verras-tu la vie avec d'autres yeux ?

– Peut-être...

– Tiens, je te fais cadeau d'un livre qu'un auteur m'a donné. C'est un recueil de proverbes, de secrets et de souvenirs, une sorte de partage à cœur ouvert.

– Merci. Je le lirai.

– Le dernier texte me rejoint particulièrement. Pour moi, une parole est un engagement.

Denis reste muet.

– Tu m'offres un amour merveilleux dans une relation à peine vivable, dit-elle dans un souffle.

– Je te laisse te reposer, Delphine. À plus tard.

Avant de s'endormir, elle s'entend dire : « Au nom de l'Esprit, je demande qu'on m'apprenne ce que je dois savoir sur ma situation actuelle. Je la respecte sans toutefois la comprendre. »

***

CHAPITRE 6
La fin d'une étape

> ***L'homme moderne est une espèce de pharaon qui passe sa vie à ériger une pyramide qui lui servira de tombeau.***
>
> **Francine Chicoine**

Les élèves de Delphine et ceux de Natalie sont réunis dans le même local pour entendre Pier-Luke, l'auteur invité.

– Nous sommes ravis que tu aies accepté l'invitation, Pier-Luke. J'ai relu " La Rose parmi les Pissenlits " aux élèves. Je crois qu'ils ont hâte de t'entendre.

– C'est une grande joie que vous me faites aussi. Savoir que tant d'enfants apprécient ce que j'écris me réjouit.

Les mains se lèvent une à une et les questions fusent.

– Qu'est-ce qui t'a inspiré pour écrire cette histoire ?

– Ça s'est passé d'une drôle de façon. Je voulais expliquer à des gens, lors d'une conférence, le sentiment que j'éprouvais à l'égard de mon travail... Et puis tout en parlant, une image est apparue dans ma tête. Deux semaines plus tard, j'ai effectué un séjour sur une île déserte, et cette image revenait sans cesse. Puis, un beau jour, durant un voyage à Montréal, l'inspiration est arrivée sous forme d'un mot : Jaune... étaient les champs, Blanc, blanc de temps en temps... Et tout le livre s'est enchaîné comme par magie. Je devais simplement faire confiance à cette petite voix intérieure qui me guidait au fil des pages et des chapitres.

– Pourquoi avoir choisi la rose ?

– Parce qu'elle symbolise l'Amour dans tous les pays du monde et dans toutes les langues.

– Et pourquoi les pissenlits ?

– Parce qu'ils sont tenaces et qu'on ne réussit pas à s'en débarrasser facilement.

– Mais des fleurs, ça ne parle pas ! C'est fou ton histoire ! réplique un garçon au fond de la classe.

– Winnie l'ourson est un ours, Bugs Bunny est un lapin,

Mickey Mouse est une souris et pourtant, ils parlent tous ! Pourquoi pas des fleurs ?

– Pourquoi écris-tu avec des rimes ?

– Parce que je n'arrive tout simplement pas à écrire autrement.

– Est-ce que tu vas écrire d'autres livres ?

– Oui, sûrement.

– Et ça va être sur quoi ?

– C'est l'histoire du début de la vie jusqu'à aujourd'hui, raconté par un atome de carbone ; c'est l'intérieur de la matière. Vous allez étudier cela en chimie plus tard. C'est très intéressant.

– Est-ce que tu écris tous les jours ?

– Non, ce serait très difficile car je travaille à plein temps dans une banque. Ce n'est pas toujours très philosophique mais c'est quand même un travail intéressant qui demande beaucoup d'énergie. J'essaie d'écrire deux à trois fois par semaine.

– Moi, je veux être écrivain plus tard, qu'est-ce que tu me conseilles ? demande un autre élève.

– Ah oui ? C'est formidable ! Garde ton rêve bien en tête. Est-ce que tu écris présentement ?

– Oui, quelques fois.

– Je t'encourage à écrire régulièrement sur tous les sujets qui t'intéressent et qui te passent par la tête. Inscris la date, signe chacun de tes textes et conserve-les précieusement. Tu seras surpris lorsque tu te reliras plus tard. L'écriture est un art mais on doit le cultiver... comme une fleur ! Vous êtes chanceux d'avoir une auteure comme enseignante. Elle vous fait voir de nouveaux horizons et vous enseigne plein de belles choses.

Pour clôturer cette entrevue, Delphine dit aux élèves :

– Que diriez-vous de remettre à Pier-Luke vos commentaires sur son livre en exprimant ce que ce conte vous a apporté ? Ceux et celles qui le désirent peuvent dessiner quelque chose autour du texte ou ajouter un brin de poésie.

Les élèves acquiescent de bon cœur et se mettent à l'oeuvre. Trente minutes plus tard, le poète repart, heureux d'avoir pu partager ses mots et ses émotions avec les enfants qui représentent toujours un auditoire vif et sincère. Delphine se dit que tous les métiers devraient être présentés de cette façon aux élèves. Le choix d'une carrière serait sûrement plus facile à faire si les enfants entendaient divers témoignages par des gens qui aiment leur travail. Ça, ce serait la vraie vie ! La passion et le goût d'un travail ne peuvent être transmis que par des gens passionnés.

***

Ce soir, Delphine enseigne le Respect à son groupe d'adultes.

– Le Respect, c'est s'accorder de l'attention et de la considération pour ensuite reconnaître la valeur de tout ce qui nous entoure. Il est très important si vous voulez être respecté, de délimiter votre territoire, autrement dit, de montrer vos couleurs. Nous ne sommes pas sur la terre pour être les serviteurs de nos enfants ou de qui que ce soit, mais nous pouvons être des guides. Si on agit en serviteur, les enfants deviennent manipulateurs.

– Que veux-tu dire par délimiter son territoire ? demande une participante.

– Par exemple, au début de l'année, j'explique aux enfants que tout ce qui se trouve sur mon bureau de travail m'appartient et qu'on ne prend rien sans ma permission, que ce soit crayon, règle, papier mouchoir ou autre. Par contre, je les assure que je ne prendrai jamais rien dans leur bureau sans leur permission et qu'ils doivent faire de même entre eux. Ainsi, tout le monde se sent respecté. Malheureusement, le sort que l'on réserve aux enfants reflète souvent le traitement qu'on inflige à l'enfant que l'on a été.

Ce n'est pas en disant à un enfant : « Tu ne feras rien de bien dans la vie » ou « Tu aurais pu faire mieux » ou « Ne touche pas à ça ! » qu'il apprendra le respect. Au contraire, il se sentira écrasé, démotivé et méfiant. On pourrait remplacer par « Je sais que parfois tu es maladroit mais je connais tes qualités et ton grand cœur et je suis convaincue que tu réussiras si tu persévères » ou « Peut-être que tu étais fatigué ? Si je peux t'aider dans tes travaux scolaires, n'hésite pas à me le demander. » Nous avons mis des enfants au monde : occupons-nous-en, aimons-les et respectons-les comme des personnes à part entière et ils nous le rendront.

Dans le message verbal, le ton et l'expression sont très importants. J'ai lu quelque part que les mots dans une phrase comptent pour 7 %, le ton 38 %, et l'expression 55 %. Alors, c'est évident que si le ton n'est pas chaleureux et que l'expression n'est pas invitante, la personne ne retiendra pas grand chose de ce qu'on lui dit. Pas étonnant qu'on entende souvent : « Je lui ai dit et répété mais il n'entend pas ! » On se rappelle toujours une remontrance lorsque le ton est compatissant. La parole venimeuse ou accusatrice est une arme destructrice car elle détruit sans laisser de traces : pas de sang, pas de bleus, pas de drogue.

La compétition malsaine entraîne un manque de respect. J'ai vu des enfants développer la haine à la suite d'un échec lors d'une compétition sportive. La haine et la rage, en plus des récriminations des parents. Laissez-moi vous raconter un événement survenu à l'époque où j'organisais des combats de conjugaison. Les élèves se présentaient au tableau deux par deux et les duos étaient de forces égales. Ils devaient écrire un verbe conjugué selon le temps et la personne demandés. Lorsque ce fut au tour de mes " deux têtes de classe " d'aller au tableau, ils échouèrent tous les deux. Une élève qui éprouvait de la difficulté en français donna la réponse instantanément. Vous pouvez imaginer la surprise de ces deux garçons et l'humiliation qu'ils ont ressentie. Mais ça ne s'est pas terminé là. Au moment de la récréation, je me rends compte que j'ai oublié ma collation sur mon bureau. En retournant à mon local de classe, j'ai surpris un des deux garçons à détruire tout ce qu'il y avait sur le bureau de l'élève qui avait osé donner la bonne réponse. Vous pouvez imaginer la suite... J'ai rencontré les parents et je leur ai expliqué que la performance exagérée et un sens démesuré de la compétition se retourneraient un jour contre leur fils. J'ai essayé de leur faire comprendre que la vraie compétition est d'abord et avant tout envers soi-même. Si tous les sportifs comprenaient cela, les jeux olympiques prendraient une toute autre tournure.

– Alors, si je comprends bien, on ne doit pas encourager la compétition dans les écoles ? demande Natalie.

– On doit surtout éduquer les jeunes sur le vrai sens de la compétition. ***Un cours sur la saine compétition devrait être obligatoire dans toutes les écoles****. Un sport, ça demeure un sport.*

Toute compétition sportive devrait être basée d'abord sur le plaisir et la détente éprouvés dans la discipline pratiquée. Ceux qui veulent en faire un travail rémunéré, c'est autre chose, quoique je n'aie pas encore compris comment il se fait que des gens gagnent des millions en tapant sur une balle ou en poussant une rondelle. Je n'élaborerai pas trop là-dessus car je suis encore à étudier cette question d'ordre social. Peut-être est-ce pour admirer le héros que l'on aurait aimer devenir ou tout simplement que plusieurs personnes éprouvent le besoin de se nourrir de la notoriété des autres ?

Dans un autre ordre d'idées, se respecter c'est savoir choisir. Choisir qui on veut aimer, ceux avec qui on veut partager sa vie, choisir son travail en fonction de ses goûts et de ses habiletés. Pour cela, on doit créer quelque chose et faire ressortir les usages constructifs de cette créativité. On a tous les pouvoirs en nous. Si on commençait par se respecter, la vie se chargerait peut-être de nous apporter les cadeaux ?

Le cours se termine par un échange de témoignages entre les participants.

***

Durant la dernière journée d'école, plusieurs enfants lui remettent des mots d'amour qu'elle ne se lasse pas de relire.

« Delphine, je te souhaite beaucoup d'amour, de joie, d'harmonie, de liberté, de foi, de tendresse et de bonheur. L'amour est en toi, utilise-le. Que tous tes souhaits se réalisent. Merci pour cette belle année ! »

« J'ai bien aimé passer l'année avec toi. J'ai appris les Valeurs de Vie et j'ai compris que la valeur la plus importante est l'Amour. Continue de sourire ! »

« Quand tu enseignais, Delphine, je ne voulais plus me lever pour aller à la récréation tellement tu étais intéressante. Bonnes vacances ! »

« J'espère que tu enseigneras le plus longtemps possible pour faire plus d'élèves heureux. Tu es vraiment super pour régler les problèmes des élèves. Garde toujours ton beau sourire plein de bonheur. J'espère que tu auras plein de bouquets d'amour. »

« Je trouve que tu as été une bonne enseignante parce que tu ne cries pas, que tu es drôle et fine. Je te souhaite des vacances ensoleillées. »

Une élève s'approche de son bureau et lui remet une enveloppe en disant :
– C'est encore de ma tante.

Bonjour Delphine,

Je t'écris en cette fin d'année scolaire pour te manifester ma reconnaissance pour la bonne influence que tu as eue auprès de ma nièce. Je suis heureuse de partager avec une personne de ta qualité, le si riche métier d'enseignante.

Je me permets de te faire cadeau d'un texte nourrissant relatif à notre belle profession. Bon été et poursuis ton excellent exemple de tolérance, de patience et d'amour auprès des enfants.

Célia, une marraine comblée.

Paradoxale profession : l'enseignement.

Un jour, il y a de ça longtemps, j'ai choisi de marcher dans la vie, entourée de rires d'enfants.

Avec le zèle de mes vingt ans, je rêvais de changer le monde par le biais de l'enseignement.

Le soir, en me couchant, je mijotais de sages leçons et des nuits durant, j'écrivais sur tableau noir des mots syllabiques de lumière, des mots en " ou ", des mots en " on ", des mots savants, des mots de grandes chansons.

Le lendemain, la tête remplie de nuages, je découpais mes rêves en belles images et, souvent, beaucoup trop souvent ces images de mes nuages devenaient ORAGES.

J'apprenais le métier à mes dépens. Je découvrais l'art des arts, l'art de l'enseignement. Je devais apprendre comme Rodin ou Michelange à faire surgir la connaissance au seuil de la conscience, telle une statue se pointe d'un marbre fragile, tel un penseur bronzé émerge d'un métal froid.

Ce qui d'abord m'avait paru facile devenait pour moi lourde tâche, devoir pénible. Souventes fois je me sentais abattue, abandonnée de mon courage et je me taxais sans scrupules d'incompétente, de malhabile.

J'aspirais toujours malgré tout à capter soudainement la science du jour en bloc sans fissures et offrir généreusement cet amas de notions et de doctrines en cadeau à Pierre, à Bill, à la petite Catherine.

Parfois encore, moi, l'institutrice mal assurée, je regrettais ma vocation de livres et de crayons. Je me disais : C'est fou combien il me serait plus doux de compter des sous plutôt que de répéter, sans cesse répéter... bijou, caillou, chou, genou, pou.

Débordée, fatiguée, désenchantée, je récitais mes litanies...
Si mes élèves ne savent rien, c'est à cause de la télé.
Si je n'ai pas le temps de respirer, c'est à cause
des programmes surchargés.
Si le p'tit Stéphane est si tannant, c'est à cause de ses parents.
Si les enfants sont si agités, c'est à cause de la récré.
Si Patrick s'endort sur le plancher, c'est à cause de son dîner.
Si Chantal m'envoie promener, c'est à cause de la société.

Ô paradoxale profession, la plus grande, la plus dure, la plus noble, la pire, la meilleure sans discussion. Profession de compassion, de déraison plus que profession, Mission et à la fois passion. Instruction, éducation, application, frustration, coopération, tradition, Rigodon ! Pardon ! Je connaissais alors tant de confusion.

Comme un violoniste en herbe qui maudit son violon, je songeais à l'abdication, à faire l'école buissonnière, à déchirer mon diplôme d'hier ou à écrire un gros bouquin farceur intitulé : " Les tribulations d'une ex-professeure. "

Et puis... les années ont passé. Le calme s'est installé dans ma maison. Il faut croire que les meilleurs violonistes arrivent à capter le silence entre les sons, la mélodie qui efface les tensions.

Aujourd'hui, je connais le secret de l'enseignement, un secret qui se résume en un seul et puissant mot : " APPRENDRE ".

Alors maintenant, avec la jeune Marlène ou le sage Simon, j'avance en cadence vers de nouveaux horizons. J'ai appris à moins parler, j'ai appris à mieux écouter. Je ne veux plus m'époustoufler ou m'endormir la tête sous l'oreiller. J'attends la dictée sans fautes ou la parfaite lecture à voix haute comme le semeur attend sa moisson animé de foi et de conviction. Je cherche sans cesse les pousses de vie, les pousses de couleur... ces pousses intérieures qui façonneront notre demain, le monde extérieur, notre monde des humains.

Eurêka ! Je trouve promesse et poésie, force, joie et symphonie. Aussi je prends le temps de me donner du temps. Enfin, voici l'heure de l'évaluation. Je souris, oui ! Je re-choisis ma profession. Je me fabrique un bulletin de vitalité décoré de A, de B et de mots encourageants. Je le mérite... j'ai tant travaillé. Pour tout commentaire, j'écrirai cette pensée...

Chère enseignante, n'oublie pas de t'accueillir tendrement comme tu accueilles dans ta classe tous ces nombreux enfants... Pardonne-toi tes grandes idées et en toute humilité... reconnais tes maîtres, tous ces petits enfants.

Lysette Brochu

Quel merveilleux texte, pense Delphine en se préparant à en imprimer plusieurs copies. L'enseignement aux enfants est sans contredit, la plus noble des professions.

Le spectacle de fin d'année récompense les efforts soutenus d'une petite communauté qui va bientôt vaquer à d'autres occupations. Les groupes se défont ensuite pour les vacances d'été et c'est avec une nostalgie inévitable que Delphine regarde partir ses élèves. Elle est convaincue que c'était son dernier groupe ; une nouvelle carrière l'aspire tranquillement vers le monde des adultes. Elle se donne quand même quelques jours pour prendre une décision. Sauter dans le vide sans parachute demande tout de même un peu de réflexion : c'est de la haute voltige.

***

Vient la dernière journée de travail pour les enseignants avant les grandes vacances. Plusieurs changements sont prévus pour l'an prochain. Delphine apprend son affectation au premier cycle, ce qui n'est pas une très bonne nouvelle pour elle. Elle perçoit ce changement sans consultation préalable comme un signe l'incitant à prendre la décision définitive de quitter l'enseignement aux enfants. Elle trouve dommage que les enseignants n'aient pas leur mot à dire concernant leurs goûts, leurs habiletés avec certains groupes d'âge et leurs intérêts personnels quant aux matières à transmettre. C'est sûrement le coup de pouce de la Providence qu'il lui fallait pour partir. En son for intérieur, elle sait que son défi est de quitter.

Résignée à vider la filière de ses effets personnels, tout en honorant les belles années passées dans cette école, elle regarde une dernière fois son arbre aux branches handicapées qui semble lui dire que si elle ne part pas, elle deviendra comme lui. Elle jette un dernier regard sur les murs de son local de classe imprégnés de son énergie depuis plus de vingt ans. Elle sent qu'elle ne reviendra plus, qu'une étape de sa vie se termine. Elle éteint la lumière et ferme la porte sans se retourner.

***

En situation précaire, avec la foi comme seul soutien, Delphine croit fermement que lorsqu'une porte se ferme, il y en a toujours une autre qui s'ouvre. Judith et Clarissa, les deux dames rencontrées au restaurant, se présentent chez elle.

– Accepterais-tu de nous donner des cours privés sur les " Valeurs de Vie ", demandent-elles ?

Prise au dépourvu, elle s'entend dire :

– Pourquoi pas ? Mon salon est assez grand pour vous recevoir et puis, je prendrai de l'expérience.

– Pendant que j'y pense, dit Clarissa, pourquoi ne donnerais-tu pas des cours au Centre pour femmes ? Je connais la responsable ; tiens, voici les coordonnées.

– Je te remercie, dit Delphine. Je téléphonerai dès demain. En ce qui vous concerne, quand voulez-vous commencer ?

– Pourquoi pas tout de suite si ça te convient ? J'ai besoin d'une remise en question de mes valeurs, dit Judith. Je manque de patience...

– Alors, allons-y pour la Patience.

Dans le confort de son salon, Delphine enseigne avec le même enthousiasme que si elle était devant une classe complète.

– La Patience, c'est la vraie Sagesse, c'est l'autre visage de l'obstination. Lorsqu'un imprévu, un obstacle ou un événement me

retarde, je me pose la question suivante : « Pourquoi ce délai ? » Les réponses sont multiples. Peut-être que ce n'était pas le temps ? Peut-être ai-je été protégée d'un accident possible ? Peut-être n'étais-je pas au bon endroit ? Peut-être qu'il y aurait mieux à faire ? Un événement survenu il y a une dizaine d'années m'a fait réaliser quelque chose. J'étais sur le chemin de l'école et quelques mètres avant de faire un arrêt, un pneu a crevé. Sur le moment, j'étais fâchée, car je n'aime pas être en retard. La voiture derrière moi me dépassa, fit son arrêt, mais elle se fit accrocher par une autre voiture qui venait en sens inverse. À la vue de cet horrible accident, je réalisai que la crevaison m'avait empêchée d'être emboutie par l'autre voiture. Lorsqu'on réalise ce qui aurait pu arriver de pire, on devient patient, très patient... Des exemples comme celui-ci, il en arrive tous les jours.

– Ce cours est vraiment pour moi, dit Judith. Hier, je suis partie de chez moi en retard et sur la route, il y avait un automobiliste devant moi qui avançait à pas de tortue. J'étais rouge de colère, j'aurais voulu le pousser.

– Et c'est toujours quand on est pressé que ça arrive, ajoute Clarissa.

– Ces gens qui semblent nous bloquer le chemin nous protègent peut-être d'une catastrophe. La prochaine fois, allume la radio et détends-toi. Ça ne veut pas dire d'aimer être en retard mais parfois il y a des situations incontrôlables où il est préférable de garder son calme. Pour contrer l'impatience, il s'agit de se concentrer attentivement sur le moment présent. Plutôt que de s'impatienter, de devenir confus et de s'inquiéter, si on observait la situation en faisant confiance, les choses se placeraient d'elles-mêmes. Il s'agit de diriger ses pensées et non d'en être l'esclave. Je suis consciente que ce n'est pas toujours très facile et que ça demande une bonne discipline. Si vous développez votre patience, tous les désirs de votre cœur se réaliseront si ces désirs sont bons pour vous. Si vous n'obtenez pas ce que vous recherchez, c'est qu'il y a quelque chose de meilleur qui se profile à l'horizon. On doit toujours regarder les choses dans leur globalité car ***chaque problème cache une opportunité****. Sachez attendre le bon moment*

et vous connaîtrez le succès. Lorsqu'on comprend la réalité, les choses se transforment et la récompense suit.

Après quelques échanges sur les effets de la patience, elle ajoute :

– *C'est grâce à ma patience et à ma persévérance si je suis devenue auteure. Il s'agit d'y croire, d'émettre une intention, d'envelopper cette intention d'énergie et de savoir attendre. Aujourd'hui, je suis fière d'avoir patienté.*

Elle devine à regarder les yeux de ses deux amies que des projets n'ont pas été rendus à terme. L'impatience y était sûrement pour quelque chose...

Dès le lendemain, Delphine se rend au Centre pour femmes rencontrer la responsable qui l'engage sur-le-champ. Elle donnera une session de cours à l'automne. De retour à la maison, elle reçoit un appel de Johanne, la dame rencontrée au Salon des Aînés.

– Je prévois ouvrir le Centre à la fin du mois d'août. Serais-tu prête à donner des cours début septembre ?

Delphine est aux oiseaux ! Elle sait que lorsqu'on fait le premier pas, la vie s'occupe du suivant. Certaine d'être sur la bonne route, elle prépare une lettre à l'intention de son employeur afin d'obtenir une année sabbatique. Elle est consciente que le saut est énorme. Une bonne dose de foi est nécessaire pour agir ainsi mais elle sait qu'elle n'est pas seule, elle sera aidée.

***

Delphine sonne chez Line, son ancienne stagiaire. La surprise est totale lorsqu'elle aperçoit Gilberte derrière la porte.

– Je voulais te faire une surprise, dit Line. J'ai pensé que tu serais contente de revoir ma mère. J'ai aussi la visite de mes deux tantes.

– Pour une surprise, c'en est toute une ! Si je m'attendais à cela... Ravie de te revoir et de faire votre connaissance, mesdames, s'adressant aux deux tantes.

Autour de la table, Delphine s'informe :

– Comment va la santé, Gilberte ?
– Je continue à prendre soin de moi.
– Dieu t'a rappelée à l'ordre, il était temps.
– Je trouve qu'il est dur, parfois...
– Seulement avec ses élus. Les tempêtes qui traversent notre vie nous prouvent que nous sommes sur le chemin de l'apprentissage et que la vie est le bien le plus précieux. Parfois, la pluie est nécessaire avant d'être pénétré par les rayons du soleil.
– Dans mes moments de grande fatigue, ma pensée arrête de tourbillonner pour faire face à ce que je ressens, ce qui me permet de voir plus clair. En temps d'arrêt, on comprend les choses et à un moment donné, on sait que l'on sait, et quand on sait que l'on sait, on arrête d'avoir peur et plus personne n'a de contrôle sur nous.
– La peur est un piège qui stoppe tout espoir d'évolution, dit Delphine.
– J'ai entendu parler de ton livre, dit une sœur de Gilberte. Où prends-tu tes connaissances ?
– Je lis des auteurs éclairés qui me parlent, et mon âme répond, mais ce qui m'anime surtout, c'est le feu sacré que j'éprouve pour tout ce qui vit, c'est ma passion envers la justice, l'intégrité et la paix.
– Je sens que tes convictions sont inébranlables. Tu ne dois pas être influençable, dit l'autre sœur.
– Quand tu apprends à écouter ton cœur, personne à part Dieu ne peut t'influencer, ce qui agace beaucoup de monde.
– Ta foi est-elle religieuse ?
– Je ne suis adepte d'aucune religion, aucune secte, aucun mouvement. Par contre, je crois sincèrement qu'il y a du bon dans toutes les religions et je m'inspire des différents enseignements en autant que ces enseignements soient respectueux, honnêtes, et pour le bien commun. Ce n'est pas Dieu qui a inventé les religions, ce sont les hommes. Dieu unit les hommes alors que les religions les ont divisés en essayant de s'approprier Dieu.
– Pourtant, Jésus a donné l'exemple : on n'a qu'à se rappeler sa conduite envers les Samaritains, dit Gilberte.
– Jésus était un grand révolutionnaire, continue Delphine. Il transgressait toutes les coutumes anciennes et si on l'a crucifié, c'est qu'il a eu l'audace de se dire fils de Dieu. N'a-t-il pas dit :

« Soyez parfaits comme votre père céleste est parfait » et « Celui qui croit en moi fera les œuvres que je fais et il en fera même de plus grandes. » S'est-il trompé ? Par son attitude, il provoquait les autorités politiques et religieuses de l'époque car il démasquait leur pouvoir. Tout est dans les Évangiles, c'est dans nos têtes qu'il manque quelque chose.

– Je pense que les Évangiles sont loin d'être complets, ajoute Line. Si Dieu est Amour, pourquoi privilégierait-il une religion plutôt qu'une autre ? Pourquoi renierait-il plusieurs de ses créations en donnant de la valeur à seulement quelques-uns ? L'amour, dans un corps, qu'il soit chrétien, orthodoxe, juif ou autre, n'est-il pas le même ? Ne pourrait-on pas redonner à Dieu la place qui lui convient ? Plusieurs voies mènent à Lui. Dieu est universel, c'est l'homme qui est sectaire.

– Ça, c'est vrai ! dit une des tantes. Au nom de Dieu, il y eut plusieurs guerres de religion, mais Dieu n'a pas dit : « Battez-vous pour moi », Il a dit : « Aimez-vous les uns les autres, priez pour ceux qui vous persécutent et pardonnez à vos ennemis. » C'est à nous d'étoffer les enseignements du Christ.

– Il ne s'agit pas de critiquer les religions, mais leur rôle devrait être d'apprendre aux hommes de quelle façon lire la loi de Dieu en eux et non d'imposer des doctrines en prêchant que leur religion est la meilleure, dit l'autre tante. On ne doit pas fermer les yeux sur une autre Foi car aucune religion ne possède toute la connaissance, aucune religion n'est supérieure à la Vérité et la Vérité de Dieu ne se retrouve que dans un cœur juste et honnête.

– Ça c'est vrai, dit Line.

– Je pense que la société tend à évoluer dans le sens de la spiritualité et non plus à l'intérieur d'une seule religion. Il est temps que les humains comprennent qu'il n'y a pas seulement du mauvais en eux, mais qu'ils portent aussi des graines de la Divinité. Dieu est au-dedans de nous, toutes les religions sont d'accord là-dessus et chaque être humain a une valeur unique et merveilleuse, dit Delphine. Ce qui n'empêche personne de se rassembler pour prier ou méditer dans une église, un temple ou ailleurs si le besoin est là. Les communautés qui comprennent le vrai sens de la prière transmettent une puissante énergie.

– Si Dieu nous a créés à son image, nous devons accepter les conséquences à l'effet que nous avons un potentiel Divin. Combien de représentants de l'Église sont enclins à aider les gens à prendre conscience de la Divinité en eux ? demande Gilberte.

– On nous a plutôt parlé de péchés, dit Line, et le plus grand des péchés est de douter de notre divinité. Delphine, crois-tu en la réincarnation ?

– Est-ce qu'on voit les virus ? Est-ce qu'on voit l'électricité ? Pourtant, tout le monde y croit. **Savoir quelque chose c'est qu'on l'a fait par l'expérience directe, croire c'est admettre que c'est possible.** Comme j'ai fait l'expérience du rappel des mémoires, je n'ai plus le choix de ne pas y croire. Je sais que la religion catholique n'y croit pas même si c'est une explication logique de notre passage sur terre. Elle a plutôt menacé les humains de l'enfer en croyant qu'ils s'amélioreraient plus vite. En plus de ne pas s'être améliorés, ils sont demeurés ignorants. Il y a tellement de livres sur le sujet qui peuvent éclairer les esprits fermés. Si les gens n'y croient pas, ils en ont le droit et je respecte ça, mais pour eux, les lois de la destinée demeurent obscures.

– Je pense qu'il y a de plus en plus de gens qui ont fait l'expérience des vies passées. Même si ça ne règle pas tout, ces expériences peuvent aider à comprendre le présent, dit Gilberte.

– Le fait de savoir que mes épreuves dans cette vie-ci sont des dettes karmiques, ça m'aide à passer au travers sans penser que Dieu est injuste. Pour la majorité des personnes rencontrées dans les Salons du livre, c'est devenu tout naturel de parler de la réincarnation.

– Dis-moi, as-tu déjà eu la phobie de la page blanche ?

– Jamais. J'ai parfois l'impression que ma main écrit toute seule, comme si je n'avais rien à voir avec ce qui se passe.

– Est-ce que tu écris tous les jours ?

– Oh non ! Ma pompe à neurones a souvent besoin de vacances, répond-elle en riant. J'écris seulement lorsque ça commande de l'intérieur. C'est plutôt le crayon qui vient me chercher.

– Passez donc au salon, dit Line, le temps que je desserve la table ; j'arrive avec le café.

Profitant du fait que Line est à la cuisine, Gilberte se confie :

– Ma fille est encore sur la défensive avec moi. Je lui ouvre les bras mais elle n'arrive pas à s'abandonner. Delphine, je trouve ça difficile...

– Laisse-lui le temps, ne brusque rien. Elle est à recoller les morceaux manquants. Je comprends ton empressement mais, sois patiente, elle n'est pas encore prête.

– Je suis découragée...

– Lâche prise, le temps fera son œuvre.

Le reste de l'après-midi se passe à discuter du stage de Line dans une école du Danemark. Elle apprécie ces moments où les échanges d'opinion se font dans l'harmonie, sans jugements.

***

Delphine et Natalie se retrouvent au Lac D'Argent pour trois jours de vacances bien méritées.

– Ces gens sont vraiment généreux de t'offrir ainsi le gîte, déclare Natalie, admirant la beauté du lac à travers la fenêtre.

– Veux-tu savoir ce que j'ai pigé dans le panier aux pensées ? dit Delphine qui ne s'étonne plus des merveilleuses coïncidences.

– Je t'écoute.

– « Je bénis les offrandes, j'affirme que chacune d'elles reviendra mille fois à son donateur. » Quelle synchronicité... Claire et Gabriel ont compris ce qu'est la générosité. Comme ils ne peuvent être ici sur semaine, j'en profite. Il y a tellement d'énergie ici !

– Delphine, quelque chose me tourmente : es-tu certaine que ta décision de ne pas rentrer pour la prochaine année scolaire soit la bonne ?

– Oui, j'en suis certaine. J'aurais pu me contenter de jouer le rôle de la victime, mais j'ai décidé de devenir le metteur en scène de mon existence. Le scénario de ma vie ne me plaît plus, alors il est temps pour moi d'en écrire un autre en engageant de nouveaux acteurs.

– Et la sécurité ?

– Si je reste là, mon bateau bien ancré sera en sécurité, mais les bateaux existent-ils pour être ancrés ? Mon défi n'est plus là. Tant que tu trouveras raisonnable de faire ce que les autres veulent que tu fasses de ta vie, tu n'avanceras jamais, ils auront ta peau.

– Tu es donc fatiguée d'enseigner aux enfants ?

– Ça n'a rien à voir, tu sais bien que j'adore les enfants. La vraie raison qui me fait quitter l'école, c'est que je ne veux plus faire partie d'un système qui encourage les enfants à se dénier à travers certains règlements désuets et à s'ennuyer devant des programmes archaïques pour certaines matières où on ne fait que leur emplir le cerveau de connaissances qui ne leur serviront à rien dans la vie. Ne pourrait-on pas aider la jeunesse à découvrir de nouvelles idées par le questionnement ? Quand tu sais que tu enseignes en y mettant de l'amour et la vérité nécessaire, ce que tu construiras durera l'éternité. Je remercie Dieu chaque jour pour le don de communicatrice qu'il m'a donné, mais mis à part les “ Valeurs de Vie ”, le seul cours où je n'avais pas de discipline à faire, je n'avais plus de motivation à enseigner. Notre société n'encourage pas assez ses membres à avoir une bonne estime d'eux-mêmes. Je pense que si on n'aime pas la culture qui nous a été imposée, on doit créer sa propre culture. Quand on ne croit plus à ce que l'on fait, il est préférable d'aller voir ailleurs. Plusieurs parents d'élèves m'ont dit : « Sors du système et va en parler. »

– Auras-tu assez d'argent pour vivre ?

– J'ai compris que dans la vie, on doit prendre des risques et laisser arriver l'inattendu. Je suis persuadée que Dieu nous donne tous la chance de changer ce qui ne nous convient plus et je sais qu'il y a un instant qui nous est donné où nous pouvons accomplir des miracles. On ne doit pas avoir peur de prendre des risques car au bout du chemin, celui qui aura eu peur s'apercevra que les moments magiques de l'existence ne sont plus là. Si je suis le chemin du cœur, je serai protégée, rien de mal ne pourra m'arriver. Je viens peut-être de sauver de la mort quelques milliers de bonnes vieilles cellules. Si je mets Dieu aux commandes et que je le laisse administrer ma vie, je ne peux pas me tromper comme dirait mon collègue Marc Fisher.

Delphine sait que le Ciel a toujours aidé celui qui a la foi et qu'il lui donnera tout le nécessaire pour qu'elle accomplisse sa tâche. Elles passent le reste de la journée à faire de la bicyclette, du pédalo et à profiter de la générosité du soleil.

Le lendemain, elles reçoivent la visite d'Alain, son fidèle lecteur de l'auberge.

– Comme je suis heureux de te revoir, Delphine.

– Moi aussi, Alain. Je te présente Natalie, une collègue. Puis-je te demander comment se portent tes amours depuis le temps ? Tu es resplendissant !

– Je suis finalement séparé. Le détachement s'est fait progressivement et je m'en porte très bien.

– Tu as toute la vie pour redessiner le paysage qui te convient ; je ne suis pas inquiète, ton âme sœur finira bien par te trouver. Mais attention où tu poses les yeux, on finit parfois par ressembler à ce qu'on regarde...

– Je vois que tu as toujours le sens de l'humour. Tu ne changes pas...

– Je vois simplement la vie comme une danse plutôt qu'un combat de boxe.

– Et toi, tes amours avec Denis ?

– Je pense que si la cueillette retarde trop, les fruits risquent d'être périmés.

– Tu le penses vraiment ?

– Je pense de plus en plus qu'on ne doit pas gaspiller une seule seconde d'amour...

– Mais comment ça va finir, ton histoire ?

– Je n'en ai pas la moindre idée mais je suis persuadée que la fin sera magique.

Natalie, qui écoute la conversation, ajoute :

– L'amour trouve toujours un chemin...

– J'aimerais bien visiter la petite maison d'à côté, dit Delphine. Elle est à vendre.

– Veux-tu que j'appelle l'agent immobilier pour toi ? Je te l'enverrai demain, dit Alain.

– Bonne idée ! Nous ne bougeons pas d'ici.

Le reste de la journée se passe harmonieusement à discuter de la diversité des relations. Après le départ d'Alain, Delphine dit à Natalie :

– Il s'est pris en main malgré l'épreuve de la séparation. Je suis contente pour lui.

***

Lorsque Paulyne, l'agent immobilier, lui dévoile le prix de la maison, Delphine ne peut définitivement pas s'en permettre l'acquisition, du moins pas pour l'instant.

– Un jour, je sais que j'aurai une maison au bord d'un lac, car l'eau est pour moi une grande source d'inspiration.

– Je souhaite de tout cœur que le destin vous y conduise.

La conversation dévie sur les difficultés de la vie.

– J'en ai écrit toute une histoire, dit Delphine.

Elle va chercher son livre.

– Le sujet m'intéresse, dit Paulyne, je le veux. Est-il question de divorce ? demande-t-elle en feuilletant le livre.

– J'aborde le sujet.

– Je traîne toujours avec moi un article que j'ai fait paraître dans un journal sous la rubrique " Opinion des lecteurs ". Tenez !

Message de Paix aux divorcés

À l'occasion de Noël, cette belle fête de l'amour et de la famille, chers amis divorcés, soyez en paix. Vous qui avez eu le courage de ne pas faire durer un pseudo-mariage, n'écoutez pas ceux qui vous jugent, mais réjouissez-vous ! Vos enfants admirent votre honnêteté et les gagnants vous donneront la main car vous êtes des leurs. Quant au Seigneur Jésus, il vous sourit du haut de son Paradis.

– Je crois qu'aujourd'hui, personne n'a le droit de juger qui que ce soit...

– Souvent, les membres d'une même famille se déchirent, se font la guerre. Une famille est souvent une réunion de force sous le même toit, de personnes qui ne peuvent pas se sentir. Quel spectacle bien des parents donnent-ils à leurs enfants ? Les disputes, les mensonges, la malhonnêteté. Elle est bien belle, la famille ! À quoi ça sert le titre, si une mère n'est pas une maman et un père, pas un papa ? Une famille sans amour n'est pas une véritable famille. Les enfants peuvent bien se sentir perdus et révoltés. Si les parents ne s'aiment pas et n'ont pas une certaine sagesse, ils égarent leurs enfants. La plupart de nos comportements sont issus de la famille, mais combien de pères et de mères ont raté leur mission d'amour et d'harmonie ? Pour que les familles reviennent à la mode, elles doivent revenir à l'amour, la vertu et l'intégrité.

– C'est ce que je pense aussi, dit Delphine. Les jeunes devraient y penser avant de vouloir fonder une famille. C'est tout un contrat... Madame, je suis enchantée de vous avoir connue, et pour ce qui est de la maison, ce n'est peut-être que partie remise.

– Laissez-moi savoir la date de parution de votre deuxième livre. J'adore les lancements de livre !

– Je n'y manquerai pas, c'est promis !

Une fois la dame partie, Natalie enchaîne :

– Elle aurait aimé tes cours. J'en profite pour te dire que ce fut un beau cadeau pour moi de recevoir quelques cours et je t'en remercie. Ça m'a permis de redéfinir mes valeurs et surtout de me connaître un peu plus et de comprendre davantage les gens qui m'entourent. Tu as ouvert une porte en moi, Delphine, tu as commencé à me réveiller, à éveiller ma conscience pour percevoir ma vie d'une façon nouvelle et agréable. Je fais le “ ménage ” afin de me débarrasser de mes peurs au fur et à mesure et, par conséquent, je me sens mieux de jour en jour avec moi-même et les autres.

Natalie a les larmes aux yeux. Delphine lui prend la main.

– Natalie...

– Attends, je n'ai pas terminé. L'Univers a fait en sorte que l'on se rencontre et je ne peux t'exprimer à quel point je lui en suis reconnaissante. Nos rencontres ont été pour moi une occasion de ressourcement et d'éveil à la conscience. Je me sentais bien, à l'aise et heureuse en présence des personnes du groupe. Je ne me sentais aucunement jugée ou “ regardée de travers ”. J'étais BIEN. Évidemment, par ta grande simplicité tu as su créer une atmosphère d'amour et de compréhension. En ta présence, je me sens importante et vraie. Je me sens acceptée comme je suis et surtout aimée d'une façon inconditionnelle. C'est merveilleux ! Tu m'apportes tellement d'amour et d'énergie que je t'aime comme une “ sœur de l'Univers ”.

Delphine a aussi des petits sanglots qui montent dans la gorge.

– Moi, je t'aime comme si tu étais ma fille, Natalie. Tu seras toujours présente dans mon cœur.

Elle souhaite que toutes les filles et tous les garçons de la terre posent un jour ce regard d'admiration sur leur mère.

– Je te remercie très humblement et sincèrement de m'avoir fait l'honneur de lire ton manuscrit. Ce geste, je l'apprécie énormément. Merci aussi de me faire partager ton petit coin de paradis.

Delphine est émue jusqu'aux os. Cette poussée d'énergie confirme toutes les orientations inspirées par son cœur sur la voie de la vérité. Sa contribution au bien-être du monde lui redonne ce désir pour tous les éclopés du cœur : qu'ils connaissent un jour le sens d'une réelle amitié et ce, avant que la planète ne perde la boule. Leur séjour se termine par une cueillette de framboises qui ne demandent qu'à être dégustées.

***

Ayant retrouvé un emploi, Patrick et Annie décident de s'installer dans leur propre nid d'amour. C'est la première fois que Delphine se retrouve complètement seule. Elle réalise toutefois qu'il était temps que ses oiseaux s'envolent du nid quoique le boomerang soit bien à la mode. Elle transforme la mezzanine en chambre d'amis. Il lui vient tout de même à l'esprit qu'une locataire l'aiderait sûrement à équilibrer son budget. Elle laisse cette pensée aux bons soins de l'Univers. « **Ce qui doit être, sera** » demeure une de ses devises.

Durant une journée ensoleillée de juillet, elle occupe un kiosque aux “ Bouquinistes ” qui exposent au port de Montréal. Elle traîne avec elle son manuscrit car elle aime bien demander l'avis des lecteurs sur le choix de sa page couverture. Un couple s'approche d'elle, vivement intéressé. Après avoir feuilleté son livre, l'homme remarque le manuscrit et demande :

– C'est votre œuvre ?

– Oui, c'est la suite du premier livre.

– L'illustration est magnifique. Si vous voulez, je peux vous en faire une lecture ; j'ai une bonne connaissance de la langue française.

Étonnée et ravie de la spontanéité de cet homme, elle réplique :

– Je n'ai pas d'argent pour vous payer maintenant, mais si vous me faites confiance, je ne vous oublierai pas.

– Marché conclu, dit l'homme. Je m'appelle Marcel.

– Avez-vous quelques minutes à nous consacrer ? demande sa compagne.

– J'allais justement pique-niquer de l'autre côté de la rue. On pourrait peut-être bavarder en même temps.

Assise dans l'herbe, la dame explique :

– Je m'appelle Ghisline. Lorsque je vous ai vue, j'ai tout de suite senti que nous avions quelque chose en commun. J'aimerais vous entendre parler de votre livre.

Delphine raconte son amour impossible et jusqu'où cette histoire l'a entraînée malgré elle, bien au-delà de sa relation avec Denis.

– Je vis la même histoire que vous, dit Ghisline. J'ai une grosse décision à prendre. Je pars demain pour l'Abitibi et à mon retour, j'aimerais vous rencontrer. Je sens que je trouverai des réponses à mes questions, que tout n'a pas été dit.

– Il me fera plaisir de vous revoir. Voici mes coordonnées, dit Delphine.

L'homme finit par dire :

– Je vous appelle dès que j'aurai terminé la lecture de votre manuscrit.

Delphine regarde partir ce couple qui finalement n'en est pas un. Ils semblent être seulement de bons copains. Revenue au kiosque, deux dames s'avancent ensuite et l'une d'elle dit :

– Comme votre livre m'appelle ! J'habite Vancouver et je suis en vacances présentement chez mon amie. Puis-je avoir vos coordonnées ? J'aimerais bien vous donner mes impressions. Je m'appelle Alexandra.

– Donnez-moi aussi les vôtres, je vous aviserai lorsque la suite sortira.

– Il y a une suite ? C'est prévu pour quand ?

– D'ici quelques mois tout au plus.

Alexandra sort des billets de son sac et dit à son amie :

– Dès que tu apercevras le livre de madame en librairie, achète-le-moi.

Se tournant vers Delphine, elle ajoute :

– Je sais que notre rencontre n'est pas le fruit du hasard. Comme je viens régulièrement à Montréal, je vous ferai signe. Merci pour la dédicace !

– À bientôt, Alexandra, et merci pour votre enthousiasme !

Delphine n'est plus étonnée des magnifiques rencontres qui jalonnent son existence. Que de richesses parmi le genre humain !

Deux jours plus tard, elle reçoit un appel de Marcel, son réviseur de dernière minute.

– Plusieurs notions seraient à revoir. J'ai tout noté, on en a pour plusieurs heures.

Delphine le remercie pour sa générosité et sa rapidité, puis elle lui donne rendez-vous chez elle la semaine suivante.

Le téléphone sonne à nouveau, mais cette fois-ci, c'est une mauvaise nouvelle. Une amie lui apprend le décès d'une collègue. Personne ne s'y attendait : un cancer sournois qui s'est propagé à la vitesse de l'éclair. Delphine est effondrée. Les larmes lui montent aux yeux. La vie et la mort sont deux réalités reliées par un fil si mince. Les souvenirs d'il y a à peine un mois lui reviennent à l'esprit : les souhaits de " Bonnes vacances " et surtout les beaux sourires accompagnés du bonjour matinal quotidien devant la porte de sa classe. Elle ne peut s'empêcher de penser que tous les instants de la vie sont précieux. Elle trouve à nouveau dans cet événement une confirmation de la validité de sa décision de quitter l'école. Pourquoi attendre la retraite lorsqu'on a le sentiment de ne plus être au bon endroit ?

Machinalement, elle prend son album et cherche une photo-souvenir du personnel de l'école. Devant son sourire éclatant, Delphine a l'impression de l'entendre dire :

« Continue, tu es sur la bonne voie. Ne regarde pas en arrière, tu as fait ce qu'il fallait faire. Tu vois, on a quitté l'école en même temps. Moi je suis sur un autre Plan mais je continuerai à te sourire de là-haut. Je t'aime. »

Un frisson parcourt tout son corps. Ce signe physique lui confirme que l'esprit de sa collègue est bien présent, même qu'un léger vent semble traverser la pièce. Elle referme l'album et se sent envahie d'une énergie qui la soulève avec force. La mort n'est qu'une illusion, pense-t-elle. On ne fait que changer de Plan, l'esprit demeure.

Au salon funéraire, presque tout le personnel de l'école est rassemblé pour un dernier hommage. Les meilleurs souvenirs glissent d'une oreille à une autre. Delphine admire la force et le courage de son conjoint qui demeure serein malgré l'épreuve. Après les condoléances, elle repart avec le message laissé par celle qui vit les premiers jours de son autre vie.

« Puissiez-vous assimiler ma situation le mieux possible. Que la grande boucle, le grand cycle de l'Amour et de la Paix vous habite dans votre quotidien. Aimez-vous et dites-vous-le. Je vous aime tous et je vous remercie du plus profond de moi-même. Je vous remercie mille fois pour tout ce que vous avez été pour moi. »

Combien osent exprimer leurs sentiments d'appréciation envers leurs collègues ? Une fois dehors, elle respire à plein poumons en rendant grâce à la vie et en reconnaissant le privilège d'être en santé.

***

Comme Donald a encore du temps libre à combler, Delphine l'invite à se joindre à l'équipe du Centre où elle enseignera. Il est engagé aussitôt.

– Je n'aurais jamais pensé qu'un jour, nous deviendrions des collègues. J'en suis très heureuse !

– Je te remercie d'avoir pensé à moi pour cet emploi, Delphine.

– Si ça t'intéresse, tu peux assister à mes cours.

– Si mon horaire le permet, tu me verras sûrement apparaître. Si je comprends bien, tu n'enseigneras pas aux enfants en septembre ?

– Non. J'ai demandé une année sabbatique mais mon intention est de ne plus retourner à l'école. Je me sentais comme un avion qui tournait en rond sur la piste.

– Et maintenant, tu as le goût de voler ?

– J'en ai bien l'intention. Il s'agit simplement de comprendre les rouages du décollage et de l'atterrissage.

– Ça prend de la patience pour enseigner...

– Ça prend surtout des connaissances pour guider et de la sagesse pour diriger.

– Nos dirigeants ont-ils tout ça ?

– Pas tous. Parfois je me demande quelle est la nature de leur esprit... Plusieurs ont appris à “ diviser pour régner ”. On nous ramène constamment à la raison et à l'obéissance.

– Et de plus, ils sont payés pour ça... Je comprends ce que tu veux dire. La sérénité et la force qui m'habitent en dérangent plus d'un autour de moi. Se peut-il que la valeur de l'homme ordinaire soit plus grande que celle de ceux qui sont au pouvoir ?

– Je suis convaincue que le plus grand pouvoir réside dans l'amour et l'humilité.

– Mais dis-moi, crois-tu pouvoir te débrouiller financièrement ?

– La Providence prendra soin de moi si je continue à marcher. Tu sais, le chemin par où le monde invisible me fait avancer pour obtenir ce dont j'ai besoin ne cessera jamais de m'étonner. Toutes ces coïncidences... Ma foi sera récompensée, je n'en ai aucun doute.

– C'est vrai. Si tu continues d'être patiente, si tu continues d'aimer de toute ton âme ce que tu fais, si tu crois en tes compétences, tu es condamnée au succès.

– Pour l'instant, ma plus grande récompense est de voir quelqu'un accoucher de lui-même en comprenant le sens de son existence. Le seul vrai riche est celui qui apprécie ce qu'il a, tous les autres sont pauvres. Ma véritable richesse consiste à apprécier ce que j'ai, et ça, personne ne peut me l'enlever : le soleil du matin, mon réveil au chant des oiseaux, mon petit déjeuner en écoutant les nouvelles.

– Tiens, parlant de nouvelles, en as-tu de Denis ?

– De temps à autre. Il joue un air de violon sur une note discordante que je n'aime pas du tout. J'aspire à ce que ma “ partition ” soit plus harmonieuse. Je souhaite que les musiciens de l'esprit sachent remanier ceci, car l'amour, c'est comme le feu : s'il n'est pas alimenté, un jour ou l'autre, il s'éteint.

– Je suis certain que ta foi en l'amour sera récompensée. Tu recevras sûrement l'intérêt composé d'un paiement en retard, tu verras...

– Que Dieu t'entende !

– Allez, bon courage et à bientôt !

***

Les jours qui suivent obligent Delphine à passer beaucoup de temps devant l'ordinateur avec son réviseur de dernière minute. Ils travaillent souvent douze heures d'affilée ne s'arrêtant que le temps d'avaler une bouchée. Un soir, alors qu'ils sont à réviser, Denis téléphone.

– Je suis au coin de la rue, puis-je te rendre visite ?

– Non, pas ce soir. Je travaille à l'ordinateur avec un ami.

– Tu pourrais me le présenter.

– Écoute, on travaille.

– Je souffre, je m'ennuie...

– Bon, je t'attends en bas, mais je n'ai que quelques minutes.

Puis, se tournant vers Marcel, elle lui dit :

– Je n'en ai pas pour longtemps.

Lorsqu'elle le voit arriver, elle se rend compte qu'elle l'aime encore, mais comme cet amour semble impossible, elle se demande où tout ceci la conduira.

– Ton disque commence à être usé, Denis. J'ai besoin de sentir un écho à ce que je fais. Si tu ne réponds pas, aucun échange n'est possible. J'ai beau être patiente, généreuse, je vais finir par me décourager. À quoi ça me sert de continuer à te vouloir du bien si tu es aveugle ? Si ça continue ainsi, je vais finir par me trouver quelqu'un d'autre qui appréciera tout ce que je peux donner. Je suis fatiguée de confier mes trésors à un bateau percé.

– Tu ne pourras jamais en aimer un autre que moi, tu m'as trop aimé !

Plus décidée que jamais, elle répond :

– Ne me prends jamais pour acquise. Je t'ai aimé et je t'aime encore, mais la boussole de mon cœur peut changer de direction à la vitesse de ma pensée. Tu le sais que j'ai réglé ma dépendance affective, ne l'oublie surtout pas. Mon amour est pur. Excuse-moi, j'ai du travail.

Revenue devant l'ordinateur, les larmes aux yeux, elle dit à Marcel :

– Je crois que le bateau de notre amour est sur le point de s'échouer : il aimait seulement l'amour que je lui portais. Avec quelle ardeur et quel enthousiasme il a accepté cet amour ; il l'a même distribué ailleurs.

– Veux-tu que je te laisse seule ?

– Il n'en est pas question. J'ai un deuxième livre à terminer et j'ai hâte qu'il voit le jour peu importe ce qui arrivera.

– Je te trouve courageuse de continuer...

– Les êtres courageux sont les plus têtus, les autres démissionnent. Il doit bien y avoir un cadeau qui m'attend au bout du chemin...

***

Ghisline, la dame rencontrée aux " Bouquinistes ", se retrouve chez Delphine.

– Je suis revenue de l'Abitibi la semaine dernière. J'ai finalement fermé une porte sur vingt ans de ma vie. J'attendais un homme qui n'était pas libre ; finalement, j'ai réalisé qu'il ne se déciderait jamais.

– Tiens, on semble vivre la même situation, toi et moi. Je suis à la veille d'en fermer une porte, moi aussi.

– C'est pour ça que je tenais à te rencontrer. Nos histoires se ressemblent tellement. En route, mon intuition me disait que je trouverais d'autres réponses ici.

Puis, levant la tête, elle demande :

– Qui occupe la mezzanine ?

– Personne. Mes enfants ont quitté le nid, je vis seule depuis un mois.

– C'est joli chez toi. Prendrais-tu une locataire, par hasard ?

– J'y pensais justement. Oui, je t'avoue que financièrement, ça m'aiderait.

– Écoute, je demeure à Trois-Rivières mais j'ai le sentiment que je dois quitter les lieux pour un certain temps. J'ai une amie qui serait prête à louer mon appartement. Si tu es d'accord, je pourrais m'installer la semaine prochaine.

– Tu parles d'une coïncidence ! J'accepte ton offre.

– Mon intuition me dit que nous avons un petit bout de chemin à faire ensemble. C'est peut-être seulement pour quelques mois, le temps que je réfléchisse à ce que je veux faire de ma vie. Et puis, je veux suivre tes cours.

– Le destin se charge toujours de nous conduire là où on doit aller. Si nos routes se croisent, c'est que l'on a quelque chose à apprendre l'une de l'autre. Bienvenue chez moi ! Je sens que l'on va bien s'entendre.

***

À l'inauguration du Centre de santé et de formation, Delphine est heureuse de travailler avec Johanne, la directrice, et Donald. Le va-et-vient les occupe du matin au soir et Delphine a assez d'inscriptions pour débuter ses cours. C'est une première journée bien remplie qui marque le début de sa nouvelle vie comme travailleuse autonome.

Le lendemain, elle fait un saut à l'école pour saluer ses compagnes et leur annoncer qu'elle ne sera pas des leurs cette année.

– Lorsque j'ai reçu ma nouvelle affectation, j'ai compris qu'il était temps pour moi de partir. Cet événement qui m'a semblé négatif au départ m'est apparu salutaire après coup et m'a incitée à prendre la bonne décision pour la suite de ma vie. J'ai un défi à relever et comme j'ai appris à me fier à mon jugement, ce n'est pas celui d'enseigner aux enfants d'un autre degré. Je tire la révérence à 25 ans de ma vie dans cette école pour enfin réaliser ce que je veux faire depuis quelques années : continuer à écrire et enseigner les " Valeurs de Vie " aux adultes. Si tout va comme je l'espère, je ne reviendrai pas. Notre collègue disparue nous a laissé en héritage un message d'amour que je ne suis pas prête d'oublier et je tiens à vous le transmettre : sachez que je vous aime beaucoup et que je ne vous oublierai jamais.

Delphine les embrasse tous et leur souhaite une excellente année scolaire. Une fois sortie de l'école, elle se sent légère comme une plume, savourant sa nouvelle liberté.

***

La nouvelle locataire de Delphine procède à son installation. En soirée, question de lui faire découvrir les environs, Delphine l'invite à un défilé de mode aux " Ailes de la mode " où Judith et Clarissa les attendent. Après cette charmante soirée, détendues, elles reviennent chez Delphine pour prendre un café. Descendant de voiture, Clarissa dit :

– On dirait qu'il y a quelque chose sur le sapin.

Delphine s'approche et aperçoit une petite carte clouée à l'arbre.

– C'est la carte d'affaires de Denis. Il a dû passer.

– Il ne manque pas d'imagination, dit Judith.

– Ça dépend pourquoi, réplique Delphine.

– Tu n'es pas fatiguée de l'attendre ? demande Ghisline. Je viens de mettre fin à une relation qui aurait pu me tuer. Que d'années perdues...

– Je suis persuadée que rien ne se perd, tout se transforme. J'ai une histoire d'amour à écrire. J'ai commencé l'écriture du troisième volet et je sens qu'il me reste encore quelque chose à apprendre...

– J'ai bien hâte de le lire, ton deuxième livre, dit Clarissa.

– Jusqu'à maintenant, n'allez pas croire que mon histoire est un conte de fée. Réalisez-vous tout ce que j'ai à affronter ? J'écris du matin au soir, je dois vaincre la peur, l'insécurité financière et, en plus, je subis les humiliations des incrédules sans compter ceux qui pensent que j'agis au profit de mon ego. Ce n'est pas toujours facile de supporter la pression et l'incertitude mais j'essaie de vivre au présent, sans anticiper ce qui pourrait arriver. Je sais toutefois que je franchirai le précipice et que mon courage sera récompensé.

– Je parie que la fin de l'histoire en sera un, conte de fée... dit Clarissa.

– Tu es un " amour " de m'encourager ainsi.

– T'arrive-t-il d'avoir l'impression d'être dans le vide ? demande Judith.

– Oui, mais ça demeure une impression. **Le vide n'existe pas, il est plein de ce qui s'en vient.** Et vous mesdames qui êtes mariées depuis plusieurs années, comment va votre union ?

– L'amour est une denrée plutôt rare dans mon milieu, dit Judith. Ça fait dix ans que mon mari et moi vivons en étrangers. Il n'y a pas de communication entre nous. Si je ne pars pas, c'est à cause des enfants.

– Relis mon premier livre. Il y a sûrement des choses que tu as oubliées concernant les enfants du divorce. Et toi, Clarissa, comment vont tes amours ?

– Moi ? Mon mari est souvent devant la télévision à faire des mots croisés. J'ai l'impression d'être la femme de service. Il ne me voit plus, ne m'entend plus. J'ai réalisé quelque chose : en général, je dis bien en général car je sais qu'il y a des exceptions, lorsque l'homme se marie, son quotidien ne change pas. Il quitte sa mère qui faisait tout pour lui et il fait le transfert chez sa femme. Moi aussi ma mère faisait tout pour moi, mais quand je l'ai quittée pour me marier, j'ai réalisé que du jour au lendemain, c'était moi qui était devenue la mère. Je lavais, je repassais, je cuisinais, je m'occupais des enfants, et en plus, je devais toujours être là quand il avait besoin de moi.

– Je pense que je viens de comprendre pourquoi le taux de suicides est plus élevé chez l'homme que chez la femme ! s'exclame Delphine. L'homme dépendant de sa femme qui se retrouve seul après un divorce est complètment dépourvu car il doit se prendre en main dans tous les domaines. Si le partage des tâches était inexistant, je comprends qu'il se sente perdu : il doit apprendre à satisfaire ses besoins et ses caprices tout seul. Ça peut être très douloureux surtout s'il était traité aux petits oignons...

– Et comme bien des hommes sont incapables de vivre seuls, dit Clarissa, en bons opportunistes, ils se dépêchent de trouver une autre femme qui prendra la relève !

– Là, ils peuvent frapper tout un mur... Je pense que les femmes d'aujourd'hui sont plus évoluées, dit Delphine. Elles aspirent à être un peu mieux traitées et elles désirent être aimées pour ce qu'elles sont et non pour ce qu'elles donnent.

Delphine réalise que la vie conjugale de ces deux femmes semble bien précaire.

– Lorsqu'il n'y a plus d'amour à l'intérieur du couple, c'est voué à l'échec. Si on persiste à demeurer dans une relation qui ne nous nourrit plus, c'est qu'il nous reste encore quelque chose à apprendre. Une relation s'éteint lorsque les conjoints ont appris les leçons utiles pour leur évolution et que la petite flamme est éteinte au point de ne plus pouvoir se rallumer.

– Je me sens déséquilibrée par l'attitude de mon mari, avoue Judith.

– Tu sais, toutes les raisons sont bonnes pour reporter à plus tard une décision qui devra se prendre de toute façon. Laquelle te convient ?

Le silence qui suit est lourd de réflexions. Ghisline enchaîne :

– Lors de mon séjour en Abitibi, j'ai compris que je ne pourrais poursuivre ma route en traînant ce lourd passé. J'ai réalisé que je mérite d'être aimée et que je veux côtoyer l'amour. Je ne veux plus m'inquiéter, je veux me sentir libre.

– Pour toute décision, il est important de la ressentir dans ses tripes. Ensuite, les anges sourient lorsque nous sommes sur la bonne voie, ajoute Delphine.

– J'espère encore un miracle, dit Judith, pensive.

– Les miracles sont choses courantes. C'est lorsqu'il ne s'en produit pas qu'on doit s'inquiéter. Quand on s'abandonne en toute confiance, le Divin apparaît dans notre vie, transformant nos luttes en victoires et nos blessures en force. Quand on s'en remet à la volonté Divine, des événements d'un synchronisme remarquable peuplent nos journées.

– Je crois que je déteste mon mari, dit Judith.

– Attention à tes pensées... Quand on déteste quelqu'un, son fiel entre dans notre aura, notre champ énergétique. Aimer ses ennemis est le seul moyen de se protéger d'eux.

Le regard qu'elle reçoit est chargé d'un dard enflammé.

– Je sais, c'est difficile. Mais, Judith, si tu crois que tout ce qui t'arrive est le résultat d'une injustice, tu n'évolueras jamais. Ne mets pas ton bonheur entre les mains de qui que ce soit. Ce qui semble une injustice peut contenir la graine d'un meilleur fruit. Là-dessus, mesdames, si on allait méditer chacune de notre côté ?

***

Ghisline passe le week-end chez son fils tandis que Delphine se rend à Magog sous la tente des “ Bouquinistes ”. Elle rencontre des clientes de l'auberge où travaille Alain, des parents d'anciens élèves, et en fin de journée, elle voit apparaître Christine. Elles se retrouvent dans une crêperie où le menu raffiné est digne des plus fins palais.

– Je me doutais bien que tu serais là. Comment ça va, Delphine ?

– Avec un tel soleil, le moral est au beau fixe. Et toi ?

– Je sors à peine d'une relation qui s'est avérée très décevante... J'ai revu un ami d'enfance et j'étais confiante que ça marcherait. Avec le temps, j'ai réalisé qu'il se nourrissait de mon énergie : il me vidait littéralement par son comportement d'adolescent.

– L'amour rend parfois aveugle, n'est-ce pas ?

– Au début, il me dérangeait souvent durant mes heures de travail. J'avais beau lui dire que je ne pouvais pas quitter le plateau de tournage comme ça, il appelait sans arrêt, prétextant qu'il avait le droit de parler à sa blonde quand il le voulait.

– N'était-il pas un peu paranoïaque ? D'après le dictionnaire, la paranoïa est un trouble du caractère qui se traduit par plusieurs symptômes. Je crois que tout le monde est plus ou moins paranoïaque à des degrés différents.

– Et quels sont ces symptômes ? demande Christine.

– L'orgueil démesuré, une surestimation du moi, bref, une vanité exagérée est un signe de ce trait de caractère. Ensuite, une méfiance inquiète et soupçonneuse, tu sais, les gens qui se sentent constamment persécutés, qui pensent que tout le monde leur en veut.

– Mon Dieu, la planète est peuplée de ce genre d'individus !

– Il y a aussi la susceptibilité et ceux qui se prennent pour une victime.

– J'ai déjà été comme ça...

– Moi aussi, j'ai occupé un rôle de victime durant plusieurs années. Finalement, la fausseté du jugement et l'inadaptation sociale sont d'autres signes.

– Comment peut-on savoir si le jugement des autres est juste ?

– Si la personne est heureuse, il y a de fortes chances que son jugement soit bon. Aussi, on n'a qu'à observer si la personne a des dépendances. Plus on a de dépendances, plus le jugement est faussé.

– Qu'entends-tu par là ?

– Admettons qu'une personne soit dépendante de l'opinion ou de l'amour des autres, son jugement sera faussé, car cette personne vivra en fonction de ce que les autres pensent et veulent pour elle. Dès que tu renies ta véritable nature, ton jugement est invalide.

– Mon Dieu, que de déniements sur cette terre...

– Une fois que l'on a identifié le mécanisme qui nous rend paranoïaque, c'est plus facile de s'en défaire. C'est tout simplement un travail assidu sur soi.

– Merci pour les détails, Delphine. Le prochain candidat qui se présentera, je lui ferai passer le test. J'ai côtoyé beaucoup trop de paranoïaques jusqu'à maintenant !

– T'en fais pas, moi aussi ! La connaissance, ça aide quand même, tu ne trouves pas ?

– Chose certaine, j'espère faire un meilleur choix dans ma future relation. Dis-moi, que se passe-t-il avec ton manuscrit ?

– Je suis encore à le réviser. Quand je retarde de cette façon, c'est qu'il manque quelque chose. Je ne suis pas inquiète, il sera prêt au bon moment.

– Et Denis ?

– Je suppose qu'il va se manifester pour mon anniversaire. Je n'ai toujours pas reçu le cadeau qu'il m'avait promis pour mes 50 ans. Christine, je crois que je ne ressens plus rien pour lui mis à part une grande compassion...

– Il est bien chanceux que tu arrives à éprouver de la compassion !

– Tu sais très bien qu'on n'a pas le droit de le juger. Je lui dois une bonne partie de mon évolution.

– C'est une façon de voir les choses. Je t'admire, tu sais !

– Le seul tort qu'il a eu est peut-être son incapacité à aimer véritablement ? C'est le drame du bon gars...

– Je me demande bien quel sera le dénouement de ton histoire ?

– Je me le demande aussi, figure-toi...

– Mon petit doigt me dit que c'est au-delà de tout ce que tu peux imaginer.

– On verra bien. Je te souhaite aussi de rencontrer le grand Amour.

Les crêpes dégustées, elles se quittent en s'embrassant.

***

CHAPITRE 7
La vérité rend libre

> ***Le plus terrible dans la recherche de la vérité, c'est que parfois on la trouve !***
>
> **Jacques Salomé**

Le destin amène Delphine à vouloir changer de maison d'édition. Voulant à tout prix éviter le porte à porte, elle demande à la Vie de lui envoyer un signe qui la dirigerait au bon endroit. C'est en mettant la main dans la poche de son manteau le lendemain matin qu'elle reçoit la réponse à sa demande : elle y trouve la carte d'affaires de d'Artagnan. Elle remarque que le logo de la maison d'édition est constitué d'une balance à l'intérieur d'un triangle.Voilà un signe, se dit-elle : la Balance est mon signe du Zodiaque et j'enseigne la Loi du triangle. De plus, elle a eu beaucoup de plaisir à Rimouski avec cette équipe. Sa décision est prise : à la prochaine occasion, elle remettra son manuscrit à d'Artagnan. Une paix indescriptible s'installe en elle, manifestation intérieure indéniable qui lui confirme être sur la bonne voie. Reconnaissante, alors qu'elle est à remercier le grand Architecte, le téléphone sonne.

– Bonjour, c'est Myriam, la journaliste de Hull. Je suis actuellement à Montréal. Peut-on se voir à midi ?

– Myriam ! Je savais bien qu'on se reverrait. Rends-toi au métro Longueuil, j'arrive !

À une terrasse du Vieux Longueuil, Myriam raconte :

– J'essaie vraiment de mettre en pratique ce que tu écris. Ce n'est pas toujours évident...

– Peut-être as-tu à travailler la patience ?

Les yeux bleus de sa jeune amie acquiescent.

– Dis-moi, Delphine, quelle place accordes-tu à la beauté dans ta vie ?

– J'aime bien les belles choses et tout ce qui est harmonieux.

– Je parle plutôt de la beauté physique chez les gens.

– Ça, c'est autre chose. Pour moi, la véritable beauté réside à l'intérieur d'un être. Et puis, tout est relatif dans la beauté. Je crois que chacun a ses critères et que c'est très difficile de généraliser.

– Pour moi, c'est quelque chose de très dangereux. Depuis que je suis toute petite, la beauté demeure un véritable mystère.

– Que veux-tu dire ?

– Je crois qu'elle a fait de moi une esclave de mon propre jugement. En plus d'être une jeune princesse en détresse et sans défense, je devais être en plus... jolie !

– Je vois...

– Oui, belle comme un cœur, sinon, quel prince, quel chevalier viendrait à mon secours ? Qui voudrait sauver une fille moche ? Décidément, mon rôle de femme dans cette société avait été créé de toutes pièces, copie carbone des histoires qui ont bercé mon enfance.

– Alors tu as décidé qu'on ne te sauverait pas ?

– C'est exactement ça ! Les yeux, le sourire, le regard, les cheveux... je laisse tout ça derrière moi. Ce n'est pas mon image qu'il faut sauver, c'est mon âme ! C'est elle qui crie du haut de la tour, c'est elle qui veut être libre. Elle a besoin de grandir mais elle est prise dans une cage charnelle. Et comme si ce n'était pas assez d'être dans une cage, on juge cette cage : celle-ci est trop mince, trop grosse, trop petite, beaucoup trop rouillée !

– Je devine ce que tu as vécu...

– Tu sais, lorsqu'on reçoit un cadeau, on se dépêche de l'ouvrir afin de voir son contenu. Pourtant, lorsqu'on rencontre quelqu'un, on s'arrête souvent à l'extérieur sans se soucier de ce qui se trouve en dedans, en reléguant aux oubliettes des richesses infinies, des trésors précieux. Il y a en chaque être de véritables témoignages de beauté.

– Mais tu dois admettre, Myriam, que le premier contact entre deux êtres est d'ordre physique.

– Je le concède. Mais alors, pourquoi déballer le cadeau ? Arrêtons-nous à l'emballage si c'est vraiment ce qui compte ! Sinon, pour être vraiment en accord avec nos principes, dépassons les frontières extérieures.

– C'est vrai que la beauté peut être un piège et que les enjeux sont nombreux...

– Je connais mes valeurs et j'en suis très fière, mais pour tout ce qui touche la beauté, je ne serai jamais maître du jeu. Il y aura toujours quelqu'un ou quelque chose qui utilisera cet aspect de façon négative sans prendre conscience que la vraie beauté se retrouve partout.

– J'ai appris avec l'expérience que, quelle que soit l'apparence physique d'une personne, il y a une chose qui ne trompe jamais et qui me donne exactement la nature de cette personne.

– Ah, oui ? Et de quoi s'agit-il ?

– Ce sont ses émanations. Que la personne soit plus ou moins belle extérieurement, ses fluides ne trompent pas, ils reflètent l'état intérieur. Et si de cet être émane une lumière, dis-toi que le contenu est bon. Les émanations arrivent même à changer la forme.

– Que veux-tu dire ?

– J'ai réalisé que plus on valorisait quelqu'un, plus on l'encourageait et plus on l'aimait, l'expression sur son visage changeait. J'ai souvent vu des enfants malheureux et sans expression en début d'année devenir vraiment beaux et rayonnants en cours d'année. Mais revenons à la beauté. Tu as raison, rares sont ceux qui apprécient la beauté intérieure, s'arrêtant plutôt à l'apparence. La vraie beauté n'est pas dans la forme mais plutôt dans le rayonnement. J'ai connu des hommes très beaux qui étaient bêtes, vides, alors que souvent les plus intelligents ont parfois des visages moins parfaits.

– Je suis d'accord. J'ai souvent découvert chez certaines personnes une poésie, une lumière et un raffinement avec le temps. Au premier abord, elles m'avaient semblé quelconques.

– Le meilleur institut de beauté est en nous-mêmes. Malheureusement, bien des jolies femmes utilisent leur beauté pour avoir ce qu'elles désirent : l'argent, la gloire personnelle, l'attachement par la manipulation sexuelle. Heureusement, le Ciel observe de quelle façon elles tireront profit de ce capital. Si le but est égoïste, avec l'âge, la beauté risque d'être enlevée ou abîmée par quelque maladie. Ça ne veut pas dire de ne pas prendre soin de son corps, au contraire, mais il y a une marge entre le soigner et le martyriser sans cesse par des modifications.

– Je suis contente d'avoir pu aborder le sujet avec toi.

– Ne t'inquiète pas, Myriam, avant toute chose, c'est la beauté intérieure qui émane de toi, n'en doute jamais. Ce qui ne t'empêche pas d'être jolie... Considère donc ça comme une prime.

– Merci, Delphine, de m'avoir accordé du temps. Tu m'informeras du lancement de ton deuxième livre ?

– Compte sur moi, c'est un rendez-vous !

***

– Bonjour, Delphine, c'est Alexandra. Je ne sais pas si tu te souviens de moi, on s'est rencontrées aux Bouquinistes à Montréal.

– Oui, je m'en souviens très bien !

– Je t'appelle de chez moi en Colombie Britannique. Je veux simplement te dire que ton livre est arrivé à temps dans ma vie. J'ai recopié toutes les phrases qui signifiaient quelque chose pour moi et j'ai envoyé le tout à mon fils. Il m'a promis qu'il l'achèterait bientôt.

– Je te remercie du témoignage. Ça me touche de savoir que mes écrits ont voyagé d'un océan à l'autre.

– Je prévois aller à Montréal en octobre. J'apprécierais te rencontrer à nouveau.

– Ça me fera plaisir de te revoir ! J'attends ton appel.

En raccrochant, Delphine a l'impression qu'elle connaît cette lectrice depuis toujours, comme si elle venait de parler à une amie de longue date. Elle propose ensuite à sa nouvelle locataire d'aller se balader dans le Vieux-Montréal. Après avoir admiré les boutiques de la rue Saint-Paul, elles s'attardent à une terrasse.

– J'ai terminé la lecture de ton livre, Delphine, et j'en arrive à la conclusion que l'on mène vraiment des vies parallèles.

– La coupure est vraiment faite avec celui que tu attendais ?

– Oh, oui ! J'ai compris que l'illusion finit par tuer. Je suis à retrouver la santé, présentement. Lors de ma maladie, je savais que mon corps essayait de me parler mais, au début, je lui clouais le bec à coups de pilules. C'est malheureusement près de la mort qu'on apprend à vivre. La myopie dont j'étais victime a fini par s'atténuer. Je ne permettrai plus à qui que ce soit de me marcher sur le cœur. Les hommes, c'est comme le chocolat : ils sont tout sucre au début et ils finissent par nous tomber sur le cœur.

Delphine devine qu'elle parle de tous les machos de la terre, de ceux qui utilisent les femmes comme si elles étaient des poupées, de ceux qui n'ont pas encore intégré leur côté féminin.

– C'est bien d'ironiser ainsi, ça prouve que tu es sur la voie de la guérison. Je réalise que dans un pays où règne une abondance de nourriture, c'est l'âme qui souffre de malnutrition.

– J'espère seulement qu'un homme percevra un jour les vibrations de mon cœur.

– Tiens, c'est encore mieux, tu espères ! Ne t'en fais pas. Je vois déjà dans tes yeux la paix de ton âme. Dis-toi que lorsque quelque chose t'est refusé, l'Intelligence suprême sait peut-être que ta demande te fera plus de mal que de bien. Et puis rappelle-toi que la vie déplace parfois les choses rapidement.

– J'espère que tu dis vrai car présentement, je n'ai ni amour, ni sexualité, ni argent, ni emploi.

– As-tu la Foi ?

– Heureusement car ce ne sont pas mes proches qui m'encouragent. Quand on décide de changer de vie, on est rarement compris par la famille et les amis car on déborde du cadre qu'ils nous ont fait pour se sécuriser. Ils sont là, prêts à te juger et te condamner mais ça vaut la peine de tout supporter si on pense au bonheur de pouvoir respirer un air plus pur et de se réaliser pleinement.

– Ne t'en fais pas, tôt ou tard, ils s'apercevront que tu dégages quelque chose de merveilleux et ils sentiront que tu as choisi le meilleur chemin.

– Je sais que mes difficultés actuelles m'obligent à me surpasser et qu'une victoire m'attend au bout.

– J'en suis certaine. Nomme-moi une chose que les prudents ont faite ?

– Ils sont morts ! Le maître Aïvanhov disait que si on fait quelque chose de notre vie, on peut instruire les autres, sinon, on est ridicule. Il disait aussi que le secret c'est d'être jeune de cœur et vieux dans sa tête. Malheureusement, bien des adultes ont un cœur de vieillard et un intellect de bébé.

– C'est pour ça qu'il est important d'aller chercher des connaissances.

Puis, observant la foule, elle ajoute :

– As-tu remarqué comme les gens qui passent ont l'air triste ?

– Je remarque surtout qu'ils semblent très préoccupés. Si on les bombardait de sourires, peut-être arriverait-on à les dérider ?

En silence, Delphine et Ghisline s'amusent à sourire aux passants qui se laissent prendre au jeu. À l'instar de Balzac, elles appartiennent au parti de l'opposition qui s'appelle " La Vie ".

***

Le jour de son anniversaire, Delphine reçoit des cartes de souhaits de ses enfants.

C'est avec la foi, la patience, l'espoir et surtout l'amour qu'on réussit à déplacer les montagnes. En ce qui te concerne, tu es rendue à l'Everest. On te souhaite un grand Amour ! Il suffit d'y croire, ça donne une raison de vivre ! Bonne fête !

Patrick et Annie

Merci maman pour ton aide si précieuse qui garde mon cœur bien au chaud. Merci pour ta discrète complicité sur laquelle je peux toujours compter. Merci de me faire confiance et de me laisser découvrir par moi-même ce dont tu connais déjà l'issue. Merci d'être la plus merveilleuse mère qui soit. Je te souhaite tout ce que tu désires car tu le mérites. Que cette journée soit splendide et agréable pour toi. Joyeux anniversaire !

Philippe

Quelle richesse, ces enfants ! Comme je les aime ! songe-t-elle. Elle ouvre ensuite son courrier.

Chère Delphine,

Où que tu mènes ta barque, quelle que soit sa vitesse ou ses méandres, tu vogues divinement sur ta rivière de diamants.

En ce jour de ton anniversaire, je te souhaite des paysages de sérénité, des instants d'éternité, des arcs-en-ciel d'amour et des lunes de miel.

De tout cœur,

Christine

Avec des mots si bien choisis, elle est fière de compter Christine dans son équipe de révision.

Delphine,

Je te souhaite tout plein d'amour et de beaux jours. Bon succès pour ton livre. Je t'aime.

Maman

Un montant d'argent substantiel accompagne la carte. Dans les circonstances, Delphine apprécie la grande générosité de sa mère car elle ne sait pas du tout ce que sera sa première année comme travailleuse autonome.

Chère Delphine,

Les amies sont comme des fleurs qui ajoutent à notre vie une touche de couleur. Là où il n'y avait qu'une petite fleur, tout un champ fleurit maintenant. Il faut parfois du temps pour accomplir des choses importantes... Alors continue, n'abandonne surtout pas. Quand tu atteindras ton but, tu verras, tu seras récompensée pour tous les efforts que tu as déployés. Ton amitié est un bonheur dont je ne pourrais me passer. Bonne Fête !

Je t'aime beaucoup,

Louise

Chère Louise, son amitié et son soutien la réconfortent. Elle range son courrier et elle déjeune ensuite avec Claire qu'elle n'a pas vue depuis un certain temps, et Ghisline.

– Tu sais, Delphine, dit Claire, je suis persuadée que nous devions être des sœurs jumelles dans une autre vie, car même si on ne se voit pas souvent, je pense à toi dans des moments difficiles et ça m'aide. Énergétiquement, je sens que nous sommes bien " branchées ".

– J'ai aussi beaucoup d'affection pour toi, Claire. C'est agréable de penser qu'on a peut-être été des sœurs, non ? Biologiquement, je n'en ai pas eu dans cette vie-ci mais je considère plusieurs de mes amies comme telles. Je commence à faire partie d'une grosse famille.

– La nuit dernière, j'ai rêvé à toi, Delphine, dit Ghisline. Je me suis réveillée à quatre heures et je me suis empressée d'écrire ce rêve pour ne pas l'oublier. Je te disais ceci : « Pour entreprendre ta nouvelle mission, tu dois couper le cordon. Vivre ou mourir. Tu n'as plus besoin de bouée de sauvetage, tu dois devenir ton propre maître. Présentement, tu as une aile blessée mais tu as besoin de tes deux ailes pour voler librement. Donc, tu as une décision à prendre. Une mort est nécessaire pour qu'il y ait renaissance. Tu dois aimer sans condition, sans restriction. Tu as deux grands amours présentement dans ta vie : Dieu et la Patrie. Présentement, il n'y a pas de place pour un troisième amour. L'avenir est inconnu. C'est un choix que tu dois assumer rapidement. C'est la clé de la réussite, c'est la clé de la Vie. C'est cela vivre dans l'amour inconditionnel. Ton cœur est ouvert, il te reste à ouvrir le Canal Divin. Lâche prise car il y va de ta destinée, c'est important. »

– Tu parles d'un rêve... Ce n'est pas trop encourageant. Si tu savais comme j'aimerais m'accomplir avec un compagnon à mes côtés, un homme qui m'appuierait dans mes démarches, qui croirait en moi.

– Ça viendra, ta situation est temporaire. Tu as vécu un Bel Amour mais tu vivras bientôt un Grand Amour, j'en suis convaincue.

– Merci pour ces beaux cadeaux de fête. Je suis émue...

À l'heure du souper, elle reçoit des appels de ses frères et de plusieurs amis et amies qui lui souhaitent une " overdose " d'amour.

En soirée, elle se rend au Centre où elle donne ses cours. À quelques pas de la porte d'entrée, elle remarque un homme qui ressemble étrangement à Denis. Ses jambes se mettent à trembler lorsqu'elle se rend compte que c'est bel et bien lui.

– Mais que fais-tu ici ? lui demande-t-elle estomaquée.

– Je viens te souhaiter " Bonne fête ". C'est moi le cadeau !

– C'est toi le cadeau ?

– Oui, pour la soirée. Je viens assister à ton cours.

Delphine n'en revient pas de l'ironie de la situation : il va assister au cours sur l'honnêteté... Elle espère toutefois que les participants ne seront pas incommodés par sa présence, car tous ont lu le livre. Encore étourdie, elle a exactement cinq minutes pour reprendre ses esprits et le présenter au groupe. Jamais elle n'oubliera la réaction d'une participante qui s'est retournée lentement, la tête couronnée de points d'exclamation. Delphine esquisse un sourire discret et, reprenant ses esprits, elle donne son cours en essayant d'oublier qu'il est là.

« La non-intégrité va bien au-delà du mensonge, du vol ou de l'adultère. Il y a bien des façons d'être malhonnête, plus subtiles, plus détournées.

Insinuer, manigancer, soupirer ou feindre sont des habitudes qui ne conduisent nulle part. Dans certaines circonstances, garder le silence ou attendre que les autres devinent nos états d'âme, sont aussi des moyens pour arriver à nos fins indirectement.

Commençons par l'insinuation : tourner autour du pot en essayant de rendre l'autre coupable n'est pas très honnête. Je vous donne un exemple : " N'est-ce pas toi que j'ai vu avec une autre femme samedi dernier ? " Coincer l'autre n'est pas la meilleure façon de le garder comme ami ou de rehausser son estime.

Vous connaissez des gens qui manigancent ? Que de mises en scène nous sommes capable de faire pour convaincre l'autre de se rendre à nos désirs. Exemple : inventer un scénario qui ne tient pas debout ou faire téléphoner quelqu'un à notre place pour obtenir un renseignement. Tôt ou tard, les manigances ne fonctionnent plus car il y a toujours quelqu'un qui arrivera à nous démasquer.

Il y a ceux qui soupirent. En bonne plaintive que j'étais, j'ai souvent utilisé ce mécanisme au grand désespoir de mon fils aîné. Pourquoi laisser l'autre dans l'embarras et le questionnement plutôt que de dire vraiment ce qui ne va pas ? Pourquoi veut-on absolument que l'autre s'inquiète ? Cette forme de manipulation finit par créer de l'indifférence autour de nous.

Combien feignent d'être heureux pour sauver les apparences ou donner l'image d'une union réussie ? Combien font semblant d'être malade pour qu'on les prenne en pitié ? À faire semblant, on peut le devenir...

Le silence est une autre forme de manipulation. Dans certaines circonstances, se taire est pire que dire la vérité. C'est un mensonge blanc, c'est mentir par omission.

Combien attendent que les autres devinent leurs états d'âme ? Lorsqu'on voit quelqu'un qui semble contrarié et qu'on lui demande si quelque chose ne va pas, on entend souvent comme réponse : “ Non, non, tout va bien... ” Cette façon de faire est de la pure manipulation.

La peur peut aussi rendre malhonnête. Si nous avons peur de perdre quelque chose ou quelqu'un, l'honnêteté n'aura aucun poids. Mais un jour, il y aura une facture à payer.

Ça prend du courage pour être vrai, pour se dire à soi-même et aux autres : “ Que cela vous plaise ou non, je suis ce que je suis. ” Gandhi disait : “ Mon enseignement, c'est ma propre vie. ”

L'acte malhonnête est lui-même la punition car il met en branle des forces qui déclencheront la loi du retour. Dorénavant, tout ce qui n'est pas intègre va s'écrouler sous son propre poids. On doit penser ce qu'on dit et dire ce qu'on pense : c'est ça la cohérence. La non-intégrité bloque l'inspiration. Ceux qui y adhèrent paient de leur âme et de leur énergie car tôt ou tard, la vie nous attend au tournant. Rappelez-vous qu'il n'est jamais trop tard pour devenir honnête. Si on a quelque chose à se reprocher, on peut :

– téléphoner pour s'excuser
– écrire une lettre qui nous libérera
– demander pardon si nécessaire.

La vérité, c'est croire ce qui vibre dans son cœur plutôt que de croire ce qui est écrit dans les journaux. La sincérité ou le contraire formera la trace que nous laisserons derrière nous. Servez-vous de votre jugement et usez de discernement car les circonstances sont importantes en matière d'intégrité. Si le cœur vous conduit, vous poserez le bon geste. »

Ce cours suscite beaucoup de questionnement car, il est vrai qu'une rigoureuse honnêteté n'est pas toujours facile à appliquer. Delphine suggère de travailler à améliorer un point à la fois. Geneviève, une participante, manifeste le désir de s'exprimer :

– J'aimerais dire à tout le monde ici ce que le cours m'a apporté depuis le début. Jusqu'à maintenant, je n'avais pas confiance en moi. Étant divorcée, je me laissais manipuler par mon ex-conjoint. C'est un rongeur d'énergie ; j'étais à la veille d'y laisser ma peau. Ses menaces me poursuivaient jour et nuit. J'ai décidé de ne plus me laisser faire comme une marionnette. Je me suis servie des outils que Delphine nous donne depuis quelques semaines et je peux vous dire que ça fonctionne. Depuis que je ne me laisse plus impressionner par les menaces, le père de mon fils s'est radouci. Ce n'est pas l'entente parfaite mais, au moins, il ne me fait plus peur. Je reprends de plus en plus confiance en moi et j'en suis très fière. De plus, ma relation avec mon fils s'est améliorée. Voilà, je ressentais le besoin de vous le dire.

– Merci, Geneviève, pour ton témoignage, dit Delphine. J'ajouterai que physiquement, tu as l'air pas mal plus en forme qu'au premier cours. De semaine en semaine, tu es toujours plus radieuse.

Puis, s'adressant à tout le groupe, elle ajoute :

– Quand le corps émotionnel est bien équilibré, le corps physique ne peut que suivre le rythme et retrouver un air plus joyeux.

Le cours terminé, les intervenants du Centre soulignent son anniversaire avec un délicieux gâteau arrosé de champagne. Après cette petite réception, Delphine invite Denis à venir terminer la soirée chez elle. Elle espère en apprendre davantage sur ses intentions.

– Je sais que tu espérais que je sois libre : crois-moi, j'aurais vraiment aimé t'offrir ma liberté en cadeau mais ce n'est pas encore le moment.

– Donc, mon cadeau d'anniversaire se résume à ta présence au cours.

– C'est ça. Ça ne t'a pas fait plaisir ?

– Tu as au moins vu de quelle façon j'enseignais...

– À t'entendre, j'en ai des défauts ! J'avais l'impression que tu faisais mon procès...

– Tiens, tu t'es reconnu ? C'est bien que tu t'en rendes compte, mais tu n'es pas encore assez révolté pour t'en débarrasser définitivement. Denis, tu n'es pas fatigué d'être dégoûté de ce que tu fais ?

– Oui ! Mais ça va me prendre plus d'une vie pour régler tout ça...

– J'ai toujours vu en toi de belles possibilités mais c'est toi le responsable de ton avenir. J'espère seulement qu'un beau matin tu te réveilleras avec le sentiment d'être devenu l'homme que tu as rêvé être, simplement parce que tu as eu le courage de croire en toi.

Delphine réalise qu'il ne semble même pas l'écouter. Il l'interrompt brusquement.

– Sais-tu quel serait mon plus grand rêve ?

– Je t'écoute...

– Ce serait de faire le tour du monde, seul.

Il y a toujours une goutte qui fait déborder le vase et, ce soir, le vase de Delphine est plein à ras bord : sa tolérance vient de passer par-dessus bord. Une vertu mal utilisée peut devenir un défaut, ça, elle le sait.

– Ah, oui ? Ça va faire bientôt cinq ans que je t'attends parce que tu m'as demandé de te faire confiance et maintenant tu veux faire le tour du monde seul ? Tu as raison, il te faudrait vraiment faire le tour du monde.

– Avoue que je reviendrais transformé, plus fort. Je serais un autre homme.

– Tu as tout à fait raison. Alors élève tes enfants, fais ensuite ton tour du monde et si je suis encore là à ton retour, on se retrouvera !

Subitement, Denis semble moins brave...

– Tu sais, je disais ça comme ça... Le tour du monde, on fait ça à vingt ans. Et puis je m'ennuierais sûrement si je partais seul.

– Vois-tu, moi aussi je rêve de faire le tour du monde, mais pas seule. Je rêve de le faire avec l'homme qui partagera ma vie. Donc, a priori, on n'a pas du tout le même rêve. Alors, mon tour du monde, il semble que ce ne soit pas avec toi que je vais le faire.

– Que veux-tu dire ?

– Tu as très bien compris. Je ne t'en veux pas, Denis, je respecte ton rêve mais notre histoire est terminée.

– Tu blagues ?

– Pas du tout. Regarde-moi bien : ai-je l'air de quelqu'un qui blague ? Je te prierais maintenant de me laisser seule, je dois commencer à planifier mon plus grand rêve.

– Je suis vexé...

– Tu ne devrais pas ! Je t'aime assez pour te laisser faire le tour du monde sans moi. Profites-en !

Après son départ, Delphine n'est même pas triste. Elle pense en elle-même : « **Je quitte l'autre pour celle que je suis devenue** ». Elle a l'impression de dormir dans les bras d'un ange. Le lendemain, il lui téléphone.

– Je n'étais pas si vexé que ça hier...

– Ça ne change rien. En ce qui me concerne, ton voyage autour du monde a commencé il y a quatre ans mais tu es parti avec une béquille. Là, j'enlève la béquille, ou tu tombes ou tu apprends à marcher seul.

– Tu étais sérieuse, alors ?

– On ne peut plus sérieuse !

– Bon, j'ai compris...

Après une telle décision, le corps de Delphine absorbe un surplus d'émotions. Elle a mal partout. Soudain, le téléphone sonne.

– C'est Lise. Je suis à étudier une autre forme de massage et je dois m'exercer sur plusieurs personnes. Accepterais-tu de servir de cobaye ?

– Ça alors, tu tombes à point, quel cadeau ! Lise, on dirait que tu devines les moments où j'ai besoin de toi. Je viens de congédier Denis... J'arrive !

Arrivée chez son amie, Delphine se confie.

– Tu sais, il n'est pas question que je fasse une chute dans le noir.

– Je ne suis pas inquiète pour toi : je te vois déjà monter dans la lumière.

– Je pense que mourir à une relation, c'est continuer autrement. J'essaie de garder la trace du meilleur de cet amour. J'ai fait le bilan de tout ce qui s'est passé ces dernières années. Bien sûr, du côté négatif, il y a eu les attentes, les espoirs, les trahisons, les pertes d'énergie, l'ennui, la peine, le découragement, les fausses promesses et la désillusion.

– J'ai toujours admiré ton courage. Plusieurs auraient lâché la serviette bien avant ça...

– Tu m'as pourtant encouragée à continuer la relation il n'y a pas si longtemps.

– Il le fallait, tu aurais arrêté d'écrire. Tu n'étais pas encore tout à fait guérie.

– Si je regarde ça du côté positif, j'ai retiré plusieurs bénéfices de cette relation : j'ai développé ma créativité en créant un cours sur les valeurs, j'ai libéré ma dépendance affective, je suis devenue encore plus aimante et j'ai écrit plusieurs livres. De plus, cet amour m'a conduite à l'amour universel, à la compassion, à la patience, à la tolérance, à la persévérance et au respect de moi-même. J'ai surtout découvert qui j'étais : une femme heureuse de vivre et bien dans sa peau. Je compte quand même sur toi pour m'enlever les quelques tensions au dos, dit-elle, le sourire en coin.

– Si tout le monde se concentrait sur les bénéfices d'une relation qui s'éteint plutôt que sur la haine et la rancune, la planète entière s'en porterait mieux.

– Je pense de plus en plus que devant n'importe quel obstacle, plutôt que de paniquer, on devrait analyser immédiatement s'il n'y a pas un bénéfice caché.

– Oui, je sais, mais ce n'est pas toujours facile. L'émotion du moment nous empêche parfois de réaliser à quel point la vie est parfaite dans ses imperfections. Allez, détends-toi. Je crois que tu seras un bon sujet pour ce qui va suivre. L'approche Trager est une approche novatrice en rééducation du mouvement. J'utiliserai des mouvements souples et rythmés composés de balancements, de bercements, de vibrations et d'élongations en respectant ton rythme. Chaque petit mouvement, chaque rebond d'un muscle, chaque pensée apporte une sensation de liberté et crée une intime relation entre le corps et l'esprit. En bougeant certains muscles ou articulations, je te donne l'occasion de produire des sensations nouvelles constructives et agréables qui se rendent au système nerveux, lequel entraîne une réponse tissulaire qui allège autant le corps que l'esprit.

– Et quels sont les effets d'une telle approche ?

– Les effets vont au-delà des perceptions conscientes et sont durables. Premièrement, le type de massage favorise une réduction de stress et des tensions chroniques : la détente s'installe. Deuxièmement, il développe la mobilité du corps et une meilleure posture. Troisièmement, il agit sur les systèmes respiratoire, digestif et nerveux. Quatrièmement, le bien-être psychologique est amélioré de façon significative.

– Mon Dieu, je serai une femme neuve après un tel massage. Vas-y, j'en ai besoin !

Delphine se laisse bercer, balancer, allonger durant plus d'une heure. Lorsqu'elle sort des nuages, elle ressent le besoin de s'exprimer.

– C'est extraordinaire, Lise, à quel point tes mouvements ont su exactement où aller guérir mon corps, mes tensions et mes émotions. J'ai la sensation que mes nœuds ont fondu. Mes cellules sont contentes. J'ai l'impression d'avoir fait un retour à l'intérieur de moi-même, un retour chaleureux. Je me sens en paix, relaxée, détendue. Le nettoyage des illusions est fait, la vérité reprend sa place. Je me sens souple, libre, prête à voler à nouveau comme un oiseau. Merci pour ces doux moments de détente, merci de m'aider. Tu es beaucoup plus qu'une massothérapeute pour moi.

– Merci à toi, Delphine. Tes commentaires me touchent. Si tu ressens le besoin d'un autre massage d'ici quelques semaines, n'hésite pas à m'appeler. Et puis, je crois que tu as pris la bonne décision concernant Denis. Cet abandon sera le début d'une nouvelle vie pour lui. Il n'aura plus le choix : il devra se prendre en main.

– Je l'espère de tout cœur car je sais qu'il n'est pas méchant. Je n'entretiens aucune rancune, je ne lui veux aucun mal. Il aura été essentiel à mon évolution et je demeure convaincue qu'il m'aimait, même si la terre entière devait penser le contraire.

– Moi, je n'en ai jamais douté. Bonne journée !

Avant de se coucher, elle pige une carte dans son jeu de pensées positives.

« Les miracles arrivent dans ma vie maintenant. À moi de prendre le temps de les voir et de les saisir. »

Durant la nuit, elle rêve qu'elle joue aux cartes et qu'elle tient dans ses mains les deux Jokers et trois As. Quel beau jeu ! se dit-elle. De quel miracle peut-il bien s'agir ?

***

En quittant la maison pour le Salon du livre de Sherbrooke, Delphine apporte une copie de son manuscrit qu'elle a l'intention de remettre à d'Artagnan puisqu'elle occupera son kiosque. Pour la durée du Salon, elle loge chez Marthe qui est bénévole encore cette année.

– Sais-tu quelle tâche m'est attribuée au Salon, demain ?

– Non, mais à voir tes yeux je sens que tu vas t'occuper d'un personnage important, je me trompe ?

– Touché ! Je m'occuperai de Jacques Salomé toute la journée.

– Monsieur Salomé est au Québec ? Quelle surprise, je croyais qu'il s'était retiré ! Je dois absolument lui parler. L'an dernier, lors d'une conférence, je lui ai remis mon livre. Il m'a écrit par la suite une belle et longue lettre me disant qu'il avait trouvé mon histoire d'amour belle, sincère et vibrante. Je me souviens qu'il me disait aussi ne pas donner à l'amour le pouvoir qu'on lui attribue, qu'il est plutôt de l'ordre de la révélation et de la création. Je crois qu'il a raison... Il me résumait ensuite les cycles de l'amour et m'invitait à poursuivre l'écriture.

– Est-il au courant que ton deuxième livre est sur le point d'être édité ?

– C'est justement de ça que je veux lui parler... Je comprends maintenant pourquoi le manuscrit ne devait pas être publié tout de suite.

– Qu'as-tu derrière la tête ?

– Oh, une idée toute simple... Je dois dormir là-dessus. Tu verras bien demain.

***

Se retrouvant au kiosque de d'Artagnan, Delphine s'empresse de lui montrer le manuscrit.

– J'apprécierais que tu le présentes à ton équipe. Tous les signes m'ont conduite à ta maison d'édition.

– Mais, Delphine, nous sommes des distributeurs, nous n'avons encore jamais édité.

– Alors pourquoi lit-on “ éditeur ” sur ta carte d'affaires ?

– Parce qu'un jour nous avons bien l'intention d'éditer.

– Eh bien ce jour est venu ! Je pourrais peut-être être votre première auteure ? Qu'en dis-tu ? Je sens que je suis à écrire le roman du siècle.

– Je ne suis pas seul à décider, j'ai des associés.

– Lisez-le d'abord. Nous véhiculons les mêmes valeurs, je ne suis pas inquiète.

– D'accord, je vais le présenter à mon équipe, mais je ne peux rien promettre. Delphine, je crois en tes écrits et je sais que tu as beaucoup travaillé mais il va nous falloir réfléchir à ta demande. Ça exigera sûrement un peu de temps.

– Prenez le temps qu'il faut. J'apprécierais toutefois une réponse pour Noël. Oh, il faut que je te dise : un lecteur est passé tout à l'heure et il m'a dit que j'étais à la veille de voir les anges.

– Avoue qu'en me côtoyant tu as la chance de te pratiquer !

– Tu as raison, d'Artagnan, tu es un ange qui passe sur ma route au bon moment. De toute façon, je vois des anges tous les jours parmi les humains, c'est déjà beaucoup. La vie est une pièce de théâtre et je sens que la scène qu'on joue aujourd'hui sera mémorable.

– N'oublie pas qu'il y a relâche le lundi !

– J'adore ton humour. Je sens qu'on va vivre une belle journée.

Au même moment, un homme d'un certain âge s'avance et dit :

– Quel beau sourire vous avez ! Je vous aime, ai-je le droit de vous dire ça ?

– Bien sûr mon cher monsieur que vous avez le droit ! Il y a tellement de gens qui haïssent.

Delphine se lève, le prend dans ses bras et lui fait la bise sur les deux joues.

– Ça commence bien une journée, dit-elle à d'Artagnan qui, témoin de ce moment de tendresse, sourit jusqu'aux oreilles.

– Ce Salon promet, Delphine, ça promet !

– En rêve, j'ai joué aux cartes toute une nuit ; tu aurais dû voir ce que j'avais dans les mains ! Les deux Jokers et trois As !

– C'est ce qu'on appelle une main pleine... C'est de la chance.

Après avoir signé quelques livres, en fin de matinée, Delphine éprouve soudainement le désir de boire un café. À deux pas de son kiosque, la jolie demoiselle lui dit :

– J'ai raté le café ce matin, il est trop clair. Vous en trouverez à l'étage supérieur.

Au sommet de l'escalier, Delphine n'en croit pas ses yeux. Au lieu de trouver du bon café, elle se retrouve devant la cuvée du jour : Jacques Salomé est là, devant elle. Depuis plusieurs mois, Delphine sait qu'il manque quelque chose à son manuscrit. Alors elle a attendu, espérant un miracle. Elle se revoit il y a un an, presque jour pour jour, à la sortie d'une conférence de monsieur Salomé, à Laval. Sa mémoire est encore imprégnée de cette lueur de complicité perçue dans ses yeux, un peu comme du “ déjà-vu ”. Depuis ce jour, son intuition la ramène souvent à cet auteur. Estomaquée par cette rencontre fortuite, elle entend Marthe qui dit :

– Monsieur Salomé, je vous présente Delphine.

Delphine enchaîne aussitôt :

– Mais on se connaît ! Quel bonheur de vous revoir ! Je voulais vous écrire mais je n'osais pas vous déranger sachant que vous étiez retiré dans votre belle Provence.

– Alors c'est la France qui est venue à vous ! répond-il. Mais quelle belle sensibilité vous avez !

– Écoutez monsieur Salomé, je parle de vous dans mon manuscrit et je me suis toujours demandé si j'avais bien interprété vos paroles qui éclairaient ma propre histoire. Avez-vous le temps de lire ce passage ?

– J'ai tout mon temps, je suis en avance, dit-il avec un magnifique sourire.

Delphine saisit sa chance. Elle dévale les escaliers à toute vitesse et cric à d'Artagnan :

– Donne-moi le manuscrit, vite, je t'en prie !

Sans plus d'explications, l'attrapant au vol, elle tourne sur ses talons comme une ballerine en pleine possession de son art et repart en courant. D'Artagnan, les sourcils en accent circonflexe, lui crie :

– Que se passe-t-il ? As-tu rencontré le Père Noël ?

– Non, le Père Salomé ! Je te raconterai plus tard, futur éditeur !

Remontant les marches deux par deux, elle arrive tout essoufflée devant monsieur Salomé et lui présente la page du manuscrit en question. Après quelques minutes, il lui dit :

– C'est juste, vous avez tout à fait raison : être bien avec quelqu'un n'est pas un sentiment.

– Monsieur Salomé, ça fait un an que je pense à vous. Excusez ma témérité mais... permettez-moi d'émettre un grand souhait : je rêve que vous écriviez la préface de mon deuxième livre.

Spontanément, il répond à la grande satisfaction de Delphine :

– Si cela me plaît, ce sera avec plaisir ! Envoyez-moi votre manuscrit.

– Vous pouvez garder celui-ci. Je ne me doutais pas qu'il vous était destiné mais c'est parfait comme ça, il est à vous.

Elle se dit que d'Artagnan attendra bien encore un peu.

– Je repars pour la France demain. Je vous écrirai, c'est promis.

Delphine est aux oiseaux ! Quel beau cadeau de la vie ! Revenue à son kiosque, elle raconte ce " miracle " à d'Artagnan. Celui-ci s'empresse de fouiller dans une boîte.

– Que cherches-tu ? demande Delphine.

– Je cherche des poids pour mettre dans tes souliers car je sens qu'on va te perdre. Reviens sur terre, sinon tu vas t'envoler !

– Je t'adore ! Tu te rends compte, d'Artagnan, une préface de Jacques Salomé! Je ne " crois " pas aux miracles, **je sais** qu'ils existent !

D'Artagnan, connaissant le grand enthousiasme de Delphine, la met en garde.

– Promets-moi de n'en parler à personne jusqu'à ce qu'il t'écrive.

– Ce ne sera pas facile, mais j'essaierai.

– Tant qu'un projet n'est pas concrétisé, on ne doit jamais en parler. Énergétiquement, c'est préférable. Il y a encore trop de gens négatifs ou jaloux qui pourraient compromettre le résultat attendu.

– Tu as raison. J'espère seulement que monsieur Salomé a suivi des cours de lecture rapide et que sa lettre arrivera en Concorde. Dire qu'il y a des auteurs qui s'ennuient dans les Salons...

Reprenant ses esprits, elle réalise qu'une dame tout sourire la regarde.

– J'ai reçu ton livre en cadeau. Quelle belle histoire !

– Merci. La suite ne devrait pas tarder.

– Il y a une suite ? Voici ma carte d'affaires. J'apprécierais être informée lorsque le livre sera édité.

En apercevant la carte, Delphine s'écrie :

– Tu es Nicole Gratton, l'auteure qui écrit sur les rêves ?

– C'est moi.

– Nicole, ton livre est à côté du mien au Centre où je donne des cours. Quelle belle coïncidence !

– En effet ! Je savais qu'on finirait par se rencontrer. Vas-tu à la conférence de Jacques Salomé ? Ça commence dans cinq minutes.

– Bien sûr, je t'accompagne.

Delphine se mord la langue pour ne pas lui raconter ce qui vient de se passer.

– Nicole, je suis heureuse de te connaître. Comme la terre est petite !

– J'en suis heureuse aussi, je l'avais même rêvé !

Durant la conférence qui porte sur la communication dans les écoles, Delphine est ébahie de réaliser à quel point cet homme a le même idéal qu'elle, concernant l'éducation. À la fin, elle dit à Nicole :

– À force d'en parler et de l'écrire, à nous deux, on va peut-être y arriver ! La communication est la base de tout enseignement. Si on ne sait pas comment communiquer, la matière transmise sera incomprise.

– C'est entièrement vrai. Je suis d'accord avec tout ce qu'il a dit.

– Mais dis-moi, ça doit être passionnant d'écrire sur les rêves ?

– J'adore ce que je fais. Tu sais, les rêves sont nos messagers de la nuit. J'enseigne l'art de rêver depuis plusieurs années.

– Tu enseignes aussi ?

– J'ai créé un concept d'ateliers pratiques afin de favoriser l'autonomie dans l'analyse des rêves. Outre les quinze principes qui permettent de comprendre la nature de nos rêves et leur utilité dans la vie quotidienne, j'ai mis au point plusieurs méthodes pour planifier nos nuits de manière à tirer profit de nos périodes de sommeil.

– C'est fantastique !

– J'ai remarqué dans ton premier livre que tu faisais de très beaux rêves. Plusieurs sont des rêves initiatiques. Même si dans l'histoire on ne comprend pas toujours le comportement de Denis, tes rêves t'incitent à poursuivre cette relation.

– Je pense que la science aurait intérêt à explorer les zones obscures de l'inconscient et s'intéresser davantage aux rêves prémonitoires qui annoncent souvent la réalité.

– Tu as raison. La science se doit d'évoluer sur les phénomènes qu'on ne peut expliquer. Au lieu de demander des preuves quantitatives sur une méthodologie scientifique rigide, une ouverture serait à souhaiter. Même Descartes, le père de la pensée rationnelle, avait remarqué que quelqu'un à l'esprit joyeux faisait arriver des événements heureux. Les rêves sont des fonctions cérébrales qui révèlent souvent la compréhension du vécu, l'intégration des émotions et de divers apprentissages. Il y en a encore qui jugent que ce sont des désordres psychiques à contenu absurde et sans valeur pratique. Le rêve est sain ; c'est le reflet des pulsions mais aussi des inspirations.

– Comme c'est vrai ! Heureusement que saint Joseph a cru aux songes car Jésus aurait été massacré et il n'y aurait eu personne pour nous sauver ! La genèse relate plusieurs songes, l'évangile de Mathieu aussi : Jacob, les Mages. Ils étaient avertis en songe par des anges. Je me demande comment il se fait que certaines personnes qui se disent religieuses ne croient ni aux rêves ni aux anges alors qu'ils sont omniprésents dans la Bible... Je me souviens avoir colorier des dizaines d'anges à la petite école dans la revue " L'élève ". S'ils existaient il y a 2000 ans, la logique serait de croire qu'ils sont encore parmi nous.

– À chacun ses croyances mais il est clair, pour moi, que nous avons aussi une vie de nuit qui se déroule derrière nos paupières closes.

– D'autant plus que c'est gratuit et accessible chaque nuit.

– Continue de rêver, Delphine, et surtout, continue d'écrire. Je te sens guidée à travers l'écriture et j'ai bien hâte de connaître la suite de ton histoire.

– Je ne te perds pas de vue, Nicole.

– Tiens, je t'invite à suivre une de mes formations. Entre auteures, on peut bien se faire des cadeaux.

– J'apprécie ta grande générosité... Tiens-moi au courant, ça m'intéresse vivement.

Quelle belle personne, se dit Delphine. Une amie de plus dans le monde de l'édition ! Toujours sur son nuage, elle dédicace une vingtaine de livres en échangeant avec des lecteurs convaincus. Après avoir remercié Marthe pour son hospitalité, elle rentre chez elle et raconte à Ghisline le déroulement de ce samedi miraculeux. Celle-ci en profite pour lui dire :

– Je dois retourner à Trois-Rivières. La personne qui occupe mon appartement doit le quitter bientôt. Il faut croire que j'ai encore quelque chose à vivre là-bas.

Delphine savait que cette situation n'était que passagère.

– J'ai bien apprécié ta compagnie, tu vas me manquer.

– J'en profite pour te dire que j'ai vécu ici des moments que je n'oublierai jamais. Je suis arrivée en voiture il y a deux mois et je me vois déjà au volant d'un avion. Tout se déroule à la vitesse de l'éclair. Tu as un cœur d'or et je te souhaite de récolter ce que tu sèmes car tu le mérites. Ce fut un plaisir d'être à tes côtés et aussi de côtoyer tes amies.

– Je te remercie, tu es gentille. J'ai bien apprécié ta compagnie, moi aussi. Donne-moi des nouvelles de temps à autre. Et puis, Trois-Rivières, ce n'est pas si loin...

***

CHAPITRE 8
La Persévérance

Avec la persévérance, le disciple arrive à entrer en communication avec le monde divin.

Omraam Mikhaël Aïvanhov

Delphine rencontre Alexandra, de nouveau en visite au Québec.

– Je te remercie d'avoir accepté mon invitation. J'espérais vraiment te connaître.

– Tout le plaisir est pour moi. Il y a longtemps que tu demeures en Colombie Britannique ?

– Ça fait maintenant quatre ans. Tu dois bien te demander pour quelle raison je tenais à te rencontrer ?

– J'imagine que tu as quelque chose à partager.

– En effet. Écoute, j'ai réellement l'impression de te connaître. Après avoir lu ton livre, j'ai eu envie de partager avec toi mon expérience de vie, différente de la tienne, j'en conviens, mais tout aussi palpitante.

Delphine sent qu'elle va entendre quelque chose d'unique.

– Il s'agit des retrouvailles avec mon fils.

– Raconte ! J'aime les histoires qui finissent bien.

– Je suis devenue enceinte à dix-sept ans. À cette époque, la religion et la société condamnaient les filles-mères ; nous étions montrées du doigt. Lorsque j'ai annoncé la nouvelle à mes parents, ils m'ont suggéré d'en parler au curé de la paroisse, ce que je fis. Il connaissait une famille qui désirait un fils et le couple était prêt à adopter un garçon – pas une fille. Compte tenu qu'on ne pouvait connaître le sexe de l'enfant, il a donc fallu attendre la naissance. J'ai finalement accouché d'un beau garçon de plus de sept livres. Pour moi, ce fut le début d'un calvaire.

– Je vois. La promesse de l'adoption était faite...

– Oui, mais le curé était en vacances en Floride et on ne pouvait pas signer les papiers sans lui. Alors, j'ai décidé de rester à l'Hôpital de la Miséricorde jusqu'au retour du curé. Je pleurais chaque fois que je rendais visite à mon bébé. Lorsque ma mère venait nous voir, c'était aussi terrible pour elle.

– Vous ne pouviez pas changer d'idée ?

– Hélas, non. Une fois les papiers signés, je rendais souvent visite au curé pour avoir des nouvelles de mon fils ; je voulais savoir s'il était heureux et en bonne santé. Le curé me renseignait régulièrement et il me conseilla de remettre ma cause dans les mains de la sainte Vierge qui, disait-il, était la personne toute désignée pour comprendre ma demande. C'est ce que je fis. Plus tard, je me suis informée auprès du Centre des Services sociaux et j'y ai fait une demande de retrouvailles. Je devins membre du mouvement " Retrouvailles ", organisme qui se spécialise dans la recherche d'enfants biologiques. Et là, à ce moment, j'apprends qu'il est essentiel que ce soit l'enfant qui fasse la demande pour retrouver sa mère.

– Tu as attendu longtemps ? demande Delphine la gorge serrée.

– Dix ans après avoir fait la demande. Un beau jour de février, j'ai reçu un appel de la travailleuse sociale qui demandait à me rencontrer. J'ai commencé à avoir des palpitations car je me doutais bien qu'il s'agissait de la demande de mon fils. Comme le dossier était déjà monté, la recherche a été facilitée et la préparation à la rencontre débuta.

Delphine a des frissons dans le dos. Alexandra continue.

– Il y a toute une procédure à suivre. La même travailleuse sociale rencontre la mère et l'enfant individuellement et elle les interroge sur leurs objectifs.

– Quel âge avait ton fils à ce moment-là ?

– Vingt-cinq ans.

– Et tu as espéré le revoir toutes ces années ?

– J'y pensais presque tous les jours.

– Et de quoi était composé cet interrogatoire ?

– Premièrement, on m'a demandé pourquoi je le recherchais, si c'était par simple curiosité ou si je voulais garder le contact par la suite. Deuxièmement, on voulait savoir si je désirais établir une relation stable avec lui. Ensuite, on demanda à mon fils s'il était prêt à accepter sa mère peu importe sa condition : possibilité d'être handicapée, droguée, alcoolique, pauvre, etc. Les mêmes questions m'étaient posées. Comment réagirions-nous devant l'une ou l'autre de ces éventualités ? Quelle sorte de relation voulions-nous établir ? Finalement, il y a eu échange de photos et après nous avoir mis en garde sur le déroulement et le suivi des événements, après un mois de préparation, ce fut le grand jour.

– Ça devait être très émouvant...

– Les sensations et les émotions qui se vivent ce jour-là sont d'une intensité si forte que seules les personnes qui ont vécu l'expérience peuvent en comprendre la densité. Ce matin du mois de mars, chacun dans notre salle d'attente, nous attendions l'heure précise à laquelle nous nous rejoindrions. C'est à dix heures que je suis entrée dans la salle où mon fils faisait les cent pas de son côté. En le voyant, ma première réaction fut : *« Tu ressembles tellement à mon père et à mon frère, laisse-moi te regarder. »* Ensuite, je l'ai serré très fort dans mes bras, les larmes aux yeux. Après quelques minutes à répéter les mêmes commentaires, nous sommes demeurés muets à nous contempler et à identifier nos ressemblances.

– Quelle joie vous avez dû éprouver, réussit à articuler Delphine, les yeux pleins d'eau.

– Je lui ai posé un tas de questions. Ensuite nous sommes allés au restaurant bavarder durant des heures. Je l'ai finalement invité à venir chez moi afin de poursuivre notre conversation. Avides de nous connaître davantage, nous avons continué de faire connaissance jusque très tard le soir. Ce jour-là marqua pour moi le début d'une nouvelle vie.

– Alexandra, ton histoire est magnifique. Je pense de plus en plus que les enfants adoptés veulent retrouver leurs parents biologiques. C'est normal de vouloir voir le visage de celle qui nous a enfanté. Évidemment, il y a des risques.

– Je pense que si la mère et l'enfant souhaitent ardemment se retrouver, il y a bien des chances que les retrouvailles soient merveilleuses. En tout cas, pour mon fils et moi, l'expérience a été heureuse et j'en remercie le Ciel tous les jours. Mon fils représente le plus grand miracle de ma vie. Depuis nos retrouvailles, il y aura bientôt dix ans, notre relation continue de se développer. Je découvre un homme dont je suis très fière. Talentueux, débordant d'énergie, ordonné et organisateur chevronné, il a hérité de plusieurs traits de caractère de son humble mère... Mes deux petites-filles occupent une grande place dans mon cœur. Elles sont charmantes et adorables. L'une a hérité de mon ton de voix et l'autre, de mon teint basané. Elles me font craquer à tout coup !

– Quel beau témoignage ! Quelle belle personne tu es !

– Merci, c'est gentil. Tu sais, je parle de ton livre à mes amies. J'ai bien l'intention de repartir avec une dizaine d'exemplaires car j'aimerais les offrir en cadeau.

– Merci pour ta générosité.

– Quand on croit en certaines valeurs, on doit les faire circuler.

– Là-dessus, on se ressemble. J'ai toujours pensé que tout ce qui fait avancer le monde mérite d'être connu. Alexandra, je suis heureuse de t'avoir rencontrée.

– Moi aussi et je te remercie pour le temps que tu m'as accordé. Si tu le permets, j'aimerais bien garder le contact avec toi.

– Ça me fera toujours plaisir d'avoir de tes nouvelles. J'aime ton dynamisme. Bon retour chez toi !

Revenue chez elle, Delphine songe au courage et à la persévérance de cette femme. Quel bel exemple d'amour inconditionnel !

***

Delphine aime bien enseigner au Centre pour femmes. Des femmes issues de milieux différents avec des histoires différentes, mais toutes ces femmes ont cependant un point en commun : elles recherchent un mieux-être et aspirent au bonheur. Cet après-midi, elle enseigne la Persévérance.

– Il est essentiel de poursuivre un rêve et surtout rappelez-vous qu'il n'est jamais trop tard pour le réaliser. Il s'agit de trouver un but qui nous inspire, qui nous donne une raison de persévérer, comme une lumière qui brille et qui nous rappelle le cadeau qui nous attend au bout du chemin. Le secret est de savoir tolérer l'inconfort assez longtemps et analyser la situation.

Une condition essentielle à la persévérance est la discipline. C'est cette discipline qui nous amène à la liberté et à l'indépendance. Le cerveau est malheureusement indiscipliné : il sait nous montrer les soucis, les désirs, les images négatives.

Si j'avais écouté certaines personnes de mon entourage, je ne serais jamais devenue auteure. Il n'y a rien que je n'aie entendu : « Personne ne voudra t'éditer car les éditeurs misent seulement sur des noms connus. Ne t'attends surtout pas à vivre de tes livres. Le monde de l'édition est un monde difficile, compétitif et superficiel où on y assiste à une parade d'ego surdéveloppés où chacun essaie de faire le clown pour y gagner le premier prix. Si tu vivais en Europe ou aux États-Unis, tu aurais plus de chance. » Avouez qu'il y aurait eu de quoi se décourager... Sans compter les nombreuses heures de travail à rédiger le manuscrit.

Eh bien, mis à part l'apport financier qui, pour l'instant, tarde à se manifester puisqu'il faut du temps pour se faire connaître, ça s'est passé beaucoup mieux que ça. Je pense que si on est convaincu de la qualité de son produit, on finit toujours par attirer les personnes qui s'intéressent à ce que l'on fait.

Pour ce qui est du monde de l'édition, eh bien je me sens chez moi, tout à fait à l'aise dans chacun des Salons où je me suis fait un nombre assez impressionnant de nouveaux amis. J'aime le métier d'auteure, surtout pour le contact avec les lecteurs. Alors, n'en déplaise à tous ceux et celles qui n'y croyaient pas, j'en suis quand même à écrire mon troisième livre.

La Persévérance a été une clé inestimable dans ma vie. Je vais vous raconter le magnifique projet que j'ai réalisé il y a déjà une douzaine d'années de cela alors que je désirais emmener mes élèves en France. Cette expérience m'a fait comprendre qu'il s'agit d'émettre une intention et de la dire à haute voix car, vous savez, on ne sait jamais à côté de qui on est assis. Toutes les surprises sont possibles. Donc, par un beau matin de février, je me rendais avec mes élèves à la cathédrale de Longueuil afin d'entendre l'évêque du diocèse parler du sacrement de Confirmation. Dans l'autobus, j'étais assise à côté de la maman d'une élève qui nous accompagnait et tout en bavardant, je lui dis simplement ceci : « J'ai tellement un beau groupe cette année que si je gagnais à la loterie, je les emmènerais tous en France afin qu'ils puissent rencontrer leurs correspondants. » La maman répondit aussitôt : « Ça coûterait combien ? » Surprise par sa question, mais vive d'esprit, je répondis : « Quinze mille dollars ». Elle me dit : « Je vais essayer de voir ce que je peux faire, donne-moi quelques jours. »

Inutile de vous dire que je n'ai pas beaucoup dormi les jours suivants : j'étais trop occupée à planifier mon voyage. Finalement, quelques jours plus tard, elle m'annonça : « Mon mari serait prêt à financer le tiers du projet et il est convaincu que tu ne devrais pas avoir de difficultés à trouver d'autres ressources dans le milieu. » J'ai accepté son offre sur-le-champ. Lorsque j'en ai parlé à mon directeur, il m'a dit : « Tu ne trouveras jamais dix mille dollars en si peu de temps. » Heureusement que je ne l'ai pas écouté.

J'ai consulté mes dossiers d'élèves. Le père d'une fillette s'avérait être gérant de banque. Je suis allée lui présenter le projet et, en 24 heures, il a réussi à recueillir cinq mille dollars en commanditaires. J'avais donc les deux tiers du budget. J'ai subito presto téléphoné à mon correspondant, lui disant : « Que dirais-tu si j'arrivais au mois de mai chez vous avec mes élèves ? » Il m'a répondu : « Occupe-toi de l'avion, je m'occupe du reste. » J'ai donc réuni les parents de mes élèves et le projet a été accepté à l'unanimité. Pour aussi peu que 150$, les enfants ont découvert le pays de leurs ancêtres durant dix jours.

– Delphine, cette histoire est magique ! disent plusieurs femmes.

– Il s'agit d'émettre une intention et d'y croire. Lorsque quelque chose doit avoir lieu pour le bien commun, des forces incroyables se mettent en branle et dirigent les bonnes personnes au bon moment pour que l'événement ait lieu. C'est comme une force d'attraction. En prime, j'ai voyagé en première Classe. L'avion était complet et par erreur, deux cartes d'embarquement étaient numérotées au même siège. L'hôtesse m'a invitée à la suivre. J'ai voyagé avec onze hommes d'affaires qui m'ont écoutée raconter mon fabuleux projet en trinquant au champagne. Ce voyage demeure un souvenir inoubliable pour moi, tant par les préparatifs que par l'accueil chaleureux de nos cousins les Français qui nous attendaient là-bas. J'y ai cru et j'ai réussi.

Lorsque vous émettez une intention, assurez-vous de spécifier

« si cela est bon pour moi et pour tous ceux qui sont concernés ». Si on n'obtient pas ce que l'on a demandé, la plupart du temps, c'est que ça n'avait pas sa raison d'être. Si on veut que de grandes choses se produisent, on doit avoir de grandes attentes fondées sur une intention bien précise. Ensuite, on doit arriver à transformer le doute en confiance et la peur en courage. La vie se charge des détails. Rappelez-vous qu'avec du courage, de la patience et de la discipline, vous découvrirez cette belle vertu qu'est la persévérance. Et si vous y ajoutez l'enthousiasme, votre projet aura fière allure.

Après le cours, une participante lui confie :

– Cet atelier est la meilleure chose qui pouvait m'arriver. Ça me permet de me retrouver, de me redécouvrir, de me comprendre et surtout de mieux comprendre les autres. J'ai vécu une mauvaise expérience de vie commune où ma personnalité m'a été volée et écrasée par un certain manipulateur, " monsieur parfait " comme on les appelle. Ma vision des choses s'améliore. Je sais que j'ai encore beaucoup de temps à consacrer à mes retrouvailles, mais quand on sait que le meilleur nous attend, ça vaut la peine d'y investir son soi-même. Je te remercie, Delphine, j'ai bien l'intention de continuer à suivre tes cours. J'aimerais tellement que " monsieur parfait " se rende compte qu'en réalité, il n'existe pas.

– La vie va se charger de le lui enseigner en temps opportun. Fais confiance au destin et merci pour tes bons mots !

***

Dix jours exactement après avoir confié son manuscrit à Jacques Salomé, Delphine découvre dans sa boîte aux lettres une enveloppe qui vient de France. Définitivement, monsieur Salomé a dû suivre des cours de lecture rapide. Elle tremble en découvrant l'enveloppe et, constatant avec soulagement qu'il y a bien une préface dans l'envoi, elle se met à rire et à pleurer en même temps. Enfin, un homme de parole, se dit-elle.

Après avoir exécuté la danse de la joie dans son salon, au fur et à mesure qu'elle lit, elle se rend compte que monsieur Salomé a saisi le cœur de son histoire : un amour à sens unique qui n'a pas trouvé son équivalent. Il termine en disant ceci : « Et comme un livre a toujours deux auteurs, celui qui l'écrit, celui qui le lit, il appartiendra aux lecteurs à venir de Voyager au pays de l'Âme, de faire oeuvre de création, de respect et de fidélité en amplifiant ces pages de leur écoute et de leur résonance. »

Que c'est beau ! dit-elle tout haut. Quel bel hommage à son texte ! Elle replie précieusement la lettre en imaginant la tête de d'Artagnan lorsqu'elle lui annoncera la bonne nouvelle. Elle s'empresse aussitôt d'écrire à monsieur Salomé. Ensuite, comme sur un nuage, elle se met à rêver à la sortie de son deuxième livre en continuant à valser.

***

Cette année, Delphine se rend au Salon du livre de Rimouski en voiture. Un arrêt obligatoire s'impose au Cap à l'Orignal où elle se prélasse une bonne demi-heure au bord de la mer, respirant l'air salin. Malheureusement, ce n'est plus l'endroit qu'elle a connu autrefois. La magie a disparu. La grève est jonchée de débris de toutes sortes. Une larme roule sur sa joue tellement l'abandon des lieux la désole. Une action collective ou gouvernementale devrait être prise pour redonner le cachet perdu à une si belle baie, songe-t-elle en reprenant la route.

Arrivée au Salon du livre, elle occupe le kiosque de la libraire. Aussitôt installée, elle se retrouve en compagnie de lecteurs qui s'informent sur la sortie de son deuxième livre mais, comme elle, ils devront attendre l'an prochain. Soudain, elle aperçoit son petit ange blond aux yeux bleus qui lui dit :

– C'était une blague, n'est-ce pas ? Je ne suis pas dans ton livre.

Les enfants n'oublient jamais une promesse.

– Mais oui, tu y es ! répond-elle.

Brandissant son manuscrit, elle lui montre le texte où la fillette est concernée. Le sourire de contentement et de gratitude qu'elle reçoit réjouit son cœur. Elle entend l'ange blond lui dire :

– C'est sûr que ma mère va l'acheter ! Quand sortira-t-il ?

– Probablement au printemps.

– Alors je te promets d'aller à la librairie au printemps. Au revoir, Delphine !

Puis, de loin, elle aperçoit le jeune homme qui, l'an dernier, boycottait la taxe. Tout sourire, il s'avance en disant :

– Ça marche ton affaire ! Je me suis fait une blonde à Montréal et je suis certain que cette fois-ci c'est la bonne, je le sens !

– Eh bien, je suis contente pour toi !

– On a les mêmes valeurs ! C'est pour ça que ça va bien entre nous. Oui, oui, tu l'as l'affaire, tout est une question de valeurs. Quand est-ce qu'il sort ton deuxième ?

– Au printemps.

– À l'an prochain alors !

Une douzaine de lecteurs viennent la voir, posant la même question. Delphine apprécie cette fidélité, ces liens qui se tissent avec les lecteurs. Oui, un livre a toujours deux auteurs... Soudain, une dame d'un certain âge entre dans le kiosque d'un pas décidé et lui dit à l'oreille :

– J'ai lu votre livre ! Enfin, quelqu'un qui écrit sur la vraie vie et qui n'a pas peur de dire les vraies affaires. Vous savez, les histoires ordonnées, convenables et bien élevées, c'est passé de mode. J'espère qu'il y aura une suite ? C'est un dur à cuire, ce Denis. Enfin, on ne peut pas le juger... J'ai lu tous les livres de votre kiosque, vous savez.

Delphine sourit d'admiration devant l'évolution de cette personne.

– Je vous félicite, madame. Puis-je vous demander votre âge ?

– J'ai 78 ans bien sonnés !

– Félicitations, vous ne les paraissez pas. Peut-on savoir quel est votre secret ?

– C'est que je me tiens au courant. Je ne me laisse plus duper par toutes les idioties qu'on m'a enfoncées dans la tête. Des valeurs, ça se change ! J'ai compris que je dois évoluer avec mon temps et m'ouvrir l'esprit si je ne veux pas que la tombe m'emporte tout de suite. Si on n'ôte pas les pissenlits qu'on a dans notre tête, on risque de les manger trop tôt par la racine, ces pissenlits.

– D'autant plus que les pissenlits qui sèchent répandent une semence qui se propage à l'infini.

– Et puis, je n'ai pas fini de tout comprendre... Il me reste encore beaucoup à découvrir. Comme la vie est passionnante !

– Je vous admire pour vos propos, madame, dit Delphine en souriant.

– Voyez-vous, je refuse d'être classée parmi les p'tits vieux détestables. Il y a d'autres choses à communiquer au monde que les maladies qui nous tombent dessus, vous ne trouvez pas ?

– Bien sûr ! J'adore votre façon de voir les choses. Je pense exactement comme vous.

– Alors, je reviendrai vous voir l'an prochain. Je suis curieuse de connaître la suite de l'histoire...

– J'y serai, comptez sur moi !

À la fermeture du Salon, Delphine retrouve d'Artagnan qui la ramène à Saint-Marcellin, au gîte 100-T. En route, elle lui dit :

– Je suis toujours à la recherche d'un nouvel éditeur et j'aimerais vraiment faire partie de ton équipe.

– J'en ai déjà discuté avec mes collègues. Nous sommes intéressés mais on ne peut prendre de décision avant les Fêtes.

– Décidément, j'ai à apprendre la patience dans cette vie-ci...

Puis, elle ajoute :

– J'ai reçu la préface de Jacques Salomé.

– Déjà ! Il t'a déjà écrit ? dit-il estomaqué.

– Eh oui ! Le moins qu'on puisse dire, c'est que ses décisions sont rapides. J'apprécie quelqu'un qui agit rapidement, qui comprend les attentes des autres. C'est une belle qualité. Je lui suis très reconnaissante.

– Je te félicite ! J'aimerais bien lire cette préface.

– Rassure-toi, elle a une place d'honneur au début du manuscrit.

– Vas-tu continuer à écrire ?

– Le troisième est déjà en route...

– Tu ne perds pas de temps.

– Quand j'ai pris la décision de quitter l'école, j'ai réalisé que l'avenir s'ouvrait devant moi. Je me suis jetée dans le vide dans le but de mettre mes connaissances au service des autres. Le bonheur est dans le service, sans attentes. Je sais que je ne tomberai pas.

– Où en es-tu avec Denis ?

– Je lui ai fermé ma porte.

– Ah oui ? Que va-t-il se passer maintenant ?

– Je n'en ai pas la moindre idée, mais rassure-toi, je sens que quelque chose d'imprévisible va secouer le destin. Je fais confiance à la pertinence des événements.

– Tu n'as sûrement pas une vie monotone, toi !

– J'ai en effet une vie riche d'expériences. J'ai réalisé que la compréhension de la vie n'est pas l'affaire de docteurs ou de scientifiques : elle revient plutôt à ceux et celles qui ont une vie intérieure intense. Il ne s'agit pas de croire mais de " savoir ". En ce qui me concerne, la vraie connaissance a remplacé une foi aveugle.

En arrivant à Saint-Marcellin, ils sont éblouis par la présence d'aurores boréales. C'est la première fois que Delphine est témoin de ce phénomène.

– Comme c'est beau tous ces mouvements dans le ciel. On dirait une danse.

– Fais un vœu, Delphine, ce n'est pas toutes les nuits qu'on peut voir ça.

Debout, aux côtés de d'Artagnan, elle fait le vœu d'être dirigée vers le meilleur éditeur pour ce qu'elle a à accomplir. Après quelques minutes de méditation, elle a l'impression d'entendre une voix du ciel qui lui dit : « Ce que tu construis est aussi gros qu'une cathédrale. » Vingt minutes plus tard, après avoir avalé son petit verre de vin chaud préparé par le propriétaire, elle s'endort dans la chambre rose.

***

De retour au Salon, Delphine est interviewée par une étudiante sur sa vie d'auteure. Elle est ravie d'aider cette jeune fille dans l'élaboration de son projet. Ensuite, une lectrice lui confie que son livre a changé sa vie. Un tel témoignage l'encourage à continuer l'écriture. Soudain, elle voit arriver une dame d'un certain âge qui lui demande :

– Est-ce qu'il y a une femme de 78 ans qui est venue vous voir, hier ?

– Intriguée, Delphine répond :

– Oui... Vous la connaissez ?

– C'est une de mes amies. Elle, elle l'a aimé votre livre !

– Elle ? Et vous, l'avez-vous lu ?

– Euh... oui !

– Et puis ? L'avez-vous aimé ?

– Je trouve que Delphine a le beau rôle et que Germaine fait ben pitié...

Delphine, émue, devine les émotions de cette femme. Elle l'invite gentiment à s'asseoir et lui dit :

– Je vais vous expliquer quelque chose. Savez-vous ce que ça peut faire aux enfants lorsqu'il n'y a plus d'amour entre les parents mais que ceux-ci persistent à vouloir rester ensemble ?

– Non... pas vraiment.

– N'ayant pas l'image du bonheur sous leurs yeux, ils auront une carence affective. Ils risquent d'apprendre le malheur, ils apprennent à jouer un rôle, à se cacher derrière le masque de la peur, de la peine ou de la colère. En vivant dans l'illusion, ils risquent de se couper de leurs émotions, ce qui empêche l'ouverture du cœur.

– Je ne voyais pas les choses sous cet angle...

– Une famille désunie sous le même toit, dans certaines circonstances, est pire qu'une famille éclatée. Les enfants apprennent par l'exemple. Lorsqu'il n'y a plus d'amour dans une famille, que reste-t-il à apprendre puisqu'on est sur terre pour aimer et être aimé ?

La dame, la bouche ouverte, les yeux bien ronds, fixe Delphine et dit :

– Je crois que j'ai lu votre livre à l'envers... Je vous promets de le relire à l'endroit.

Delphine rit de tant de spontanéité. Elle regarde partir la dame et, songeuse, ses yeux se remplissent d'admiration pour les personnes d'un certain âge à l'esprit ouvert.

Profitant d'une accalmie, la libraire lui dit :

– J'ai lu ton livre. Je ne sais pas où tu en es avec Denis mais j'ai lu sur les âmes sœurs et je crois que Denis, dans ta vie, représente une âme sœur qu'on pourrait qualifier de conflictuelle.

– C'est plein de bon sens. Je dois admettre que c'était une relation conflictuelle, en effet, même si je demeure persuadée qu'il a une très belle âme.

– Avec ce type d'âme, une attirance très forte unit les deux partenaires mais les résultats sont presque toujours désastreux.

– Tu décris vraiment ce que j'ai vécu. Je pense que de véritables âmes sœurs viennent de la même source énergétique et sont parfaitement compatibles. Elles sont supposées se rencontrer à la fin du cycle karmique.

Puis, soupirant, elle ajoute :

– Je dois payer toutes mes dettes karmiques avant de rencontrer ce joyau... J'aspire à un amour fondé sur l'harmonie, le respect et l'intégrité. Le bonheur et la joie de vivre sont déjà en moi. Je rêve de rencontrer quelqu'un qui accepterait de cultiver ça à temps plein car je ne te cache pas que j'ai le pouce vert. Mon jardinier finira bien par me trouver...

– Il arrive fréquemment que des âmes sœurs se rencontrent mais qu'une des deux ne soit pas encore prête. Si c'est ton cas, tu devras être patiente.

– Pour ça, j'ai de l'expérience dans le domaine !

– J'admire ta foi et ta persévérance.

– C'est ça mon secret mais... ne le dis à personne.

Delphine termine la soirée avec Micheline, la Rimouskoise de l'an dernier qui lui avait écrit une si jolie lettre.

– Ton livre a vraiment été mon coup de cœur de l'année et j'ai bien hâte de connaître la suite.

– Tu risques peut-être d'être déçue... Je crois que cette histoire se terminera sans Denis.

– Ah oui ?

– Denis, c'est un bon gars qui ne veut faire de peine à personne, mais l'élan de l'âme est absent de sa vie présentement.

– Considères-tu ça comme un échec ?

– Jamais de la vie ! Aucune relation, même celles qui se terminent dramatiquement ne devraient être considérées comme un échec. Pour moi, le mot “ échec ” devrait être remplacé par le mot “ leçon ”. Il n'y a jamais eu de succès sans erreurs et sans chutes. Les multiples tremplins que nous croisons au cours d'une vie ne sont que des expériences nous empêchant de trébucher dans le futur, et chaque expérience vécue a pour but de nous rendre un peu plus sensible, car **c'est la sensibilité qui nous fait évoluer.**

– Te sens-tu humiliée dans cette histoire ?

– Peut-on se sentir humilié d'avoir aimé à ce point ? Je n'ai absolument rien à me reprocher et je ne regrette rien. Si on devait se sentir humilié chaque fois que l'on aime sans être aimé en retour, la planète serait remplie de gens humiliés. Chaque fois que j'ai aimé, je me suis plutôt sentie grandie. L'amour ne diminue jamais, bien au contraire.

– Lui en veux-tu ? Il y a sûrement plusieurs personnes qui vont le juger...

– Eh bien ces personnes sont mieux de ne pas le faire devant moi ! Si tu assistais à mon cours sur la liberté, tu apprendrais à suivre les désirs de ton cœur en étant sourde aux opinions des autres. J'ai appris à me bâtir de solides fondations avec les pierres que certaines personnes me lançaient. Je ne lui en veux pas du tout. Denis a été un tremplin dans ma vie, un magnifique tremplin pour mon évolution et je ne regrette rien. **L'amour qu'on donne ne se perd jamais.** Te rends-tu compte que je suis devenue auteure grâce à cette histoire ? En plus, j'ai mis sur pied un système de valeurs : j'enseigne aux gens à retrouver leur propre pouvoir en se libérant des dépendances qui affectent leur vie. J'enseigne comment devenir le co-créateur de sa destinée afin d'accéder au véritable bonheur. Comment veux-tu que je lui en veuille ? Ce serait de la mesquinerie ! Si les gens pouvaient donc comprendre les leçons que la vie leur apporte plutôt que de ressentir la colère et la rancune des années durant, ils éviteraient bien des maladies.

– Mais ton histoire ne peut se terminer ainsi ? Je ne te vois vraiment pas continuer ta vie en solitaire...

– Et la loi du retour, qu'en fais-tu ? Énergétiquement, je sais qu'il y a un homme sur cette terre qui a les mêmes valeurs que moi et qui m'espère. Celui que je cherche me cherche. On finira bien par se trouver. Je ne suis vraiment pas inquiète à ce sujet. Je suis très patiente...

– Ça, je le sais. Je ne sais pas comment tu as fait pour attendre toutes ces années.

– Cette attente m'a permis de développer ma créativité. J'en ai écrit des pages...

– Ce que je retiens de ton histoire, c'est qu'on ne doit pas confondre l'amour avec l'étiquette du devoir.

– Combien se sont sacrifiés au nom de l'amour simplement par peur de ne pas être aimés ? Même si on n'a pas le droit de les juger, en général, ce sont bien inconsciemment des victimes ayant des faiblesses déguisées.

– Je vois dans tes yeux que tu gardes vraiment l'espoir de rencontrer l'âme sœur.

– L'espérance est l'antidote qui rend capable de supporter les difficultés. Ce n'est pas le moment pour moi de baisser les bras ou de sombrer dans la déprime. J'ai donc décidé d'imiter la bouilloire.

– Imiter une bouilloire ?

– Oui ! Même dans l'eau bouillante jusqu'au cou, elle continue de chanter !

– Quel humour ! Alors, moi aussi je continuerai de chanter ; je sens que je dois conserver l'espoir de trouver cette perle rare qui acceptera de partager ma vie.

– Émets une intention sincère, donnes-y de l'énergie en visualisant le compagnon idéal pour toi et il se présentera, crois-moi...

– Je te remercie, Delphine, de m'avoir accordé du temps. Je me sens toute réénergisée. Je te souhaite un bon retour chez toi.

– Et moi, je te remercie pour ta fidélité. J'apprécie énormément.

***

CHAPITRE 9
Rêve et Carrière

Chaque expérience nous laisse avec des perles de sagesse sur l'âme et une plus grande capacité d'aimer dans le cœur.

Nicole Gratton

Delphine participe à un séminaire sur la méthode de Jacques Salomé, animé par la directrice du Centre de formation et communication relationnelle du Québec. Ce séminaire est basé sur la communication, la visualisation externe et la symbolisation. Elle y apprend de quelle façon les blessures engendrent des peurs : peur de perdre, peur de ne pas être à la hauteur, peur de ne pas réussir et surtout peur de vivre. L'acte symbolique permet de retrouver cette énergie perdue, de libérer cette créativité inhibée enfouie au plus profond de soi.

Lors d'un atelier, une femme la choisit pour jouer le rôle de sa mère. Delphine est surprise et émue de réaliser à quel point leurs histoires se ressemblent. C'est la vallée de larmes. Chose certaine, si Delphine avait eu cette femme pour fille, elle l'aurait aimée. Les jeux de rôle aident à comprendre bien des choses, et communiquer clairement incite à vivre des relations vivantes, créatrices et dynamiques. Elle a bien apprécié l'expérience enrichissante des divers enseignements qui rejoignent ses valeurs.

***

Les bons conseils de Christine ont toujours aidé Delphine à prendre une décision.

– J'ai besoin de ton avis. J'ai été approchée par une grosse maison d'édition intéressée à mon manuscrit. Je ne sais plus quoi faire...

– Delphine, réfléchis. Tu es plutôt du genre “ famille ”. Préfères-tu être la dernière auteure d'une grosse maison d'édition ou la première d'une petite mais qui a toutes les chances de devenir internationale ?

– J'aime tellement d'Artagnan. Je rêve de travailler avec son équipe.

– Voici ce que tu peux faire : allume deux chandelles neuves et identiques. Donne-leur chacune le nom d'une maison d'édition. Celle qui restera allumée le plus longtemps sera la maison d'édition idéale pour toi.

– Tu me fais jouer à la roulette russe ?

– C'est la lumière... Tu veux une réponse, oui ou non ?

– Je te remercie, Christine, je vais de ce pas allumer mes chandelles.

Une fois les bougies allumées, Delphine les identifie et s'installe à nouveau devant son ordinateur. Environ deux heures plus tard, elle retourne au salon. Ce qu'elle voit dépasse son imagination : la bougie du nom de d'Artagnan est bien droite, sans aucune bavure avec encore au moins trois centimètres de cire. L'autre s'est éteinte dans le fond du bougeoir et a laissé des éclaboussures sur le meuble et sur le mur. Sa décision est prise : d'Artagnan sera son éditeur !

La veille de Noël, elle reçoit un appel de son futur éditeur.

– Je te souhaite paix, amour, succès et espoir de la part de toute l'équipe. Nous te convoquerons d'ici quelques jours. Je t'avoue que les chances sont bonnes pour que nous puissions travailler ensemble.

– D'Artagnan, si tu savais comme j'en serais heureuse ! Sois assuré que tu ne le regretteras jamais, foi de chandelles !

– Foi de quoi ?

– De chandelles. Je t'expliquerai ça une autre fois.

– Alors, passe un beau Noël et dors sur tes deux oreilles.

– Toi aussi, et merci pour tout !

Le réveillon se passe en douceur avec ses enfants à partager une bonne bouffe et à jouer à des jeux de société. Dans la nuit, Delphine rêve à Denis qui lui dit ceci : « Ne t'en fais pas, tu n'as rien fait de mal. Nos âmes se retrouveront dans l'ailleurs car elles sont venues ici pour apprendre l'amour et le détachement. Je n'ai été qu'un instrument pour que tu écrives cette histoire. Je t'aime. » Ensuite, elle se retrouve devant une magnifique grenouille. Cette grenouille l'invite au bonheur, au réveil des joies terrestres. Elle lui annonce une renaissance, un amour printanier qui lui fera oublier les souffrances passées.

***

Au début du Nouvel An, Sophia, l'ex-femme de Gilles, invite Delphine à souper. Comme elles semblent mener des vies parallèles, la conversation porte sur le destin.

– Je n'arrive pas à croire que Denis et toi, c'est terminé...

– C'est bel et bien terminé, Sophia. Le passé est un maître. Il s'agit de l'accepter et de remercier.

– Tout ce bordel cache sûrement un Plan bien défini...

– J'en suis convaincue, mais on doit se défaire d'un esprit trop cartésien pour voir la perfection dans tous les événements. Chaque épreuve est une marche vers la liberté.

– Tu n'es pas inquiète pour l'avenir ?

– Ça m'arrive... quelques minutes. Mais l'inquiétude est une matière toxique qui empoisonne l'âme. Tout dépend de notre attitude face aux événements. Le plus grand obstacle à la joie, c'est le ressentiment. Je ne donnerai à personne le pouvoir de me priver de ma joie intérieure.

– Lui en veux-tu ?

– Je lui en ai voulu au début mais j'ai réalisé que blâmer quelqu'un d'autre que soi-même, c'est faire preuve d'immaturité spirituelle. Lorsque tu juges ou condamnes un autre, c'est toi-même que tu juges ou condamnes car l'autre est ton miroir.

– Lui as-tu déjà donné un ultimatum ?

– Je ne crois pas aux ultimatums sauf à ceux que je me donne. Forcer une solution, c'est fermer les yeux sur différentes possibilités. Le ciel et l'enfer sont au-dedans de nous, c'est à nous de décider ce qu'on veut vivre.

– Mais dis-moi, s'il t'apprenait bientôt qu'il est finalement libre, que ferais-tu ?

– Une fois que la porte est fermée, en principe, je ne la rouvre pas. Si tu veux une manifestation, une fois que tu l'as demandée, tu ne dois pas regarder en arrière. Quoiqu'il n'y ait jamais rien d'absolu...

– Je vois... Se peut-il que l'on attire à soi les événements qui nous amènent à mieux se connaître ?

– J'en suis convaincue. J'ai appris à me connaître pas mal depuis un certain temps. Je me demande quels seront mes prochains défis...

En plus d'aimer bavarder avec Sophia, Delphine découvre qu'elle est une excellente cuisinière. Le reste de la soirée se passe paisiblement à parler de l'importance de l'amitié dans toutes les relations. En rentrant chez elle, le téléphone sonne.

– Bonjour Delphine, c'est ton futur éditeur. Peux-tu venir rencontrer l'équipe demain soir ? Nous avons de bonnes nouvelles à t'annoncer.

– Yaou ! Compte sur moi, j'y serai !

Se retrouvant devant l'équipe de d'Artagnan, Delphine est tout ouïe.

– Quelles sont tes attentes concernant une maison d'édition ?

– Premièrement, pour moi, il est primordial que mon éditeur ait foi en mes écrits.

– Je ne vois pas de problème. Depuis que nous te connaissons, nous savons que tu es intègre et authentique en plus de véhiculer les mêmes valeurs que nous prônons ici.

– Ensuite, comme il est possible que j'aie de petits moments de découragement, je compte sur l'équipe pour me supporter et m'encourager. J'ai besoin de travailler avec une équipe dynamique, honnête et fiable.

– Jusque-là, tout va bien.

– J'ai aussi besoin que vous croyiez en mes rêves. Je veux que mes livres soient traduits en plusieurs langues et distribués dans le monde.

– Ça demeure dans le domaine du possible. C'est tout ?

– Avant toute chose, je désire faire partie d'une équipe où le respect est omniprésent, où la communication est claire, où les membres sont transparents, sans aucun esprit de compétition. Je m'attends aussi à ce que les versements sur mes droits d'auteur soient respectés régulièrement.

– Dans un domaine comme l'édition, le respect et la coopération sont essentiels et avantageux pour tout le monde. Bon, je pense que nous allons pouvoir faire des affaires. Que dirais-tu de publier ton livre, fin mars ?

– Les larmes aux yeux, elle balbutie :

– Si tu savais comme je suis heureuse de travailler avec ton équipe, d'Artagnan. Merci, merci beaucoup. Je saurai me montrer à la hauteur de votre confiance et vous pouvez compter sur ma présence dans la majorité des Salons du livre.

– Nous sommes ravis de te compter parmi nous. Nous te contacterons bientôt pour la version finale du manuscrit.

Une fois sortie, Delphine saute de joie en remerciant les étoiles. Cette maison d'édition sera sûrement pour elle une bonne étoile, elle le sent...

***

Delphine a développé une belle amitié avec Geneviève, la jeune femme qui a suivi ses cours.

– Tu sais, Delphine, grâce à tes cours, j'ai été amenée à remettre en question mes valeurs et par le fait même, ma vie actuelle. De plus, j'ai consulté Donald, et après avoir reçu plusieurs traitements d'énergie, il m'a affirmé reconnaître en moi les qualités d'une thérapeute. Il m'a guidée sur le chemin de mon expression et de ma guérison et vers une plus grande ouverture à la spiritualité. Il a été un catalyseur pour m'aider à prendre conscience de mes blessures par rapport aux hommes.

– Mais c'est merveilleux ! Quand on a confiance en soi, tout est possible.

– J'ai donc décidé d'explorer de plus près mes talents car je ressens que ma mission sur terre n'est plus de passer mes journées devant un ordinateur à faire des factures, ceci dit sans jugement pour les gens qui sont dans cette situation et qui s'y sentent bien.

– Que comptes-tu faire ?

– Je viens de compléter ma première initiation au Reiki et je suis à compléter le niveau II. Je me suis également inscrite à des cours de numérologie et de radiesthésie. Je trouve important aussi de me responsabiliser face à ma santé. J'ai décidé de regarder à l'intérieur de moi afin de trouver les causes profondes de mon mal-être. J'en suis venue à la conclusion que pour comprendre tous nos patterns, nous devons en rechercher les racines durant l'enfance et même souvent encore plus loin, soit au cours de la vie intra-utérine ou durant les vies antérieures.

– Je suis d'accord avec toi.

– Lorsqu'on se retrouve en couple, un pattern s'établit et se répète d'une relation à l'autre. Selon ma théorie, je pense que tout est mis en place durant l'enfance. Soit un pattern familial issu de notre relation avec notre mère ou notre père, soit une relation dans le milieu scolaire ou tout autre milieu que l'enfant fréquente.

– Tu n'as pas à me convaincre de cela. Les mêmes patterns se répètent de génération en génération jusqu'au moment où on conscientise que l'on peut arrêter le processus.

– Je compte aller suivre une formation complète sur le rappel des mémoires, tant au niveau de la vie présente qu'au niveau des vies antérieures afin de guérir ces mémoires, ce qui j'en suis sûre amènera un changement concret dans mon quotidien.

– Je t'imagine très bien dans cette discipline. Fais confiance à tes intuitions et ne doute jamais de tes capacités, c'est ce qui te conduira au succès.

– Je travaille constamment là-dessus. Tu sais, j'ai vraiment dépassé mes peurs face au père de mon fils. Je m'affirme de plus en plus et j'exprime mes émotions et mon ressenti au lieu de tout emmagasiner et d'exploser quand la balloune est pleine. Je suis reconnaissante à la vie de t'avoir placée sur ma route, tu as été un vent de changement positif et ton amitié m'est précieuse.

– Moi aussi, Geneviève, je t'apprécie beaucoup. Sais-tu que tu pourrais être ma fille ? Un modèle de fille que toute mère voudrait avoir.

– Alors, tu m'inclus dans ta grande famille ? demande-t-elle le sourire aux lèvres.

– J'adore lorsque celle-ci s'agrandit. Je pense souvent à mes filles spirituelles : Mélissa, Stéphanie, Caroline, Line et Natalie. Ce sont des jeunes femmes comme elles qui prendront la relève en milieu scolaire et feront en sorte que la société devienne meilleure. Les thérapeutes des différentes médecines auront aussi un grand rôle à jouer en ce début de millénaire. La médecine énergétique deviendra de plus en plus populaire et je te vois vraiment œuvrer en ce sens. Rappelle-toi que **tous les moyens sont bons pour sauver une vie.**

– Accepterais-tu de servir de cobaye durant mon nouvel apprentissage ?

– Avec plaisir ! Je voudrais bien découvrir la source des patterns de ma vie amoureuse.

– Quand tu seras prête, fais-moi signe. Il me fera plaisir de t'être utile, conclut Geneviève.

***

Un groupe exclusivement constitué d'hommes assiste au cours de Delphine sur la Liberté. Elle constate avec ravissement que la gent masculine se décide enfin à délaisser sa logique pour explorer autre chose.

– La vraie liberté, c'est de ne plus avoir de dépendances pour enfin aimer inconditionnellement. Il est préférable de faire des choix. Afin de trouver son véritable pouvoir, on ne doit pas dépendre de qui que ce soit pour être heureux.

Une vie de couple réussie ne peut exister qu'entre deux personnes fortes et autonomes. Plusieurs couples sacrifient leur liberté au profit de la sécurité, ce qui ne fait que retarder l'évolution personnelle des deux conjoints.

Les engagements doivent être pris en rapport avec le cœur. Il y a une différence entre dépendre de quelque chose pour son bonheur et aimer quelque chose. Je vous donne un exemple : on peut aimer ses enfants ou son conjoint mais on ne doit pas dépendre d'eux comme des esclaves. Combien de parents sont les esclaves de leurs enfants, sacrifiant tout leur temps, leur argent ou leurs vacances au profit de leurs petits chéris ?

Ce sont les enfants qui doivent dépendre des parents et non l'inverse, sinon, les enfants deviennent manipulateurs et développent ainsi plein de caprices. Combien de femmes et d'hommes se laissent complètement infantiliser par leur conjoint ? La vraie liberté se trouve dans l'équilibre.

Ce soir, je ne parlerai pas des dépendances telles la dépendance financière, sexuelle, affective, ou la dépendance aux drogues. Celles-là, vous les connaissez. Je parlerai plutôt de dépendances beaucoup plus subtiles.

Combien dépendent de l'opinion des autres ? Ne serait-il pas plus sage d'écouter son cœur et son intuition plutôt que de toujours tenir compte des idées des autres ? Si quelqu'un que l'on aime n'est pas d'accord avec ce qu'on veut faire, on peut le constater mais on n'est pas obligé de ressentir une émotion et de changer d'idée.

Combien dépendent de la reconnaissance des autres ? Ces personnes ont besoin d'être constamment rassurées. Ça ne veut pas dire de dédaigner les compliments, non, ce serait de la fausse modestie car les compliments font toujours plaisir, mais on ne doit pas en dépendre. Et moins on en dépend, plus on en reçoit, car l'humilité est un grand maître.

Combien dépendent de la présence des autres ? Plusieurs personnes sont incapables de rester seules toute une journée. Elles ne s'intéressent à rien ou sautent sur le téléphone pour qu'on s'occupe d'elles à distance. Ces personnes ne sont pas bien avec elles-mêmes. S'accorder quelques instants de solitude dans une journée est essentiel pour faire le point, pour se recentrer sur ses buts.

Combien ont une dépendance à la séduction ? Ces personnes font tout pour se sentir aimées. C'est pourquoi elles attirent des gens qui ont des problèmes. Elles ont une âme de sauveur. Elles pensent : « Qu'est-ce que vous feriez sans moi, une chance que je suis là ! » On doit d'abord combler ses besoins avant de combler ceux des autres.

Combien dépendent de la domination de quelqu'un d'autre ? Ces personnes soumises attirent des dominateurs car elles sont incapables de prendre des décisions toutes seules, ce qui les enlise dans de mauvaises habitudes, telle la paresse physique ou mentale.

Combien dépendent du bonheur des autres ? Personne n'a le pouvoir de rendre un être humain heureux car le bonheur vient de l'intérieur de soi. Ce qui vient des autres s'ajoute à ce qui est déjà en nous. J'appelle cela une prime.

On ne doit surtout pas se culpabiliser d'avoir des attitudes de dépendances mais plutôt lâcher prise, libérer le passé et regarder devant soi. Le détachement est la clé pour demeurer libre.

– Ça demande toute une discipline ! dit un participant.

– Sans discipline, la liberté est impossible. Si on arrive à se concentrer sur une chose à la fois, tout est possible, on arrivera à se maîtriser. L'important est de ne pas s'éparpiller. Beaucoup trop de gens courent comme des poules affolées après je ne sais quoi. Combien perdent leur vie en essayant de la gagner et en oubliant de la vivre ?

– Ne nous a-t-on pas appris à être au service des autres ? demande un autre homme.

– Le vrai service est gratuit, sans dépendances et non pour faire plaisir. Le vrai service est envers soi-même. Avant d'aider les autres, il serait préférable de s'aider soi-même en éliminant ses lacunes. La vraie liberté, c'est être capable de choisir. La plupart des gens en veulent à la vie parce que les choix sont douloureux.

– En fait, si on aime, on accède à la liberté, dit un troisième.

– Oui, l'amour conduit à la liberté. Mais rappelez-vous ceci : « Aime ton prochain comme toi-même ». Nous avons tendance à oublier les deux derniers mots.

Le reste du cours se résume à échanger sur le mot " liberté " qui peut être interprété selon la perception de chacun. Delphine adore enseigner à son groupe d'hommes. On se plaint souvent du comportement masculin. Mais à bien y penser, qui élève les garçons ? Ce sont les femmes, la plupart du temps... Si les mères arrivaient à transmettre vraiment leur côté féminin par la douceur et la tendresse, les hommes seraient capables d'amour véritable, et si les pères étaient un peu plus solides, patients et courageux, ces mêmes hommes auraient confiance en eux. La recette est valable aussi pour les filles. Ce serait la naissance d'une société sans aucun masque, franche et authentique.

***

Delphine accepte de faire de la suppléance durant quelques jours dans une école de la ville voisine. C'est sa première expérience avec des jeunes du secondaire. Afin d'établir un bon contact, elle prend cinq minutes pour parler un peu d'elle-même, de ses goûts, de ses intérêts et de sa passion pour la vie en général. Cette introduction met les élèves en confiance. Ensuite, elle expose le programme de géographie. Comme les jeunes s'opposent à remplir plusieurs feuilles de travail, elle promet de consacrer les dix dernières minutes du cours à l'expression de leurs frustrations. La période de travail terminée, elle donne la parole à un élève impatient de témoigner.

– Je trouve que le programme est dépassé, dit-il. On nous enfonce dans la tête certaines connaissances qui ne nous serviront pas dans la vie. J'aimerais bien que tu nous expliques à quoi ça sert de recopier les phrases du livre.

– Je suis d'accord avec toi sur certains points.

Une étudiante enchaîne aussitôt :

– Moi, je ne suis pas certaine que les mathématiques ou l'histoire me rendront plus heureuse ou équilibrée. Je connais des gens instruits qui donnent l'impression que tout va bien, mais je constate que ces gens-là sont faibles et superficiels, en tout cas, je remarque qu'il n'y a aucune trace de joie sur leurs visages. Si tu savais ce que je vis dans ma propre famille, tu verrais qu'il y a de quoi virer folle !

– Je sens une grande révolte en toi... murmure Delphine.

– Y a de quoi ! Mes abrutis de parents s'engueulent tout le temps !

Delphine constate que le problème n'est pas uniquement relié à l'école et qu'elle à affaire à un comportement plaintif. Sur un ton plein d'humour, habillé de tendresse, elle réplique :

– D'après toi, pourquoi t'es-tu incarnée dans ce genre de famille ?

– ? ? ?

Les élèves attendent silencieusement la réponse et personne n'ose rire. Delphine enchaîne :

– Peut-être est-ce pour y apprendre certaines choses ? Même si certains parents sont maladroits, j'en connais plusieurs qui aiment leurs enfants.

Puis, s'adressant à tout le groupe, elle ajoute :

– Souvent, vous pensez que rien de bien n'a été fait avant vous. C'est facile de rejeter la faute sur les générations antérieures lorsque soi-même on n'a pas encore montré de quoi on est capable.

Être capable de réagir positivement aux défis que la vie vous envoie, c'est ça la véritable responsabilité. Qu'est-ce que vous reprochez le plus à vos parents ?

– Les miens, dit un garçon, il n'y a que leur travail qui compte. C'est comme si je n'existais pas. Je me sens toujours de trop.

– Moi, dit une jeune fille, ce qui m'énerve le plus, ce sont leurs problèmes amoureux. Ma mère pleure tout le temps. Je vois bien qu'elle est malheureuse mais elle semble se complaire dans cette situation. Elle espère toujours que mon père revienne et elle maudit la femme avec qui il est parti. Moi aussi je la déteste et j'en veux à mon père de faire souffrir ma mère.

– Moi, dit un autre garçon, ils sont bien présents mais ils ne savent que critiquer. J'ai l'impression de ne jamais rien faire de bien. J'étouffe dans mon milieu et je suis bourré d'allergies.

Delphine sait que pour plusieurs élèves, la famille est une école de violence où tantôt l'agressivité, tantôt l'indifférence se transmettent d'une génération à l'autre. Ne pourrait-on pas élever et instruire les enfants autrement qu'en les intimidant ou en les blessant ? Les parents sont-ils toujours des modèles de vertu pour leurs jeunes ? Quel exemple transmettent-ils ? Combien ne pensent qu'à l'argent ? Combien s'enrichissent en vendant des livres, des films, des disques qui ne servent qu'à rabaisser l'être humain au rang d'animal ? En plus, certains leur proposent de la drogue. Ils se moquent bien que ces jeunes deviennent des épaves, du moment qu'eux, remplissent leurs poches. Delphine est consciente que les enfants ont sur leurs épaules les faiblesses et les manques de leurs parents et qu'ils transportent cette souffrance sur les bancs d'école. Elle est consciente que l'intellect a été placé sur un piédestal. Elle souhaite que le système d'éducation offre bientôt des cours qui s'intéressent au corps, aux émotions et à l'âme. Il est temps qu'à l'école, on apprenne aux enfants que l'âme fait partie de la vie de tous les jours. On travaille pour que la science progresse, mais travaille-t-on pour que l'humain progresse ? Tout le système enseigne quoi penser et de plus, ça coûte très cher. Peu habitués à penser par eux-mêmes (les parents et les éducateurs le font merveilleusement bien pour eux), les enfants se retrouvent prisonniers de croyances désuètes, inaptes à réfléchir d'une façon objective, complètement déconnectés de la réalité. « Fais ce que je te dis et tout va bien aller. » On produit des robots biologiques à grande échelle mais un robot, ça n'a pas de cœur, donc pas de sentiments et encore moins de compassion. Du mieux qu'elle peut, elle s'entend répondre :

– Je suis consciente qu'il y a des parents imparfaits, des professeurs imparfaits et que le système lui-même est imparfait. Je suis aussi consciente que ce même système fait de plusieurs d'entre vous de merveilleux inconscients sans but. Malgré les modèles imparfaits qui vous entourent, vous avez quand même la responsabilité de votre vie. Toute situation vécue nous apprend à développer nos forces, à aimer davantage, à pardonner et surtout à ne pas reproduire ce que l'on n'a pas aimé se faire faire. Vous êtes libres et responsables de vos réactions. En ce qui concerne l'école, c'est bien beau la contestation, mais avez-vous des suggestions de remplacement à proposer ?

– On pourrait organiser des discussions, des panels ; on pourrait nous mettre en situation vis-à-vis tel problème économique ou social et on pourrait aussi nous demander notre avis.

– Moi, dit un autre élève, j'aime lire des livres qui racontent la vie de personnages qui ont réussi à faire quelque chose de leur vie, mais j'aimerais encore mieux que des représentants de tous les métiers du monde viennent nous parler de leur travail, de leurs expériences, de leur passion, de leurs défis, de leurs réussites. Comme ça, nous serions éclairés sur ce qui nous intéresse le plus dans un choix de carrière. J'aimerais échanger avec un peintre, un chanteur, un électricien, un avocat, un juge, un joueur de hockey, un comptable, un ingénieur, un médecin. Je pense qu'on a besoin de communiquer avec des modèles qui aiment leur travail.

Malheureusement, la cloche sonne et la discussion s'arrête là. Delphine conclut en disant :

– On ne pourra pas régler tous les problèmes de la planète en quelques minutes. Rappelez-vous : peu importe ce que vous faites dans une journée, si vous le faites avec amour, la vie vous récompensera. J'ai bien aimé travailler avec vous tous et si on réclame mes services à nouveau, je reviendrai avec plaisir.

– Wow ! C'est la première fois qu'une suppléante ne nous traite pas de classe difficile. Vas-tu le dire à notre professeur ? supplie une jeune fille.

– Bien sûr, je te le promets.

Delphine pense que la vraie pédagogie serait de nourrir les enfants d'amour, de compassion et de tout ce qui existe de beau et de bon dans le monde. En plus d'enseigner les chemins qui conduisent à découvrir tous les pays du monde, on pourrait peut-être leur montrer la route qui les aiderait à mieux se connaître ? Leur sens de l'orientation les conduirait davantage au bonheur de vivre.

***

Par un matin nuageux, à l'heure des nouvelles, Delphine allume la télé. Elle reçoit un choc qui la fait reculer de deux pas. Denis est à l'écran, juste à côté du maire de la ville qu'on interview au sujet d'un projet communautaire. Quelle coïncidence, tout de même ! L'émotion ne dure que quelques minutes et elle se dit que si c'est un test de détachement que la vie lui envoie, elle l'a passé avec brio.

La voix de Misha Defonseca au bout du fil la réjouit.

– Bonjour, c'est Misha. Comment vas-tu ?

– Merveilleusement bien ! Et toi ?

– Ça pourrait aller mieux... Je viens de terminer la lecture de ton premier livre. Oh là là, quelle patience tu as ! J'ai hâte de connaître la suite de ton histoire.

– Le livre sera sur les tablettes d'ici un mois mais ne t'attends pas à être fixée sur la conclusion. Il y aura un troisième tome.

– Eh ben dis-donc, tu produis, toi ? Au fait, j'aimerais bien que tu m'éclaires sur le rôle des principes féminin et masculin. Je t'avoue être dans la brume... Tu expliques que l'être humain trouve son équilibre lorsqu'il a intégré les attributs des deux principes. Si j'ai bien saisi, ces attributs nous sont transmis par les modèles qui nous ont éduqués.

– C'est exact.

– Mais moi qui n'ai pas eu la chance de connaître mes parents bien longtemps, moi qui par la suite fut élevée par des loups, qui suis-je alors ?

Sur le coup, Delphine reste muette. Puis, elle reprend :

– Il y a sûrement des souvenirs concernant ta vie familiale qui sont imprégnés dans tes cellules. Ensuite, je crois que les loups t'ont appris certaines choses, telles le partage, une forme de tendresse aussi puisqu'ils t'ont acceptée, puisqu'ils te réchauffaient la nuit.

– Tu as raison. Ma survie, je la dois aux animaux. D'ailleurs, c'est à eux que je transmets mon affection, toute mon affection. Ils m'ont appris bien plus qu'une forme de partage ou une forme de tendresse, je crois qu'ils m'ont appris plus que les humains ne le pourront jamais : ils ne sont ni menteurs ni voleurs.

Delphine sent une pointe d'amertume dans sa voix.

– Mais maintenant, tu peux faire le transfert sur les humains et ce que les animaux n'ont pu te transmettre, tu dois le développer toi-même. Tu dois te créer en développant les vertus propres à chaque principe.

– Vois-tu, je n'ai pas d'aptitudes. En général, j'ai de la difficulté à entrer en relation avec les gens. Je n'ai tout simplement pas confiance. Les mauvais souvenirs reviennent constamment. Je ne veux aucun mal aux humains mais je ne les aime pas. Je peux être gentille, polie, généreuse, aidante, mais l'amour n'est pas pour eux ; il l'est pour ceux de ma race, rappelle-toi mon livre.

Delphine la comprend mais elle devine sa raison d'être, sur terre.

– Misha, comment va ta vie présentement ?

– Peux-tu m'expliquer pourquoi, à mon âge, et après la vie d'enfer que j'ai eue, les épreuves s'accumulent ? Il me semble que j'aurais droit à un peu de repos...

– Je pense que ton âme, dans cette vie-ci, s'est incarnée pour expérimenter le pardon.

– Le pardon ? Mais pardonner à qui ? C'est moi qui suis la victime !

– Pardonner à la vie de t'avoir enlevé tes parents, pardonner aux hommes cruels qui ont croisé ton chemin, pardonner à la guerre de t'avoir montré son côté inhumain.

– Je sais pardonner mais il y a des choses qui ne s'oublient pas...

– Alors, je t'annonce que ta prochaine vie sera pire que celle-ci.

– Ben c'est pas très gentil de me prédire une vie pire que celle que j'ai actuellement...

– Lorsque je ne suis pas gentille, c'est toujours pour une

bonne cause. Misha, cette rage qui t'a aidée à vivre peut te détruire, mais je suis persuadée que la vie ne te lâchera pas tant que tu n'auras pas tout accompli. Si tu le décides vraiment, ta vie pourrait être plus harmonieuse. Le ressentiment est du venin qui détruit toute forme d'amour sur son passage. Tu as de grandes leçons de courage à nous donner et si tu veux t'éviter d'autres épreuves, développe la compassion pour la petite fille que tu as été, de l'admiration pour la femme forte en toi qui a refusé de se laisser abattre et pardonne sincèrement à tous ceux et celles qui t'ont blessée. Remercie le règne animal d'avoir pris soin de toi, mais maintenant cherche la perle précieuse qui existe en chaque être humain. On ne peut pas vivre dans le passé, on doit guérir ses blessures. Je pense que ta mission sur terre sera accomplie lorsque tu auras réussi à transférer aux humains l'amour que tu portes aux animaux.

– Alors là, il y a tout un travail à faire... Mon mari et moi tentons de mettre en pratique ce que tu écris mais la route est longue.

– Félicite-toi à chaque pas. Choisis une vertu à la fois et tente de l'intégrer. Par exemple, la patience avec les humains ou les événements, ça se développe. Lorsque tu auras appris à être patiente, à ne plus t'énerver, passe à la tolérance et ainsi de suite. L'amertume doit te quitter, car c'est ce qui attire les événements négatifs. Relis mon neuvième chapitre et fais une liste de ce qui te reste à intégrer. L'équilibre est impossible sans l'intégration de ces deux principes. C'est un sujet important qui fait partie de mes cours sur “ Les Valeurs de Vie ”.

– Tu donnes des cours sur les valeurs ?

– Oui. J'ai trouvé ma vraie vocation.

– Et ça marche ?

– Si tu pouvais voir la lumière dans les yeux des gens durant certains cours, il y aurait de quoi illuminer une ville.

– Les gens sont donc motivés ?

– Je dirais surtout qu'ils sont branchés et avides de comprendre. Mes cours ne sont pas axés sur de la motivation mais plutôt sur la compréhension des différents comportements humains, sur l'urgence de comprendre son propre système de valeurs et sur le rôle de l'énergie dans notre vie.

– Je veux la paix et il n'y a pas de paix possible parmi les humains. Bien sûr, il y a des exceptions et je leur ouvre ma porte.

– Tu veux " avoir " la paix alors que tu dois " être " en paix avec toi-même. Il n'y a pas de paix possible sans pardon véritable ; réfléchis là-dessus. Misha, je t'aime, tu sais. Notre rencontre n'est pas le fruit du hasard. Sers-toi de ta force mentale en la faisant descendre au cœur et remplis-le ce cœur de compassion. Si tu y arrives, ta vie va changer complètement et tu connaîtras la sérénité et l'abondance.

Le silence qui suit plaît à Delphine.

– Je vais essayer d'appliquer ce que tu dis. Je suis heureuse de te connaître, Delphine.

– C'est réciproque. Tu es une belle étoile qui ne demande qu'à briller. Au fait, je pense que ton histoire mériterait de passer à l'écran. Y as-tu songé ? C'est sûrement un de tes défis.

– Oui, j'y ai songé. Mon plus cher désir serait qu'un producteur s'intéresse sérieusement à moi. Ce serait un accomplissement et un mausolée à mes parents.

– Change ta façon de voir les choses, commence par aimer les producteurs, commandes-en un qui croit à l'amour des humains et rappelle-toi que ce qui doit être, sera ! Je t'embrasse et bon courage !

– Merci pour tes bons conseils et ta patience envers moi. Je t'embrasse aussi !

Quelques minutes après l'appel de Misha, c'est au tour de Nicole Gratton de se manifester.

– Quelle surprise ! C'est la journée des auteures aujourd'hui. Je viens juste de parler à Misha Defonseca.

– Cette femme est dotée d'un courage à toute épreuve. Dis-moi, Delphine, es-tu toujours intéressée à participer à mon atelier " Rêve et Carrière ? "

– Bien sûr ! J'ai appris à accepter les cadeaux. Je te trouve très généreuse. J'ai hâte d'en apprendre davantage sur l'utilité des rêves.

– Les rêves existent pour nous aider à découvrir notre mission personnelle.

– Qu'entends-tu par " mission personnelle ? "

– Qu'il s'agisse simplement de donner un sens à la vie, qu'il s'agisse de notre destinée, d'un but, d'une vocation ou d'une contribution à l'Univers, nous sommes sur terre pour accomplir quelque chose.

– Je pense avoir trouvé ma vraie mission.

– Es-tu heureuse et satisfaite de ce que tu accomplis ? Es-tu fière des livres que tu écris, des cours que tu donnes ?

– Si je suis heureuse ? C'est une vraie passion ! Je ne considère pas ma vie d'auteure comme un travail, c'est plutôt un plaisir.

– Alors oui, tu as trouvé ta mission personnelle.

– Je suis à réaliser le principe des " 3 F ".

– Des " 3 F ? "

– Oui. La Foi, le " Fun " et le Foin. J'ai intégré les deux premiers et je sens que le troisième s'en vient. Pour les auteurs, c'est le plus difficile à réaliser, tu ne crois pas ?

– J'aime ton humour. En tout cas, tu es privilégiée car ce n'est pas tous les gens qui ont la Foi et du " Fun ", et ceux qui ont du Foin mais qui n'ont pas de plaisir dans ce qu'ils font sont les gens les plus malheureux de la terre.

– Tu as raison. Je connais des millionnaires qui ne savent même pas que la vraie joie existe. C'est triste...

– Alors donc, je t'attends samedi prochain ?

– Compte sur moi, j'y serai !

Durant cette formation échelonnée sur trois samedis, Delphine apprend à reconnaître les saboteurs et les collaborateurs du bonheur. Elle apprend aussi à identifier ses désirs sur les plans physique, émotionnel, intellectuel et spirituel. Les échanges portent sur les souvenirs de l'enfance, la vision de l'âme et les peurs imprimées dans le subconscient. Viennent ensuite les différentes sortes de rêves qui aident à reconnaître l'éloignement ou le rapprochement de sa mission personnelle. Elle remarque que Nicole enseigne avec la même passion qu'elle car les participants sont réveillés, intéressés et bien branchés. Un vrai rêve...

Un soir, avant de s'endormir, elle décide d'appliquer les enseignements reçus en écrivant un postulat dans son journal de rêves : « Je demande à être éclairée sur le but de ma mission personnelle. » Elle s'endort ensuite, confiante que la nuit portera conseil. Au petit matin, elle se dépêche d'écrire pour ne pas oublier ses rêves.

« Je suis dans une sorte de grande arène. Les murs de cette arène sont des murs d'hôpitaux, très hauts, abandonnés, délabrés, sans fenêtres. C'est la désolation. Ensuite, je suis perdue dans la cale d'un bateau, n'arrivant pas à trouver les ponts supérieurs. Après avoir parcouru un vrai labyrinthe, j'arrive enfin sur les ponts supérieurs. Je suis maintenant dans un lave-auto où on lave les véhicules dans les airs. Autobus, camions et voitures en ressortent brillants de propreté. Je décide de donner mes souliers à quelqu'un d'autre car ils sont désormais trop petits. »

Elle essaie d'analyser ce rêve : L'arène pourrait représenter la terre avec tous les conflits qu'elle supporte, les combats destructeurs. Sa position dans le bateau pourrait représenter la recherche d'un but à atteindre, de la vérité, d'une libération. Finalement, les véhicules pourraient représenter les lecteurs ou les gens qui bénéficieront de son expérience ou de ses cours. Quant aux souliers, ils indiquent peut-être qu'elle doit élargir sa vision concernant sa destinée.

***

À cinq jours d'intervalle, Delphine participe à deux émissions de radio. En plus de parler des " Valeurs de Vie ", elle annonce le lancement prochain de son deuxième livre aux " Ailes de la Mode ". Très satisfaite de l'entrevue, à peine rentrée chez elle, le téléphone sonne.

– Alors que j'étais en voiture, j'écoutais la radio et en changeant de poste, j'ai reconnu ta voix, dit Denis. Je suis maintenant au courant de l'endroit et de la date du lancement de ton deuxième livre. Je suppose que tu ne veux pas me voir là ?

– En effet, je n'apprécierais pas une visite surprise.

– C'est ce que je pensais... Alors bonne chance et à un de ces jours ! Au fait, ton lave-vaisselle est-il réparé ?

– Non, pas encore.

– J'irai la semaine prochaine, je te le promets.

Décidément, l'énergie est très forte entre eux. Il y a peu de temps, Delphine le captait à la télé, et lui, comme par hasard, il l'entend à la radio. La vie envoie des tests même quand il y a eu prise de décision, seulement pour vérifier si l'être humain est constant dans ses choix de vie.

***

Le cœur fébrile, roulant vers la maison d'édition, Delphine a l'impression de mettre au monde un autre enfant. À son arrivée, d'Artagnan et son équipe la font languir un peu. Pour souligner l'événement, ils lui remettent une superbe rose, puis c'est au tour des signets et de la magnifique affiche. Delphine n'en peut plus. Elle a hâte de voir son livre dont l'illustration représente une oeuvre du peintre québécois, Claude Théberge.

– D'Artagnan, vite, mon livre, s'il te plaît...

– Ferme les yeux, lui dit d'Artagnan.

Et Delphine palpe enfin son second volume. Larmes et rires accompagnent la joie de tenir enfin son oeuvre.

– Merci à vous tous. Comme il est beau... Dans ce livre, il y a tout mon amour, mon temps, mes énergies, mes larmes, mes joies, mes économies, mes loisirs et mes vacances.

La gorge nouée, elle le porte sur son cœur en ajoutant :

– Je souhaite que les enseignements, les témoignages et les descriptions rejoignent le cœur des lecteurs. Je suis persuadée que ce livre a une mission à accomplir. Maintenant, il ne m'appartient plus : il appartient à tous ceux et celles qui voudront bien l'accueillir avec une grande ouverture d'esprit, qui iront au-delà des apparences et qui retiendront uniquement ce qui leur convient. Je laisse ce livre vivre sa vie de livre en espérant qu'il sèmera l'amour dans le cœur de ceux et celles qui l'auront entre les mains.

– Nous sommes avec toi, Delphine, dit d'Artagnan. Ce livre ira où il doit aller, au pays de l'âme.

Après une délicieuse réception au champagne, elle rentre chez elle, le cœur léger.

***

Croisant son nouveau voisin dans les escaliers, Delphine apprend qu'il est récemment séparé et qu'il a ses deux enfants en garde partagée. Le lendemain de son installation, il frappe à sa porte.

– Je m'appelle Pierre et j'aurais besoin d'une tasse de sucre, d'un œuf et d'un peu de lait, demande-t-il l'air taquin.

– Ça commence mal... dit Delphine en souriant. Tu fais des gâteaux ?

– Je blaguais... L'ancien propriétaire m'a dit que j'aurais une bonne voisine, alors je suis venu vérifier. Je crois qu'il a dit vrai... Si tu as besoin de quoi que ce soit, n'hésite pas à me le demander !

– Je te remercie et si tu manques de sucre, j'en ai !

– J'en prends note, mais c'est plutôt ma fille qui fait les gâteaux.

– Quel âge a-t-elle ?

– Laurence a dix ans et c'est une excellente cuisinière.

– Eh bien tu es un papa chanceux !

– Je sais. À un de ces jours ! dit-il en rentrant chez lui.

Voisin efficace, pense-t-elle. Et qui plus est, nanti d'un sourire invitant...

***

Alors que Delphine revient d'une course, Denis est là qui l'attend dans le stationnement.

– Je viens réparer ton lave-vaisselle.

– Tu n'étais pas obligé. Je me préparais à me faire une p'tite bouffe. Tu m'accompagnes ?

– Avec plaisir !

Durant le repas, une question semble brûler les lèvres de Denis.

– Delphine, as-tu un autre amoureux dans ta vie ?

– Pas encore, mais je sens qu'il ne tardera pas à se présenter.

– Alors, j'ai encore une chance !

– Je t'ai déjà dit que je ne regarde jamais derrière moi...

– Tu peux faire une exception ?

Découragée, elle lui répond doucement :

– Denis, tu as eu toutes les chances...

Le repas se poursuit plutôt silencieusement. Après avoir inspecté le lave-vaisselle, il lui dit :

– Il me manque des outils, je reviendrai une autre fois.

Deux minutes après son départ, elle l'entend remonter. Elle déduit qu'il a dû oublier quelque chose. En ouvrant la porte, elle le surprend en conversation avec son voisin. D'un sourire victorieux, il lui dit :

– Ton voisin vient de m'engager pour quelques travaux.

Delphine n'en revient pas. Il va travailler à côté de chez elle... Dix minutes plus tard, le voisin est à sa porte.

– J'ai remarqué tout à l'heure que tu n'étais pas spécialement heureuse de voir cet homme. Je l'ai croisé dans les escaliers avec son coffre d'outils mais je ne le connais pas. Et toi, le connais-tu ?

– Si je le connais ?

Delphine va chercher ses deux livres et, les brandissant, elle ajoute :

– Tu me demandes si je connais cet homme ? J'en ai écrit deux livres et le troisième est en route. J'ai étudié son comportement, ses habitudes. Je connais ses qualités et ses défauts par cœur.

– Tu es amoureuse de lui ?

Reprenant son souffle, elle répond :

– Je l'ai été... énormément. C'était un amour impossible.

– Je suis désolé.

– Y pas de quoi. Mais sois sans crainte, c'est un excellent travailleur. Je trouve quand même cocasse que la vie le replace constamment sur ma route. Une vraie procédure de vérification...

– Pourquoi cet amour était-il impossible ?

– Un jour, alors que j'étais découragée et impatiente, Denis m'a dit que Dieu était l'Intelligence organisatrice. Je pense qu'il y a un lien avec ce que j'ai à accomplir dans cette vie-ci. Il y a quelque temps, une amie m'a demandé : « Quand tu vivras avec Denis, que réaliserez-vous ensemble ? » Sur le coup, je me suis surprise à ne pas savoir quoi répondre. Mes buts sont élevés et Denis ne croit pas véritablement en ce que je fais. En quatre ans, il n'a démontré aucun intérêt. Nous n'avons pas les mêmes valeurs et j'ai réalisé qu'il est important pour moi que mon compagnon m'appuie dans ma démarche spirituelle sinon, la communication sera limitée. Pour moi, l'entente sur les plans physique, émotif, intellectuel et spirituel est essentielle. Je suis entière et j'ai besoin d'avoir à mes côtés un homme entier.

– Je comprends. Tes livres m'intéressent, dit Pierre en admirant les illustrations.

– Le deuxième n'est pas encore sur les tablettes, tu as la primeur. Tiens, je t'invite au lancement.

Après avoir noté les coordonnées du lancement, Pierre traverse chez lui, les livres de Delphine sous le bras. Vraiment sympathique, ce nouveau voisin...

***

Delphine téléphone à son amie Louise qu'elle a négligée ces derniers temps.

– Alors, c'est toujours le grand Amour entre vous deux ?

– Delphine, je ne pensais jamais vivre ça un jour ! J'ai le goût de dire : « Attendez le monde qui pense à se suicider, vous n'avez pas tout vu ! Ça va venir ! » On a compris tous les deux qu'une relation importante mérite de l'attention, des soins, de la tendresse et de l'amour.

– C'est merveilleux de t'entendre...

– J'ai découvert que le pouvoir guérisseur des caresses, ce n'est pas seulement pour les bébés. Au début, j'avais de la difficulté à me laisser gâter. Et puis, je me suis habituée assez rapidement.

– La routine ne vous a donc pas atteints ?

– Oh, non ! Le matin, au réveil, il me dit que je suis chaude comme un croissant.

– Je reconnais bien là un trait français...

– Souvent, il me cuisine de délicieuses crêpes.

– Chanceuse, j'en ai l'eau à la bouche...

– Le soir, il ajoute de la lavande à l'eau du bain. Je te le dis, c'est de l'or en barre, cet homme-là !

– Tu es privilégiée. Il y en a d'autres qui sont comme du savon en barre : ils pètent de la broue et ils finissent toujours par nous échapper !

Louise éclate de rire.

– Ce que j'aime de toi, Delphine, c'est que malgré tes épreuves, tu as toujours le sens de l'humour.

– Heureusement, sinon mes souffrances m'auraient enterrée.

– Mais ce que je préfère le plus, continue Louise, c'est lorsqu'il glisse sa main sous ma jaquette et qu'il me gratte le dos.

– Wow ! Je vois que tu es comblée.

– Et en prime, il se souvient toujours de ce que je lui dis.

– Ne me dis pas qu'ils n'ont pas tous perdu la mémoire !

Tu m'encourages. Je pense que quand l'âme se révèle, toutes les barrières tombent. Je voudrais bien trouver un partenaire qui saura vibrer, qui sera intuitif, qui démontrera une ouverture d'esprit et qui affichera une énergie semblable à la mienne.

– Ce partenaire existe. Plus tu élèveras tes vibrations d'amour, plus la synchronicité se mettra à l'oeuvre.

– Je sais que Dieu ne m'abandonnera jamais. Il doit être à passer des entrevues afin de trouver le compagnon idéal pour moi car il sait que mon futur partenaire est essentiel à la réalisation de ma propre vocation.

– Je te souhaite un bonheur semblable au mien le plus tôt possible.

– Je te remercie, il finira bien par se présenter... Je te revois au lancement.

***

La veille du lancement de son deuxième livre, Delphine voit arriver Christine, les bras chargés.

– J'ai pensé que ça te plairait de partager mon repas et un bon vin.

– Quelle bonne idée ! On aura tout le temps de bavarder.

– Accepte aussi ces trois roses blanches, symbole d'une trilogie.

– Christine, elles sont magnifiques ! Je te remercie de tout cœur.

– Vite, montre-moi le nouveau bébé !

– Tu vas voir comme il est beau.

Lorsque Christine tient entre les mains “ Voyage au pays de l'âme ”, elle s'exclame :

– On dirait que ce livre a toujours existé. Il est superbe !

– J'ai hâte à demain !

– Le fait de ne pas connaître la fin de l'histoire ne te rend pas trop nerveuse ?

– Je l'étais un peu il y quelque temps mais maintenant j'éprouve la certitude que tout est en ordre. Je sais que quelque chose se prépare, une sorte de finale orchestrée par le Créateur de l'Univers.

– En tout cas, on n'a plus le droit de souffrir pour des êtres qui ne peuvent répondre à notre amour. En ce qui me concerne, je vais risquer mon cœur pour quelqu'un qui en vaut la peine.

– Ça mérite une gorgée de vin. Tu vois, Christine, je suis persuadée que les blessures du passé vont m'ouvrir les portes du Paradis. Le regard de Denis aura été le pont qui va me mener aux espoirs les plus fous.

– C'est tout un concept que tu viens de pondre là ! C'est presque une poule !

Delphine rit en avalant son blanc de poulet.

– Je pense que la raison de notre passage sur terre est de guérir nos blessures en expérimentant l'amour. Je sais que toutes les épreuves sont là pour nous apprendre à mieux aimer. Chaque fois que l'on guérit une blessure, donc que l'on a compris la leçon en aimant davantage, on sort de l'inconscient collectif du non-amour, ce qui permet d'élever le taux vibratoire de la planète.

– Je suis d'accord avec toi, mais quand j'ouvre la bouche pour parler en ces termes, il y a des gens autour de moi qui pensent que je suis dans une secte quelconque ou que c'est une mode du Nouvel Âge.

– Un grand maître disait que ceux qui ont des préjugés sont des ignorants instruits. J'admets que l'ignorance est le pire de tous les maux. Ce qu'on appelle le Nouvel Âge n'a rien à voir avec les sectes et les déséquilibrés, quoiqu'il y aura toujours ce genre d'individus dans tous les domaines et sur tous les continents. **Le Nouvel Âge, c'est tout simplement une philosophie universelle qui trouve sa source dans l'expérience de l'énergie.** Les enseignements des grands Sages découverts récemment remontent à plus de 2000 ans. Tout le monde aurait intérêt à savoir que les vrais adeptes du Nouvel Âge assument leurs responsabilités, apprennent l'estime de soi, savent se valoriser et sont capables de pardon. Il n'y a rien de bizarre et d'inquiétant là-dedans !

– Et je ne me sens pas du tout déconnectée de la réalité.

– Si les gens se servaient du gros bon sens et allaient chercher des connaissances, ils jugeraient moins vite ; ils pourraient aussi se permettre d'évoluer plus rapidement.

– Le gros bon sens... Je connais des gens qui sont aussi

inertes qu'une pierre, qui mènent une vie aussi végétative qu'une plante et qui ont un instinct purement animal. C'est à se demander où se situe le règne humain là-dedans !

– Malheureusement, ta comparaison est réelle. Pour justifier une conduite inadéquate, j'ai souvent entendu quelqu'un qui disait " c'est humain ", alors qu'en réalité, c'était plutôt animal. Même les animaux ne feraient pas certaines choses que les humains font. Misha Defonseca pourrait t'en parler ! L'homme deviendra vraiment humain lorsqu'il chassera toute violence en lui. La vraie nature de l'homme, c'est sa nature Divine. Présentement, la vie sur terre est une alternance des deux natures, animale et Divine, jusqu'au jour où on expérimente la renaissance, c'est-à-dire où l'individualité gagne le combat contre la personnalité.

– La personnalité ne serait-elle pas cet animal sauvage qu'on doit arriver à dompter ?

– C'est exactement ça ! Savais-tu que chaque fois que tu réussis à vaincre une tentation, tu reçois un surplus de forces, ce qui fait que ta vie change ?

– Oui je le savais. Après l'effort, le cadeau suit ! Je suis de plus en plus convaincue que l'Univers est une corne d'abondance. Il s'agit de choisir ce qu'on veut vivre et avoir la patience de réaliser ses rêves.

– Ça prend beaucoup de patience, en effet. Qui n'a pas eu le cœur brisé ou n'a pas subi l'angoisse d'un divorce, d'un deuil ou d'une nuit blanche dans un lit glacial ? **La pire douleur est celle de vouloir aimer et d'en être empêché.**

– Celui qui voudra m'empêcher d'aimer n'est pas encore né. Durant l'enfance, j'ai été assez aimée pour survivre mais pas assez pour vivre en état de plénitude. Je réalise que c'est le travail de toute une vie mais je sais que je l'atteindrai.

– Ah, l'amour, c'est un sujet inépuisable... C'est une danse qui se perfectionne au fil des jours.

– Alors, en attendant le grand Amour, tu es prête pour demain ?

– Oui, mais je suis un peu déçue que d'Artagnan soit absent. Figure-toi qu'il est actuellement en France à faire les démarches pour que mes livres soient distribués en Europe.

– C'est plutôt une bonne nouvelle, ça !

– Un voyage au pays de l'âme doit se faire dans tous les pays où il y des âmes, n'est-ce pas ?

– La vie va se charger de les faire voyager, tes livres ; ils contiennent un message universel, alors, tu n'as pas à t'inquiéter.

– Je ne m'inquiète pas. J'ai fait ce qu'il fallait, le reste ne m'appartient pas.

– Alors, je te revois demain. Dors bien et fais de beaux rêves !

– Toi aussi, Christine, et merci encore !

***

CHAPITRE 10
Voyage au pays de l'Âme

La guérison de l'âme est la clé qui vous permet d'acquérir la maîtrise de vos vies sur les plans physique, mental, émotif et spirituel.

Bruce Goldberg

Le soir du lancement, les amis et les fidèles lecteurs de Delphine se rassemblent autour d'elle afin de célébrer la venue au monde de son deuxième livre. La salle de réception est bondée. Un cocktail est servi, gracieuseté d'Imax les Ailes. Delphine circule, remerciant tous et chacun de leur présence. Ensuite, les invités se rendent aux " Ailes de la Mode ", près du piano, où auront lieu les discours de circonstance. Une représentante de la maison d'édition prend la parole.

Bonsoir à tous.

Sans plus tarder, offrons nos salutations les plus chaleureuses à l'auteure ! Un deuxième titre pour Delphine, qui plus est, préfacé par Jacques Salomé. Ce n'est pas seulement un motif de joie et de fête, mais encore une promesse quant à la richesse de son contenu. Une promesse tenue, à tous égards. C'est donc à nous, Delphine, de te remercier du fond du cœur !

Puisque j'en suis au chapitre des remerciements, j'adresse toute ma gratitude à nos hôtes qui offrent une fois de plus, cette aire de lancement sous leurs " Ailes " bienveillantes.

Parmi les invités, je tiens aussi à remercier monsieur Claude Théberge, dont le talent et l'oeuvre illustrent la page couverture de " Voyage au pays de l'Âme ".

Maintenant, permettez-moi de dire quelques mots au sujet du livre qui nous réunit ici. " Voyage au pays de l'âme " est le deuxième volet d'une oeuvre amorcée avec " La clé de la Vie ". Forte de son expérience d'enseignante, Delphine demeure un guide, à la différence que sa démarche et son propos ne s'adressent plus seulement aux jeunes. Avec autant d'art que de générosité, elle offre à tous et chacun de l'accompagner dans cet intime pays de nos êtres, là où les valeurs essentielles balisent la piste qu'emprunte l'âme.

Enfin, je souhaite à toutes les personnes présentes ici ce soir de s'instruire du livre de Delphine, d'y apprendre l'allure qui allège notre démarche dans la vie. Aussi, par conséquent, d'éprouver le besoin et le bonheur de partager avec d'autres le message de " Voyage au pays de l'âme ", et ce, avec autant de fraîcheur et de candeur que Delphine.

Bonne soirée ! Bonne lecture !

Ensuite, le papa d'une ancienne élève se fait le porte-parole de madame la Députée.

Chers amis,

C'est avec regret que je ne peux être des vôtres pour participer au lancement du deuxième livre de Delphine, " Voyage au pays de l'Âme ", étant à l'extérieur du pays en mission officielle.

À titre de députée, je tenais à féliciter Delphine pour la publication de son deuxième livre que je lirai avec grand intérêt.

Je vous souhaite un franc succès de librairie et beaucoup de plaisir aux lecteurs et lectrices.

Après les applaudissements, c'est au tour de Delphine de prendre la parole.

Je souhaite la bienvenue à tous ceux et celles qui partagent ma joie.

J'ai plusieurs remerciements à faire ici ce soir. Vous savez, un livre, ça ne s'écrit pas tout seul. Tout d'abord, je veux remercier nos hôtes pour la magnifique réception chez Imax et pour leur hospitalité ici, aux " Ailes de la Mode ".

J'offre toute ma gratitude à l'équipe de la maison d'édition. Cette équipe extraordinaire m'a donné un second souffle dans la poursuite de mon oeuvre. Je sais que mon éditeur, actuellement en Europe pour affaires, est avec nous en pensée. C'est important pour nous, les auteurs, de se sentir supportés, secondés, et surtout de savoir que l'éditeur a foi en ce que l'on produit.

On a souvent dit de moi que j'étais une personne généreuse, et c'est vrai. Mais cette générosité, je la dois à ma mère.

Tout le monde applaudit la mère de Delphine.

Je veux remercier mes enfants. Ils cheminent à leur rythme et je les laisse cheminer à leur rythme tout en les aimant beaucoup.

Un gros merci à mon équipe de révision dont les conseils judicieux me sont très précieux.

Un merci tout particulier à Jacques Salomé pour la préface du livre.

Nous avons la chance d'avoir parmi nous, l'artiste dont l'oeuvre sert de page couverture, monsieur Claude Théberge. Cette oeuvre a été pour moi un véritable coup de cœur.

Les applaudissements sont chaleureux.

Je tiens à remercier tous mes personnages pour leurs témoignages inspirants. C'est un beau cadeau à l'humanité.

Finalement, je remercie mes amis auteurs, Nicole Gratton et Pier-Luke, de leur présence. Plusieurs autres auteurs auraient aimé être présents mais travail oblige, ils sont au salon du livre de Hull.

J'aimerais maintenant vous laisser sur une petite note : écrire un livre, c'est une aventure qui demande beaucoup de persévérance, de discipline et de courage, mais le voyage en vaut la peine. Si vous avez un projet ou un rêve, n'abandonnez jamais, car avec de la volonté et de l'amour, on peut tout réaliser. Rappelez-vous que les seules barrières sont celles que l'on s'impose ou celles que l'on voit dans les yeux des autres. Je vous souhaite une excellente soirée. Échangez entre vous, c'est votre soirée.

Durant la séance de signature, Delphine remarque le ton joyeux des conversations. Vers la fin de la soirée, elle se retrouve seule, les invités ayant disparu un à un. De retour chez elle, constatant que son voisin est rentré, elle frappe à sa porte.

– Crois-le ou non, je suis toute seule.

– Toute seule ? J'étais certain que tu faisais la fête quelque part !

– Tous mes amis ont dû penser la même chose.

– Écoute, je me préparais à souper, veux-tu m'accompagner ?

– Avec plaisir !

– J'allais justement ouvrir une bonne bouteille de vin. Un deuxième livre écrit par ma voisine, ça se fête ! En passant, ce fut une magnifique soirée.

– Pierre, tu vas devenir un voisin célèbre.

– Comment ça ?

– Parce que je te connais à peine et que c'est avec toi que je fête...

– Personne ne t'a invitée ?

– Comme j'ai été occupée à signer toute la soirée, je n'ai pas vraiment eu le temps de bavarder avec tout le monde. Et puis, je n'avais pas de plan précis. Enfin, heureusement que tu es là.

– Un voisin, faut bien que ça serve à quelque chose... J'ai hâte de lire ton histoire. J'ai discuté une partie de la soirée avec une dénommée Paulyne qui se trouve à travailler dans le même domaine que moi.

– Paulyne travaille dans l'immobilier et je l'ai rencontrée au Lac D'Argent. Je suis contente que vous ayez fait connaissance, vous avez certaines choses en commun.

– Quand je lui ai mentionné que j'étais ton voisin, elle nous a invités tous les deux à lui rendre visite à sa maison de Baldwin, cet été.

– Quelle bonne idée ! As-tu accepté ?

– Je lui ai dit que je t'en parlerais. Si tu y vas, j'y vais aussi.

– Alors, à cet été !

– J'espère bien te revoir avant ça, dit Pierre, décontracté.

– Il y a de fortes chances... Je te dois un souper.

Le reste de la soirée se passe à discuter des relations amoureuses. Il est évident, pour Delphine, que Pierre espère bientôt rencontrer l'âme sœur. Combien rêvent de ce jour ?

– Bon, je vais aller me coucher, dit-elle. C'est assez d'émotions pour aujourd'hui.

– Fais de beaux rêves, Delphine, lui dit-il en l'embrassant sur la joue.

– Merci, Pierre, toi aussi !

***

Une semaine après le lancement de son deuxième livre, Delphine donne une conférence sur “ Les Valeurs de Vie ” dans une résidence pour les Aînés. Après avoir survolé la Foi, la Patience, la Tolérance, le Respect, l’Amitié, l’Honnêteté, la Persévérance, l’Amour et la Liberté, elle décide de mettre l’accent sur la Joie, car elle remarque que la déprime se lit sur quelques visages.

Je sais que vous avez une longue expérience de vie, tantôt belle, tantôt pénible. Je sais aussi qu’il est impossible de revivre le passé. Alors que diriez-vous d’orienter votre vie sur la joie du moment présent ?

La Joie, la véritable joie intérieure, c’est l’oxygène de la vie. Vous me direz que ce n’est pas toujours facile d’être joyeux, surtout lorsque de petits bobos s’acharnent sur nous. Mais si vous en preniez soin justement de vos petits bobos, si vous leur parliez un peu en leur demandant de vous aider à guérir, vous seriez surpris du résultat.

La vraie Joie peut nous aider à changer notre attitude face aux événements. Évidemment, il est important d’éliminer certaines choses qui ont marqué notre vie, comme la peur, la peine ou la colère.

Savez-vous comment je me suis débarrassée de la peur ? En ressentant au plus profond de moi-même que j’étais protégée. Je sais que je ne suis jamais seule. Même si je n’ai pas encore vu mon ange gardien, dit Delphine en riant, je sais qu’il m’accompagne partout où je vais.

Et la peine ? J’en ai eu beaucoup dans ma vie, ce qui me rendait souvent malade. J’ai fait de l’anémie longtemps. Maintenant, lorsqu’il m’arrive à l’occasion d’être triste, je me donne la permission de pleurer dix minutes, pas plus. Ça fait du bien, ensuite je passe à autre chose.

Comment se débarrasser de la colère ? Ça demande de la maîtrise, je sais. Soit que j’aille marcher ou faire de la bicyclette ou simplement que j’écrive ou que je parle devant un miroir. Ça fait du bien, je vous assure ! Tout le monde devrait se parler devant un miroir. Rire de soi est une merveilleuse technique pour contrer la colère.

Une recette facile : souriez aussi souvent que vous le pouvez dans une journée. Un sourire peur sauver une vie. Un sourire redonne de l'énergie à celui qui souffre, c'est comme un onguent.

Se plaindre ou critiquer est une perte de temps et d'énergie ; c'est une mauvaise habitude. Pour vivre le moment présent, on doit faire le ménage des débris du passé en se rappelant que l'humour, c'est le sel de la vie.

Delphine remarque des larmes sur les joues d'un homme. Il lui dit :

– Ce que vous dites est tellement vrai... Vous m'avez rappelé de vieux souvenirs que je gardais bien enfouis dans mon cœur. Je sais que je me suis souvent caché derrière des masques. Vous m'avez brassé...

– Je suis désolée, monsieur...

– Non, non, y a pas de quoi. Ça m'a fait du bien de vous entendre et de réaliser certaines choses. Vous avez le tour de parler aux vieux !

– Merci du compliment. Puis-je vous demander votre âge ?

– J'ai 91 ans bien comptés et je vous promets que je lirai vos livres. Si mes yeux se fatiguent, je demanderai à quelqu'un de me faire la lecture. Continuez ce que vous faites, vous êtes dans la bonne direction.

– Je vous remercie de m'encourager mon bon monsieur, dit-elle en lui serrant la main.

Puis, se tournant vers une dame en chaise roulante qui attendait patiemment, elle entend :

– Y a-t-il quelque chose dans vos livres qui m'aiderait à comprendre le comportement de ma fille ? Elle ne vient jamais me voir ; on ne se parle presque plus.

– Ce que j'écris aide beaucoup à comprendre les relations humaines.

– J'espère que ça m'éclairera sur ce que j'ai fait de mal pour mériter ça.

– Je suis certaine que vous avez fait de votre mieux, madame, répond Delphine devant son air attristé.

– Dans mon temps, il n'y avait pas de recette pour être parent.

– Dans le mien non plus, hélas ! Mais vous savez, il n'est jamais trop tard pour clarifier une situation. Tout ce que ça demande, c'est une grande ouverture d'esprit, beaucoup d'amour, un peu d'humilité et savoir se pardonner s'il y a lieu.

– J'ai bien hâte de vous lire. En tout cas, si vous écrivez aussi bien que vous parlez, je suis certaine de vous trouver intéressante.

– C'est gentil ce que vous me dites-là.

Delphine sent que cette grand-maman aurait bien besoin d'être bercée. Elle lui caresse les cheveux et lui donne un baiser sur la joue. La vieille dame la regarde, les larmes aux yeux en disant :

– Je vais monter à ma chambre maintenant, sinon je vais me mettre à pleurer pour de vrai.

– Bon courage, madame, et surtout, prenez bien soin de vous !

Delphine réalise en effet qu'elle a de belles affinités avec les aînés et qu'on peut apprendre beaucoup de leur sagesse ou de leurs expériences de vie. Elle sort de l'endroit le cœur léger, heureuse d'avoir semé d'autres graines de bonheur.

***

Au Salon du livre de Québec, Delphine s'entretient avec un jeune couple d'amoureux.

– Vous avez l'air de vivre une belle complicité. Puis-je savoir ce qui vous a réuni ? demande-t-elle à la jeune fille.

– Tout d'abord, je trouve qu'il est fascinant à regarder tellement ses yeux sont empreints de chaleur humaine.

– C'est tout à fait vrai, confirme Delphine.

– Par la suite, sa grande sensibilité m'a touchée : il prend soin de moi, il est doux, il a le souci de l'autre en plus d'être toujours de bonne humeur. Je ne m'ennuie jamais auprès de lui.

– Et toi ? demande-t-elle au jeune homme. Qu'est-ce qui t'attire chez elle ?

– Moi, c'est son sourire qui m'a tout d'abord captivé, son sens de l'humour. En plus, j'ai découvert avec le temps qu'elle était très intelligente, qu'elle avait un bon caractère et un sens inné des responsabilités. Je pense que notre union est basée sur le respect.

– En plus, renchérit la jeune fille, on a les mêmes goûts : on fait du vélo, des randonnées pédestres, et on a des amis communs.

– Avoir des intérêts communs aide grandement à nourrir une relation. Continuez de vous aimer, c'est beau de vous voir.

Delphine les regarde s'éloigner bras dessus, bras dessous, pensant qu'il y a beaucoup d'espoir pour les jeunes. Arrive ensuite une dame qui lui demande :

– J'aimerais que vous dédicaciez votre livre à la mémoire de mon frère. C'est le seul être que j'aie vraiment aimé et la vie me l'a enlevé.

Delphine est quelque peu embêtée : c'est la première fois qu'on lui fait ce genre de demande. Cependant, elle semble trouver les bons mots car, la dame, émue, se met à pleurer en la remerciant. Un peu plus tard, une autre lectrice s'arrête devant sa table et s'écrie :

– Vous avez obtenu une préface de Jacques Salomé ? Je suis une inconditionnelle de Salomé. Si vous lui parlez, vous lui direz que je prie pour lui tous les jours. Je prie pour qu'il n'ait pas de soucis car ses écrits m'ont tellement aidée. Je lui envoie des pensées positives en le remerciant de tant donner. Cet homme a contribué à me faire évoluer, vous ne pouvez savoir à quel point !

– Ça s'entend, madame, et vous m'en voyez ravie ! Je lui ferai le message, je vous le promets.

Quelle conviction, se dit Delphine. Si tout le monde avait la moitié de l'enthousiasme et de la reconnaissance de cette femme, il y aurait sûrement moins de problèmes en ce bas monde. Une autre dame s'approche et dit à Delphine :

– Enfin, vous avez écrit la suite... Mais c'est une toile de Théberge ! C'est mon peintre préféré ! Quel beau livre !

– Merci, dit Delphine rayonnante.

– Quelles belles leçons de sagesse vous nous apportez ! Vous êtes la championne de l'inconditionnel. Mais si vous voulez mon avis, cette ancre amoureuse empêche votre " paquebot " d'avancer. De toute façon, je sais que votre popularité prochaine vous conduira vers quelque chose de grandiose, croyez-moi !

Delphine est tout ouïe.

– J'aimerais devenir ambassadrice de votre savoir. C'est plus qu'un livre que vous devriez faire, c'est un scénario de film. Un film “ valorisant ”. Imaginez tous les gens qui se feraient secouer les puces : des centaines de milliers de personnes ! Croyez-moi, une cinéaste sommeille en moi.

– Il y a longtemps que je pense à une série télévisée...

– Ce serait encore mieux ! De semaine en semaine, les gens auraient le temps d'intégrer les enseignements. Savez-vous ce que j'ai fait avec votre idée d'inscrire les “ Valeurs de Vie ” dans une marguerite ?

– Je vous écoute.

– J'ai confectionné plusieurs marguerites en tissu et j'ai brodé le nom des valeurs sur les pétales. J'en ai donné en cadeaux aux professeurs de mes enfants. Les enfants doivent avoir sous leurs yeux les noms de ces valeurs afin de se rappeler qu'elles existent et qu'elles doivent être vécues. La mienne est sur le mur de ma cuisine et j'y réfère quotidiennement.

– Quelle bonne idée ! Vous êtes couturière ?

– C'est un de mes talents. Vous n'avez jamais pensé à commercialiser cette marguerite ?

– Non, mais j'avoue que ce serait une excellente idée.

– Je vous dis que ça marcherait, j'en suis convaincue ! Je vois que d'autres lecteurs vous réclament. En terminant, je pense que Denis est entré dans votre vie pour vous permettre de réaliser que vous pouviez aimer et être aimée. Malgré les apparences, je ne doute pas une seule seconde qu'il vous ait véritablement aimée mais je ne crois pas qu'il fasse partie de votre destinée.

– Je n'ai jamais douté de son amour. En ce qui concerne ma destinée, on verra bien !

– Instinctivement, je crois que votre subconscient a programmé l'inconditionnel. Voilà ! On en reparlera pour la série télévisée !

Décidément, les femmes de la région de Québec sont déterminées, pense Delphine. Juste à côté d'elle, elle remarque une auteure qui lit les lignes de la main. Elle lui tend la sienne en disant :

– Que vois-tu dans la mienne ?

– Je n'ai pas besoin de lire tes lignes, je vois une corne d'abondance au-dessus de ta tête. Ne te décourage pas, ça s'en vient !

D'Artagnan qui a tout entendu, dit :

– C'est agréable à entendre, n'est-ce pas ?

– C'est surtout sécurisant. Remarque que je ne me suis jamais vraiment inquiétée pour l'avenir. Il s'agit d'être patiente.

Pour la durée du Salon, Delphine loge chez Syléna, une amie d'un des représentants de la maison d'édition. Dès les premières minutes, elles savent toutes les deux qu'elles véhiculent les mêmes idées. L'énergie passe bien. Delphine apprend que sa bonne samaritaine oeuvre en naturopathie et enseigne la nutrition.

– C'est un domaine qui m'intéresse mais j'en ai beaucoup à apprendre sur le sujet, dit Delphine.

– J'enseigne une façon saine de se nourrir. J'aime sortir les gens de leur univers limité et des modes alimentaires. Mon travail consiste à apporter des connaissances et à faire en sorte que les gens se responsabilisent concernant leur santé, ce qui éloignera les maladies.

– On en a bien besoin. Quels sont les enseignements que tu donnes ?

– L'école que je suis à mettre sur pied est une école de nutrition-santé, mais le rôle de cette école va dépasser le niveau de la cuisine. " Le Soleil Levant " vise une élévation de la conscience afin que l'humanité s'élève à un octave supérieur de manifestation. Les gens qui sont prêts commencent à s'apercevoir que les limites subies sont celles qu'ils se sont imposées. Chaque personne possède un pouvoir intérieur de guérison, donc chaque personne a le pouvoir de se transformer et savoir se nourrir demeure un atout.

– Il y a longtemps que je crois au pouvoir de s'autoguérir, mais on doit d'abord guérir de l'intérieur avant que le corps physique puisse se transformer, n'est-ce pas ?

– Tu as raison : changer ses valeurs apporte la paix de l'âme et de l'esprit, ensuite, le corps s'adapte plus facilement.

– Donnes-tu des conférences ?

– Oui, j'aime bien dynamiser les gens, élever leurs forces tout en leur faisant découvrir le côté subtil qui nourrit le plus, le côté caché que l'on retrouve dans la vitalité des aliments. Je leur apprends comment développer une attitude de communion avec les aliments.

– Que penses-tu des OGM ?

– La mise sur le marché des organismes génétiquement modifiés demeure un sujet des plus controversés. Certains scientifiques disent qu'il n'y a aucun danger et les privilégient par rapport aux aliments traditionnels comme s'ils étaient porteurs de " je ne sais quoi " ou de prometteur pour l'humanité. En fait, les OGM sont des nouvelles variétés de légumes ou de fruits qui sont porteurs de gènes greffés, empruntés le plus souvent à une bactérie ou à un champignon, mais parfois aussi à un animal ou à un être humain. On ne se contente plus de marier des variétés d'une même espèce, on franchit la barrière des espèces, ce que la nature n'a vraisemblablement jamais fait.

– Et quand l'homme détourne la nature, la nature un jour ou l'autre reprend ses droits. Je pense que les modifications génétiques n'appartiennent qu'à Dieu.

– Je suis de ton avis. Ce qui m'apparaît terrible, c'est que l'avènement du transgénique survient dans une époque d'agriculture de masse où les productions industrielles contiennent des OGM dans la presque totalité de nos aliments. Même le ministère de l'Agriculture a donné son autorisation. Le maïs, le blé, le soya et la pomme de terre en font partie. Au Canada et aux États-Unis, on compte les deux tiers de quelques 28 millions d'hectares de cultures transgéniques dans le monde. Donc, les céréales, les croustilles, les huiles, les mayonnaises et les biscuits en font partie.

– À long terme, penses-tu qu'il puisse y avoir des conséquences sur la faune ?

– Bien sûr, et les dommages seront irréversibles.

– Tout ça pour des intérêts financiers sans considération pour les conséquences possibles...

– L'inconscience est encore trop présente dans notre société. Les souris ont été testées et on a constaté une faiblesse de leur système immunitaire. Il y a plus de risques de développer un cancer, des allergies et une foule d'autres maladies dont les maladies infectieuses si le système immunitaire est atteint.

– Pendant qu'on attend la réponse des souris, on risque de mettre au monde des petits monstres... Comme on ne réglera pas cette question ce soir, je pense que je vais me retirer pour la nuit.

– Fais de beaux rêves, dit Syléna.

– Toi aussi. Peut-être que je vais rêver à du maïs aux fraises ? dit Delphine sur un ton humoristique. Je te remercie pour ton hospitalité !

– Tout le plaisir est pour moi. J'ai l'impression de te connaître depuis longtemps. Si tu reviens à Québec, tu es la bienvenue chez moi.

– Merci pour ta générosité !

Le reste du Salon se déroule à merveille pour Delphine qui apprécie toujours la fidélité de ses lecteurs.

***

Prenant le petit déjeuner avec Clarissa, au restaurant, Delphine lui fait part des merveilleuses rencontres au Salon du livre de Québec. Soudain, une femme assise près d'elles les interrompt.

– Je ne vous écoutais pas mais je vous entendais. Êtes-vous auteure ?

– Oui, madame, répond Delphine en souriant.

– Je connais un auteur qui était au Salon du livre de l'Abitibi. Y étiez-vous ?

– Oui, j'y étais. De qui s'agit-il ?

– Jean Perron.

– Jean ? Mais je dois le rencontrer la semaine prochaine !

– Ah oui ? C'est mon ex-mari.

– Alors là, la coïncidence est forte !

– Vous savez, je l'ai aidé à écrire son livre.

– Mais c'est tout à votre honneur. Vous êtes en bons termes ?

– Bien sûr. Jean a été un très bon père et un excellent employeur. En ce qui concerne notre couple, nous n'étions plus sur la même longueur d'ondes, c'est tout.

– Je peux lui parler de notre rencontre ?

– Sans aucun problème. Je dois aussi lui téléphoner bientôt. Au fait, auriez-vous une copie de votre deuxième livre ?

Delphine court le chercher à sa voiture.

– Je vous l'achète, il m'inspire.

Après la dédicace, Delphine et Clarissa saluent cette femme hors du commun par sa simplicité et son positivisme face à la vie.

***

Laurence, la fille de Pierre, se présente chez Delphine un plateau à la main.

– J'ai fait des biscuits. Est-ce que tu veux y goûter ?

Delphine est éblouie par la candeur de cette petite bonne femme de onze ans.

– Wow ! Ils ont l'air bons tes biscuits. Entre, on va bavarder un peu.

– Je peux aller te chercher un verre de lait, si tu veux ?

– Je te remercie, mais j'étais à boire une tisane. Dis-moi, Laurence, comment ça se vit la garde partagée ? Je suis curieuse de savoir ce que les enfants ressentent dans cette situation.

– C'est sûr que la séparation est quelque chose de pénible pour les enfants comme pour les parents. Mais avec le temps, je m'y suis habituée et j'ai fini par oublier qu'ils étaient séparés.

– Comment as-tu fait ça ?

– J'ai continué à vivre au jour le jour en me disant que c'était mieux comme ça. J'ai compris que les parents qui ne s'aiment plus sont malheureux s'ils continuent à vivre ensemble.

– Tu le ressentais ?

– Ils se cachaient pour ne pas qu'on les voie se disputer... Évidemment, j'ai pleuré. Par la suite, j'ai compris que pleurer ne changerait rien et qu'il fallait que je m'y fasse.

– Tu as alors décidé de trouver des avantages à cette situation ?

– Il faut que je te dise que ça m'a permis d'acquérir plus de maturité en devenant encore plus responsable.

– Ah oui ?

– Par exemple, lorsque papa travaille plus tard, je prépare le souper. J'aime bien ça car je me sens plus autonome.

– Et j'ai la chance d'en bénéficier. Tes biscuits sont délicieux !

– Merci. Tu sais, même si mes parents sont séparés, ils continuent de nous aimer autant qu'avant et moi aussi je continue de les aimer. Ils nous ont dit à mon frère et à moi que ce n'était pas de notre faute.

– Sois fière de les avoir comme parents. Lorsque des parents se séparent, ce n'est effectivement pas les enfants qui sont responsables.

– Je ne leur en ai jamais voulu pour ça. Je n'ai pas à décider de leur vie. Ce sont des adultes après tout.

– Je te félicite. Tu as beaucoup de maturité pour ton âge. Rappelle-toi que tu as toujours le choix de tes réactions devant les événements qui se présentent à toi.

– Je sais. Bon, j'ai de l'école demain, je vais me coucher. Bonne nuit, Delphine.

– Bonne nuit Laurence, et merci encore pour tes bons biscuits. Tu es une excellente pâtissière.

Delphine est émerveillée de l'attitude positive de sa petite voisine. Elle réalise que même les enfants ont le choix de faire leur ciel ou leur enfer sur terre.

***

Delphine occupe un kiosque au Palais des Congrès de Montréal où se tient le Salon " Vivre Sainement ". Pour l'occasion, un immense panier de fleurs orne les lieux.

– Ce bouquet est pour toi, lui dit d'Artagnan.

– Merci, cher éditeur. Il est magnifique ! Mais... en quel honneur ?

– C'est simplement pour souligner ta participation à ce Salon et t'encourager pour la conférence que tu donneras tout à l'heure.

– Quelle délicate pensée... J'apprécie vraiment.

– Tes amis, Claire et Gabriel, te cherchaient tout à l'heure. Ils occupent un kiosque de l'autre côté.

– Je viens justement de les croiser. Ils ont l'air en pleine forme.

Au même moment, la promotrice du Salon passe devant sa table.

– J'aime le thème de ce Salon, lui dit Delphine. J'ai eu l'occasion de circuler parmi les kiosques et j'ai ressenti une belle énergie.

– C'est une belle clientèle, en effet. Tu n'es pas sans savoir que nous entrons dans l'ère du choix réfléchi où il y a épuration de ce que nous faisons et de ce que nous possédons. De plus en plus, les gens recherchent des valeurs sûres et une qualité de produits. La population qui surveille son budget, sa taille et ses artères devient plus sélective.

– J'ai toujours pensé que la souplesse des artères est proportionnelle à la souplesse de l'esprit. En tout cas, les gens ne s'ennuieront pas ; on y trouve de tout ici : les Thérapies naturelles, le Développement personnel, la Littérature, la Beauté, les Arts, l'Écologie, tout y est.

– Tous ces ingrédients, en plus d'assouplir l'esprit, sont essentiels à une saine gestion de vie. Les gens veulent plus qu'une simple qualité de vie, ils veulent une qualité d'Être.

Puis, comme on la réclame, la responsable dit :

– Tes livres sont superbes. Je te revois à ta conférence.

– Bonne journée, répond Delphine.

En s'assoyant à sa table de signature, elle est charmée par le sourire d'une jeune femme qui occupe le kiosque du " Feu Sacré ". La dame s'approche et commence à feuilleter son premier livre.

– Tu écris sur les valeurs ?

– Oui, c'est un de mes sujets. On y trouve mes enseignements aux élèves.

– Tu enseignes ?

– J'ai enseigné plus de trente ans aux enfants. Maintenant j'écris et j'enseigne les " Valeurs de Vie " aux adultes.

– Quelle coïncidence ! Moi aussi j'ai enseigné aux enfants durant dix-neuf ans. En fait, j'étais entraîneure professionnelle de patinage artistique. J'ai remis ma carrière en question car je ne voulais plus encourager la compétition : la pression sur les enfants était trop énorme. Je me suis réorientée dans le domaine de la santé. Chaque jour, je suis témoin des effets miraculeux de l'amour sur la santé des gens. Je t'observais depuis un bon moment et mon petit doigt me disait qu'on avait quelque chose à faire ensemble.

– Et moi je me demandais ce qu'était " Le Feu sacré ". C'est un organisme ?

– En quelque sorte. Je m'appelle Hélène Roy et je suis la fondatrice du " Feu sacré ". Le " Feu Sacré " est un rêve qui vit en moi depuis que je suis toute petite et qui est en train de prendre forme sous mes yeux. Différents intervenants autochtones et non-autochtones se sont joints à moi dans cet objectif commun : guérir nos blessures pour que l'amour, la paix et l'harmonie habitent nos cœurs et inspirent nos actions. Nous collaborons tous ensemble à actualiser ce rêve.

– C'est fantastique ! Qu'est-ce qui t'a amenée à allumer ce beau " Feu ? "

– Le sentier de guérison que j'ai entrepris depuis quelques années m'y a conduite. Inconsciemment, j'ai retracé les pas de mes ancêtres. Leurs pas étaient gravés en moi car eux aussi travaillaient en étroite collaboration avec les Amérindiens. Ce n'est que tout dernièrement que mon père m'a parlé d'eux. Cela a été toute une découverte pour moi. Tu sais, Delphine, les Amérindiens sont chers à mon cœur. Ils représentent la source qui est en nous, les racines de notre être. Ils sont les témoins vivants de la souffrance qui nous habite intérieurement. C'est important de transformer cette ombre en lumière.

– Donc, la vie s'est tout simplement chargée de te guider vers ta voie.

– C'est vrai, disons que c'est mon projet. Mon voyage dans le Grand Canyon a été l'élément déclencheur. J'ai vécu des expériences intenses avec les Amérindiens et cela m'a guidée à allumer ce " Feu Sacré ". Par la suite, j'ai rencontré plusieurs personnes qui, comme toi, travaillent dans le même sens que moi. Enseigner l'amour, source de toutes guérisons et ce dans différents domaines. Les intervenants enseignent à partir de l'énergie du cercle.

– L'énergie du cercle ?

– Oui, tout est en relation. Nos pensées, nos paroles, nos actions tissent la toile de notre réalité. C'est la philosophie de base. Le travail thérapeutique est un processus individuel de guérison en premier lieu. Une personne qui guérit sa pensée en résolvant ses conflits intérieurs devient une source d'amour et de compassion et ceci a des répercussions sur son cercle de relations. Être en paix à l'intérieur de soi se reflète à l'extérieur.

– C'est exactement le contraire qui est encore enseigné. On prétend que c'est l'entourage qui nous enlève notre paix intérieure.

– Je sais, c'est pourquoi les gens cherchent le bonheur et la paix à l'extérieur d'eux en voulant tout changer alors que le paradis se trouve dans notre cœur. Rien ni personne ne peut nous enlever notre paix. Seules nos pensées sont la source de notre douleur. Se guérir devient donc un cadeau qui agit sur un plus grand terrain : celui du collectif. C'est pourquoi " Le Feu Sacré " se compose d'intervenants pouvant relier la guérison intérieure dans sa manifestation par une action sur l'agriculture, l'écologie, l'environnement et la santé.

– En fait, tu penses comme moi : si une personne guérit ses blessures intérieures, l'amour et la paix influenceront directement ses relations.

– Inévitablement. Il n'y a que deux émotions : l'amour et la peur. La guérison consiste à déprogrammer nos pensées de peur et ensuite reprogrammer l'amour qui est notre héritage naturel.

– C'est vrai que la peur nous guide trop souvent.

– La peur a guidé nos actions par le passé et les résultats sont source de grandes leçons présentes. Maintenant il est temps de se rallier à l'amour et créer ainsi un monde de paix et de partage. Nous, du " Feu Sacré ", unissons nos énergies en ce sens. Si on se responsabilise face à soi-même en cessant de rejeter ses souffrances sur les autres, si on accepte de faire le premier pas, on devient amour et compassion en apprenant à pardonner à ceux qui ont besoin d'amour. La colère et la violence sont un appel à l'aide.

– Je sais maintenant qui alimente le " Feu Sacré ". Il y a tellement d'amour en toi, Hélène.

– Je suis ta réflexion, chère Delphine.

– De quelle façon intervenez-vous ?

– Situés en pleine nature dans la région de Québec, nous proposons des ateliers de jardinage synergique, d'appel dans la nature, de travail thérapeutique du corps et de l'esprit, en passant par les plantes médicinales jusqu'au cercle de guérison émotionnel. Bref, c'est un retour aux sources.

– Tu me donnes envie de participer à tous les ateliers.

– Écoute, je cherchais justement quelqu'un pour la mi-juillet. Je réalise en feuilletant ton livre que nous véhiculons les mêmes valeurs. Je t'offre la possibilité de donner un atelier sur les principes féminin et masculin, dans le cadre du cours " Rôle de la femme et la création ", qu'en dis-tu ? Bien sûr, je t'invite à demeurer tout le week-end sur le site et à profiter de tous les enseignements.

– Mais c'est merveilleux ! Bien sûr que j'accepte. Je serais ravie de travailler avec toi.

– Je dois retourner à mon kiosque, je crois qu'on me

demande. Voici l'itinéraire pour te rendre au " Feu sacré ". Je te téléphonerai quelques jours avant. Alors, à bientôt ?

– C'est entendu. Je te souhaite un bon Salon.

– À toi aussi ! Bonnes ventes !

Une jeune femme s'approche de Delphine et dit :

– Finalement, voilà la suite. J'en connais un qui va être content ! Te souviens-tu avoir rencontré un homme prénommé Richard au Salon du livre de l'Abitibi, l'an dernier ?

Delphine oublie rarement une figure mais pour ce qui est de se souvenir des noms des lecteurs, c'est autre chose... Elle se risque quand même à demander :

– Avait-il acheté deux livres ?

– Oui, c'est lui ! Il espère te rencontrer à nouveau. Vas-tu à Amos en mai ?

– Je suis une inconditionnelle de l'Abitibi.

– Alors je lui ferai le message en lui donnant ton deuxième livre. Il sera content ! Attends-toi à le voir apparaître.

– Dis-lui que je serai heureuse de le revoir aussi.

– Je n'y manquerai pas !

Ce lecteur désemparé a-t-il finalement résolu ses problèmes de couple ? se questionne Delphine, songeuse. Subitement, une autre lectrice apparaît en disant :

– Je tenais absolument à vous rencontrer car je vis la même situation que vous. C'est comme si votre cheminement précédait le mien. J'ai hâte de savoir comment vous vous en sortirez : ça me donnera un indice pour ma propre vie.

– Je pense que mon histoire ressemble à celles de plusieurs femmes. À des degrés différents, on vit les mêmes défis, mais vous savez, il n'y a pas deux histoires identiques. L'important, c'est de trouver ses propres solutions et non de rester accroché aux problèmes.

– Je suis bien d'accord : il est beaucoup plus souffrant de rester sur place que d'avancer.

– Excusez-moi, je dois vous quitter car je donne une conférence à l'instant. Si vous voulez y assister...

– Je vous suis. J'ai hâte de vous entendre !

Durant une demi-heure, Delphine s'adresse au public en insistant sur l'importance des valeurs dans une société en pleine évolution. Vers la fin de son discours, elle remarque qu'un homme, assis près de Claire, un œil caché par un pansement, l'observe intensément de l'autre œil en souriant sereinement. Elle a l'intuition qu'il viendra lui parler. Accompagné de Claire, il s'approche effectivement et lui dit :

– Félicitations pour votre conférence. Pour parler ainsi, je devine que vous avez dû souffrir dans votre vie.

– En effet. J'ai été très éprouvée dans mes relations amoureuses.

– Alors, écoutez-moi bien. Il me reste à peine un an à vivre car j'ai le cancer de l'œil. Prenez au sérieux ce que je vais vous dire : vous n'êtes pas seulement belle à l'intérieur, vous l'êtes aussi à l'extérieur, mais vous ne vous servez pas de votre corps.

Surprise par cette affirmation, Delphine lance :

– Je le voudrais bien, croyez-moi ! Mais je n'ai pas d'amoureux présentement dans ma vie...

– Vous allez vous réaliser pleinement lorsque vous vivrez une union physique et spirituelle avec un compagnon à vos côtés.

– Ça, je le sais ! Il n'y a rien de plus puissant que l'énergie d'un couple en amour.

– Il y a longtemps que vous êtes prête à quitter cette planète mais vous avez choisi de vous réincarner dans cette vie-ci pour venir donner un coup de pouce à votre âme sœur.

– Un coup de pouce à mon âme sœur ? répète Delphine avec une sorte de grimace au coin de la bouche.

– Oui. Présentement, cet homme ne peut vous contacter car il n'est pas encore dans votre entourage. Lorsque vous le rencontrerez, il se passera quelque chose : votre âme le reconnaîtra immédiatement, mais rappelez-vous que cet homme est au milieu d'un mur de ciment. Il faudra l'aider à percer ce mur délicatement. Par votre amour inconditionnel, vous devriez réussir et vous bâtirez ensuite quelque chose de grandiose.

– Un autre mur de ciment ? J'ai vécu une fois l'Apocalypse, ça suffit ! Je sors à peine d'une relation où j'ai échoué dans ma tentative à défaire les bandelettes de protection d'un cœur qui n'arrivait pas à s'ouvrir. Si vous pensez que je vais recommencer, j'ai eu ma leçon !

– C'était seulement pour vous pratiquer, ce n'était pas le bon mur. Savez-vous ce que veut dire le mot " Apocalypse ? "

– C'est la pire des catastrophes...

– Le vrai sens de ce mot est de l'ordre de la Révélation. Au fil des jours, vous recevrez plusieurs révélations qui vous apprendront encore bien des choses sur l'amour. C'est sérieux ce que je ressens, dit l'homme en s'éloignant. C'est ce que vous avez à vivre, ce sera le début de votre mission. Cet amour-là sera la clé de votre succès. Quelque temps après avoir rencontré cet homme, il faudra lui expliquer tout ça, c'est très important. Et surtout, surtout lui dire qu'il n'y a pas de vie réussie sans un amour réussi.

Delphine est abasourdie en entendant cela. Devra-t-elle vivre et écrire une version améliorée de l'amour sans les erreurs de jugements de la première édition ? Que lui reste-t-il à apprendre sur l'amour ? N'a-t-elle pas été suffisamment patiente et tolérante envers Denis ? Claire, témoin de la scène, lui dit :

– Sois courageuse, Delphine, je sens que ce " mur de ciment " te cherche déjà et qu'il cassera rapidement son armure.

– Tu le penses vraiment ?

– Je pense que cet homme qui est à la veille de nous quitter n'inventerait pas une telle histoire. Je crois qu'il est sincère.

– Un autre mur de ciment... dit Delphine découragée. Je l'ai le karma !

Revenue au kiosque, elle est ramenée à la réalité par une belle dame distinguée au sourire angélique.

– Je viens d'assister à ta conférence. Je te félicite. Je suis directrice d'une école de Rockland, en Ontario, et l'éducation, pour moi, a toujours été une passion. Je me suis orientée vers la direction d'école avec le rêve de convaincre les enseignants que pour réussir avec un enfant, pour qu'il apprenne, il est essentiel d'entrer dans son cœur, ensuite il sera facile d'aller dans sa tête. Je suis convaincue qu'un enfant aimera l'école si on l'aime avec son cœur, si on le traite bien, si on le respecte. Je suis convaincue qu'il est essentiel pour un professeur de valoriser ses élèves régulièrement, ce qui contribuera à rehausser l'estime d'eux-mêmes. Je suis aussi convaincue qu'une communication régulière et positive avec les parents amène à une meilleure collaboration maison/école.

– J'aurais aimé t'avoir comme directrice... dit Delphine, impressionnée.

– Depuis huit ans, je suis à la recherche d'une conférencière convaincue qui pourrait sensibiliser les enseignants à l'importance des valeurs. Je l'ai finalement trouvée. Ton sourire contagieux, ta douceur lumineuse, ton regard vrai, ta grande simplicité font de toi celle qu'il me faut dans mon école pour enseigner les valeurs de vie à mes collègues, les enseignants.

Delphine est éblouie par la chaleur humaine qui émane de cette très belle femme. Elle arrive à articuler :

– Rien ne me ferait plus plaisir que d'entrer dans ton école.

– Laisse-moi informer les dirigeants de la commission scolaire et dès la fin de l'été, tu auras sûrement des nouvelles.

– Je te remercie, tu es un ange descendu du ciel.

– Ça prend un ange pour reconnaître un autre ange...

– Je vois qu'on tient les mêmes propos.

– À bientôt, Delphine, dit la directrice en lui remettant sa carte d'affaires.

– À bientôt. J'envie ton personnel !

Décidément, c'est une journée remplie d'émotions. Un certain Richard a hâte de la rencontrer, ensuite on lui parle d'un " mur de ciment " qu'elle doit briser, et finalement, elle rencontre une directrice au visage d'ange qui veut l'engager dans son école. Sur ces réflexions, elle voit passer Marc Fisher en coup de vent qui lui dit :

– Ça se déroule bien, le Salon ? Tu ne t'ennuies pas trop ?

– C'est au-delà de mes espérances, Marc, si tu savais ! Je veux " Le cadeau du millionnaire ", on fait un échange ?

– Bien sûr, avec plaisir ! Je me sauve, c'est à mon tour de donner une conférence.

En l'écoutant raconter ses débuts d'auteur, Delphine réalise qu'elle a rencontré sensiblement les mêmes embûches que lui. Les débuts dans une nouvelle carrière sont souvent ardus mais ça vaut la peine de persévérer. À la clôture du Salon, elle est fière de d'Artagnan : il s'est mérité le trophée de l'éditeur le plus dynamique. Elle rentre chez elle la tête pleine d'images de toutes sortes. En lisant les courriels reçus, elle porte une attention spéciale à celui d'un lecteur qu'elle a connu au Nouveau-Brunswick.

Voyage au pays de l'âme

Bonjour Delphine,

Juste un mot en passant pour te remercier d'augmenter les croyances que j'ai souvent utilisées dans mes cours d'Éducation aux Valeurs. Les phrases utilisées, les scènes entrevues, les élèves avec leurs mots simples exprimant comment ils ont accru leur estime de soi... Tout cela je l'ai vécu pendant plus de dix ans avec des élèves de 17-18 ans. Que de retours, que de visions, que de frissons tu m'as donnés lorsque je lisais et relisais ton livre.

Pour te dire qui je suis, rappelle-toi : Edmundston, Salon du livre, une rencontre fortuite qui t'a laissée avec un " Hug " et un stylo dont l'inscription dit : « Il est plus exaltant de donner que de recevoir. » Aujourd'hui, je peux affirmer qu'il est AUSSI exaltant de donner que de recevoir...

Je suis dans un restaurant à siroter un café et j'ai lu une centaine de pages de ce beau livre... J'ai voyagé avec Denise, j'ai rencontré Louise, Claire et Gabriel, Line et sa mère. J'ai entrevu des scènes merveilleuses des temps passés, j'ai lu de brèves histoires de jeunes élèves... Je me suis senti entouré, mais crois-moi, tu as le don de me faire grandir dans tout ce que j'ai de personne humaine quand je te lis...

Je te souhaite une belle et longue route dans ta nouvelle vie d'auteure.

Jean-Roger

Delphine se rappelle bien ces minutes magiques. Lorsque cet homme lui donna spontanément son stylo, elle a su immédiatement de quelle nature était son âme. Que d'amour et de compassion elle pouvait voir dans ses yeux ! Un baume de plus sur son cœur. Le lendemain, un autre courriel la réconforte.

Félicitations !

Bonjour Delphine,

Tu as enseigné à mon fils il y a cinq ans. Je viens de terminer ton deuxième livre et je l'ai trouvé super bon. Que de belles découvertes j'y ai faites ! Mon épouse l'a également dévoré. C'est encourageant de réaliser qu'il y a de plus en plus de gens qui commencent à travailler sur eux-mêmes et par le fait même contribuent à faire évoluer tout doucement cette belle planète.

J'aimerais avoir des renseignements sur tes cours. Lorsque tu auras du temps, nous aimerions t'inviter à venir prendre un petit café. Mon fils aimerait également te revoir. En passant, je te signale que nous lisons presque tous les mêmes livres.

Je te souhaite un été rempli d'amour et de paix. Merci beaucoup !

D. et M. Mailloux

Delphine adore revoir ses anciens élèves et leurs parents. Un jour, elle espère vivre une soirée-retrouvailles avec tous les élèves qui sont passés dans sa classe. Ce serait de la magie... Elle se promet bien d'accepter le petit café chez ces gens reconnaissants.

***

Un appel de l'ancien gérant de la Tabagie Dumoulin la ramène à d'excellents souvenirs.

– Quelle surprise de t'entendre ! Je me souviendrai toujours du bel accueil lors de mon passage chez vous.

– Mais c'est tout naturel. En général, lorsque tu reçois un invité, tu ne l'envoies pas dans la cave en lui disant de faire le ménage. Tu en prends soin, tu lui offres à boire, bref, tu vois à son bien-être. Je sais que certains libraires ont du rattrapage à faire.

– C'est que... si les librairies existent, c'est grâce aux auteurs, n'est-ce pas ? La plupart du temps, je suis quand même bien accueillie. J'ai connu plusieurs libraires très chaleureux.

– Où en es-tu avec tes écrits ?

– Je suis à écrire le troisième tome.

– Et Denis, dans tout ça ?

– Je suis presque certaine que malgré ta belle lettre à la fin du deuxième livre, tu savais qu'il ne m'était pas destiné...

– Tu as vu juste. Mais il te fallait du souffle pour accepter l'idée d'écrire un troisième volet, n'est-ce pas ?

– Je m'étais pourtant bien promis que je n'en écrirais que deux, en effet.

– La vie prend toujours les moyens pour arriver à ses fins. Tu ne peux contourner ta destinée.

– Ça, j'ai pu le vérifier. Lâcher prise est le secret du succès et des belles réalisations.

– Alors je te souhaite beaucoup de courage pour la suite.

– Pourquoi me souhaites-tu ça ?

– Parce que l'histoire n'est pas terminée et que ça demande du courage pour continuer à croire en ses rêves.

– C'est vrai. Mais du courage, j'en ai...

– J'aimerais bien savoir où tu le puises, ce courage ?

– J'ai une merveilleuse alliée : l'émerveillement. Quelqu'un qui sait s'émerveiller ne manquera jamais de courage.

– C'est toute une clé... Tiens-moi au courant de la date de sortie du livre.

– Je n'y manquerai pas. À bientôt et merci pour ton appel !

Delphine pense au “ mur de ciment ”. Saura-t-il la reconnaître ? Sera-t-il aussi courageux qu'elle ? Sera-t-il sincère et capable d'aimer ? Elle se demande bien où et quand elle le rencontrera...

***

CHAPITRE 11
L'amour ne meurt pas

Tout est marqué dans le grand livre de la vie. Tout événement recèle un sens caché.

Deepak Chopra

Lors d'une séance de signature en librairie, Delphine remarque qu'une dame aux yeux tristes l'écoute parler depuis un bon moment. Finalement, cette dame ose lui demander :

– Quand vous aurez terminé, accepteriez-vous de venir prendre un café avec moi ? Je travaille au restaurant juste à côté. J'aimerais vous parler.

– Avec plaisir. J'ai une heure devant moi.

– Oh, merci ! Alors à tout à l'heure ! Je m'appelle Marie-Ange.

Un bel homme d'une cinquantaine d'années s'approche aussitôt et, touchant les livres de Delphine, dit :

– Il y a beaucoup d'énergie sur cette table. Je ressens beaucoup d'amour. Montrez-moi donc votre main. Ma mère m'a appris à lire les lignes de la main et à faire de la numérologie.

Delphine ne se fait pas prier.

– Oh, mon Dieu, vous allez vivre un grand Amour ! Cet homme vous secondera dans votre mission. Vous voyagerez beaucoup. Ce sera une très belle union d'amitié amoureuse durable, promise à un brillant avenir. J'aimerais vous en dire plus mais je suis déjà en retard, je dois filer !

– Merci, monsieur, dit Delphine qui n'a même pas le temps de lui demander si ce merveilleux Amour est présentement dans un bloc de ciment. Au même moment, un homme dans la quarantaine qui semble surgir de nulle part lui chuchote :

– Nous avions un rendez-vous aujourd'hui. Les anges m'envoient vous dire merci pour le beau travail que vous faites. Ne vous découragez surtout pas, vous êtes aidée.

Et sans que Delphine ait le temps de répondre quoi que ce soit, l'homme a déjà disparu. Elle se demande si les anges célestes ne seraient pas présentement en p'tit voyage organisé sur terre pour emprunter ainsi la voix d'anges humains ? Jusqu'à cette dame qu'elle vient de rencontrer et qui s'appelle Marie-Ange. Après avoir signé une bonne douzaine de livres, elle la rejoint au restaurant d'à côté.

– Merci de m'accorder du temps, dit la jolie dame dont les yeux fascinent Delphine. Je vis une dure épreuve présentement et je n'ai personne à qui me confier. Je suis vraiment dans un creux de vague.

Delphine lui offre un mouchoir.

– Si je peux t'être utile.Tu peux me tutoyer, je t'écoute...

– Je vis un deuil. J'ai beaucoup pleuré cette semaine. Je commence à comprendre bien des choses depuis le décès de mon conjoint. Cela remonte à trois mois.

– Je suis désolée, dit Delphine en lui touchant la main.

– Tu sais, de l'extérieur, je passe pour une femme forte, mais chez moi, toute seule, je pleure ma peine.

– Tu en as le droit. Il m'arrive aussi de le faire lorsque je suis fatiguée.

– Depuis le décès de mon conjoint, j'ai réalisé à quel point j'ai peur d'être aimée, à quel point j'ai besoin d'être apprivoisée. Ça été long avant que mon bel amour puisse entrer dans ma vie. Je mettais des barrières, je me protégeais. Ayant eu un père dur, autoritaire, j'ai souvent été jugée.

– As-tu souffert par la suite de la conduite des hommes ?

– Les hommes que j'ai connus étaient du type " macho ", sauf mon dernier conjoint.

– Alors, tu devais être heureuse, tu devais l'aimer ?

– Oui je l'aimais, mais je ne lui disais pas. J'étais incapable de m'abandonner.

– Et pour quelle raison ? De quoi avais-tu peur ?

– Premièrement, n'ayant connu que des " machos ", j'avais peur qu'il ne s'enfle la tête à son tour. Ensuite, je me disais que les hommes n'avaient pas besoin d'entendre cela. J'avais peur aussi de paraître ridicule et surtout j'avais peur de le perdre.

– Si je comprends bien, à cause de tes peurs, tu avais de la difficulté à valoriser ton conjoint.

– C'est exactement ça. Je réalise aujourd'hui que c'est important de le dire. Maintenant il est trop tard, il n'est plus là...

– Mourir, c'est continuer autrement, c'est monter vers la lumière. Son décès t'a fait réaliser qu'il est important de valoriser, de choyer et d'admirer la personne avec qui l'on vit. Peut-être aussi qu'inconsciemment tu ne te donnais pas le droit d'être aimée ?

– Tu as raison, il y a un peu de ça aussi.

– Cet homme t'a appris l'amour. Ta vie n'est pas terminée, tu seras de nouveau amoureuse mais avec une vision différente de l'amour. Je pense que celui ou celle qui n'a pas souffert d'amour ne sait pas grand chose. Même si j'ai souvent été blessée dans ma vie amoureuse, je n'ai jamais regretté d'avoir aimé à ce point. L'amour qu'on donne nous est toujours rendu, je sais cela.

– Tu es seule, présentement ?

– Oui, mais je sais qu'un grand Amour est sur le point de naître, je le sens. Je t'avoue que j'ai hâte... Je ne suis pas faite pour vivre seule. Je sais que je me réaliserai davantage à travers une relation amoureuse épanouissante. L'amour véritable partagé au quotidien est une force, une énergie qui ne se compare à rien d'autre. Deux cœurs battant à l'unisson produisent une douce symphonie dans ce grand orchestre qu'est la vie.

– Je ne manque pas de prétendants autour de moi mais je ne suis pas prête à m'engager. C'est trop tôt.

– On doit mourir avant de renaître. Le temps fera son oeuvre, tu verras. Fais confiance, il y a toujours un cadeau au bout d'une épreuve. Regarde toujours vers le soleil, devant toi. Ainsi, les ombres resteront derrière.

– Je te remercie de m'écouter. Je ne peux même pas me confier à qui que ce soit dans ma famille, l'image qu'ils se font de moi est trop forte. Personne ne comprendrait ma peine. Toute ma vie j'ai entendu : « Marie-Ange est forte ». Je me sentais alors obligée de toujours performer.

– Et tu as renié tes émotions pour ne pas déplaire à ceux que tu aimes... Mon Dieu, c'est terrible : que d'ignorance et de souffrances refoulées. Pleure tout ce que tu as à pleurer : tes peines de petite fille, d'adolescente et de femme blessée. Une fois que le grand ménage sera fait, tu commenceras à te sentir libre. Durant ce temps, prends soin de toi et ose t'aimer le plus que tu peux. Plus tu vas t'aimer, plus tu seras ouverte à l'amour des autres.

– Heureusement que j'ai la foi, c'est mon seul soutien.

– Si je n'avais pas eu la foi dans ma vie, il y a longtemps que je serais morte.

– Un soir que j'étais triste à mourir, je lui ai écrit une lettre.

À travers quelques sanglots, Marie-Ange lui en fait la lecture. Delphine est touchée par cette marque de confiance.

Mon Chéri,

Ça fait déjà trois mois que tu es parti vers la Lumière. Tu me manques encore beaucoup, je me sens terriblement seule et je passe beaucoup de temps à me dire : « Si tu étais là ! »

Je suis toujours seule, non pas par désir mais à cause de la situation. Je voudrais moi aussi partir pour être près de toi car je ne veux plus souffrir, mais je crois que j'ai encore quelque chose à faire sur cette terre.

Je pleure presque tous les jours cette terrible séparation d'avec toi et d'avec tous ceux que j'aime et qui ne comprennent pas à quel point j'ai besoin d'eux. J'ai tellement manqué d'amour dans ma vie : de ma mère, de mon père, de mes frères et sœurs. Je crois que dans la vie, c'est ce qui nous manque le plus. C'est pourquoi nous cherchons toujours autre chose pour remplacer ce manque en nous.

Les jours et les heures qui défilent sont atroces. Mon âme et mon cœur me font si mal que personne ne pourra fermer ces blessures car elles sont trop profondes. Je n'ai aucune nouvelle de ma famille. On me perçoit comme une ratée parce que je n'ai pas réussi ma vie avec un homme. Je cherchais mon père, un homme autoritaire, alors que je suis sensible, à fleur de peau. On n'a pas su découvrir la petite Marie-Ange, une petite fille qui voulait simplement qu'on l'aime.

L'émotion flotte dans l'air. Delphine voit une certaine similitude avec ses propres souffrances. Un flot de paroles sort de son cœur malgré elle.

– Je sais qu'un jour, tes blessures seront guéries car l'amour triomphe de tout. Ceux ou celles qui te jugent parce que tu n'as pas encore réussi ta vie avec un homme, pardonne-leur car ils en ont besoin. Les couples qui ont réussi du premier coup leur union tout en étant encore amoureux après plusieurs années sont privilégiés, mais crois-moi, ils sont très rares. Ceux et celles qui sont prêts à juger, bien souvent, ces gens soi-disant respectables sont habités par l'hypocrisie de l'amour. Si c'est un conseil que tu veux de ma part, ne cesse jamais d'aimer jusqu'à ce que tu rencontres celui qui sera digne de cet amour et s'il y a des gens qui jugent que tu as eu trop d'hommes dans ta vie, dis-toi bien que c'est parce qu'ils sont jaloux ou qu'ils n'ont jamais connu un amour tendre et passionné. Si tu as vécu du rejet ou de l'abandon dans le passé, si tu t'es sentie trahie ou victime d'injustice, c'est que ces hommes ne te méritaient tout simplement pas. On n'a pas à se sentir des ratées parce qu'on a le cœur pur... L'innocence d'un cœur prêt à aimer a toujours été une proie facile pour des têtes sans scrupules. Le jugement des autres, il y a longtemps que je l'ai relégué aux oubliettes. Ne perds plus tes énergies à essayer de te faire aimer mais aime-toi sans conditions, aime la petite Marie-Ange que les autres n'ont pas su aimer et apprécier, cicatrise toi-même tes blessures, et un jour, lorsque tu seras guérie, celui qui t'es destiné se présentera. S'il fallait qu'on arrête d'aimer, la terre arrêterait sûrement de tourner !

Marie-Ange, libérée d'un gros poids, répond :

– Je vois qu'on a des choses en commun... Ça m'a fait du bien de te parler et de t'écouter. Parfois, on a plus d'affinités avec une étrangère lorsqu'il est question d'aborder un tel sujet. J'ai hâte de commencer à lire tes livres.

Delphine quitte cette femme en étant certaine qu'elle réussira sa vie. Elle l'a vu dans ses yeux : ils rayonnaient d'espoir. À peine rentrée chez elle, le téléphone sonne.

– C'est moi, c'est Denis. Écoute, je suis complètement à plat, j'ai besoin de te voir.

Delphine se dit que le scénario n'a pas changé.

– Je n'y vois pas d'objection. Je me demandais justement comment il se faisait que tu ne sois pas venu chercher ton livre.

– Parce que j'avais honte ! Même si tu ne voulais pas de ma présence au lancement, j'aurais pu t'envoyer des fleurs ou t'écrire un p'tit mot.

– Tu n'as pas à avoir honte, je n'avais aucune attente. Tu peux venir, tu verras comme le livre est beau !

Lorsqu'il arrive, Delphine se rend compte immédiatement qu'il n'est pas à jeun.

– J'ai seulement bu quelques verres de vin, comme tous les soirs d'ailleurs...

Rien de changé de ce côté non plus, pense-t-elle. Lorsqu'elle lui remet le livre entre les mains, il le prend comme si c'était un enfant, ferme les yeux et pousse un long soupir. Delphine a l'étrange sensation que c'est tout ce qui lui reste : le livre. Après avoir respecté son silence quelques minutes, elle lui dit :

– La fin du livre remonte à dix-huit mois. Beaucoup d'encre a coulé depuis...

– Que veux-tu dire ? La dernière phrase du synopsis n'est plus vraie ?

– Elle l'était au moment où je l'ai écrite.

– Et maintenant ?

– Denis, il y a sept mois, je t'ai dit que c'était terminé entre nous. Nos différences sont irréconciliables.

– Il n'en est pas question ! Que puis-je faire pour te reconquérir ?

– Avant de penser à me reconquérir, tu dois te conquérir toi-même. Je ne te sens pas du tout guidé par l'amour mais encore une fois par la peur.

– Ma fille et moi avons sommé Germaine de s'en aller. De toute façon, elle est presque toujours absente de la maison.

– Tu vis encore avec elle et tu pensais me reconquérir ? Mais c'est de l'incohérence !

– Aide-moi, dis-moi quoi faire ! Je veux repartir à zéro avec toi. Tiens, je vais passer la nuit ici.

– C'est hors de question. Des solutions, je t'en ai proposées plusieurs mais tu les a ignorées. J'ai essayé de t'aider pendant presque cinq ans mais tu étais sourd et aveugle. Je t'ai fait confiance comme tu me le demandais et je réalise que durant tout ce temps tu as semé l'incertitude dans la tête de tous ceux qui ont été impliqués dans cette histoire. Comment pouvais-tu dire que tu m'aimais et me traiter de la sorte ? Comment un homme aussi sensible que toi a-t-il pu avoir un comportement aussi abusif ? La plupart de tes excuses ne tenaient pas debout : tu disais une chose et tu en faisais une autre. L'amour suppose un engagement. Tu aurais voulu que tout le monde règle tes problèmes au lieu de comprendre que tu es le seul maître de ta vie.

Exaspérée, blessée, la douleur sort de sa bouche malgré elle :

– Un Judas, c'était assez pour la planète !

Denis répond froidement :

– Saint Pierre aussi a trahi le Christ et Il en a fait le chef de son Église !

Cette remarque fige Delphine et lui cloue le bec.

– Je m'excuse, pardonne-moi. Je sais que je n'ai pas le droit de te juger...

– Je pense que j'ai eu peur de l'engagement.

– C'est vrai que s'engager honnêtement avec une femme, ça prend du courage car ça suppose de renoncer à toutes les autres. Tu découvriras bien des souffrances dans ce livre.

– Ce n'est pas important ce qu'il y a là-dedans, c'est du passé. Maintenant je te parle du présent. Que faisons-nous aujourd'hui ?

Delphine sent la moutarde lui monter au nez. Elle prend deux ou trois bonnes respirations et finit par dire :

– Tu vois, Denis, dans cette histoire, tout ce qui m'arrivait, tout ce que je ressentais n'a jamais été important pour toi. La plupart du temps, tu étais indifférent à ma détresse. Il n'y a que toi seul qui compte, les émotions des autres, tu t'en fous.

– Tu le sais que je n'ai pas de cœur !

– Je pense plutôt que tu en as un, mais avec le temps, au lieu de l'ouvrir ce petit cœur, je crois que tu l'as fermé à double tour. Que veux-tu que je fasse avec un homme au cœur fermé ?

– Aide-moi, dis-moi ce que je dois faire !

– Il est trop tard...

– Tu ne m'aimes plus ?

– Je vais toujours t'aimer, mais mon amour s'est transformé.

– Alors tu me rejettes ? Je suis venu ici avec une bonne intention et tu me rejettes ? Bon, je vais aller me pendre ! J'y pense, tu sais...

Aussi vive d'esprit que lui, elle répond :

– Écoute, faudrait savoir ce que tu veux... Es-tu comme saint Pierre ou comme Judas ?

– ? ? ?

Delphine sent monter son adrénaline. En un regard, elle perce ses couches de protection et lui dit d'un ton qu'il n'a jamais entendu de sa bouche :

– L'enfer est pavé de bonnes intentions. Des bons gars, il y en a plein la planète, mais des vrais hommes, des hommes sincères et capable d'aimer, il y en a très peu ! Si c'est ça ton karma, ta destinée, je n'y peux rien, mais écoute bien ceci : si tout l'amour que je t'ai donné n'a servi qu'à te conduire là, j'en suis désolée et épouvantée à la fois, car tu devras recommencer encore et encore dans de prochaines vies jusqu'à ce que tu règles tes problèmes. Je te souhaite d'aimer l'éternité. Libre à toi si tu veux revivre un enfer encore plus bouillant mais ne compte pas sur moi comme roue de secours, je n'y serai pas. Dans cette vie-ci, toi et moi avions à expérimenter l'amour et le détachement. En ce qui me concerne, je crois avoir réussi. Tu ne sauras jamais ce que c'est que d'être un homme avant d'être capable de pleurer comme une femme et d'être courageux comme un vrai guerrier. Tant que tu ne t'aimeras pas, tant que tu te considéreras seulement comme un soutien de famille en devoir, tant que tu porteras le masque de la séduction, tu ne pourras pas vraiment être un homme.

– Je ne peux pas souffrir, je n'ai pas d'émotions...

– La vie va se charger de t'en faire vivre jusqu'à ce que tu comprennes. Elle sait nous mater quand c'est le temps. Il serait dommage que tes enfants deviennent orphelins, tu les aimes tellement... Denis, je ne t'en veux pas, je ne suis pas rancunière et je ne connais pas la vengeance mais la vie rend à mesure égale ce qu'on lui prend ou ce qu'on lui donne, et la vie est beaucoup plus sévère que je pourrais l'être, crois-moi...

– Si c'est comme ça, je m'en vais...

– Tu vois ? Tu fuis encore, tu as fui toute ta vie.

Delphine se rend compte qu'elle parle toute seule, Denis ayant pris la fuite par les escaliers. Elle ne peut s'empêcher de penser qu'on a tous le premier rôle dans le scénario de sa propre vie... Mais cette pièce se joue sans texte et lorsqu'un comédien fait sa sortie, habituellement, c'est pour toujours. Encore ébranlée par ce qui vient de se passer, le téléphone sonne.

– Excuse-moi, j'étais frustré, je n'aurais pas dû partir comme ça...

– Les excuses ne suffisent pas, on doit réparer ses erreurs. Si tu m'avais véritablement aimée, tu aurais eu de la peine suite à ce que je t'ai dit. Je ne veux pas d'un homme frustré à mes côtés, j'ai plutôt envie de vivre un grand Amour. Je te souhaite bonne chance. Je suis désolée que ça se termine ainsi.

En raccrochant, elle est prise d'un petit moment d'angoisse. Elle traverse chez le voisin et lui raconte ce qui vient de se passer.

– J'ai honte de moi. Il m'a servi sur un plateau d'argent la plus grande leçon de ma vie : je l'ai traité de Judas et il m'a parlé de saint Pierre. Ensuite, il a menacé de se pendre ; penses-tu qu'il pourrait le faire ?

– Tu n'as pas à avoir honte, je pense que tu es manipulée. Que te dit ton intuition ?

– Il ne le fera pas, il aime trop ses enfants. Il sent simplement qu'il perd le contrôle sur tout le monde et ça le fait paniquer. Il a joué ses dernières cartes.

– Oh non, il va rappliquer...

– Je suis fatiguée de cette histoire-là, Pierre. J'ai hâte de vivre des moments plus heureux. J'ai hâte d'être à nouveau en amour.

– Tu y crois encore ?

– Plus que jamais ! J'aspire à un amour fondé sur la communion d'âmes, l'intégrité et l'intimité. Je sens que ça s'en vient... Je te remercie de m'avoir écoutée.

Le lendemain matin, Delphine est surprise de se sentir aussi en forme. Le fait que Denis soit venu chercher son livre la libère : le dernier lien est rompu. Ce qui pourrait être perçu comme une tragédie par plusieurs personnes, elle décide que ce sera une expérience positive. Quand on a un but élevé, il faut savoir s'entraîner à la course à obstacles. Elle pense qu'elle a laissé les choses arriver, il est peut-être temps qu'elle les fasse arriver...

***

Delphine rencontre Jean Perron à son magnifique condo qui offre une vue imprenable sur Montréal.

– J'espère que tu as apporté plusieurs livres, lui dit-il. J'ai l'intention de faire des cadeaux à ceux que j'aime.

– J'en ai bien une dizaine avec moi.

– Parfait, c'est ce qu'il me faut.

Ensuite, devant un délicieux goûter, il lui dit :

– Mon ex-épouse m'a dit qu'elle t'avait rencontrée dans un restaurant ; tu parles d'une coïncidence !

– La vie est pleine de surprises, n'est-ce pas ?

– A-t-elle parlé de moi ?

– Un peu. Elle m'a dit que tu avais été un bon père et un excellent employeur.

– C'est vrai.

– Alors bravo pour ton rôle de père. Maintenant, explique-moi donc ce que c'est que d'être un excellent employeur.

– À l'époque, je dirigeais avec mes frères une entreprise forestière nécessitant plus de 3000 employés.

– C'est toute une entreprise !

– Une belle entreprise dont je suis fier, Delphine. Au début, ça n'allait pas avec les employés. Avec le temps et l'expérience, j'ai finalement compris qu'un bon employeur doit agir de façon à ce que les employés aient confiance car l'exemple est le plus puissant des enseignements. Si l'employeur exige la ponctualité de la part des employés et que lui-même n'est jamais à l'heure, il est incohérent. On doit être conséquent entre les dires et les gestes.

– C'est aussi ma devise.

– Si on veut gagner la confiance de ses employés, on doit aussi être crédible et transparent. On ne doit rien cacher, la vérité est essentielle.

Delphine sourit doucement.

– Excuse-moi, mais je songeais que ces vérités devraient aussi s'appliquer entre conjoints. Donc, c'est ce qui a fait la clé de ton succès ?

– La clé du succès d'une entreprise dépend de plusieurs facteurs. En ce qui a trait aux employés, je pense que plus le personnel est considéré, plus le client sera bien traité. On doit être à l'écoute en laissant toujours la porte ouverte. On doit prendre en considération leurs suggestions, leurs bonnes idées et leur donner le crédit. Ensuite, on doit les diriger dans ce qu'ils aiment faire, dans ce qui leur convient. **Placer les gens aux bonnes places est un gage de réussite.**

– Que Dieu t'entende ! Je rajouterai ça dans mes prières car j'ai assez hâte qu'Il m'installe à la bonne place ! En attendant, je voudrais que tous les membres des commissions scolaires et les directions d'école entendent cela. Combien de professeurs ont un diplôme de mathématiques ou de français et se retrouvent à enseigner l'anglais ou l'éducation physique ou n'importe quoi parce qu'il n'y a pas de poste ? Comment peut-on parler de qualité de l'enseignement ?

– C'est évident que si les employés aiment leur travail, le rendement sera bien meilleur. J'ai aussi appris à utiliser le bon ton lorsque je leur adressais la parole. Une remontrance sans agressivité donne de bons résultats surtout si le “ timing ” est bon. Il y a toujours un bon moment pour remettre les choses à leur place.

– Ça c'est vrai ! D'après toi, quelle serait la pire chose à faire à ses employés ?

– La pire chose serait de les humilier. L'humiliation est à proscrire. Ils ont surtout besoin d'être valorisés et encouragés. Et comme dernier atout, si c'est possible pour la compagnie, le partage des bénéfices représente une excellente motivation.

– Ça, je m'en doute ! Tu devrais donner un cours pour les employeurs intitulé “ Employés bien traités, succès assuré ! ”

Jean rit de bon cœur.

– Nos employés se sont toujours donnés à 100 %. Jamais nous n'aurions embauché des gens dont il aurait fallu nous méfier et que nous aurions dû constamment surveiller. La confiance a toujours régné dans l'entreprise. Une de mes devises était : “ Il ne faut pas employer ceux qu'on soupçonne ni soupçonner ceux qu'on emploie. ”

– Durant toutes ces années, as-tu vécu de l'insécurité quant à l'avenir de l'entreprise ?

– Il y a déjà 35 ans de cela, le feu a détruit une de nos usines. Sur place, on a compris que nous aurions besoin de toutes nos larmes pour éteindre les dernières flammes. Une étincelle venait d'arrêter notre élan. Mais patrons et employés, on s'est tous relevés. Six mois plus tard, les machines tournaient dans une usine ultra moderne à l'épreuve du feu. **On ne doit pas avoir peur de tomber, on doit savoir se relever.** Le secret, c'est de toujours suivre sa pente pourvu que ce soit en montant.

– Je pense comme toi. Les gens qui manquent de courage et qui ne persévèrent pas dans la vie n'obtiendront pas grand chose de cette vie. Et puis lorsqu'on tombe, c'est là qu'on reconnaît ses vrais amis.

– J'ai toujours pensé qu'un véritable ami est celui qui nous connaît et qui nous aime quand même.

Delphine écoute inlassablement, admirant la sagesse de cet homme. Au moment de partir, elle remarque une devise affichée au mur : « **Fais toujours ce que tu dis** ».

– C'est tellement important, la crédibilité, dit-elle.

– Cette devise était affichée dans mon bureau. C'était pour rappeler aux gens que la parole est un engagement et qu'une promesse doit être tenue. Quelqu'un l'a entendue, quelqu'un y croit, quelqu'un attend.

– Comme c'est vrai, dit Delphine. Créer des attentes chez les autres et ne pas donner suite n'est pas très honnête.

– On a de belles valeurs en commun, Delphine. J'ai bien hâte de le lire, ton deuxième livre et compte sur moi pour en parler. Je te remercie pour ta visite et avise-moi de la date de sortie du troisième.

– C'est une promesse, dit Delphine en l'embrassant.

Elle serait restée des heures à écouter parler cet homme qui a su conserver son cœur d'enfant, et pour qui vieillir, c'est pour plus tard, beaucoup plus tard...

***

Lors d'une séance de signature à Trois-Rivières, Delphine a l'agréable surprise de rencontrer l'artiste-peintre Madeleine Rousseau-Hébert.

– Je trouve les couvertures de tes livres tellement jolies, dit-elle.

– Merci. Je t'ai entrevue à un symposium il y a quelques années et j'ai beaucoup aimé le style de tes toiles. J'ai toujours eu l'intuition qu'on se reverrait un jour.

– J'ai lu tes livres et comme je savais que tu serais ici aujourd'hui, je voulais te partager ce que je ressens. J'ai fait un beau voyage au pays de l'âme dans l'authenticité et les grandes vérités. Ton goût de communiquer et ton énergie servent bien ta mission " d'éveilleuse de conscience ". Tout ce que tu nous fais partager à titre d'enseignante me donne plein de frissons. Derrière ta maturité, tu es comme une enfant et c'est ce qui fait ta richesse ; c'est aussi cette pureté et cette candeur qui va faire voyager tes livres.

Des larmes de bonheur montent en Delphine.

– Madeleine, je vois ton âme dans tes yeux. Tu es très généreuse de t'être déplacée pour venir me voir. Je te remercie pour ton témoignage, c'est nourrissant.

– J'espère que tu continueras à nous partager les délicieux fruits de ton voyage.

– Le troisième livre est en route. Il faut croire que j'ai encore plein de choses à découvrir sur moi-même.

– Je t'enverrai une invitation lors de mon prochain vernissage.

– J'apprécierais beaucoup, j'adore les vernissages ! À bientôt !

***

Alors que Delphine est occupée à cuisiner un repas pour elle et son voisin, le téléphone sonne.

– Pierre, réponds s'il te plaît, j'ai les deux mains dans l'eau.

Lorsqu'il lui passe le récepteur, il dit tout bas :

– Je crois que c'est Denis...

Et Delphine entend au bout du fil ce qu'elle a espéré entendre durant presque cinq ans :

– Je suis un homme libre et je vis seul avec mes enfants. Ce matin, leur mère est partie définitivement.

– Je ne peux pas te parler présentement, je suis occupée. De toute façon, il est trop tard.

– As-tu quelqu'un dans ta vie ?

Elle ne peut tout de même pas lui dire qu'un mur de ciment s'en vient... Exaspérée, elle répond :

– Oui, Denis, j'ai quelqu'un dans ma vie présentement et je ne peux te parler plus longtemps.

Après avoir raccroché, elle dit à Pierre :

– Je n'aime pas mentir mais c'était la seule façon d'avoir la paix.

– Ne me dis pas qu'il est enfin libre ?

– C'est ce qu'il m'a annoncé mais ça ne m'intéresse plus.

– Qu'est-ce qui t'attire le plus chez un homme ? ose-t-il lui demander.

– La tendresse, l'intégrité, l'authenticité, le souci de l'autre, la complicité, et je le veux libre de toutes dépendances.

– C’est beaucoup d’exigences...

– Je mérite une relation saine et équilibrée.

– Tout le monde souhaite une telle relation...

– Alors tout le monde doit d’abord guérir. Sais-tu pourquoi il y a tant de divorces présentement ? Parce que les couples sont ensemble pour guérir leurs blessures et lorsqu’un des deux partenaires est suffisamment guéri, si l’amour n’est pas assez fort au sein du couple, il cherchera d’autres défis ailleurs ou une meilleure qualité de vie.

– Mais ça ne finira jamais !

– Le véritable amour est impossible sans la guérison des blessures de l’enfance et une fois la guérison faite, tu aimes inconditionnellement. Ta relation ne représente plus un défi mais un choix. Les relations intimes sont là pour décortiquer et guérir les peurs reliées au passé. Chaque relation amoureuse insatisfaite nous rappelle les blessures de l’enfance et elle nous permet d’enlever les aiguilles plantées dans notre cœur.

– Je pense aussi que nous rejouons constamment la même histoire jusqu’à ce que l’histoire, un jour, révèle nos blessures.

– Plusieurs personnes durant l’enfance ont vécu un abandon ou ont subi de mauvais traitements. D’autres ont été victimes de négligence ou d’indifférence ou ce qui n’est pas mieux, de surprotection. Alors, ce qui a été vécu durant l’enfance se répète dans les relations à l’âge adulte. Par exemple, la fillette dont le père était toujours absent risque de devenir une femme dont le mari répétera le même comportement. Le petit garçon battu par son père deviendra souvent un mari violent. Le petit garçon surprotégé, sous l’emprise de sa mère, deviendra un bon gars sous l’emprise de sa femme.

– Je réalise à quel point tout cela est vrai.

– L’idéal serait de fermer le livre de notre enfance en pardonnant pour enfin vivre autre chose. Dans une relation adulte, nous sommes confrontés à l’expérience de l’amour et chaque expérience amoureuse nous rappelle à quel point nous désirons être aimés.

– Je pense que si on exige de notre partenaire qu’il ou qu’elle comble tous nos besoins, la relation devient un combat de boxe car les partenaires voient dans l’autre leur propre miroir.

– Et dans ces luttes de pourvoir, on constate que la peur a été transmise de génération en génération et enregistrée dans nos cellules. Les patterns familiaux et les dysfonctions se répètent.

– Lorsque j'ai consulté la bibliographie de ton deuxième livre, j'ai constaté que tu avais intégré plusieurs connaissances.

– J'ai surtout réalisé que dans chaque livre, il y a des vies qui ressemblent à la mienne et que ces auteurs méritent d'être lus.

– J'ai du boulot pour au moins quelques années... Alors, autant commencer tout de suite. Je crois que j'en ai encore beaucoup à apprendre sur les relations.

– Pierre, aucune relation n'est accidentelle. Nos relations sont des laboratoires où la chimie du physique produira une combinaison d'énergie qui allumera un feu éternel si l'amour inconditionnel est présent dans la formule. S'il est absent, la relation risque de s'évaporer en gaz toxique et même de contaminer l'entourage. Attention aux personnes que tu fréquentes car, j'ai remarqué que plusieurs “ gaz ” se promènent à l'air libre à la recherche d'une substance plus solide. Il s'agit simplement de discerner si ces “ gaz ” ont le potentiel pour devenir des solides, sinon, on risque de se retrouver le bec à l'eau. Si l'énergie d'amour ne circule pas dans tous les chakras, les circuits se ferment.

– Je comprends pourquoi tant de gens ont mal à l'estomac, mal au foie ou ont les intestins bloqués, dit-il en riant. Je te remercie pour le souper, un bon livre m'attend.

Après son départ, Delphine plonge aussi dans ses livres. Il lui reste tant de choses encore à conscientiser. Plus tard, avant d'éteindre la lumière, elle vérifie si elle a reçu un courriel.

Voyage au pays de l'âme.

Bonjour Delphine,

Cette année a été des plus évolutives qu'il m'ait été donné de vivre. Ce sont des auteurs comme vous qui, par leur vécu et leurs connaissances m'ont fait le plus cheminer. Il est certain que j'étais rendue à cette étape d'évolution.

Je lis votre livre durant le trajet d'autobus, et je déguste. J'espère un jour parler avec autant d'aisance et partager avec autant de spontanéité. Les livres ont toujours été pour moi une source d'inspiration, de croissance, d'évolution et de sagesse.

Depuis trois ans, je donne des cours sur les chakras et je veux en créer d'autres sur les Lois Universelles. Mon plus grand rêve est d'avoir une maison à la campagne. Quand j'ai lu le passage du Lac D'Argent, j'ai revécu ce projet avec beaucoup d'intensité. J'ai trouvé l'idée du " panier aux pensées " chez vos amis Claire et Gabriel, merveilleuse. Ça m'a donné le goût d'en faire un.

Encore merci pour le partage. Ça m'encourage à devenir meilleure jour après jour.

L. Boivin

Déguster un livre, comme c'est mignon ! Elle a déjà entendu « Votre livre m'a assommé, je l'ai mangé, je l'ai dévoré, je l'ai avalé, il m'a rentré dedans, il m'a énergisé, il m'a nourri. » Delphine est heureuse de constater que de plus en plus de gens ont faim d'une nourriture spirituelle et qui plus est, ils semblent bien digérer car les rejets sont peu nombreux.

***

Delphine voit venir l'été, un peu inquiète. Aura-t-elle assez d'argent pour vivre ? Comme si le Ciel avait entendu sa demande et que le boomerang est bien à la mode, Philippe trouve que vivre seul, ça coûte cher... Delphine accepte de le reprendre jusqu'à ce qu'il se trouve un meilleur emploi. Le soir de la fête des Mères, elle lit le magnifique texte encadré qu'il vient de lui offrir.

N'abandonne surtout pas

Lorsque dans ta vie rien ne va plus, que les problèmes tourmentent ton esprit et que l'argent te cause tant de soucis... Repose-toi s'il le faut mais, n'abandonne surtout pas.

Lorsque trop d'erreurs ont été commises, que tout ton univers menace de s'écrouler et que fatigué, tu sens la confiance t'abandonner... Repose-toi s'il le faut mais, n'abandonne surtout pas.

Tu sais, la vie est parfois étrange avec son lot de surprises et d'imprévus. Il ne nous est pas donné de savoir à l'avance combien d'étapes nous devrons franchir, ni combien d'obstacles nous devrons surmonter avant d'atteindre le Bonheur, la Paix et la Réussite.

Combien de gens ont malheureusement cessé de lutter, alors qu'il n'aurait peut-être fallu qu'un petit pas de plus pour qu'un échec se transforme en réussite. Et pourtant, un pas à la fois n'est jamais trop difficile, tu dois donc avoir le courage et la ténacité nécessaires de faire ce petit pas de plus.

Tu verras alors que cette attitude pleine de Foi appellera à elle, du plus profond de toi-même, des forces et des énergies de vie que tu ne soupçonnais même pas et qui t'aideront à réaliser ce que tu peux entreprendre.

Mais surtout et avant tout, souviens-toi bien de ceci :

Quand dans la vie des moments difficiles viendront... Repose-toi s'il le faut mais... ***N'abandonne surtout pas !***

– Je te remercie, Philippe, ça me redonne de l'énergie. Il n'est vraiment pas question que j'abandonne, je dois continuer l'écriture.

– Ne t'en fais pas maman, malgré nos ennuis financiers, à nous deux, je sais qu'on va y arriver.

***

À Amos, en Abitibi, alors qu'elle est à terminer une dédicace, Delphine se sent enveloppée d'une énergie toute nouvelle, tel un doux parfum aspergeant sa peau. Il y a sûrement un ange dans les environs, pense-t-elle. Levant la tête, un humain à figure de chérubin la regarde, tout sourire. Jamais elle ne pourra oublier le regard d'admiration et de respect de l'homme devant elle. La lumière céleste semble passer par la fenêtre de ses beaux yeux bleus. Elle ne peut s'empêcher de penser que Dieu devrait reproduire ce modèle en plusieurs exemplaires. Elle reconnaît son lecteur malheureux de l'an dernier avec qui elle avait amorcé une conversation profonde sur l'espoir et la foi. Elle remarque toutefois qu'il a l'air moins malheureux, affichant même une certaine sérénité. Il tient dans ses mains un cadeau joliment emballé de papier bleu et de rubans multicolores. Après ces secondes de pures délices, elle entend :

– Je savais que vous seriez ici. Je ne sais pas s'il y a beaucoup de personnes comme vous sur cette planète, mais veuillez accepter cette petite douceur en guise d'admiration et de reconnaissance.

Et il ajoute :

– Excusez-moi, je suis ému... Je vis la même émotion que vous avez vécue avec Marc Fisher à Rimouski.

Que cet homme est touchant dans son authenticité et sa vulnérabilité, pense Delphine. Elle se lève et le prend dans ses bras.

– Merci beaucoup ! Nous avions rendez-vous, je crois.

L'émotion flotte autour d'eux. Elle déballe ensuite le cadeau pour y découvrir une luxueuse boîte de chocolats fins.

– C'est une délicate attention, je te remercie beaucoup !

– Est-ce qu'on peut inviter une auteure à souper ? demande-t-il timidement.

Les émanations de cet homme ne trompent pas. Ce qu'elle ressent s'apparente à une émotion pure, à un sentiment qui la transporte bien au-delà des désirs physiques : elle ressent cette perfection issue de l'innocence que seuls les cœurs purs peuvent comprendre. Radieuse, sans hésiter, elle répond :

– Bien sûr ! J'accepte avec plaisir. Je serai disponible vers dix-sept heures après mon entrevue d'auteure au café littéraire.

– Je serai là, c'est promis. Je ne voudrais pas manquer cet événement. Tenez, je vous ai aussi écrit une lettre. À plus tard !

Profitant d'un moment d'accalmie, la curiosité de Delphine l'emporte.

Chère Delphine,

Je m'appelle Richard. J'ai 40 ans et comme bien des gens qui ont vu "l'arrivée du 20 nouveau" au même moment qu'un bouleversement à faire frôler la folie, j'ai entrepris mon long, douloureux et fascinant voyage vers l'intérieur de mon être. Quelle formidable découverte de constater que la vie n'est pas un cheval fou qu'on laisse courir à la débandade. Comme le mot magie prend un sens encore plus profond lorsqu'on commence à percevoir les couleurs de cette merveilleuse organisation divine. Rien n'est laissé au hasard, tout est imbriqué dans une parfaite harmonie.

Il y a presque deux ans, ma femme m'a quitté pour un autre homme. En l'espace de quelques heures seulement, je l'ai vue passer de l'état d'une femme qui me semblait heureuse et amoureuse à un état froid et sans vie, déclarant le plus naturellement du monde : « La petite flamme est éteinte, Richard, restons amis, veux-tu ? »

Tout mon monde s'est écroulé en l'espace de quelques minutes. Comme un décor de carton qu'on abat d'un coup de pied, l'environnement auquel mon identité tirait sa source s'est évanoui dans une déconcertante précarité. C'est comme si je venais de vivre le plus gros " gag arrangé " des belles années de Marcel Béliveau avec son émission " Surprise sur prise ". Le divorce est passé comme un coup de vent, laissant derrière, quatre enfants éberlués et désorientés et moi, au milieu de la piste d'un cirque dont je croyais être l'équilibriste étoile, n'étant pourtant que le clown de service dont on venait d'administrer une copieuse tarte à la crème.

J'ai cru sincèrement que l'affrontement de cette épreuve était voué à l'échec. L'idée de la mort se faisait séduisante. Mais l'amour de mes enfants a été heureusement beaucoup plus fort que les raisons inspirées par une folie passagère, venue faire son nid dans mon existence pour gruger progressivement le pouvoir de ma pensée rationnelle, jadis sécurisante. Le mal qui me compressait le cerveau et le cœur a fait exploser en pleine face toutes mes peurs et mes angoisses enfouies profondément dans les moindres fibres de ma chair.

J'ai sombré dans une profonde dépression. On m'a indiqué la voie d'un tunnel très populaire en me disant : « C'est par-là qu'il faut que tu passes, mon Joe ! T'en fais pas, il y a une lumière au bout ! » Difficile à croire, on aurait dit qu'il s'agissait d'une grotte, si dense était l'obscurité. Une noirceur que je compare à celle dont j'ai fait l'expérience lors de ma visite dans une galerie de mine à Val d'Or, où il est impossible de voir sa propre main placée à quatre centimètres de soi.

Question de survie, j'ai rapidement endormi le mal par l'ivresse. Je n'ai pas utilisé l'alcool ni la drogue mais un moyen pire à certains égards, je parle de l'ivresse mentale. Je suis tombé en amour avec une femme qui ressemble comme deux gouttes d'eau à mon ancienne conjointe au niveau du comportement. Par chance, cela n'a pas été réciproque. Je dis " par chance ", car je crois que je me serais probablement retrouvé dans le même " pattern ". Cependant, tout ce qui m'est arrivé avec cet amour-torture m'a poussé à comprendre les fondements de l'amour inconditionnel. Il a fallu l'arrivée du livre de Marc-André Poissant, " L'ouverture du cœur " qu'une amie m'a donné en cadeau, pour saisir les subtilités essentielles à ma compréhension de cette nouvelle souffrance.

Par la suite, tout s'est mis à défiler à une vitesse folle. On aurait dit que les retenues que j'appliquais inconsciemment depuis toujours à mon évolution personnelle se libéraient d'un coup sec. Mais cette masse d'émotion avait du mal à passer dans le goulot trop étroit de mon esprit terriblement cartésien, causant d'autres écorchures douloureuses. J'ai pleuré à m'assécher la moindre particule d'espoir. J'ai consulté un " psy ". J'ai lu Scott Peck et d'autres auteurs. Et puis, il y a eu cette envie folle mais vitale de me rendre au Salon du livre de La Sarre où j'étais certain d'y faire une rencontre déterminante pour la suite de ma vie.

J'ai enfourché ma moto et je suis parti aux petites heures du matin. Chemin faisant, j'ai failli heurter un orignal qui traversait la route. Heureusement, j'ai su garder l'équilibre de ma machine et éviter la collision. Je me suis dit que ma dernière heure n'était pas encore arrivée. Je n'ai même pas stoppé pour reprendre mes esprits. Une grande chaleur a coulé en moi et j'ai continué mon chemin vers ma destination. En arrivant au Salon du livre, je me suis procuré deux illustrations dans un kiosque situé juste à l'entrée. C'était avant la rencontre d'une dame tout sourire qui a marqué mon cœur par sa sérénité et l'amour qui émanait de son âme. Cette dame, c'était vous, Delphine.

Votre livre m'a interpellé. Il m'a dit : « Lis-moi, ça presse ! » Nous avons échangé, vous et moi. Les mots de notre conversation collaient tellement à ma réalité que j'en étais étourdi. L'entretien s'est terminé avec une étreinte.

Aujourd'hui, j'en suis à lire les dernières pages de votre deuxième livre. Que de coïncidences époustouflantes sont venues remuer ma vie depuis. L'une des dernières : l'illustration de votre deuxième livre est l'une des deux images que j'ai achetées et dont je vous parlais précédemment. Elle est affichée sur un des murs de ma maison. J'ai été estomaqué lorsque j'en ai fait la découverte.

Aujourd'hui, par cette lettre, je veux témoigner du grand renouveau que vous m'avez inspiré. Certaines personnes de mon entourage ont aussi profité de votre générosité et de votre amour manifesté dans " La clé de la Vie " et dans " Voyage au pays de l'Âme ". J'ai bu vos mots comme à une source d'eau fraîche dont on ne peut se lasser d'en apprécier la pure saveur. Quelle ne fut pas ma surprise et ma joie de découvrir aux dernières pages de votre deuxième livre, la rencontre avec Marc-André Poissant dit maintenant Marc Fisher. Cet homme représente aussi une étape marquante de ma nouvelle vie. Son livre, " L'ouverture du cœur " est une autre clé pour moi. Il m'apporte souvent la réponse à ce que je vis. Je l'ouvre au hasard et il me parle à tout coup.

Depuis le mois de mars dernier, j'ai suivi une thérapie. J'ai fait la connaissance avec la source de mon mal. Une difficulté bien évidente à négocier adéquatement avec les événements de la vie. On m'a servi sur un plateau d'argent la plus grande leçon d'humilité de ma vie. J'ai installé le mode de vie des alcooliques anonymes dans mon quotidien et ça marche ! Même si je ne consomme pas, j'ai admis mon impuissance face au mal qui me grugeait et m'en suis remis à une force supérieure, Dieu, tel que je le conçois. J'ai la Foi. Je sais que le Plan Divin se déploie devant moi et je savoure l'aventure fantastique de la vie. Je sais qu'il y aura un jour, auprès de moi, une femme avec qui je vivrai l'amour inconditionnel dont vous êtes, chère Delphine, l'ambassadrice par excellence de mon cœur.

Delphine, vous avez raison de faire ce que vous faites. La voie du cœur est la meilleure quoiqu'on puisse en penser lors des moments de découragement. Elle est la seule qui vaut la peine d'être suivie, j'en suis nettement convaincu. Merci d'être ce que vous êtes. Merci d'avoir persisté à écrire et à vouloir être publiée. Quel cadeau pour nous tous et pour nos enfants.

En toute admiration et reconnaissance,
Richard

En repliant la lettre, Delphine a l'impression d'être passée sous une douche de bonté humaine. L'ivresse qu'elle ressent n'a rien à voir avec le mental : ce bonheur inattendu la touche directement au cœur. Revenue à la réalité, le présent la ramène à revoir des lectrices de l'an dernier qui viennent aux nouvelles.

Durant la journée, elle se sent traitée aux petits oignons : une bénévole est à sa disposition. Comme un cadeau en attire un autre, on lui remet un souvenir du 23e Salon de l'Abitibi. Delphine est subjuguée devant l'originalité du présent. Réalisé par un peintre graveur, il s'agit d'une petite bande dessinée pliée en accordéon dont la base s'insère dans un socle de bois. On peut y voir une foule dans un Salon du livre qui se promène de kiosque en kiosque. Sur une page, le nom de Delphine ainsi que le titre de son deuxième livre sont gravés. Une foule attend pour la dédicace. Delphine trouve l'idée excellente et se dit que le concepteur de cette petite merveille est un génie d'imagination.

Une minute avant " Les confidences d'un auteur " devant quelques soixante-dix personnes, elle apprend que l'interview est télévisée en direct. Elle n'a que trente secondes pour prendre une bonne respiration et ramener son pouls à la normale. Elle remarque que son lecteur reconnaissant est assis au premier rang ; étrangement, l'énergie de cet homme la sécurise. L'animatrice prend la parole.

– Je m'entretiens aujourd'hui avec une auteure dont la formation est assez impressionnante : Bac en pédagogie, plus de trente ans comme enseignante à l'élémentaire, cours de toutes sortes tels, relations humaines, yoga, taï chi, méditation et tourisme. Une de ses grandes réalisations a été la création de cours sur les " Valeurs de Vie ". Elle se définit comme une personne déterminée et courageuse qui a appris à convertir les obstacles en messages. Elle est ici pour nous parler de son deuxième volume qui a pour titre " Voyage au pays de l'Âme ", dont la préface est de nul autre que Jacques Salomé. Je vous demande de l'accueillir avec moi, il s'agit de Delphine.

Après les applaudissements, l'animatrice enchaîne :

– Dites-moi, quels sont les grands thèmes de votre deuxième livre ?

– J'écris sur l'amour, les valeurs, les lois universelles, les médecines douces, les guérisons physiques et psychologiques, les témoignages d'enfants, petits et grands, les vérités fondamentales.

– À 40 ans, vous avez entrepris des recherches en spiritualité. Quel a été l'élément déclencheur ?

– Lorsqu'il n'y a plus rien qui fonctionne, on se pose des questions. Mon amie Sarah m'a beaucoup aidée à l'époque. J'ai ensuite intégré certaines connaissances et quelques années plus tard, l'amour d'un homme a déclenché chez moi un revirement de conscience, un changement dans mes valeurs.

– Durant cette période, vous avez commencé à bâtir un système de valeurs et à l'appliquer dans votre vie. Aviez-vous fait une découverte exceptionnelle pour avoir le goût de la propager à grande échelle ?

– Je n'ai rien découvert, je n'ai fait que des liens. Les enfants ont besoin de découvrir leur identité, ils ont besoin de savoir qui ils sont, ils ont besoin d'entendre parler d'estime de soi. Il s'agit d'être cohérent entre nos valeurs et nos actions. Je viens de comprendre de quelle façon je fonctionne, c'est évident que j'ai le goût de transmettre ce qui peut mener au bonheur. N'y a-t-il pas trop de suicides un peu partout sur terre ? Ce fléau doit cesser et souvent la compréhension peut éclairer un esprit suicidaire. Et puis je le répète, la clé est dans la compréhension des principes féminin et masculin. C'est le cours le plus important de mon programme sur les Valeurs de Vie.

– Pouvez-vous nous dire quelques mots sur une de ces valeurs qui ont pris de l'importance dans votre vie ?

– L'amour, bien sûr, demeure pour moi la plus belle valeur, mais sans la foi, je ne serais pas ici. J'ai toujours cherché un but à ma vie, je voulais comprendre la raison de mon existence. Je crois à une force supérieure Divine car le mal de vivre est beaucoup trop fort pour nos capacités humaines. Dieu s'occupe du moindre petit être vivant de la planète, à plus forte raison, il supporte le chef-d'œuvre de sa création : l'homme. C'est de la foi dont l'homme a le plus besoin et nous devons l'entretenir quotidiennement. Et lorsqu'on a trouvé un sens à son existence, on est animé d'une passion qui ne peut s'éteindre. Ma foi n'est pas aveugle, elle est plutôt visionnaire. C'est ça devenir le maître de son destin.

– Votre relation avec Denis, ne la trouvez-vous pas déchirante ? Le prix à payer n'est-il pas un peu élevé ?

– Au début, ce fut très déchirant. Mais une fois retourné auprès des siens, comme je refusais d'être sa maîtresse, au fil des jours, j'ai vite compris qu'il était probablement un tremplin pour ma propre évolution, en ce sens que je me libérais de mes attitudes de dépendance, expérimentant ainsi le détachement.

– Vous dites : « L'amour, pour ne pas sombrer, doit être alimenté par les connaissances. » Que voulez-vous dire au juste ?

– Pour évoluer sainement, l'ouverture du cœur doit se faire en même temps qu'une ouverture d'esprit. Alors, je me suis mise à étudier des auteurs et des grands maîtres afin d'acquérir leurs enseignements qui correspondaient à ma vérité. À partir de leurs vérités, j'ai construit la mienne. Une fois cette vérité bien ancrée, il devient plus facile de passer à l'action. Ne me croyez surtout pas sur parole, mais essayez de mettre en pratique certains enseignements. Il n'y a pas de plus grand maître que l'expérience.

– Vous n'avez pas peur de prendre position en ce qui a trait au domaine de l'éducation et de donner votre opinion sur la façon dont ça se passe. Trouvez-vous que les objectifs du ministère répondent bien aux besoins des enfants ?

– Non, pas vraiment. J'ai toujours admiré les gens qui verbalisent ce qu'ils pensent : c'est ainsi que j'ai appris à penser. J'ai plutôt peur de ce qui pourrait arriver si je ne dis pas ce que je sais. Il serait important qu'on montre aux enfants à **ÊTRE**. Trop d'enfants sont sacrifiés au nom du perfectionnisme et de l'excellence.

– Qu'est-ce qu'il y aurait lieu de changer ? Quelle est votre vision d'une école renouvelée ?

– À mon avis, tous les agents de l'éducation doivent se remettre en question : les parents, les enseignants, les directions d'école. Certaines pratiques pédagogiques ne répondent plus aux besoins des enfants. Ne pourrait-on pas leur montrer comment résoudre les problèmes de la vie ? Ne pourrait-on pas leur apprendre à s'aimer ? On pourrait aussi respecter leur rythme en essayant de comprendre de quelle façon ils apprennent. Nous travaillons sur des êtres humains et non sur des ordinateurs. Évidemment, ce n'est pas tout le monde qui a une " vision humaine " de l'être humain, j'en suis bien consciente.

– Jacques Salomé, cet écrivain bien connu, a émis un souhait à cet effet : qu'il y aurait un jour, dans les écoles, une éducation qui permettrait à l'enfant de ressentir ce qu'il ressent. Qu'en pensez-vous ?

– Monsieur Salomé a la même vision que la mienne en matière d'éducation. Mais pour que les enfants s'ouvrent aux émotions, on doit les écouter. Si on les écoutait vraiment pour entendre ce qu'ils ont à dire, le monde changerait. **Apprendre à aimer est ce qui devrait être enseigné dans toutes les écoles car c'est la leçon la plus importante de notre vie.** J'ai souvent affirmé que les enfants ont été mes plus grands maîtres et je le maintiens. C'est pour cette raison que je les aime tant et qu'ils méritent mon respect.

– Avez-vous un rêve, présentement ?

– J'en ai plusieurs mais je vais en émettre un : qu'on enseigne dans les écoles les " Valeurs de Vie " et que ce cours fasse partie intégrante de la formation des maîtres dans les universités.

– N'abandonnez pas, ce serait merveilleux. J'aimerais terminer ici en recommandant aux gens la lecture de vos livres.

Puis, s'adressant à l'auditoire, l'animatrice ajoute :

– Je vous laisse sur cette phrase que Delphine a prononcée lors du lancement de son premier livre : « L'espoir est le seul sentiment contre lequel le temps ne peut rien. » Merci, Delphine, pour ces confidences.

En descendant de l'estrade, elle entend son lecteur reconnaissant qui dit :

– Je n'arrive pas à croire que j'ai devant moi la femme qui m'a fait rire, pleurer et expliqué tant de choses. Vos propos sont justes, ils m'atteignent directement au cœur.

– Je pourrais en dire autant des tiens, Richard. Je te remercie pour ces beaux compliments. Maintenant, je dois te quitter ; je serai disponible dans une heure.

– Je vous attendrai juste à côté ; j'en profiterai pour lire.

Revenue à son kiosque, Delphine signe plusieurs livres. Elle feuillette ensuite un joli petit livre de poèmes. Remarquant qu'elle s'attarde à la photo de l'auteure, d'Artagnan lui dit :

– Justement, Irène Mercier sera ici dans quelques minutes.

– J'ai l'impression de la connaître...

Lorsque Irène arrive, Delphine perçoit un regard franc habité par d'immenses yeux bleus. Après l'avoir saluée, elle lui dit :

– J'ai lu quelques-uns de tes poèmes. Ce que tu écris est très profond. Écris-tu depuis longtemps ?

– J'ai d'abord travaillé dix ans dans le domaine judiciaire, ce qui m'a permis de prendre conscience du manque d'amour et de compréhension que l'être humain peut ressentir envers autrui. C'est à ce moment que j'ai décidé de changer de direction afin d'aider les gens à améliorer leur situation. J'ai suivi des cours de réflexologie, de massage chinois, de fasciathérapie, d'énergie dirigée, de physiologie humaine et de croissance personnelle. Simultanément, je me suis mise à écrire pour transmettre au monde entier l'amour du Très Haut et atteindre le cœur des gens avec mon propre cœur, mes mains, mes paroles et mes écrits.

– C'est une très belle mission, dit Delphine.

– J'ai écrit ce livre pour tous ceux et celles qui cherchent le réconfort, la joie, l'amour et la force intérieure, et surtout pour encourager les gens généreux et joyeux à continuer de donner.

– J'ai vraiment l'impression de te connaître depuis toujours.

– C'est réciproque. J'ai jeté un coup d'œil sur ton plan de cours. Ça semble bien intéressant. Te déplaces-tu en région éloignée ?

– Bien sûr ! Je donne le cours durant un week-end intensif. Alors, ne te gêne pas si tu veux former un groupe.

– Laisse-moi y penser. Peut-être en septembre... Je te donnerai des nouvelles bientôt.

Puis, sur un ton beaucoup plus bas, elle enchaîne :

– Je ne sais pas si tu as remarqué, mais depuis un bon moment, le bel homme sur le banc là-bas t'observe sans arrêt.

Delphine sourit.

– C'est un lecteur bien spécial. Il m'a invitée à souper...

– Chanceuse... Alors, je te souhaite de passer d'agréables moments en sa compagnie.

– Merci ! Je suis heureuse de t'avoir connue et j'espère avoir de tes nouvelles bientôt.

– Compte sur moi !

Delphine remarque que Richard a entre les mains “ Les petits miracles ”, le livre qu'elle est justement à lire. Drôle de coïncidence... En allant à sa rencontre, elle lui fait remarquer le kiosque de son ami le “ Pelleteur de Nuages ”, Francis Pelletier.

– J'en ai justement entendu parler à la radio ce matin...

– Si tu aimes les affiches, je te conseille celle intitulée “ Être ”, c’est ma préférée.

– Je vais suivre votre recommandation, je la prends tout de suite, dit-il avec un large sourire.

Remarquant que son lecteur semble complètement euphorique, elle demande :

– Richard, est-ce que ça va ? On dirait que tu as la tête dans les nuages !

– Quoi de plus naturel, je viens d’en recevoir une pleine pelletée !

Quel humour ! pense Delphine.

– J’essaie d’apprivoiser cette forte impression qui me fait vous vouvoyer.

– Ça viendra, je respecte ça.

Delphine se dit qu’elle doit faire quelque chose pour qu’il la descende du piédestal sur lequel il l’a juchée. Au restaurant, elle lui confie quelques primeurs de son troisième livre. Finalement, il arrive à la tutoyer.

– Je suis un lecteur comblé. Tu me permets de faire le lien entre mon imaginaire et la réalité. C’est une expérience merveilleuse. Mais dis-moi, qu’arrive-t-il avec Denis ?

Elle lui montre une photo de celui qu’elle a tant attendu.

– Il est libre mais il est trop tard, mon cœur a fini par décrocher.

– Je ne suis pas étonné. Je comprends qu’il ait besoin de grandir aussi. On peut tous grandir mais ça lui prendra encore combien de temps ? Cinq ans se sont écoulés pour toi, Delphine, cinq ans de découvertes fabuleuses sur la vie et sa tellement simple complexité. Tu es devenue une femme inspirée et une source d’inspiration à la fois. Quelle belle route ! Quel beau soleil ! Quand je te lisais, un flot de mots riches et remplis de messages magiques entraient dans ma tête et se bousculaient dans ma matière grise.

Pendant la conversation, il sort les photos de ses quatre enfants en disant :

– Ils sont beaux et intelligents. Je les adore.

En effet, ils sont radieux. Quelle richesse ! Richard, crois-tu au Père Noël ?

– Je veux y croire car la magie est importante pour nous tous.

Elle nous ramène à notre cœur d'enfant. C'est drôle, j'ai justement personnifié le Père Noël à deux reprises depuis deux ans à la demande de la directrice du conservatoire de musique où étudie ma fille. Elle était très fière de son père.

– Puis-je te demander ce qui est arrivé avec ton amour-torture dont tu parles dans ta lettre ?

– Je l'apparente à mon ex-femme car elles ont le même comportement. Lorsque je lisais ton premier livre, je me disais : « Oui, c'est ça, c'est de l'amour inconditionnel. » Je me suis même retrouvé un bon après-midi marchant au côté de cette femme en train de lui " balancer " ma trouvaille en pleine face : « C'est pas grave si tu ne m'aimes pas, l'important c'est que moi je t'aime d'un amour inconditionnel. » Je lui ai donné à ce moment-là, le feu vert pour qu'elle me rentre dedans pour soulager tous ses moments dépressifs. Et moi, j'encaissais. Parfois, je la maudissais d'être aussi cruelle, mais j'en revenais toujours à me dire qu'elle n'y était pour rien et que c'était moi et QUE MOI qui était le problème car j'acceptais le prix à payer pour cet amour inconditionnel. Un prix franchement très élevé. Mon " psy " me disait : « Richard, il n'y a aucun problème à faire ce que tu veux dans la vic à la condition d'accepter d'en payer le prix. »

– Il a raison, c'est ça être responsable de ses choix.

– Lorsque je lui parlais d'elle les premiers temps, tout semblait clair pour lui et il me déconseillait systématiquement cette relation. Par contre, lorsqu'il a perçu l'importance de l'apprentissage que je pouvais faire sur moi par cette expérience, il a respecté cet entêtement que j'avais. Il m'a guidé comme un bon père pour que " ma brûlure sur le rond allumé de la cuisinière " puisse être la moins douloureuse possible. Il m'a dit : « Vas-y Richard, si tu en éprouves le besoin, tu as quelque chose à comprendre avec elle. » Oui, j'ai vu le prix à payer. Je l'ai payé longtemps et il m'arrive encore de le faire. J'aime cette magie, cette énergie qui brûle en moi lorsque je peux simplement croiser son regard. Je suis sûr que c'est exactement ce que tu as vécu avec Denis. Je me suis retrouvé sans peine dans ton histoire.

– Tu vis cet amour dans l'imaginaire, alors ?

– Complètement. Cette femme n'est pas libre et elle ne compte pas le devenir, j'en suis sûr.

– Ton histoire ressemble étrangement à la mienne, en effet. Richard, c'est très intéressant de bavarder avec toi mais je dois maintenant retourner au Salon.

Au retour, la conversation devient encore plus facile et fascinante. Au moment de se quitter, ils ont tous les deux du regret que ce soit déjà fini. Delphine lance à brûle-pourpoint :

– Si tu n'es pas pressé, je te propose de continuer cet entretien à mon hôtel après la fermeture du Salon.

– J'accepte ! J'ai tout mon temps. D'autant plus que je n'ai pas eu mes quatre étreintes aujourd'hui !

– Mais tu connais mon deuxième livre par cœur ! lance-t-elle étonnée, réalisant qu'il fait référence à une conversation antérieure avec Gilles.

– C'est exact. Je te connais beaucoup plus que tu ne me connais ! Alors, à tout à l'heure, je t'attends à la fermeture.

Elle n'a jamais rencontré un lecteur aussi patient que lui. Il va l'attendre quatre heures...

Après avoir signé plusieurs livres et discuté avec des anciens et des futurs lecteurs, Delphine remarque une dame d'un certain âge coiffée d'un joli chapeau de paille qui lui fait signe de s'approcher.

– Je vous observe depuis tout à l'heure, dit-elle, et j'ai reconnu votre âme. Vous savez, on peut se reconnaître par l'âme. Je m'appelle Fleur.

– Quelle grande sagesse je vois dans vos yeux ma belle Fleur, répond Delphine.

– Je vous ai entendu parler d'évolution. Vous écrivez sur le sujet ?

– Oui, en plus d'écrire sur les valeurs.

– Vous avez raison. Il est important que les gens s'éveillent à une autre réalité. J'ai toujours dit que quiconque refuse de s'ouvrir l'esprit est comme une terre abitibienne non défrichée.

– J'aime votre comparaison, dit Delphine en riant.

– J'ai eu beaucoup d'épreuves dans ma vie, vous savez. Pour commencer, en venant au monde, je n'étais pas désirée. Donc, ça commençait bien mal. Et pour finir le plat, j'ai hérité du maudit caractère de ma mère, ce qui n'arrangeait pas les choses...

Delphine ressent beaucoup de compassion devant la vulnérabilité de cette dame dont le port de tête est digne d'une châtelaine.

– Il y a pourtant beaucoup de douceur en vous.

– Je n'ai plus le choix ! Il faut que je vous dise : la vie m'a rendue millionnaire mais j'étais millionnaire à l'envers. Et puis le ballon a crevé et j'ai tout perdu. Maintenant, je suis riche à l'endroit. J'ai moins d'argent mais je me suis améliorée. J'ai finalement compris que pour devenir riche, on doit d'abord devenir sage, quoiqu'un peu de luxe ne fait pas de tort, mais si c'est l'inverse qui se produit, la vie risque d'être un enfer !

– Pour ça, je vous donne entièrement raison, ma bonne dame.

– Je n'ai jamais été aussi heureuse de ma vie tout en étant dépourvue matériellement. J'ai découvert la richesse du cœur... Allez, signez-moi vos deux livres, je sens que je vais m'amuser à vous lire.

Delphine embrasse cette grand-maman qui s'applique à devenir sage, et elle est ravie de constater que de plus en plus de personnes du troisième âge sont comme des livres ouverts où il est enrichissant d'y lire quelques pages.

À la fermeture du Salon, elle se retrouve à son hôtel avec Richard.

– Quel âge ont maintenant tes enfants ? lui demande-t-elle.

– Ève a 12 ans, David 10 ans, Laura 7 ans et Camille 5 ans.

– J'ai remarqué que c'était de beaux enfants.

– Tiens, parlons-en de la beauté... Oui, j'ai un beau garçon et trois belles filles. Oui, mon ex-femme est une femme superbe. Je me rappellerai toujours lors d'un voyage au Mexique, cette parfaite inconnue qui nous a interceptés sur la plage pour simplement dire à ma femme : « Excusez-moi, madame mais il faut absolument que je vous le dise, vous êtes vraiment très belle ! » Wow ! Quel pouvoir, la séduction ! Qu'est-ce qui se passe quand on commence à se faire dire à l'âge de quatre ou cinq ans : « Ah, que tu es belle ma petite fille, tu es comme une poupée de porcelaine, comme une poupée Barbie. » Qu'est-ce qui se passe dans la tête de l'enfant ? Comment se développent ses valeurs, sa vie intérieure ? Le piège du superficiel est grand ouvert et ce petit être sans défense y tombe allègrement. Sois belle et le monde t'appartient ! Sois belle pour L'AVOIR ce monde ! Mon Dieu, qu'est-ce qu'on fait donc ? Où est L'ÊTRE dans cette histoire ? Bien enfoui dans ce magnifique visage et ce corps qui sera sans aucune hésitation passé au bistouri si les seins ne sont pas parfaits ou encore que le nez n'est pas assez retroussé pour faire plus mignon. Il y a beaucoup de chirurgiens-plasticiens qui font leurs choux gras de cette " intégrité " de femme. La même chose peut arriver à mes filles maintenant, j'en suis conscient. Un papa averti en vaut deux. À partir d'exactement " tout de suite ", mes filles et mon garçon ont deux papas. Ça se passera pas comme ça !!! Du moins, j`essaierai au meilleur de mes talents, d'ÊTRE, pour que " la brûlure sur le rond allumé de la cuisinière " soit la moins douloureuse possible.

– Quelles belles valeurs tu as, Richard. C'est agréable de t'écouter. Je connais une jeune journaliste qui serait ravie de t'entendre. C'est encourageant de savoir que tu élèves tes enfants dans le ÊTRE et non dans le PARAÎTRE. Il y a tellement de parents qui élèvent leurs enfants dans la performance et les apparences au détriment d'être attentif à la vraie nature de l'enfant. Tu ne sais pas à quel point j'aurais aimé que mes enfants aient un père ayant les mêmes valeurs que les tiennes. Les miens n'ont pas eu de modèle masculin, ils sont à se créer eux-mêmes et je les admire pour le travail qu'ils accomplissent quotidiennement.

– Ça ne doit pas être facile, en effet. Moi, je n'ai pas eu de mère : elle est décédée lorsque j'avais cinq ans.

L'abandon de sa mère, l'abandon de sa femme... La blessure se répète.

– Je comprends ta souffrance...

– J'ai dû me prendre en mains. Je me suis moi-même surpris aujourd'hui. Lors de ton interview d'auteure, il y avait pas mal de monde lorsque je suis arrivé. L'ancien Richard se serait assis à l'arrière, la tête baissée, mais cette journée est dominée par le nouveau Richard qui s'est avancé vers l'avant et même complètement à l'avant. La première table étant déjà occupée, l'ancien Richard aurait rebroussé chemin un peu gêné mais le nouveau Richard a demandé s'il pouvait partager la table. On m'a répondu par l'affirmative, très gentiment. Assis à la première loge, j'étais en complète admiration, Delphine. J'avais surtout la ferme conviction d'être le spectateur privilégié d'une révélation de tout ce qui EST moi. Je me sentais bien, en paix. Souvent, je fermais les yeux et je savourais.

Delphine est touchée par l'admiration que cet homme lui porte. Elle est surtout étonnée de réaliser à quel point ils ont plusieurs valeurs communes.

– Tu me ressembles. Tu n'as pas peur de ressentir les choses et de les verbaliser. C'est un signe de santé physique et mentale.

– Ça me rassure. Si tu savais à quel point j'ai eu peur de devenir dingue !

– Je pense que les vrais dingues sont plutôt ceux qui agissent comme des automates ou ceux qui rendent la vie impossible à leur entourage.

Trois heures plus tard, après avoir échangé plusieurs confidences, Richard lui dit :

– Il se fait tard. J'oubliais que demain, tu dois te consacrer aux lecteurs. Je serai à Montréal dans deux semaines pour le Grand Prix de formule 1. Si c'était possible, j'aimerais bien te revoir.

– Je t'invite chez moi, je te dois un souper.

Ils se quittent avec l'étreinte de l'amitié, une belle amitié qui ne fait que commencer...

***

CHAPITRE 12
Peuple québécois

L'évolution d'une société repose sur l'évolution de la conscience de ses individus.

Élyse Brais

Une semaine après son retour d'Amos, Delphine a l'agréable surprise d'entendre Gilberte au téléphone.

– Je suis de passage à Montréal. Line et moi aimerions bien te rendre visite cet après-midi. Es-tu libre ?

– Bien sûr ! Line n'est pas en classe, aujourd'hui ?

– Elle est présentement en arrêt de travail. Je crois qu'elle fait une dépression. La tâche s'avérait plus difficile cette année, elle a craqué.

– Ça devait vraiment être insupportable car je connais Line : ta fille n'est pas du genre à baisser les bras facilement. Mais dis-moi, comment ça va entre vous deux ?

– C'est moyen. On a encore de la difficulté à communiquer.

– La patience est la sagesse des Maîtres.

– On en reparlera si tu veux. Je suis convaincue que tu es une intermédiaire qui fera avancer les choses entre elle et moi.

– Je vous attends !

Lorsqu'elles arrivent, Delphine constate en effet que Line n'en mène pas large : la pâleur de son visage et sa démarche apathique ne laissent aucun doute. Elle la laisse s'exprimer et, Gilberte, silencieuse, suit de près la conversation.

– Eh oui ! J'ai craqué... Ce n'est plus possible. Le tiers des élèves de ma classe ne devrait pas être là. Ce sont des âmes errantes à la recherche d'un foyer. Plusieurs cas de DPJ (Direction de la protection de la Jeunesse) ont été identifiés mais seulement deux sont suivis. Chaque fois que je téléphone pour dénoncer d'autres cas, on me répond qu'ils ne peuvent rien faire tellement ils sont débordés.

– Je te crois. Je sais exactement de quoi tu parles.

– Sais-tu quel genre de jeunes j'ai dans ma classe ? J'ai un élève qui est battu sauvagement par une mère maniaco-dépressive. Un autre abuse sexuellement sa petite sœur mais comme on n'a pas de preuves, on ne peut rien faire. Un autre joue constamment avec des allumettes. Mais ce n'est pas tout : le père d'un élève est délateur, c'est un tueur à gages. L'enfant fait constamment dans sa culotte tellement il a peur. Et il y a pire : j'enseigne à un élève qui me fait peur. Il vaut dix cas de comportement. Quand il fait ses crises, il lance ses livres, saute partout en détruisant tout sur son passage, même moi. Il m'a déjà frappée. Les autres élèves ont peur. Il fait constamment des menaces ; c'est l'enfer, je suis tout le temps sur la défensive avec lui. Comment veux-tu que je fasse mon travail ? Je ne suis pas psychologue, je suis enseignante ! Et les services de support ferment les uns après les autres. J'ai dit à mon directeur : « Quand je ferai un burn-out, je ne servirai plus à rien, je ne serai utile à personne. Qu'attendez-vous pour faire quelque chose ? »

– Qu'a-t-il répondu ?

– Rien. Il est aussi impuissant que moi. Je pense souvent à tes cours sur les valeurs. Qu'est-ce que ça donne d'enseigner le respect, la patience ou la tolérance à des élèves qui vivent l'enfer dans leur milieu familial ? Il y en a pour qui la famille est une école de violence où l'agressivité se transmet d'une génération à l'autre. Avant d'enseigner les valeurs aux élèves, on devrait les enseigner aux parents, sinon on travaille dans le vide.

– Pourquoi penses-tu que je suis sortie du système ? Je sais que plusieurs parents ont besoin d'aide tellement ils sont dépassés par leurs responsabilités envers leurs enfants. Il y a quelques années, j'ai donné des cours gratuitement aux parents de mes élèves. Je venais d'expérimenter que par mon changement d'attitude, je devenais un meilleur modèle pour mes enfants. C'est évident qu'avec les résultats obtenus, j'ai eu le goût d'offrir mon aide aux autres.

– Tu as réussi à changer à ce point-là ?

– Je crois avoir beaucoup évolué. J'ai permis à mes fils, en les aimant de la bonne façon, d'intégrer leur côté féminin, au moins, ils sauront prendre soin d'une femme. Par contre, je ne pouvais pas faire grand chose concernant leur côté masculin, je ne peux pas être un père. Ils travaillent encore beaucoup à s'améliorer.

Je réalise que le problème social est de plus en plus grave et ce sont les enfants en bout de ligne qui paient la facture.

– Et ces mêmes enfants la partagent avec nous, cette facture. Je ne vois pas comment on va s'en sortir. Je ne pourrai pas rester bien longtemps dans un système d'éducation qui ne réalise pas l'urgence de mettre de l'ordre dans ses priorités. On ne peut plus se taire : **Le gouvernement doit se mettre au service de l'humain. Répéterons-nous l'histoire ou en changerons-nous le cours ? Les générations futures seront-elles fières de porter nos noms ?** Le défi ne serait-il pas de mettre l'accent sur la formation du caractère chez les enfants en encourageant l'estime de soi pour en arriver à faire une société équilibrée ? Quand finirons-nous de tourner autour du pot en faisant des courbettes devant ceux qui ne comprennent pas ? Le programme devrait porter sur la réflexion plutôt que sur la technique et sur la recherche de la Sagesse plutôt que sur un tas d'informations. Avant de nommer quelqu'un à la tête d'un ministère, on devrait lui faire passer un test de compétence : on devrait évaluer son niveau d'amour des enfants car l'avenir repose sur les enfants. Deviendront-ils des adultes équilibrés ?

– Je suis d'accord avec toi : rien ne peut enterrer la Vérité. Il y a tout un travail de décontamination sociale à faire : la terre aurait besoin d'être rincée à grande eau ! Je pense que le gouvernement a tout un défi à relever quant à l'amour de nos enfants. Une chose est certaine : un changement de valeurs s'impose car le système d'éducation ne remplit pas complètement son mandat. Les enfants ont besoin qu'on leur apprenne comment faire face aux différentes situations que la vie impose.

– Si nos dirigeants ne changent pas leur façon de voir les choses, le système d'éducation deviendra un baril de poudre qui n'attend plus qu'une étincelle. Des catastrophes, il en arrive tous les jours. Va-t-on attendre que d'autres élèves tirent à bout portant dans les écoles pour faire quelque chose ? **Une rééducation s'impose, c'est une Urgence !** Je lisais dernièrement que le gouvernement voulait revoir l'enseignement des valeurs dans les écoles. On y mentionnait la justice, la discipline, le travail et la solidarité. Mais encore faut-il savoir ce qu'est la véritable justice ! La véritable justice est de traiter les gens inégalement, selon leurs besoins. Il y aurait toute une éducation à faire à ce sujet.

– J'ai eu le privilège d'avoir un directeur qui était de cet avis.

– La véritable discipline n'est pas une affaire de pouvoir mais d'autorité, ce qui est très différent, et la ligne est mince entre les deux. Mais que fait-on de l'amour, de la patience, de la tolérance, du respect, de l'honnêteté, de la foi ? Si ces valeurs ne font pas partie du programme du ministère, eh bien une fois de plus, on passera à côté.

– Avant d'enseigner aux enfants à bien vivre en société, le gros bon sens serait d'abord de leur enseigner de quelle façon ils peuvent réussir à bien vivre avec eux-mêmes. Je pense qu'il est impossible de servir une société adéquatement si on n'a pas intégré l'estime de soi, la confiance en soi, l'intégrité, le respect, la patience, la tolérance, la compassion, le pardon et l'art de communiquer.

– Mais pour implanter ces valeurs-là dans les écoles, la tête dirigeante doit les véhiculer. " Faites ce que je dis et non ce que je fais " est révolu. Les enfants cherchent une terre ferme pour créer quelque chose. Ils veulent être orientés vers un but qui donne tout son sens à la vie. Ils ont besoin d'avoir sous les yeux des adultes qui se tiennent debout, ils ont besoin d'exemples vivants d'intégrité sur lesquels s'appuyer.

– C'est ce que disait madame la Juge Ruffo dans un article que j'ai lu dernièrement. J'admire l'énergie et les valeurs de cette femme.

– Quand va-t-on commencer à se regarder en face en réalisant que **chaque être humain est responsable de l'ensemble de la société ?** Si l'inconscient collectif existe, peut-être serait-il temps d'ouvrir la conscience collective et réaliser que ce qui fonctionnait par le passé ne fonctionne plus aujourd'hui et qu'on doit réviser notre façon de penser ? Nous sommes tous responsables : les parents, les enseignants et tous ceux qui sont au pouvoir. Et sais-tu ce qui nous empêche de changer les choses ? La peur ! Le peuple québécois est courageux en période de crise, on l'a constaté lors du verglas. Mais quelle sorte de crise attendons-nous dans les écoles pour se réveiller ? On ne vit pas sur le même coin de terre seulement pour le pire, on devrait y vivre aussi pour le meilleur.

– Line, tu devrais proposer tes services au gouvernement. Ce sont des jeunes de ton calibre qui vont faire bouger la société. Ta vie est riche d'expériences de toutes sortes et ces expériences doivent profiter à d'autres. Tu es une jeune femme de tête avec le cœur à la bonne place. Et aujourd'hui, ces deux atouts sont essentiels à la réussite, sinon c'est le chaos.

– Justement, depuis deux ans, j'étudie en administration de l'éducation. Je fais mon mémoire de maîtrise sur un projet d'école nouvelle.

– N'abandonne surtout pas, garde ton rêve, je sais que tu iras très loin. Je pense qu'on doit souhaiter de toutes nos forces à ceux qui sont au pouvoir, d'être inspirés, éclairés sur l'urgence de l'enseignement des valeurs humaines dans les écoles. On devrait prier plus souvent pour nos gouvernements, je crois qu'ils en ont besoin.

– Tu as raison, mais prier, ce n'est pas assez. On doit aussi se parler et agir.

– C'est vrai que présentement il y a trop de " bla-bla " et peu de gens qui passent à l'action. Changement de sujet, concernant l'inceste dont tu parlais tout à l'heure, j'ai déjà eu un cas identique au tien. J'ai dû aborder souvent le sujet car cet élève reluquait constamment les filles de ma classe. Après lui avoir expliqué les conséquences graves de gestes indécents, je lui ai dit ceci : « Sache que je t'aime beaucoup et sache aussi que je connais ton histoire ; je sais que tu as beaucoup souffert, mais si tu touches à une seule de mes filles, tu auras des comptes à me rendre. Les garçons doivent apprendre à respecter les filles, et dans ma classe, c'est une priorité. » Il m'a prise au sérieux car il savait que je l'aimais et il a respecté mes filles. À la fin de l'année, je lui ai dit ceci : « Je suis fière de toi car tu as travaillé très fort pour éliminer la colère qu'il y a en toi. Maintenant, on doit se quitter. Alors écoute-moi bien : si jamais un jour j'aperçois ta photo dans les journaux parce que tu as commis un acte répréhensible, je veux que tu saches que je vais pleurer, tu pourras dire qu'il y en a une qui va pleurer à chaudes larmes car je t'aime beaucoup et tu as de la valeur à mes yeux. Je suis persuadée que tu as un grand cœur et que tu sauras quoi faire de ta vie. Je te vois déjà devenir un adulte respectable. Je te souhaite bonne chance. »

– Qu'a-t-il répondu ?

– Il m'a dit : « Avec toi cette année, j'ai appris l'amour. Je te remercie. »

Réalisant que Gilberte est plutôt silencieuse, Delphine lui demande :

– Et toi, que penses-tu de tout cela ?

– Je pense que vous avez raison : tout est à refaire dans la société. Le progrès technique n'est pas vraiment au service de l'humain. Il a mis de côté une technologie beaucoup plus importante : celle de notre intérieur. La science ne connaît pas tout, malheureusement.

– Et qu'en est-il de vos relations familiales ? s'informe Delphine.

Line réagit plutôt qu'elle ne répond.

– De quelle famille parles-tu ? Je me suis élevée toute seule.

Gilberte se met à pleurer silencieusement. Elle souffre de voir sa fille en détresse et ne sait que faire pour combler le gouffre des années perdues. Delphine sait qu'il n'y a que le pardon pour mettre un baume sur les souffrances de ces deux femmes qu'elle affectionne, mais elle est consciente que le pardon doit être sincère et que le temps est le seul remède. Peut-être Gilberte n'a-t-elle pas résolu complètement ses propres souffrances d'enfant pour se jeter dans les bras de Delphine plutôt que de se tourner vers sa fille ? Où peut-être a-t-elle peur d'être rejetée à son tour ? Après leur départ, elle ne peut s'empêcher de penser que les parents, les professeurs et le ministère de l'Éducation ont tout un défi à relever : **Quel avenir ont-ils à offrir aux enfants et quelles valeurs affichent-ils ?**

***

Ramassant son courrier, une lettre en provenance de l'Abitibi intrigue Delphine. Elle s'empresse de l'ouvrir.

Chère Delphine,

Je termine à l'instant ton deuxième livre et je t'écris pour te dire " merci ". Je me présente : Je suis la " petite noire " qui travaille avec Richard et celui-ci est l'ange qui m'a guidé vers tes livres. J'ai vu Richard terrassé par la peine et les énormes changements dans sa vie, et aujourd'hui je vois briller une lueur d'espoir dans ses beaux yeux bleus. C'est tout un spectacle...

Il y a quelque temps, j'ai moi-même demandé de la lumière sur certains liens intenses m'unissant à une personne très chère (il est marié comme Denis), et ton livre m'a apporté plusieurs réponses. J'ai ouvert mon cœur à toutes les manifestations possibles. Merci encore une fois. Je m'ouvre maintenant à ce qui est autour de moi et ce que je rencontre est tellement beau.

Je t'envoie un texte tiré du livre " L'autre moitié de l'orange " de Zéléna Vally. Le contenu nous aide à comprendre pourquoi les relations de couple sont si difficiles.

« Le Créateur tient dans sa main une orange belle et sans défaut. Quand un enfant naît, Il coupe le fruit en deux et lui donne l'une des deux moitiés. Ensuite, quand un deuxième enfant, du sexe opposé, vient au monde, Il lui offre l'autre moitié. Peu importe où naissent ces deux enfants, cela peut être aux antipodes... Ils sont irrésistiblement attirés l'un vers l'autre et quand enfin ils se rencontrent, si les deux moitiés sont identiques, elles se soudent et rien ne peut les séparer... Alors, ce couple vit le Grand Amour... La mort détruit la vie mais pas l'amour : quand l'une des moitiés s'endort, l'autre devient la gardienne de l'Orange toute entière pour l'éternité... N'est-ce pas merveilleux ?

Mais puisqu'il y a tant de gens qui reçoivent chacun une moitié de l'Orange à leur naissance, pourquoi ils se font mal, se quittent, sont malheureux ?

Pour que les couples soient heureux, il faut que les deux moitiés proviennent du même fruit. C'est aussi simple que ça ! »

Delphine se dit que ça peut prendre du temps avant de trouver cette autre moitié... Ceux qui arrivent à se trouver, c'est habituellement à la toute fin du cycle karmique. Elle s'empresse de répondre à une si gentille lettre.

***

Lorsque Richard arrive chez elle, Delphine remarque à son air qu'il n'est pas tout à fait guéri. La blessure de la rupture est encore bien présente.

– Bienvenue chez moi ! Ça ne va pas comme tu le voudrais, on dirait ?

– Non, pas vraiment. Actuellement, je marine dans mon jus, j'ai des douleurs de croissance, mais j'aspire à mettre en bouteille cet état d'esprit et faire une version plus heureuse de ma vie. Je sais que tout est une question d'attitude même si je n'ai pas d'aptitudes pour atteindre l'altitude.

– Oh là là, c'est l'humour qui va te sauver, toi ! Arrête de te faire du mal tout seul. L'important, c'est de résoudre ce défi que la vie t'impose et non de l'endurer. Aime-toi davantage.

– Comment fais-tu, toi, Delphine, pour y arriver ?

– Je considère tout simplement la vie comme un libre-service : je me gâte, je m'offre des petits cadeaux, je me complimente, je me valorise, je me parle, je me réponds, je me raconte des histoires, je me fais rire, bref, j'établis une bonne relation avec moi-même. Je n'attends rien des autres. Si je reçois des cadeaux, c'est une prime.

– Je réalise que ma vie jusqu'ici s'est résumée à accomplir.

– Tu étais de la race des " faire humain ? " Que dirais-tu de devenir un " être humain ? "

– Tu as raison, dit-il en riant. J'ai été un géniteur et un " faire humain ".

– Ceux qui s'estiment uniquement pour ce qu'ils font n'ont pas d'histoire d'amour à raconter. Leurs émotions sont tellement engourdies qu'ils ne peuvent éprouver d'amour envers qui que ce soit.

– Sais-tu une chose, Delphine ? J'ai hâte de connaître la fin de ton histoire.

– Moi aussi ! Les trahisons amoureuses ne sont qu'un volet, l'issue sera toute autre, je le sais !

– Que penses-tu des gens qui font le sacrifice de rester en couple pour ne pas nuire aux enfants ?

– Le mot " sacrifice " en lui-même fait peur. Si tu sacrifies un aspect de toi-même, tôt ou tard, le ressentiment fera surface. Le sacrifice n'est pas quelque chose de spirituel, c'est plutôt quelque chose qui sert l'ego. Le sacrifice est une forme de contrôle. Si tu t'oublies pour être au service de quelqu'un d'autre, tu finiras par être en colère. Le sacrifice n'est pas de l'amour ; il éloigne de l'amour car ça implique qu'il y ait un perdant alors que l'amour nous rend tous gagnants. Pour ce qui est des enfants, ils porteront à leur tour sur leurs épaules le sacrifice de leurs parents.

– Oui, mais n'avons-nous pas été élevés dans cet esprit de sacrifice ?

– Hélas, oui... On nous a enseigné que si on faisait des sacrifices, on gagnait des indulgences. C'était une religion dictée par la peur et non par l'amour.

– La peur est un fléau, surtout la peur d'être seul...

Delphine s'empresse de lui changer les idées.

– Richard, que dirais-tu de faire partie de mon équipe de révision ?

– Moi ? Mais je ne suis pas qualifié pour faire ce genre de travail...

– Tu crois ça ? Tes jeux de mots sont savoureux, tes expressions colorées et vivantes. J'apprécierais vraiment.

Quelques secondes de réflexion lui suffisent.

– D'accord, j'accepte ! J'apprécie beaucoup ta confiance.

– Tu sais, je pensais écrire une trilogie mais il y a de fortes chances que ce soit un “ quatuor ”. Les pages du manuscrit augmentent et je n'ai toujours pas de fin magique...

– Je suis convaincu que tes lecteurs seront ravis d'apprendre ça !

– Puisses-tu dire vrai... En septembre, je serai à Rouyn pour y donner des cours. On pourrait peut-être se revoir pour discuter du manuscrit ?

– Où logeras-tu ?

– Je ne sais pas encore.

– Alors je t'invite chez moi. Je ne sais pas si j'aurai les enfants mais tu es la bienvenue en tout temps.

– J'accepte, dit joyeusement Delphine. J'ai hâte de connaître tes marmots.

La soirée se passe agréablement à discuter autour des textes du manuscrit. L'humour de cet homme enthousiasme Delphine qui l'admire de plus en plus.

***

Les courriels entrent presque tous les jours.

Voyage au pays de l'âme...

Chère Delphine,

J'ai beaucoup apprécié votre livre. Retraitée de l'enseignement, j'ai admiré tout au long du livre vos qualités du cœur, ces valeurs pour lesquelles il faut avancer dans la vie. Depuis un an je vis des moments de tendresse auprès de mes deux petits-fils. Ils sont merveilleux, si purs. Je suis intéressée à recevoir de l'information sur votre cours " Valeurs de Vie ". Merci beaucoup,

G. Legault

Quelle tendre grand-maman... Mais la tendresse, ce n'est pas réservé qu'aux grands-mères, c'est tout le monde qui devrait en donner, comme ça tout le monde en recevrait !

Votre deuxième livre !

Chère Delphine,

Bien que je sois en période de fin d'année scolaire avec tout ce que ça implique, j'ai pratiquement lu votre livre d'une couverture à l'autre !

Vos écrits m'ont aidée à me rebrancher sur mes aides spirituels et sur mon cœur. J'ai encore beaucoup de travail à faire, ce n'est pas toujours évident. La vie d'adulte, c'est tellement compliqué !!!

Merci d'avoir été sur mon chemin ! Bon été !

S. Abel
Prof. en Adaptation

Si on veut se rebrancher, le secret n'est-il pas de savoir se débrancher des choses inutiles qui nous empêchent d'avancer ? Delphine est ravie de constater l'ouverture des professionnels de l'enseignement.

***

Sur la route qui les mène au lac Wallace, à Baldwin, Pierre et Delphine conversent sur l'amour, la technologie et l'avenir du Québec.

– Je viens de terminer la lecture de tes livres. Si j'en juge d'après ce que tu écris, tu es convaincue que seul l'amour peut sauver le monde.

– Plus que jamais ! Malraux a écrit : « Le XXIe siècle sera spirituel ou ne sera pas ». Pierre, tu n'es pas fatigué de te faire charrier par toutes sortes de bébelles qui déshumanisent la personne ? Est-ce qu'on peut surmonter une crise uniquement par des techniques ? Quand est-ce que le cœur va enfin posséder notre corps, notre famille, notre ville, notre province, notre pays et notre planète ? As-tu déjà vu des enfants aimés et valorisés devenir des criminels ? C'est l'intimidation ou l'indifférence qui les forme. Si chacun d'entre nous apportait un supplément d'amour à cette terre déshumanisée, si chacun devenait un porteur de foi et un allumeur d'espérance, si on arrivait à trouver l'équilibre entre la dimension matérielle et spirituelle, on pourrait redéfinir un projet de société par l'intelligence de nos valeurs. C'est notre responsabilité de refaire une société conforme à de nouvelles valeurs.

– Tu as raison. La technologie est incompétente en matière de Bonheur et de Joie de vivre. Elle doit être un bon serviteur et non un maître. Il ne faudrait pas faire du progrès technique la finalité collective, car le risque serait grand de contaminer les autres volets de la société et celle-ci pourrait bien se réveiller un bon matin avec le cancer généralisé. La technologie doit servir à nous libérer et non à nous aliéner. Sans conscience, elle risque de nous anéantir.

– Ça prendrait une révolution armée d'amour pour éteindre tous les volcans de colère, de haine, de peur, de jalousie et de vengeance. Je suis convaincue que si on arrivait à mettre de l'âme dans le système en ayant le souci de l'autre, on pourrait devenir une terre d'accueil par excellence et participer au développement du tiers-monde.

– Oui, c'est bien beau tout ça, mais avant de devenir un exemple pour d'autres nations, tu ne crois pas qu'une révision des valeurs s'impose ? Comme peuple, il est vrai qu'on est doté d'un humanisme profond. On est reconnu, en général, comme un peuple pacifique, porteur d'espérance et reconnaissant. Aussi, j'ai pu constater que les étrangers nous perçoivent comme un peuple joyeux. Je pense que si on arrivait vraiment à consolider notre vie sociale, on pourrait devenir un modèle inspirant, et là on pourrait offrir notre marchandise aux autres nations.

– J'aime ta vision, mais tu as raison, il nous reste un bon bout de chemin à faire... Sais-tu ce qui ne fonctionne pas au Québec ?

Notre humanisme profond, on le sort de l'ombre surtout en état de crise, dans l'épreuve. Quand tout va bien, c'est autre chose. Le problème du peuple québécois c'est qu'il n'a pas complètement trouvé son identité, et pour qu'un peuple trouve son identité, la fierté et l'estime de soi sont essentielles. Malheureusement, on n'est pas toujours solidaires.

– Il serait peut-être temps d'abolir le proverbe qui dit : « On n'est jamais prophète dans son pays ! »

– Il s'agirait tout simplement d'apprendre à valoriser et apprécier nos semblables, en commençant par notre conjoint, nos enfants, notre famille, nos amis, nos collègues, nos voisins. J'ai remarqué que dès que quelqu'un se démarque, que ce soit dans le domaine de la littérature, de la musique, des sports ou des affaires, souvent, il est jalousé. Compétitifs et performants, on n'a pas suffisamment appris à être fiers des succès de ceux que l'on côtoie. Pourtant, la survie de l'espèce humaine dépend de la solidarité de ses membres, et puis, tant qu'on ne sera pas fier du succès de nos semblables, le succès ne peut venir à nous. On se tire dans le pied. Pas plus tard qu'hier, j'ai entendu des gens critiquer vulgairement Céline Dion et Ginette Reno dans un restaurant. Pourtant, dans le domaine de la chanson, ces deux femmes ont mis le Québec sur la carte. On devrait être fiers d'elles. Même si leurs chansons ne plaisent pas à tout le monde, ce n'est pas une raison pour les critiquer et les dénigrer. Leur mission, c'est de chanter, et en ce qui me concerne, elles le font très bien. Tant et aussi longtemps qu'on jugera nos compatriotes dans leurs réalisations, on ne pourra jamais former un peuple qui se tient avec une identité propre. On aura toujours besoin de l'appui des Américains ou des Européens. Pourquoi doit-on toujours aller faire nos preuves à l'extérieur du pays avant d'être reconnu chez nous ? Ce n'est pas normal...

– De qui tiens-tu cette fierté ?

– De mon père. Il était courageux et intègre. Bien qu'il ait eu des amis anglophones, c'était un inconditionnel de René Lévesque. Mon père était un parfait bilingue et quand quelqu'un lui demandait pourquoi il travaillait dans un journal anglais, étant donné qu'il tenait beaucoup à sa langue, il répondait sans malice : « Je leur enlève une job. » Maîtriser deux langues, pour lui, était une question de culture et il en était fier. Il me disait : « Ma fille, plus tu en sais sur ce monde, plus tu as de chances de te faire une place, mais n'oublie jamais tes racines, c'est ce qui fait la force d'un peuple. »

– C'était un homme qui aimait les défis ?

– Oui. Il n'avait peur de rien.

– Tu es aussi une femme à défis, à ce que je vois ?

– Je crois que j'ai surtout hérité de son courage et de son intégrité. Si la vie m'envoie des défis, oui, je les accueillerai en autant que ça serve le bien commun.

– Quel est ton plus gros défi, présentement ?

– Dernièrement, quelqu'un m'a dit : « Tes livres ne seront jamais des best-sellers. Si tu étais Européenne ou Américaine, tu aurais plus de chance, mais ici au Québec, tu perds ton temps. »

– C'est presque une insulte aux talents de chez nous...

– Pourtant, au Québec, les ressources pleuvent et si les gens étaient capables de les reconnaître, nous pourrions tous vivre dans l'abondance. Regarde seulement dans mon domaine : Les Bourbeau, Rainville, Gratton, Chicoine, Coupal, Labonté, Fisher, Corneau, Harvey, Laflamme, et j'en passe, tu trouveras les autres dans ma bibliographie car la liste serait trop longue, regarde ce que ces auteurs ont fait pour aider les Québécois à évoluer. Pourtant, certains sont critiqués... Eh bien moi je les remercie d'exister, ces auteurs, parce que leurs écrits m'ont permis d'aller à la rencontre de moi-même et de découvrir qui je suis : une femme fière d'être Québécoise, fière de sa langue si riche en mots et fière d'être une bonne enseignante.Tant et aussi longtemps qu'on juge ses semblables, c'est soi-même que l'on juge. Les Québécois sont-ils toujours respectueux et fiers des talents de leurs pairs ? Si on remplaçait les jugements par une **socialisation valorisante**, on pourrait sûrement devenir une terre d'accueil pour d'autres nations. Le Québec est un milieu privilégié, on devrait peut-être commencer à s'en rendre compte en pensant autrement, sinon on risque que ne s'abatte sur nous une tempête de verglas pire que la précédente qui nous ramènerait à l'ordre : ce serait simplement pour nous rappeler que c'est l'entraide, le courage, la générosité, le partage, la reconnaissance et l'amour de l'être humain qui font la réputation et la force d'un peuple. Pourquoi ne pas s'en rendre compte maintenant, en temps de paix ? Attendons-nous qu'une guerre civile éclate pour unir nos forces ? **C'est l'union qui fait la force !**

– Je suis d'accord avec toi, mais... tu as aussi été inspirée par des auteurs étrangers, n'est-ce pas ?

– Mes références sont universelles car il y a du bon dans chaque partie du globe. Comme êtres humains, ne vivons-nous pas tous les mêmes défis ? Je suis contre toute forme de sectarisme, car le sectarisme prône la division et la division mène à la destruction. Je prône les valeurs humaines, l'ouverture d'esprit et l'amour de l'Être humain dans l'équilibre et le plus grand respect de chacun.

– Que penses-tu des Anglais ?

– Mais il y a du bon monde partout ! Les Anglais nous font exactement ce qu'on a fait aux Amérindiens. C'est le boomerang. Tant que l'on ne changera pas notre cassette portant l'étiquette de la victime, ce qu'on verra sur notre écran mental restera inchangé. Les Amérindiens devraient faire de même. Hélène Roy qui a mis au monde " Le Feu sacré ", donne un cours très intéressant sur le sujet. Elle explique comment procéder pour transformer notre cassette, c'est-à-dire sortir du rôle de victime, car une victime perpétuelle ne peut que s'attirer des bourreaux.

– Comme c'est intéressant... Je commence à comprendre bien des choses.

En pleine campagne, à une croisée de chemins, Pierre s'arrête en se demandant s'il doit tourner à droite ou à gauche. Au même moment, deux vaches se mettent à courir au trot dans leur direction.

– As-tu déjà vu des vaches galoper comme des chevaux ? Ça doit être ça des vaches folles ! s'exclame Delphine. Dépêche-toi de démarrer, elles foncent sur nous.

Prise d'un grand fou rire à la vue des vaches qui galopent, Delphine, habituée aux nombreuses coïncidences qui jalonnent sa vie, dit :

– La vache est un symbole de fertilité et de prospérité qui annonce une vie paisible et heureuse. Quel beau signe du destin !

– À la vitesse où elles gambadent, la prospérité va sûrement nous tomber dessus ! ajoute Pierre.

– Je l'espère, car présentement j'ai remis mon compte en banque entre les mains de Dieu et je pense qu'il n'a pas encore eu le temps de le faire fructifier, ajoute Delphine en rigolant.

Arrivés chez Paulyne, ils sont éblouis par la beauté des lieux. Des arbres matures servent de parasol, créant une ombre bénéfique sous un soleil de feu. Le calme du lac complète ce décor enchanteur. Après avoir enfilé son maillot de bain, Delphine raconte à leur hôtesse l'épisode des " vaches folles " en relatant la discussion précédente avec Pierre. Paulyne écarquille les yeux en disant :

– Attendez-moi une minute. Je vais vous lire un texte de ma composition que j'ai lu au club des Toastmasters. J'ai été inspirée par Marcel Laflamme.

– Une autre coïncidence, remarque Pierre.

Paulyne revient aussitôt, met ses lunettes, et lit le texte qui s'intitule :

PEUPLE QUÉBÉCOIS, QUI ES-TU ?

En Amérique du Nord, au 45e parallèle, vit une jeune nation. Elle vit sur un immense territoire à climat tempéré, ondulé de jeunes montagnes, recouvert de nombreux lacs et rivières, le tout renfermant une richesse inouïe en matières premières.

Les gens qui habitent ce magnifique coin de pays parlent le français mais ne sont pas Français, affichent un comportement anglo-saxon, mais ne sont pas Britanniques, vivent dans un confort américain très moderne, mais n'ont point l'âme capitaliste des Américains. Ces gens-là s'appellent les QUÉBÉCOIS, à cause du nom que porte leur coin de terre, le Québec. Mais alors, qui sont-ils vraiment ces Québécois ? Voilà la question que se pose bon nombre d'étrangers, particulièrement les Européens.

Aucune autre nation, aucun autre peuple ne ressemble au peuple québécois. Ce dernier est unique mais pour comprendre son unicité, on doit remonter à ses diverses racines. Le peuple québécois en a plusieurs. Il a des racines latine, française, anglo-saxonne et américaine. Le tout en fait une nation bien distincte.

La racine latine évoque un humaniste, un amour de la vie et de la famille. Elle tend à favoriser l'éclosion d'une culture qualitative, personnaliste et communautaire. Pour les latins, le progrès matériel n'est pas une fin en soi mais un moyen visant à bien vivre ensemble. Les latins ont tendance, depuis toujours, à se tenir ensemble. Parmi les peuples latins, on retrouve les Italiens, les Espagnols et les Français. Le peuple québécois a hérité sa racine latine du peuple français d'où venaient ses ancêtres. Dans l'histoire du Québec, l'aspect de groupe se manifeste beaucoup. De plus, on ressent vivement la solidarité de ce peuple, qu'il soit chez lui ou en visite à l'étranger.

La deuxième racine du peuple québécois, la racine française, est évidente par la langue que ce dernier a conservée. La France est un pays reconnu mondialement pour son grand chauvinisme. Français un jour, Français toujours. Les Français sont fiers de leur langue et de leur culture. Ceci explique fort bien qu'une poignée de leurs descendants, demeurés en Amérique après la conquête britannique, parlent encore aujourd'hui le français.

Nous en arrivons à nos premières racines anglo-saxonnes. Les Britanniques privilégient l'individualisme et la conquête matérielle. Dès leur arrivée sur le sol québécois, ils ont évalué le potentiel économique, ont découpé ce pays en matières premières. Un peuple latin qui vit quotidiennement côte à côte avec un peuple anglo-saxon, finit inévitablement par le copier. Il a sous les yeux des recettes de succès économique, des façons d'atteindre un mieux-vivre évident. Il apprend petit à petit à rationaliser ses émotions, à développer le sens des affaires, à pondérer et canaliser ses énergies dispersées. Le peuple québécois sait bien tirer profit des enseignements de ses voisins de rues anglo-saxons.

Quant à ses racines américaines, il est bien évident que le peuple québécois les partage avec tous les Américains du Nord. Qui dit Nord-Américain, dit quelqu'un qui a quitté son pays, sa famille et ses amis par goût d'aventures, de conquêtes, de découvertes et d'espaces nouveaux. Pour quitter son pays natal, le confort de son patelin, ses habitudes de vie, il faut nécessairement être très fort moralement et avoir un besoin intense de nouveauté. Tous les ancêtres des Nords-Américains avaient ces dispositions, y compris les ancêtres des Québécois.

Donc, le peuple québécois est un heureux mélange de toutes ces racines. Il adore toujours le plaisir, la bonne bouffe, sait rire et s'amuser. Par contre, il s'intéresse de plus en plus aux affaires, parce que l'argent, pas une fin en soi, mais bien un moyen de mieux vivre, l'intéresse beaucoup. Il affectionne les voyages et l'étranger car il a toujours cette âme de pionnier. Et probablement que dans 2000 ans, il parlera encore le français...

Ce peuple n'a pas une âme militaire. Ses ancêtres ont refusé de retourner en France en 1763 car la guerre les attendait là-bas. En 1812, ils ont refusé de s'allier aux Américains contre l'Angleterre, car ils ressentaient déjà une certaine loyauté envers leurs nouveaux conquérants qui les traitaient bien. Toujours épris de cette recherche latine de bien-être, en 1944, ils se sont cachés dans les bois. En 1956, ils étaient de ces soldats qui ont refusé d'appareiller du port d'Halifax pour le Canal de Suez. Quant à la crise d'octobre 1970, pour des pays habitués aux vraies révolutions, ce qui se passait alors au Québec était tout simplement une émeute folklorique.

Le peuple québécois est pacifique et conservateur et pas une tempête de neige ne tombera sans que tous se donnent la main pour vaincre cet élément et laisser tomber pancartes, tracts et dépliants.

Comme conclusion, je dirais que le peuple québécois est bien unique. Il a fallu que le monde entier focalise sur lui pour que ce dernier réalise son identité et découvre son potentiel inavoué. Les salutations d'un grand Général étranger, Terre des Hommes, les Olympiades de 1976, sont autant de facteurs qui ont fait découvrir au monde ce peuple distinct, chaleureux, épris de paix et de liberté, dont le rayonnement pourrait bien un jour déborder ses frontières.

Si le peuple québécois continue à assimiler les côtés forts de ses racines, tout en matant les faiblesses, il pourrait sûrement devenir un modèle pour d'autres petits peuples moins favorisés. Le peuple québécois pourrait bien fournir au monde entier cette image d'équilibre humain entre New-York la grande matérialiste qui oublie l'être humain et Moscou la grande humaniste qui mate l'individualisme créateur de l'être humain.

– Cet hommage au peuple québécois, j'ai décidé de l'écrire à la suite de mes voyages à travers le monde.

– C'est magnifique ! dit Delphine encore secouée.

– Tu as beaucoup voyagé ? demande Pierre.

– J'ai visité quelques grandes villes du monde.

– Et quelle est ta vision de ces grandes villes ? demande Delphine les yeux brillants.

– Si je pouvais qualifier Paris, je l'appellerais " La Frivole ". À Paris, c'est la joie de vivre, c'est la liberté. Les Français ont le droit de s'exprimer, de dire tout ce qu'ils pensent. On y trouve les grands couturiers, les grands chefs et nombre de grands artistes. Par contre, les Français discutent beaucoup mais ne produisent pas autant qu'ils le devraient. En France, il y a autant d'idées qu'il y a de Français mais ils ont de la difficulté à les faire fructifier.

– Pour moi, il n'en demeure pas moins que je suis très attachée à la France, dit Delphine. Je dois avoir d'énormes racines françaises logées dans mes cellules !

– À Londres, continue Paulyne, on y retrouve la tradition. C'est la stabilité dans les mœurs et coutumes. On se sent sérieux. C'est une ville intellectuelle empreinte de courage, de dignité et de ténacité. Ils sont plus protocolaires et plus dignes que les Américains. Pour ce qui est du domaine des Affaires, tout le monde devrait copier les Anglais tout en s'abstenant de vivre comme eux. Il vaut mieux vivre comme les Latins.

– Je rêve de visiter Londres, dit Delphine.

– Es-tu allée en Italie ? demande Pierre.

D'une voix nostalgique, Paulyne murmure :

– Rome, c'est la décadence qui côtoie la religion. C'est la ville aux deux visages, là où se trouve la plus grande polarité. De plus en plus, elle affiche une beauté fictive. Même les fontaines sont artificielles.

– Il y a une trentaine d'années, j'ai aimé la visiter pour son histoire et la beauté des basiliques, dit Delphine. Es-tu allée en Grèce ?

– Oui, et j'ai adoré ce pays. À Athènes, ce sont des dieux dans l'âme. L'argent ne figure pas au premier rang. Le pays est pauvre mais pourvu d'une certaine noblesse et d'une fierté inouïe.

– C'est vrai que ce peuple prend le temps de vivre. En visitant les îles, il y a de cela plus de vingt ans, j'ai bien apprécié leur rythme de vie. Je me rappellerai toujours le magnifique lever de soleil à l'île de Patmos. Alors que tous les passagers dormaient, encore en pyjama, je suis montée sur le pont du bateau. Je ne pouvais détacher mes yeux de ce paysage digne d'une carte postale. Je crois que c'est à ce moment précis que j'ai ressenti la présence de Dieu en moi car l'émotion que je vivais ne pouvait être que de nature Divine. J'étais en pleine extase devant la beauté de cette petite île surplombée par le monastère où saint Jean a écrit l'Apocalypse.

– Voyager, c'est enrichissant. Mais ça m'a fait aussi réaliser à quel point j'étais bien au Québec, à quel point je me sens libre et en sécurité, conclut Paulyne.

– **C'est dans l'appréciation de tout ce qui nous entoure que l'avenir deviendra encore meilleur,** dit Delphine. Donc, si je résume, nous avons intérêt à conserver le côté positif de nos différentes racines : l'humanisme de notre racine latine, l'amour de la vie, de la famille, et une solidarité à toute épreuve devraient évincer une compétition malsaine.

– La fierté du succès de nos semblables est sûrement une clé, dit Pierre.

– Lorsqu'on aura compris ça, ajoute Delphine, le succès sera à la portée de tous. Pour ce qui est de la racine française, si on conservait la fierté des Français concernant la langue et la culture, ça irait aussi beaucoup mieux. Par contre, tout le monde sait que l'anglais est la langue officielle des affaires. Comme au Québec, la langue anglaise est la deuxième langue officielle, je me suis toujours demandé pourquoi dans les autres provinces du Canada, le français ne pourrait pas être la deuxième langue officielle ? Je connais plusieurs Québécois qui vivent dans les autres provinces pour des raisons professionnelles et ces personnes s'ennuient du Québec et de leur langue maternelle. Ils auraient davantage l'impression d'être dans le même pays que les Anglophones s'ils pouvaient s'exprimer et entendre parler français dans les endroits publics comme les magasins, par exemple. Le bilinguisme n'est-il pas un atout et une fierté pour un pays ? N'est-ce pas un " plus " si on veut voyager et découvrir le monde ? Pourquoi le Canada ne pourrait-il pas être bilingue d'Est en Ouest ? Avez-vous une idée des répercussions, ne serait-ce que pour les touristes ?

– Comment vois-tu ça possible ? demande Pierre.

– Les panneaux routiers et commerciaux pourraient être écrits dans les deux langues et à l'école, la langue française pourrait être obligatoire comme langue seconde. Ce serait un bon début. Les Québécois auraient ainsi l'impression de faire partie du même pays que le reste du Canada.

– J'aime ton idée... dit Paulyne.

– Elle vient de mon fils Patrick. Il a une vision des choses qui me plaît. En terminant, si j'ai bien saisi, on doit définitivement conserver le sens des affaires des Anglais. Pour ce qui est des Américains, je pense que leur force morale et leur soif de nouveauté est à imiter. Bref, si on arrivait à unir les forces de nos racines et si on les mettait en pratique, tu imagines la force de notre peuple ? Le futur est simple parfois, il s'agit simplement d'avoir de l'imagination. Au lieu de dépenser des fortunes en armement nucléaire et au lieu de vouloir à tout prix explorer d'autres planètes, arrangeons-nous donc pour vivre en harmonie sur cette terre. L'argent est là, il s'agit de le mettre au bon endroit.

– Après le moment culturel que nous venons de vivre, que diriez-vous d'apprécier cette journée ensoleillée en nous jetant à l'eau ? suggère Pierre.

Delphine et Paulyne ne se font pas prier. Une bonne baignade termine cette superbe journée. Les trois amis se retrouvent ensuite autour d'une bonne table, admirant le soleil qui, doucement, s'endort derrière la montagne.

Le lendemain, ils discutent d'astrologie avec Paulyne qui étudie cette science depuis plusieurs années.

– Je vais vous raconter la petite histoire des signes du Zodiaque dans la Création.

« Le 1er signe est le Bélier. C'est le premier signe de feu. Le Bélier représente l'action, mais l'action faite par lui, pour lui. Ce dernier arrive sur terre, s'installe tout seul dans sa caverne et la réchauffe en y faisant un feu. " Je suis autonome. " se dit-il. " Je fais tout en solitaire pour mon propre bénéfice. Tout passe par moi, pour moi. "

Le 2e signe est le Taureau. C'est le premier signe de terre. Pour le Taureau, la terre est à son service. Il sait la mater. Le taureau veut aussi avoir du plaisir, amasser des biens matériels et beaucoup d'argent, mais il est las de s'amuser tout seul.

Arrive alors le 3e signe, le Gémeaux. C'est le premier signe d'air. Le Gémeaux dit aux autres : " Venez vous amuser avec moi. La vie est agréable et pas compliquée. " C'est l'éternel adolescent du zodiaque.

Le 4e signe arrive, c'est le Cancer, le premier signe d'eau. Il dit : " Je ne peux supporter ni le Bélier, ni le Taureau, encore moins le Gémeaux. Ces gens-là ne sont pas gentils, alors je m'en vais dans ma maison, salut ! "

Arrive le lion, le 5e signe, deuxième signe de feu. Le lion est un signe d'action. Il voit des choses à faire sur la terre et décide d'y régner. C'est donc lui qui sait faire bouger les choses mais pour son bénéfice.

Le 6e signe, la Vierge, est le deuxième signe de terre. " Il faut réfléchir et organiser cela, " dit-elle. " Voilà mon esprit pragmatique et mon sens de la réflexion qui vient mettre de l'ordre dans le chaos qui semble s'installer sur la terre. Vous faites ça tout croche, dit la Vierge, attendez-moi la science, car l'analyse, ça c'est mon domaine ! "

Le 7e signe, la Balance, est le deuxième signe d'air. " Un instant ! Ne voyez-vous pas comment belle est la terre ? Admirez avec moi ces beaux jardins, le parfum des fleurs, la douce mélodie de la musique. Cessez de vous quereller ! Moi je rêve d'harmonie, d'unité sur terre. L'harmonie et la justice sont mes devises. "

Le 8e signe, le Scorpion, est le deuxième signe d'eau. " Oh ! " dit ce dernier. " Que vous êtes méchants, j'ai mal. Je suis passionné pour tout et tous mais personne ne me comprend, alors je m'en retourne dans ma grotte pour panser mes blessures et surtout ne venez pas me déranger. "

Arrive le 9e signe du zodiaque, le Sagittaire, 3e signe de feu. Voilà notre pédagogue, notre amoureux inconditionnel. Pour lui, la terre n'est pas assez grande. Il rêve de voyages, de rencontres exotiques. Il adore raconter aux autres tout ce qu'il a appris mais il se rend bien compte qu'il blesse plus souvent qu'autrement vu ses grands rêves impulsifs.

Le Capricorne, 10e signe, 3e signe de terre, fait alors son entrée et dit : " Je dois mettre de l'ordre sur la terre. Je sais comment ça fonctionne car j'ai le sens pratique des choses et je comprends les besoins des autres. Si j'arrive à devenir le chef suprême, je saurai bien gouverner. "

Le Verseau, 11e signe, 3e signe d'air, répond : " Laisse donc vivre les gens comme ils l'entendent. Moi, je n'aime pas que l'on décide pour moi. Vivre et laisser vivre, voilà ma devise. "

Le 12e signe, le Poisson, 3e signe d'eau, lui qui devrait être la synthèse de tous les signes, se rend bien compte que c'est une tâche difficile, sinon impossible. Plus souvent qu'autrement, il décroche et se réfugie sur le bord de l'eau et sa grande émotivité en fait un rêveur plus qu'un acteur dans ce grand acte de la Création. »

– C'est mignon comme histoire ! dit Delphine.

– Tu serais bien une Balance, toi ?

– Eh oui, et j'ai la Vierge comme ascendant. Heureusement, c'est ce qui me tient les deux pieds sur terre.

– Et toi, Pierre, de quel signe es-tu ?

– Lion.

– Oh, un signe de feu ! dit Paulyne. Ça risque de chauffer par ici car deux signes de feu ensemble, l'un qui veut mener l'autre et ce dernier qui veut imposer ses idées, sûr de détenir la vérité, va nécessiter l'aide de la Balance pour harmoniser le tout. Bon, assez d'explications pour aujourd'hui : que diriez-vous d'aller prendre l'air ? Je vous propose l'escalade du mont Pinacle. De là-haut, on a une vue panoramique sur le lac Lyster et les environs. On pourrait même y pique-niquer.

– Excellente idée, répondent Pierre et Delphine en chœur.

Après avoir escaladé la falaise, ils s'assoient tous les trois sur la crête du rocher et déballent leur casse-croûte. La vue d'en haut est réellement impressionnante. Soudain, un coup de vent inattendu rafle le chapeau de Paulyne. Avant qu'elle n'ait pu le rattraper, il dégringole dans l'abîme. Paulyne, visiblement déçue, dit :

– Mon beau chapeau, j'y tenais tellement...

Encourageante comme toujours, Delphine dit :

– Ne t'en fais pas... Si ce chapeau t'appartient vraiment, tu le retrouveras.

Au même moment, une forte rafale de vent fait remonter le chapeau, et après avoir exécuté un spectaculaire tourbillon, il vient tout bonnement s'installer sur les genoux de Delphine. Un touriste, témoin de la scène, s'exclame, ahuri :

– Se pourrait-il que les oreilles de madame soient restées accrochées au chapeau ? C'est à croire qu'il a entendu... Je connais celui qui a marché sur les eaux, mais je ne connaissais pas celle qui fait remonter les chapeaux. Êtes-vous magicienne ?

Delphine répond en riant :

– Non, pas du tout. Je crois plutôt que c'est l'ange affecté aux objets volants non identifiés qui l'a rapporté.

Tous éberlués, c'est l'éclat de rire général devant cette scène vraiment cocasse, et Paulyne retrouve avec joie son beau chapeau. Après cette splendide journée dans la nature parsemée d'émotions de toutes sortes, Pierre et Delphine remercient leur hôtesse et rentrent chez eux, chacun dans leur havre de paix.

***

CHAPITRE 13
Quand le travail devient plaisir

Un jour, le chemin d'épines deviendra chemin de roses.

Renée Causse-Biscara

Delphine reçoit un appel plutôt inusité.

– Bonjour, je m'appelle Claude et je suis un homme d'affaires référé par Hélène Roy du " Feu sacré ". Je viens de terminer la lecture de votre premier livre. Ce que vous écrivez me touche beaucoup. J'ai appris dernièrement que vous donniez des cours sur les valeurs.

– C'est exact, monsieur.

– Accepteriez-vous de me donner des cours privés ?

– Pourquoi pas ? répond Delphine, trouvant l'idée originale.

– Quelles sont vos disponibilités ?

– Je pars justement demain rejoindre Hélène au " Feu sacré ". Ensuite, je dois me rendre à la Foire du livre de Trois-Pistoles et finalement, au retour, je m'arrête à Québec pour les " Bouquinistes ". Je serai absente environ douze jours. Si vous voulez, on peut immédiatement fixer une date.

– Le lendemain de votre retour vous convient-il ?

– C'est déjà noté. Je vous rejoins à quel endroit ?

– Je demeure dans les Laurentides et j'ai pensé que le domaine de l'Estérel serait tout indiqué. On pourrait manger ensemble, question de faire plus ample connaissance, ensuite je vous écouterai.

– Ça me semble convenable.

– Alors je vous attends dans deux semaines. Je vous souhaite un agréable séjour dans le Bas St-Laurent.

– Je vous remercie. À bientôt !

Tout de suite après avoir raccroché, le téléphone sonne à nouveau.

– Bonjour, c'est Hélène Roy. Je viens de fermer ton livre. Bravo ! On véhicule vraiment les mêmes valeurs. Je t'attends toujours en fin de semaine ?

– Bien sûr !

– J'ai un service à te demander. Une jeune femme de Hull s'est inscrite pour le week-end mais elle n'a pas de transport depuis Montréal. J'ai pensé qu'elle pourrait monter avec toi.

– Ça me fait plaisir de lui rendre ce service. Comment la reconnaîtrais-je ?

– Elle s'appelle Mitsi et...

– Minute, attends une minute. Tu as bien dit Mitsi ? Et elle habite Hull ?

– Oui, c'est bien ça.

– Mais je la connais ! Je l'ai rencontrée au Salon du livre l'an dernier. Écoute, ne lui dis rien, je lui réserve la surprise.

– C'est promis !

– Au fait, tu connais un homme d'affaires prénommé Claude ?

– Il t'a appelé ?

– Oui, à l'instant, et il veut que je lui donne des cours privés.

– C'est intéressant. Je suis distributrice pour une compagnie de produits naturels dont Claude est le président.

– Alors, je te dis à demain et ne t'inquiète pas, je veillerai sur Mitsi.

***

Lorsque Mitsi monte dans la voiture, elle salue Delphine en disant :

– Il me semble que je te connais.

– Tu as une bonne mémoire visuelle, dit Delphine en lui présentant son manuscrit.

– Oh, tu es l'auteure à qui j'ai parlé l'an dernier ?

– C'est bien moi !

– Comme je suis heureuse de te revoir ! Tu t'es inscrite au " Feu sacré ? "

– J'y anime un atelier.

– Wow ! C'est génial !

– Je savais que l'on se reverrait un jour, douce Mitsi. C'est le destin...

Durant le trajet, c'est la joie, la détente. Elles parlent de la vie, de l'amour, des relations et des livres.

À leur arrivée sur le site, Delphine apprivoise les lieux. Le chalet abrite trois chambres, la cabane en bois rond compte quatre lits et on peut aussi dormir dans le magnifique tipi dont le sol est recouvert de branches de sapin. Son côté douillet la décide à dormir dans le chalet.

– Bienvenue au " Feu sacré ", Delphine, dit Hélène. Nous comptons dix participants ce week-end.

Durant le souper communautaire où s'étale l'abondance d'une nourriture saine, les participants font connaissance. Durant la soirée, une animatrice dirige une méditation au son du tambour. Les ancêtres, les guérisons physiques et psychologiques, le Grand Esprit et notre Mère la Terre sont les thèmes abordés. Tout le monde est assis en cercle autour d'un feu de petit bois. L'énergie du groupe est puissante. C'est une première expérience de ce genre pour Delphine. Respectueusement, elle remercie la Terre pour toutes ses beautés naturelles et elle lui souhaite de porter bientôt un monde de paix. Ensuite, dans le calme, les participants se séparent pour la nuit.

***

En matinée, Hélène Roy donne un atelier en plein air sur " La Création ". Elle explore les cycles qui traversent la vie des humains. En après-midi, c'est au tour de Delphine de donner son cours sur les principes féminin et masculin. Tous sont attentifs à l'explication de ce principe universel. En soirée, une animatrice donne un atelier avec son tambour. Les ateliers sont entrecoupés de baignades, de randonnées autour du lac et de cures de rires. Le dimanche matin, c'est l'enseignement du calendrier lunaire. Delphine est fascinée par la gamme des enseignements qu'offre le " Feu sacré ".

Pleine d'énergie, après avoir remercié tous les participants et confié Mitsi à une autre samaritaine, elle quitte le site du " Feu sacré " en espérant bien y revenir un jour. Hélène lui promet de garder le contact.

Le temps chaud agrémenté d'une brise sentant bon le lilas invite Delphine à passer quelques heures dans le " Vieux Québec ". Chaque fois qu'elle parcourt les rues de la vieille ville, elle pense à ses amis français. Cette ville québécoise lui rappelle le pays de ses ancêtres.

Arrivée au parc Montmorency dignement vêtu des couleurs des arbres en fleurs, elle en profite pour lire un peu au pied d'un arbre. Alors que la faim la tenaille, elle est attirée par le joli petit bistro " Sous le Fort ". La serveuse au sourire sympathique lui offre une table aux abords de la fenêtre où panier d'osier, plantes et grenouille géante lui servent de compagnie.

Elle se laisse tenter par un potage de légumes au velouté exceptionnel. Le plat principal est un véritable délice pour l'œil : Filet de sole farci au crabe nappé d'une sauce crémeuse, sur nid de riz. Le voisinage de ce poisson se compose de succulents petits champignons sautés, de têtes de violon, de brocolis et de poivrons de toutes les couleurs. Pour dessert, le gâteau mousse chocolat et banane sur un coulis est tout simplement divin. Le raffinement de cette cuisine mérite des félicitations au chef cuisinier. Delphine tient absolument à rencontrer l'artisan de son succulent festin.

– Je crois que je vais vous adopter lors de mes séjours à Québec, dit-elle au responsable de ces merveilleux moments. Votre cuisine touche l'oeuvre d'art.

– Vous m'en voyez ravi. Je ne suis pas écrivain, mais j'ai toujours pensé que je faisais de la poésie dans l'assiette...

– J'adore votre sens créatif. Je m'appelle Delphine et je suis enchantée de savoir que vous existez, lui dit-elle de son plus beau sourire.

– Venez que je vous présente à mes associés.

Il conduit Delphine à la terrasse arrière où un couple est affairé à rénover ce qui deviendra un charmant îlot avec comme toile de fond, un paysage idyllique.

– Nous prévoyons être prêts pour le début de l'été, disent-ils en chœur, abandonnant leurs pinceaux. On installera des treillis remplis de fleurs.

Le chef cuisinier leur explique la raison de la présence de Delphine.

– Nous avons tellement travaillé. Nous savons que notre foi sera récompensée, confie la dame.

– Vous avez bien dit " la foi ? "

Puis, s'adressant au couple, elle ajoute :

– Excusez mon indiscrétion mais, êtes-vous mari et femme ?

– Oui, depuis dix-huit ans.

– Vous êtes rayonnants. Avez-vous des enfants ?

– Nous en avons trois.

– Ces enfants sont chanceux de vous avoir comme parents.

– Nous faisons notre possible pour bien les éduquer, dit la dame. Je leur ai dit que l'éducation et l'amour que nous leur donnons, c'est gratuit, ils ne nous doivent rien. Mais en retour, je leur ai exprimé un vœu : je leur ai demandé de lire au cours de leur vie " Connais-toi toi-même " de Omraam Mikhaël Aïvanhov.

– Vous lisez ce grand maître ?

– Plusieurs de ses enseignements ont inspiré notre vie et notre conduite.

– J'apprécie aussi énormément ses enseignements. C'était un homme très simple qui disait les choses comme elles étaient. Il enseignait le gros bon sens et l'intégrité. Je comprends pourquoi j'ai été attirée ici : les vibrations sont bonnes. Donnez-moi des cartes d'affaires, je vous recommanderai à mes amis.

– Alors, au plaisir de vous revoir disent les trois associés.

Quelles belles personnes, se dit Delphine. Et quels parents ils doivent être ! Il y a encore de l'espoir sur cette planète...

Et c'est la route vers Trois-Pistoles, paysage enchanteur qui défile sur un fond musical apaisant et énergisant à la fois. Delphine ne se lasse pas d'écouter l'album " Bhajamana " de " Friends in Spirit ", une oeuvre de paix, de réconciliation et d'intégration. Elle a l'impression d'entendre un mélange de deux cultures, deux genres musicaux différents qui ont pour mission de fusionner l'Inde, riche de traditions et de sagesse spirituelle, et l'Amérique, bouillonnante d'énergies innovatrices. Elle est convaincue que cette musique des Sphères a pour mission de faire le pont entre l'Orient et l'Occident. Ces mélodies divines lui donnent plein d'énergie et l'inspirent pour l'écriture. Elle sait que ces talentueux jeunes Québécois seront connus dans le monde entier car leur œuvre est universelle. Elle se promet de s'informer s'ils donnent des concerts car elle rêve de rencontrer les artisans de ces Sons Sacrés qui déposent un baume sur l'âme.

À son arrivée au gîte " Le Terroir des Basques ", elle est charmée par cette maison centenaire vêtue de pierres, coquette et accueillante. Avec toute la convivialité que l'on reconnaît aux

Québécois, les hôtes s'empressent de lui faire visiter la chambre " Les Papillons ". Meubles antiques, chapeau de paille, fleurs des champs, papillons et couvre-lit piqué plaisent à Delphine. Elle jette un coup d'œil à la chambre " Les amoureux " en se disant que ce sera pour une autre fois... La soirée se passe ensuite à bavarder avec ses hôtes devant un immense foyer de pierres.

Réveillée à l'aube par un rayon de soleil, elle se place devant la fenêtre, heureuse d'être témoin du lever du jour. Elle a l'impression de faire " un " avec l'astre lumineux qui promet une journée ensoleillée.

Après quelques minutes de complicité avec cette force de la nature, elle s'installe pour lire un peu. Vers huit heures, l'odeur qui monte de la cuisine l'incite à descendre. Deux familles sont déjà installées autour de l'immense table recouverte d'une nappe champêtre où sont dressés de magnifiques couverts roses à l'allure ancienne. Chaque couvert est accompagné d'une fleur de papier qui cache une pensée. Delphine ouvre sa fleur et lit : « **La seule façon de défendre ses idées est de les faire connaître** ». Décidément, le hasard n'existe pas... Le petit déjeuner gargantuesque se compose d'un kaléidoscope de fruits, d'une omelette cuite au four, de pommes de terre rissolées, de pain et de confiture maison. Les muffins à l'orange et au chocolat complètent le menu.

– Ça sent bon. Tout est fait maison ici ! s'exclame Delphine.

– Je ne ponds pas les œufs, répond l'hôtesse.

Tout le monde rit. Lorsque Delphine aperçoit un des papas napper sa tranche de pain avec les quatre sortes de confitures, elle ne peut s'empêcher de lui dire d'un air légèrement moqueur :

– C'est ce qu'on appelle une toast " all dressed "...

C'est l'éclat de rire général. Et lorsque ce même papa demande à sa femme :

« Chérie, as-tu goûté les confitures ? », et qu'elle répond : « Je n'ai pas encore eu le temps, je m'occupe des enfants ! » , Delphine a l'impression d'entendre sa mère. Est-ce que les mères ont les mêmes vacances que les pères en cette fin de siècle ? Elle lance un sourire en coin à cet avocat qui risque de perdre sa cause...

Après ce petit déjeuner qui somme toute, n'avait rien de petit, Delphine prend la direction du Cap à l'Orignal où elle a l'intention d'écrire quelques heures au bord de la mer. L'odeur de varech lui ouvre les narines d'un coup sec. Assise sur sa petite chaise de jardin, une vague vient mourir à ses pieds à chaque phrase. Les mots déferlent sur le papier, l'inspiration est prodigieuse.

À midi, elle se retrouve à la librairie " Aux Mille feuilles ". Elle remarque que c'est aussi une boutique d'objets de luxe : faïence, articles de bureau, verre de Murano, produits pour le bain, papiers fins, cartes de souhaits, jeux éducatifs, le tout dans un décor recherché. La libraire lui dit :

– Bienvenue chez moi, Delphine ! De la belle visite comme toi, c'est un vrai cadeau !

Comme c'est agréable d'être accueillie de la sorte, pense Delphine.

– Tu as fait bon voyage ?

– Excellent, merci ! J'aime tellement cette région.

Puis, remarquant l'élégance de la boutique, elle dit :

– C'est d'un goût exquis chez toi.

– J'aime mon travail et je trouve important d'être entourée de belles choses.

– On se ressemble sur ce point.

– J'allais manger, est-ce que tu m'accompagnes ?

– Avec plaisir ! L'air du fleuve m'a ouvert l'appétit.

Au restaurant, la libraire reprend de plus belle :

– C'est une belle faveur que tu me fais en ayant accepté mon invitation. Recevoir des auteurs, pour nous, c'est inspirant, c'est une belle énergie qui anime les gens.

– Tu es une libraire modèle ! On voit que tu aimes ton métier.

– Dis-moi, quelle a été ta première démarche pour écrire ton roman ?

– Ayant lu plusieurs livres, j'avais pris énormément de notes qui collaient à mon histoire.

– Ces auteurs t'inspiraient ?

– C'est plus que ça, je me retrouvais constamment dans leur histoire. Alors, j'ai décidé à mon tour de me raconter. Avec mon vécu peu banal et mon expérience dans l'enseignement, j'avais bien des choses à dire.

– Tes personnages sont-ils tous réels ou certains sont fictifs ?

– Ils sont tous réels. Ces personnes-là existent vraiment, heureusement ! Je serais incapable d'inventer une histoire de toute pièce. Ça me rappelle une lectrice qui m'a dit dernièrement : « Comment faites-vous pour inventer une telle histoire ? » Tu aurais dû voir sa tête lorsque j'ai répondu : « Mais je ne l'invente pas, je la vis ! »

– Donc, les dialogues sont vrais ?

– Disons que je les étoffe un peu, par contre, les témoignages des lecteurs sont authentiques et ce qui peut sembler invraisemblable est la pure vérité. Toutes les coïncidences sont réelles.

– Un sujet comme les valeurs est tellement important dans notre société. Étant constamment avec le public, je me demande parfois quel air les gens respirent pour être aussi agressifs, intolérants et sans respect. J'ai l'impression qu'il va falloir faire table rase de tout ce qu'on a appris et refaire notre éducation aux couleurs des vraies valeurs. Pourtant, il me semble que nous avions un bon bout de chemin de fait...

– On ne doit surtout pas se décourager.

– Tu as raison, restons positifs. Bon, je dois retourner travailler. Je te souhaite de merveilleux moments avec tes lecteurs et n'hésite pas à demander si tu as besoin de quelque chose.

– Je te remercie ! Bonne journée à toi aussi.

Curieusement, toute la journée, Delphine rencontre des touristes qui proviennent de sa région. Aller si loin pour rencontrer des gens de chez nous, pense-t-elle. La vie est amusante.

Le lendemain, au petit déjeuner, ouvrant sa fleur de papier, Delphine lit : **« Si vous voulez rendre vos enfants meilleurs, donnez-leur l'occasion d'entendre tout le bien que vous en dites à autrui. »** Les papas, ayant capté le message, une pluie de compliments déferlent sur leurs enfants.

Le reste du séjour à Trois-Pistoles est partagé entre la Foire du livre et quelques heures de vacances. Ce matin, elle emprunte le sentier boisé pour se rendre à la petite chute. Du belvédère, la vue est magnifique. Le sentier est parsemé d'escaliers, de petits ponts et de trottoirs de planches. Une halte s'impose au banc des amoureux à l'île des Amours. Elle songe à son futur amour. Saura-t-elle le reconnaître ?

Au retour, à l'orée du sentier, un homme accompagné de son petit chien nettoie le bois mort.

– Je fais le travail que le gouvernement ne fait pas. Ici, madame, on trouve des oiseaux, des fruits, et il y aurait de quoi faire un parc écologique. Pourquoi n'intéresse-t-on pas les jeunes à exploiter la nature ? Ils ne se lèvent plus, le matin ! Comment peuvent-ils être près de la nature ? Certains ont l'air plus végétal qu'une plante.

Delphine ne peut qu'approuver. La jeunesse est belle mais il y a des exceptions.

– Cela les sensibiliserait à comprendre bien des choses, je suis d'accord avec vous.

– Mais les jeunes fuient les vieux radoteux comme moi. Lire le passé du bois, ça les intéresse pas. Quand j'entends parler d'économie régionale, ça me fait sauter sur le piston ! Où est-ce qu'on s'en va ?

– L'inconscient collectif, monsieur, c'est très fort. Je travaille aussi à éveiller la conscience des gens en espérant que la planète ne s'endormira pas tout de suite.

– Ah, oui ! Que faites-vous ?

– J'enseigne les valeurs.

– Les gens ont perdu le sens des valeurs, vous perdez votre temps.

– Je ne crois pas. Je pense plutôt que de plus en plus de gens s'éveillent graduellement. De toute façon, on n'aura bientôt plus le choix, la vie va se charger de ramollir les têtes dures.

– Eh bien j'ai hâte de voir ça ! C'est pas demain la veille...

– Restez positif, monsieur, sinon vous perpétuez l'inaction, conclut Delphine en continuant sa route.

En longeant la mer bordée par de nombreux chalets, elle remarque une belle dame en bleu coiffée d'un magnifique chapeau. Affairée dans son jardin, cette dame lui sourit comme si elle la connaissait. Delphine fait demi-tour et descend de voiture.

– Bonjour, ma bonne dame.

– Bonjour ! Oh... Je vous ai confondue avec ma belle-fille. Vous lui ressemblez étonnamment.

– C'est votre jardin ? demande-t-elle en admirant les fleurs.

– Oui, c'est ma fierté. Vous aimez les fleurs ?

– Je les adore mais j'avoue ne pas toutes les connaître.

– Je peux vous en présenter quelques-unes si vous voulez ?

– J'accepte avec plaisir, j'ai du temps devant moi.

– Ici ce sont des hémérocalles ; on les appelle aussi lys d'un jour. Là, ce sont les " Sabots de la Vierge ", les rosiers, les molènes jaunes, les épilobes mauves, les " eupatoires maculées ", les ancolies, les lupins et les verges d'or. Là-bas, ce sont les trilles, les primevères, les véroniques et les orchidées.

– C'est un vrai jardin botanique.

– Avez-vous vu ma gloriette, là-haut ? J'y ai installé la cloche que mon fils m'a rapportée de Thaïlande. C'est là que je médite. Et mon bassin d'eau est la gloire de mon jardin en plus d'être la demeure de mes onze poissons rouges.

– Vous vivez seule, ici ?

– Oh non ! J'ai 50 ans de mariage et cette année nous avons nos petites-filles avec nous. Mon mari est en train de les aider à peinturer la maisonnette derrière les arbres. Ce sera leur refuge.

– Elles sont chanceuses de passer l'été ici et de vous avoir comme grand-mère.

– Je pense que oui... Je les aime beaucoup. Vous êtes en vacances à Trois-Pistoles ?

– Si on veut. J'allie travail et plaisir. Je suis auteure et je participe à la Foire du livre.

– Ravie de vous connaître. Vous écrivez sur quoi ?

– L'amour et les valeurs.

– Vous savez, après 50 ans de mariage, je suis toujours aussi amoureuse !

– Je vous envie, madame. Je n'ai pas eu la même chance.

– J'aimerais voir vos livres.

– J'ai des exemplaires dans la voiture, je reviens !

Lorsque Delphine lui remet ses livres, la bonne dame dit :

– Ils sont jolis. Ils semblent contenir beaucoup d'amour. Pouvez-vous me les dédicacer ?

Durant plus d'une heure, Delphine continue de s'abreuver à la grande bonté de cette grand-maman dont rêveraient tous les petits-enfants.

La Foire du livre terminée, la libraire lui remet un magnifique livre en blanc fabriqué en papier artisanal, issu du zamier, un arbre d'Asie.

– Je te remercie pour ta grande générosité et ta gentillesse. J'espère que les moments passés ici ont été agréables.

– Je suis satisfaite de mes ventes et en plus j'ai rencontré des gens fort intéressants. Merci pour le précieux cadeau, il est d'un chic ! Merci pour tout, dit-elle en l'embrassant.

Pour la dernière soirée au gîte, elle a le bonheur de converser avec de jeunes Belges qui œuvrent dans l'enseignement. En comparant les rouages de leurs systèmes d'éducation respectifs, Delphine constate que de par le monde, aucun système n'est parfait.

De retour à Québec, installée à la table des " Bouquinistes ", alors que Delphine raconte son séjour à d'Artagnan, ils sont témoins d'une scène où une mère et une grand-mère réprimandent une fillette d'environ trois ans :

– Tu es méchante, malhonnête et destructrice ! disent-elles à l'enfant.

Peinés, ils ne peuvent s'empêcher de penser aux répercussions de ces paroles sur l'enfant. Peu après cet incident, une autre fillette du même âge s'avance vers Delphine et lui prend la main. La mère s'avance aussitôt en disant à sa fille :

– Donne-lui des baisers à la dame et dis-lui d'en mettre plein ses poches. Demain, si elle s'ennuie, elle pourra en prendre un.

La fillette saute au cou de Delphine qui est touchée par l'attitude de cette mère. Caressant l'enfant, elle répond :

– Je vous félicite, madame. Si toutes les mères étaient empreintes de douceur et avaient l'attitude que vous avez, les enfants seraient bien plus épanouis.

Puis, regardant tendrement la fillette, elle lui dit :

– Merci. En arrivant chez moi, je les déposerai dans ma boîte à baisers.

La mère reprend :

– Je ne suis pas sans savoir qu'une mère est un modèle pour sa fille et, comme elle m'imite à la perfection, elle m'oblige donc à être patiente et cohérente tous les jours.

N'est-ce pas une belle image que l'amour entre une mère et sa fille ? Ce tableau vivant remplit Delphine d'énergie. Lorsqu'elle voit le père apparaître, elle comprend tout : une femme qui se sent aimée tendrement ne peut faire autrement que de transmettre cette tendresse à ses enfants. Elle dit à d'Artagnan :

– Je crois que le mariage, c'est comme la loterie.

– À la condition de ne pas tomber sur un " gratteux ", répond-il avec humour...

– Toi, tu réussiras toujours à me faire rire !

– Aimerais-tu mieux que je te fasse pleurer ?

– Ce ne serait pas digne de toi, d'Artagnan. Tu es plutôt celui qui donne de l'énergie et j'en suis ravie. Sais-tu à quel point je suis heureuse de travailler avec toi ?

– C'est réciproque, Delphine. Tu mets beaucoup de vie dans le kiosque.

Soudainement, en se retournant, elle a l'impression d'avoir une vision : Louis, son ex-amoureux d'il y a huit ans, est là devant elle, accompagné de sa conjointe. L'émotion qu'elle ressent en est une de joie accompagnée de compassion.

– Je ne pensais pas te voir ici, dit-il surpris.

– J'aime faire les bouquinistes, c'est une autre clientèle. Les gens sont détendus et pas pressés. Je suis contente de te revoir.

Sa compagne dit :

– J'ai lu tes deux livres ; j'ai bien aimé.

– Je te remercie. Et toi, Louis, les as-tu lus ?

– Certains passages seulement...

– Comment vont tes enfants ?

– Bien, ils vont bien. Je suis grand-père !

– Ah oui ? Je suis heureuse pour toi ! Embrasse-les tous les quatre pour moi, veux-tu ?

– Je n'y manquerai pas. Au revoir !

– Soyez heureux tous les deux !

Delphine le regarde s'éloigner non sans remarquer une note de nostalgie dans son regard. Quant à elle, elle ne conserve que le meilleur de cette relation. Soudain, elle se met à penser qu'elle a revu Paul et Louis, comme si la vie lui permettait de fermer la porte de son passé en toute sérénité. Elle ne ressent vraiment rien d'autre que de la compassion, comme si tout était dans l'ordre des choses. Elle se demande ce qu'elle éprouverait si elle devait revoir Denis dans un an ou deux... Caressée par le vent et le soleil durant deux jours, une fois rentrée chez elle, un courriel attire spécialement son attention.

Opinion sur livre !

Bonjour Delphine,

J'ai beaucoup apprécié votre premier livre mais le deuxième m'a un peu déçue. J'ai trouvé personnellement, sans vous vexer, qu'il était trop axé sur la réussite du premier. Je suis consciente que c'est ce qui primait à ce moment de la vie, mais on a l'impression qu'il y a un certain ego de réussite. Peut-être que je le remarque plus car, moi-même, j'ai de la difficulté à recevoir des compliments ou de l'appréciation.

Une page complète raconte en détail la vie de cette femme courageuse.

L'impact que vos livres ont eu sur ma vie fut très grand. J'ai pris ma vie en main et ce qui m'arrive est extraordinaire. J'ai quitté le rayon négatif de mon mari et je me suis tournée vers la Lumière. Avec vos livres, j'ai passé à travers une séparation sans chicane et j'ai obtenu tout ce que je demandais. Du moment que je reste à l'écoute de mon cœur, ma vie va être remplie de bonnes choses et je sais que je commence seulement à m'épanouir.

Merci d'avoir écrit vos livres. J'aimerais bien avoir la facilité d'écrire comme vous de votre intérieur car ça m'aiderait à éliminer les bobos qui traînent. Passez une belle journée,

Adèle P.

Delphine s'empresse de lui répondre.

Chère Adèle,

Merci beaucoup pour la bonne appréciation de mes livres. Je crois que vous avez pris la bonne décision concernant votre mari.

Apprenez à vous aimer encore plus car on ne peut aimer qui que ce soit si on n'est pas conscient de sa propre valeur et je suis certaine que vous avez une grande valeur.

Pour ce qui est de mon deuxième livre, les témoignages sur " La clé de la Vie " ont leur raison d'être : ce livre doit être lu par le plus de gens possible car on y trouve un principe universel.

Comme je n'avais pas d'argent pour payer une publicité, j'ai décidé de publier quelques témoignages. Si j'avais gardé pour moi seule la clé des principes féminin et masculin, le bon Dieu m'aurait sûrement refusé la porte du Paradis.

Ne dites-vous pas que ce livre vous a beaucoup aidée ? Mon intention est pure, croyez-moi, je n'ai rien à défendre à ce propos. Depuis plusieurs années je travaille fort à ouvrir mon cœur pour aimer inconditionnellement. Ce que vous appelez l'ego de réussite est un ego sain que j'appelle de la fierté. Il y a toute une différence entre l'orgueil et la fierté. Ce n'est pas être modeste que de nier ses talents, c'est plutôt du sabotage. J'utilise les dons que Dieu m'a donnés au meilleur de ma connaissance. Si je ne les utilisais pas, je ne pourrais révéler aux autres qui ils sont vraiment, c'est-à-dire des perles précieuses. Soyez fière de vos réalisations, c'est le début de l'estime de soi. Chaque fois qu'on refuse de l'appréciation, on refuse un cadeau de la vie et quand on refuse les cadeaux, la vie ne nous en envoie plus. On doit plutôt apprendre à remercier et apprécier car la reconnaissance attire les bienfaits.

Je vous souhaite un bon déménagement et la plus merveilleuse des réussites.

Delphine

***

À l'Estérel, Delphine discute avec Claude, cet homme d'affaires intéressé à ses cours. Ils décident de se tutoyer.

– Je veux te remercier d'être là, Delphine. J'ai besoin de faire le point dans ma vie, confie-t-il.

– Je sais que plusieurs personnes se questionnent sur leurs valeurs, présentement.

– Je vais bientôt vivre un deuxième divorce et cet échec créera un grand vide.

– Tu n'as pas échoué, tu as vécu une expérience. Aie confiance dans l'expérience de tes relations. Bénis ce qui t'arrive et passe à autre chose. Toute situation qui traverse notre route fait partie de notre cheminement dans le but d'évoluer, et de chaque situation vécue on doit tirer une leçon.

– Tu sembles être une vraie passionnée, je me trompe ?

– N'est-ce pas ce qui donne à la vie tout son sens ? Pour moi, une vie sans passion est comme une longue traversée du désert. S'il fallait que j'enseigne avec une face de bois, j'aurais un tas de bûches devant moi !

Claude sourit.

– J'aime ton côté spirituel. Dis-moi, quelle place occupe l'argent dans la spiritualité ?

– On a tendance à croire qu'on ne peut pas être spirituel si on gagne beaucoup d'argent mais c'est une fausse croyance. Ceux qui pensent se valoriser en restant pauvres ne peuvent aider personne. L'argent, c'est une énergie au même titre que l'amour ; ça dépend de l'usage qu'on en fait.

– Ça me rassure...

– Il s'agit toutefois de ne pas faire de l'argent une valeur première. On doit trouver un équilibre. Quelqu'un pour qui c'est la priorité a de fortes chances de faire faillite ou d'échouer dans les autres domaines de sa vie. Je connais plusieurs personnes qui vivent cette situation présentement.

– À quoi attribues-tu le succès d'une entreprise ?

– Avant de diriger une grande entreprise, on doit savoir se diriger soi-même. Si tu te concentres sur ton but, la vie s'occupera du reste. Plusieurs facteurs sont essentiels : la qualité du produit, un bon plan de marketing et un bon service après vente, l'intégrité de la tête dirigeante, l'harmonie entre les employés et les patrons, et finalement, l'amour de l'être humain.

– Pourtant, je connais des sociétés qui fonctionnent bien et qui sont loin de posséder tous ces attributs.

– Un jour ou l'autre, malheureusement, tout risque de tomber.

– Donnes-tu des cours s'adressant aux compagnies ?

– Bien sûr. Mes cours sont adaptés pour les enfants, les parents, les professeurs et les compagnies. Les valeurs, ça concerne tout le monde.

– Tu as raison. Alors, on commence ? C'est quoi des vraies valeurs ?

– Je n'aime pas les étiquettes et je ne tenterai pas de t'inculquer mes valeurs. Il s'agit simplement d'apprendre celles que nous véhiculons afin de diriger notre vie en conséquence.

En pleine nature, Delphine enseigne durant quatre heures à cet homme vivement intéressé à comprendre le sens de sa vie. En quittant, il lui dit :

– J'aimerais te revoir dans deux semaines. Marché conclu ?

– Marché conclu !

Le soir, avant de s'endormir, elle écrit son postulat de rêve. Elle évalue ses pensées et ses actions pour en connaître les conséquences. Elle dit tout haut : « Cette nuit, je me positionne dans ma vie professionnelle. »

À son réveil, elle rit de son rêve un peu loufoque.

" Sur l'autoroute, un éléphant au volant d'une automobile poussait toutes les voitures devant lui. " Elle cherche la signification de l'éléphant dans son dictionnaire de rêve.

« Symbole de prospérité et de réalisation. C'est l'animal qui peut combler tous les désirs et donner la paix et l'abondance. Il incite l'homme à se développer, à tourner son esprit vers la connaissance, la piété et la pudeur. Cela indique une chance inouïe, une relation influente. »

Je suis sur la bonne voie, pense-t-elle.

***

À la suite du traitement de Reiki donné par Geneviève, Delphine est détendue, elle a les idées plus claires. Sa jeune amie sent que le moment est propice pour aller au fond des choses.

– Delphine, quel est le pattern qui se répète toujours dans tes relations et que tu voudrais voir disparaître ?

– Je dois trouver la source de tous ces abandons répétitifs. Je ne veux plus du pot qui suit les fleurs.

– Peux-tu être plus précise ?

– Je suis fatiguée de rencontrer des hommes qui me promettent ou me font miroiter des choses splendides, et ensuite, soit qu'ils ne tiennent pas leurs promesses, qu'ils changent d'idée ou carrément qu'ils n'ont pas le temps pour moi.

– Tu sais que même avant de naître, nous traînons un lourd passé avec les comportements de nos ancêtres imprimés dans nos cellules. Nos réactions face aux événements qui se produisent dans notre vie sont reliées au passé. Nous subissons à notre tour ce que nos parents ont subi. Te souviens-tu d'un événement où on t'aurait donné quelque chose pour ensuite te l'enlever ?

Delphine réfléchit quelques instants et, tout à coup, ses yeux s'illuminent. Une scène de son enfance lui revient à l'esprit.

– Attends un peu. Oui, je me souviens, je devais avoir six ans. J'étais au bord d'un lac en visite chez des amis de mes parents. Les adultes montaient dans un canot et je voulais y aller aussi. Mon père m'a prise dans ses bras et je me rappelle à quel point j'étais heureuse. Soudain, ma mère est arrivée et quand elle a réalisé que l'embarcation n'était pas une chaloupe, elle a eu peur, et même si on avait commencé à glisser sur l'eau, une bonne paire de bras m'a retirée du canot. Je me souviens avoir eu un choc. Je me suis mise à pleurer tellement j'avais de la peine. Aujourd'hui, je peux verbaliser que je me suis sentie trahie.

Un sentiment de tristesse sans grande émotion envahit Delphine.

– Ce n'est pas la source de ton problème, dit Geneviève. Creuse un peu plus loin.

– Je ne vois rien d'autre.

– Peut-être que tu n'es pas encore prête à revivre cet événement.

En entendant cela, Delphine se rappelle, tel un tiroir qui s'ouvre après avoir été fermé à clef durant plusieurs années. L'émotion se manifeste par un frisson qui parcourt son corps en partant des pieds pour ressortir par le dessus de sa tête. Elle se met à sangloter en revivant une scène qu'elle avait oubliée depuis l'âge de quatre ans. Durant dix minutes, c'est la vallée de larmes. Une fois l'émotion nettoyée, elle raconte :

– J'avais quatre ans. Ma mère m'avait amenée à l'hôpital car je devais être opérée pour les amygdales. Elle m'avait dit que j'aurais beaucoup de plaisir, qu'il y aurait des enfants de mon âge, des jouets, des chaises berçantes, des poupées. Tout ça était vrai et dans ma petite tête d'enfant, je me disais qu'elle avait dit la vérité malgré l'insécurité que je ressentais. Sauf que ma mère avait omis de me dire qu'elle me laisserait là, que je passerais la nuit à l'hôpital. À un moment donné, j'ai senti le danger car je ne la voyais plus. En me retournant, je l'ai vue s'enfuir par la porte, en courant.

Delphine pleure de plus belle.

– Ce qui a suivi est horrible. J'ai vraiment pensé que ma mère m'abandonnait. J'ai entendu une infirmière crier : « Allez-vous-en, on va s'en occuper. » Je me suis mise à hurler en courant vers la porte. Il a fallu deux infirmières pour me stabiliser au plancher et me donner une de ces grosses piqûres dans une fesse qui m'a envoyée au pays des anges. Je me suis réveillée le lendemain matin, muette. Après l'opération, lorsque ma mère est revenue me chercher, je l'ai regardée avec amertume, conscientisant sans être capable de le verbaliser, ce que je considérais être une trahison.

– Et cette trahison s'est installée dans tes cellules comme une mémoire.

– J'ai cru ma mère, mais elle m'a caché des choses concernant l'hôpital. Je sais pourtant qu'elle m'aime. Cela expliquerait ma grande naïveté à croire tout ce que les gens disent et souvent à être trahie par la suite.

– Tu as enregistré que pour être aimée, tu devais recevoir les fleurs et ensuite le pot, c'est-à-dire la trahison. Donc, tu t'es attirée des relations où les hommes étaient très gentils et sincères au début. Ensuite, ils t'ont déçue sous une forme de désengagement soit en étant constamment absents, soit en fuyant, exactement comme ta mère qui s'était engagée à te conduire à l'hôpital et qui s'est enfuie par la suite sans t'avertir.

– C'est exactement ça ! Mais ma mère n'a pas fait ça pour mal faire ! C'est moi qui ai interprété son comportement, c'était ma perception.

Tout à coup, un souvenir remonte comme une balle.

– Oh mon Dieu ! Je viens de réaliser que j'ai fait la même chose avec mes enfants ! Mon mari venait à peine de me quitter et un soir où je voulais sortir, j'ai appelé une gardienne. Patrick, qui avait trois ans à l'époque, s'accrochait à ma jupe. J'ai dit à la gardienne : « Va dans ma chambre avec lui, j'en profiterai pour me sauver. » Mais c'est épouvantable ! On reproduit ce que l'on s'est fait faire de génération en génération... J'ai fait la même bêtise !

– Même les bébés ressentent les choses. **Plutôt de penser que les enfants en bas âge ne comprennent rien, il est important de savoir qu'ils ressentent les émotions de tous ceux qui les entourent et qu'ils les enregistrent dans leurs cellules.** Le corps capte les émotions comme un aimant. C'est pour cette raison qu'on doit toujours dire la vérité aux enfants, peu importe l'âge qu'ils ont.

– Comme tu as raison... Dans mon cas, j'aurais pu sécuriser Patrick en lui disant que je ne l'abandonnais pas, que je reviendrais.

– Et si les enfants persistent à pleurer quand les parents s'absentent, c'est que les parents ont eux-mêmes un sentiment d'insécurité non réglé.

– Comme ça explique bien des choses... Alors j'aurais programmé la trahison dans mes cellules à savoir que pour être aimée, je dois attirer des personnes honnêtes et sincères au début mais qui fuiront par la suite. Je réalise que les hommes avec qui j'ai été en relation ont fonctionné de cette manière. Leur comportement était comme celui de ma mère mais comme je sais que ma mère m'aime, je ne l'ai jamais détestée ; j'ai continué de l'aimer, je la trouvais tellement belle, je l'admirais, exactement comme j'ai continué d'aimer mes conjoints malgré leurs absences ou leur indifférence. J'ai transféré le pattern.

– Ta mère devait avoir des peurs non résolues. C'est aussi pour cette raison qu'elle t'empêchait de faire certaines choses, comme un tour de canot par exemple.

Les souvenirs remontent en Delphine.

– Je ne peux pas dire qu'elle m'ait empêchée de vivre ma vie, mais je sentais qu'elle était constamment inquiète pour moi. Elle n'avait pas confiance. Elle a dû être trahie elle aussi dans son enfance. Ces comportements inconscients vont-ils cesser de se répéter un jour ?

– Une fois la prise de conscience faite, il s'agit de pardonner à nos parents les blessures qu'ils nous ont infligées bien inconsciemment. Ils ont tout simplement répété ce qu'ils ont subi dans leur enfance. Si les blessures sont trop profondes, des thérapeutes peuvent aider à la guérison par des traitements d'énergie qui consistent à rééquilibrer le corps énergétique et le corps émotionnel.

– Si je résume, maintenant que j'ai compris la source des problèmes dans mes relations amoureuses, je ne devrais plus attirer ce genre de relation ?

– Ça dépend. En veux-tu à ta mère ?

– Pas du tout, j'ai fait la même chose ! Ce n'était pas son intention de m'abandonner. J'ai l'impression qu'on ne doit pas être les seules à avoir agi de cette façon.

– Alors je pense que cette fois-ci, tu devrais attirer la relation parfaite pour toi. Il va sans dire que la vie t'enverra probablement encore quelques tests pour vérifier si tu es guérie de tes réactions négatives faces aux obstacles. Je pense aussi que chaque génération a fait de son mieux et qu'on n'a pas le droit de juger qui que ce soit. Il s'agit simplement de ne pas reproduire le pattern une fois qu'on l'a identifié et qu'on a sincèrement pardonné.

– Je trouve difficile de ne pas réagir lorsque je me sens trahie. Je vais de ce pas instruire mes enfants sur mes comportements inconscients pour ne pas qu'ils s'attirent le même type de relation que je me suis attiré. Je crois qu'ils ont déjà reçu quelques pots... Heureusement qu'ils n'ont pas encore d'enfants. Je te remercie, Geneviève, pour tout ce que tu fais si généreusement pour moi. Mais dis-moi, qu'attends-tu pour sortir de l'ombre ? As-tu peur de ta puissance, de tes capacités, de ta lumière ? Que dirais-tu de travailler à déprogrammer les humains qui ont imprimé dans leurs cellules des réactions néfastes, des peurs ancestrales ? Les gens doivent être informés de cette approche. **Connaître sa vraie nature en éliminant la part d'ombre en soi devrait être l'héritage auquel tout le monde a droit.** Tu es brillante, géniale, tu te sous-estimes !

– Mais qui suis-je, moi, pour être brillante, géniale ?

– Et qui es-tu pour ne pas l'être ? Il ne sert à rien de te dénigrer ou te cacher pour ne pas insécuriser ceux qui t'entourent. Dieu attend autre chose de toi.

– Je ne sais pas au juste où me diriger, qui contacter.

– Lorsqu'il te vient à l'idée de créer quelque chose, un champ d'énergie t'enveloppe et, par un synchronisme remarquable, cette énergie rassemblera les personnes et les événements qui contribueront à ce que ton idée progresse vers sa matérialisation. Émets l'intention, sois à l'affût de tout ce qui se présente dans une journée et la vie fera le reste.

– Je te remercie de me faire confiance, j'en ai besoin.

– Ce n'est pas évident d'avoir l'estime de soi, n'est-ce pas ? Ça demande du courage et de la foi. Le meilleur conseil que je puisse te donner est celui-ci : n'écoute jamais ceux qui te rabaissent et surtout n'imite personne. Sois toi-même.

Geneviève repart, le cœur gonflé d'espoir. Delphine sait qu'elle ira loin, très loin...

***

Parmi les nombreux courriels reçus, Delphine relit celui d'une lectrice qu'elle se prépare à rencontrer.

Chère Delphine,

J'aimerais recevoir de l'information concernant le cours " Valeurs de vie ", mais là n'est pas mon unique but en envoyant ce courriel.

Je viens tout juste de terminer " Voyage au pays de l'âme ". Comment exprimer l'émotion que je ressens ? Mes mots sont coincés dans la gorge, mon cerveau fonctionne à cent à l'heure. Tout en étant émue, je suis chavirée en même temps. Ça brasse en dedans. J'ai dévoré tes deux livres qui débordent d'amour et contiennent tant de vérités. Quel beau cadeau je me suis fait en les achetant.

J'aimerais te raconter comment ils me sont tombés sous la main. Figure-toi que nous avons la même coiffeuse. J'y ai vu tes livres dédicacés. Je les ai parcourus et j'ai été conquise juste par leurs titres. Je me suis dit : « Oublions le budget, je sens que ces livres vont m'apprendre un tas de choses, ils seront des outils indispensables dans ma vie. » Je ne m'étais pas trompée.

Merci à toi, et sans te connaître, permets-moi de te dire que je t'aime beaucoup. Quand j'ai consulté ta bibliographie, j'ai constaté que je possédais plusieurs livres mentionnés ; la musique qui t'a inspirée est celle que j'écoute et que dire des pages couvertures sinon que je me vois souvent devant un lac en train de méditer et je vibre quand je vois des tableaux de Théberge.

Nous nous ressemblons, enfin presque, parce que moi j'ai des blocages, tout est mêlé dans ma tête, on dirait que je stagne. Pourtant, ma petite voix intérieure me dit qu'il est temps de passer à l'action. Je suis certaine que tu peux m'aider. Comment ? Je l'ignore encore mais je le sens !

Combien de lettres as-tu dû recevoir ? La mienne en est une parmi tant d'autres mais je tenais à te la transmettre.

Je sais que tu es une personne spéciale. Heureusement que la terre porte des gens comme toi. Je veux aussi être du nombre à répandre l'amour, mais avant, je dois apprendre à m'aimer et là, j'ai besoin d'aide.

Comme le hasard n'existe pas, les deux dernières fois où je suis allée au salon de coiffure, j'ai croisé une cliente. Pauvre elle, elle était bouleversée par sa rupture, une relation de vingt ans. J'ai tenté de la réconforter et nous avons discuté de nos lectures. C'est là que j'ai appris que Judith était ton amie !

Je lui ai fortement conseillé de ne pas s'embarquer dans une bataille juridique qui sape toutes nos énergies et notre argent... (Je travaille dans le domaine.) Je lui ai dit qu'elle était privilégiée de t'avoir comme amie et que j'aimerais bien te rencontrer un jour. Elle m'a dit que tu étais à écrire ton troisième livre. Quel bonheur j'ai éprouvé en apprenant cela !

Sincèrement, je te remercie pour les beaux moments passés à te lire. Tu es une étoile dans l'Univers, mais quelle étoile ! Tu scintilles dans mon cœur et je souhaite que ta lumière éclaire plein d'autres cœurs.

Tu as toute mon affection et mon admiration.

Diane A.

***

Installée à la table d'un petit Café, Diane se lève en reconnaissant Delphine.

– J'apprécie ta disponibilité. Je suis contente que tu sois là.

– Ça me fait plaisir aussi. Tu sais, ta lettre m'a fait chaud au cœur mais je tiens à te dire que ça prend une " étoile " pour reconnaître une autre étoile.

– On ne m'a jamais fait un aussi beau compliment...

– Et puis, sache que je ne me considère pas spéciale car les personnes spéciales se sentent séparées des autres alors que moi, je me sens plutôt reliée avec tout le monde. Pour moi, la hiérarchie sociale est une grosse farce qui vient de l'ego. Un jour, je sais que j'enseignerai à des hauts dirigeants et je sais aussi que j'enseignerai dans des prisons. Il y a des filles qui méritent de sortir de là.

Les larmes aux yeux, Diane arrive à articuler :

– Depuis que j'ai lu tes livres, j'essaie de mettre en pratique les enseignements mais j'ai encore besoin d'apprendre. Il y a tellement de vérités à appliquer que je ne sais pas par où commencer.

– Va à l'essentiel. Quel est ton plus gros souci, présentement ?

– Je ne sais plus quoi faire avec mon fils. Hier, il m'a engueulée comme du poisson pourri et je ne savais pas de quelle façon traiter ça, j'étais paralysée. Monsieur était fâché, il voulait que je lui fasse son souper.

– Et quel âge a-t-il, ce fils chéri ?

– Il a dix-sept ans. J'étais au téléphone avec ma mère et il s'est mis à gueuler. Ma mère était renversée d'entendre ses propos. Je t'avoue que je ne savais pas quoi faire. Je ne lui ai pas fait son souper mais si tu avais entendu tout ce qu'il m'a dit par la suite...

– Tu dois apprendre à te faire respecter, on dirait.

– Je sais, mais comment ?

– Tu n'es pas choquée de ses agissements ?

– Bien sûr ! Je suis choquée et blessée.

– Alors, tu pourrais lui dire sans crier, mais fermement : « Écoute, je ne sais plus quoi faire de toi. Je t'aime beaucoup mais je dois prendre le temps de me calmer car je pourrais dire des choses regrettables. À partir de maintenant, je préfère que tu fasses toi-même ton souper, il y aura toujours de la bouffe dans le frigo. Je te rends mon tablier. » Et le plus doucement possible, sans arrogance, tu ajoutes : « Je pense que je mérite d'être traitée avec respect. »

– Oh, mon Dieu ! Je ne serai jamais capable de lui dire ça...

– Eh bien il va falloir, belle étoile ! sinon il te fera des crises encore plus graves pour te forcer à le faire. Comment veux-tu qu'un enfant apprenne le respect si sa mère ne sait pas se faire respecter ?

– Tu as raison. Il a déjà de bien mauvais plis.

– La maman surprotectrice doit reprendre les guides. Tout d'abord, travaille sur la confiance en toi et apprends à t'aimer. Ensuite, tu sauras te faire respecter. Tu es son modèle féminin mais il doit aussi savoir que tu es capable de t'affirmer. Tu aimerais mon cours sur le Respect, plusieurs avenues y sont explorées.

– Tiens-moi au courant de la date de ton prochain cours. Je sais que j'en ai besoin. Je réalise que je suis " hyperprogrammée ". Ma déprogrammation peut être longue...

– Il va falloir que tu tiennes solide la barre si tu veux que ton fils comprenne que le respect, c'est l'affaire de tout le monde. J'ai mis quatre mois à faire comprendre cela à mes deux chéris.

– Quatre mois ?

– Oui, quatre mois à leur faire comprendre que je les aimais beaucoup mais que le respect des autres commençait par le respect de moi-même. Je ne te dis pas que ça a été facile et que je n'ai pas fléchi une ou deux fois, mais je savais que je devais me tenir sur mes deux jambes si je voulais en faire des hommes respectueux et respectables.

– Ils sont guéris, maintenant ?

– Ils vont beaucoup mieux. Ils ont appris à respecter leur entourage et ils ont aussi appris à se faire respecter. Travaillant avec le public, ils n'acceptent aucune impolitesse venant d'un client.

– Le client n'a-t-il pas toujours raison ?

– **Rien n'empêche le client d'avoir raison avec le bon ton.** Bien des gens désobligeants se croient tout permis parce qu'ils sont des clients. Il y a de plus en plus d'employeurs qui n'acceptent pas que leurs employés soient victimes d'un manque de respect. Ces patrons-là sont intelligents : ils ont compris qu'un employé qui se sent supporté et apprécié donnera un meilleur rendement et, ainsi, la compagnie a de bonnes chances de voir ses bénéfices augmenter.

– Ça, c'est vrai ! Des employés maltraités véhiculent des énergies négatives et les retombées sont souvent désastreuses.

– Demeurerais-tu à l'emploi de quelqu'un qui te maltraite ?

– Je ne pourrais pas, sincèrement, je ne pourrais pas...

– Alors, dis à ton fils qu'au salaire qu'il te paie, tu laisses tomber ton statut de servante. Les mêmes consignes devraient s'appliquer autant à l'intérieur de chez toi qu'à l'extérieur, non ?

– Tu as entièrement raison ! Il y a des choses qui vont changer bientôt car je suis drôlement fatiguée de me faire constamment rabrouer !

– Laisse-moi te raconter une anecdote où j'ai été témoin d'un manque de respect à l'égard d'une employée.

– Allez, raconte, ça me fera un exemple de plus.

– J'étais à l'hôtel de ville au comptoir des taxes où je me faisais servir par une gentille dame lorsque, tout à coup, un homme d'une corpulence impressionnante passa devant ceux qui faisaient la queue et cria tout haut à la préposée : « Vous êtes seule ? Où est l'autre ? » La dame lui répondit que l'autre préposée était à sa pause. Cet énergumène lui cria d'aller la chercher, qu'il n'avait pas que ça à faire, attendre, et que le service était pourri. Tu aurais dû voir la tête de la dame ! Je me suis retournée et j'ai regardé cet homme directement dans les yeux en faisant un gros effort pour ne pas intervenir. J'ai déduit que son père ne devait pas être patient et qu'il devait adorer se donner en spectacle. J'espère seulement que cet homme n'a pas d'enfants car ce sont des modèles comme lui qui rendent les professeurs au désespoir.

– Comment a réagi la préposée ?

– Elle était blanche. Je lui ai dit avec beaucoup de compassion : « Bonne chance, madame, et surtout bon courage ! »

– Si j'avais été témoin de cette scène, je crois que je me serais enfuie à toutes jambes. Je n'aime pas ces situations déplaisantes qui rendent tout le monde mal à l'aise.

– Je n'aime pas ça non plus, et quand je vois un homme faire publiquement ce que j'appelle " une crise de bassinette ", je me dis qu'il n'a jamais dû entendre parler de respect.

– Je constate que j'ai du boulot à faire avec fiston si je ne veux pas qu'il devienne ainsi. Je te remercie de m'accorder cet entretien. Je commence dès maintenant à me remettre en question.

Le reste de la soirée se passe à discuter des différentes étapes d'une relation amoureuse. De confidence en confidence, Delphine réalise que les femmes vivent sensiblement les mêmes inquiétudes.

***

À Casselman, durant deux journées pédagogiques, Delphine donne une formation aux professeurs sur les " Valeurs de Vie ". C'est avec plaisir qu'elle revoie la charmante directrice de Rockland. À la fin du cours, Delphine lui dit :

– C'est grâce à toi si j'ai obtenu ce contrat. Je te remercie beaucoup pour ton implication et ta participation.

– C'est plutôt à moi de te remercier. Serais-tu libre le mercredi, par hasard ? Je voudrais que tu viennes enseigner à mon école.

– J'en prends note, mais si ma mémoire est bonne, oui, je suis libre le mercredi. Note qu'il est très important que le cours soit proposé et non imposé. Je préfère la participation des enseignants sur une base volontaire car enseigner les valeurs à des professionnels de l'enseignement est une tâche très délicate.

– Je suis d'accord avec toi. J'aimerais que tu commences le plus tôt possible. Je te rappelle bientôt.

– Merci, dit Delphine, plus confiante que jamais.

Sur le chemin du retour, elle ne peut s'empêcher de penser que l'on n'est définitivement pas prophète dans son pays. L'Ontario s'intéresse à elle avant le Québec...

***

Une fois la semaine, durant huit semaines, Delphine enseigne les " Valeurs de Vie " à une vingtaine d'enseignants et d'enseignantes de Rockland, en Ontario. Dans le hall d'entrée de l'école, elle remarque que l'ambiance est accueillante. Elle sourit lorsqu'elle constate que la pensée du jour affichée sur un lutrin est tirée d'un de ses livres. Sur un présentoir, des dépliants sont offerts aux parents.

Le petit conseiller

Nos enfants expriment-ils leurs émotions ?
Comment manifester de l'amour à nos enfants ?
Comment accueillir nos enfants avec leur bulletin ?
Comment dire « non » à nos enfants ?
Les punitions, faut-il en donner ?
La rentrée scolaire : comment partir du bon pied ?
Comment se fixer des objectifs pour la nouvelle année scolaire ?
Quand et comment communiquer avec les enseignants ?
Peut-on aider les enfants avec leurs devoirs ?
Comment nos enfants acquièrent-ils le goût de la lecture ?
Comment aider nos enfants en calcul mathématique ?
Se procurer un ordinateur pour les enfants ; où commencer ?

Elle trouve cette initiative très intelligente. Passant devant le bureau de la directrice, elle est ravie qu'il soit habité par des animaux en peluche. Delphine encourage ce côté humain et sécurisant à l'école élémentaire. Le bureau de la direction ne se doit-il pas d'être accueillant ? Au salon du personnel, les enseignants sont rassemblés autour d'une table remplie de victuailles. Après une journée auprès des élèves, Delphine sait que l'écoute est toujours plus facile l'estomac plein.

« Tout d'abord, je voudrais rendre hommage à notre profession et vous remercier de votre confiance. L'enseignement aux enfants est la tâche la plus noble qui soit. Ce n'est pas un travail, c'est une mission.

En plus de transmettre des connaissances, le défi est de taille : les élèves qui nous sont confiés sont là pour apprendre à aimer l'école, ils sont là pour socialiser dans le respect, pour développer leurs habiletés et leurs talents et enfin pour trouver un sens à leur vie. Donc, ***on doit donner un sens à l'apprentissage. Apprendre pour apprendre est révolu.*** *On doit aussi enseigner la réalité des choses de la vie ainsi que les conséquences. En plus du français et des mathématiques, on doit leur apprendre à bien vivre leur vie. Trop d'adultes et de jeunes actuellement la regardent passer ou la subissent.*

Le succès d'une vie n'arrive pas par hasard. Pour y arriver, on doit passer par plusieurs étapes. En ce qui me concerne, j'ai réalisé que la passion donne un sens à la vie. Si on aime passionnément ce que l'on fait, la matière va passer facilement. Ensuite, je crois qu'il n'y a pas de limite à ce qu'on peut accomplir. Nos convictions rendront possibles nos désirs les plus chers si on sait user d'une bonne stratégie : l'ordre des choses est nécessaire, on ne peut sauter une seule étape. L'énergie a un grand rôle à jouer aussi : tout succès dépend de notre énergie physique, intellectuelle et spirituelle, ce qui nous amène à créer des liens d'amour durables nécessaires à l'équilibre humain. Ceux et celles qui deviennent de grands artistes, de grands hommes politiques, de bons professeurs et des parents en or sont ceux qui savent communiquer adéquatement. Et finalement, c'est ce qui justifie ma présence aujourd'hui avec vous, un système de valeurs est essentiel.

Qu'est-ce qu'un système de valeurs ? Ce sont des jugements d'ordre moral ou pratique sur ce que nous considérons être important pour nous. C'est l'ensemble de nos croyances. J'ai choisi d'enseigner les " Valeurs de Vie " car je crois qu'au sein de notre société, une révision des valeurs s'impose. Il ne s'agit pas d'émettre quelque jugement que ce soit sur soi-même et les autres car les jugements retardent l'évolution. On doit tout simplement prendre conscience des valeurs qui dirigent notre vie. J'aborderai donc aujourd'hui la Tolérance.

La Tolérance, c'est l'acceptation des imperfections de ceux qui nous entourent. Ce que nous voyons chez les autres de négatif et qui nous dérange, c'est peut-être l'image de ce que nous sommes ?

Peut-être avez-vous déjà entendu quelqu'un crier à tue-tête après un élève : « As-tu fini de crier ? » Dans l'enseignement, la cohérence est essentielle car les enfants nous imitent à la perfection. Parfois, croyant bien faire, on les surprotège ou on les commande. Ne faudrait-il pas les laisser de temps en temps découvrir qui ils sont en leur laissant faire des erreurs ? N'est-il pas vrai que l'on apprend de nos erreurs ? Par contre, être tolérant ne veut pas dire se laisser piler sur les pieds. C'est surtout faire prendre conscience aux enfants des conséquences de leurs gestes d'une façon détachée, sans jugement.

Si un comportement ne nous dérange pas, c'est que nous ne l'avons pas ou que nous l'avons réglé. Je m'explique : certains comportements d'élèves sont inacceptables, je sais, mais la façon de rétablir la situation est capitale. Une remontrance faite avec douceur et fermeté ne s'oublie pas tandis qu'une remontrance culpabilisante est destructrice. Tout est dans la façon de reprendre les choses.

Les qualités que nous voyons chez les autres reflètent aussi celles que nous avons. Être tolérant, c'est donner des choix aux enfants et les respecter. C'est cesser de vouloir tout contrôler. Il s'agit de trouver un équilibre entre tolérer et s'affirmer car chaque extrême provoque un stress.

Plus on demande de l'aide en affichant une certaine vulnérabilité, plus les enfants sont tolérants envers nous. Ça m'est arrivé à quelques reprises de leur dire : « Aujourd'hui, les enfants, ça ne va pas très bien car j'ai mal dormi. Je vous demande de m'aider. J'ai fait un effort pour venir enseigner ce matin et je me suis dit que vous feriez un effort pour m'écouter. Est-ce que je peux avoir votre collaboration ? » J'ai souvent utilisé ce même langage avec mes deux fils. La plupart du temps, ça fonctionne.

– J'ai un problème avec ma fille de treize ans, dit une participante. Elle se couche très tard et je finis par m'emporter. Je ne sais plus quoi faire.

Delphine comprend que les participants sont parents avant d'être enseignants.

– Comment ça se termine ? demande-t-elle.

– Plutôt mal. Je hausse le ton et je lui ordonne d'aller se coucher en la menaçant.

– Qu'est-ce qui te dérange le plus dans tout ça ?

– J'ai peur qu'elle rate son autobus, j'ai peur qu'elle dorme en classe, j'ai peur qu'elle échoue dans ses examens et qu'elle recommence son année.

– Alors, tu pourrais lui dire ceci : « Tu sais ma grande, je t'aime beaucoup mais je suis fatiguée que l'on argumente ainsi tous les soirs. J'ai réalisé que je te transmettais mes peurs. Eh oui, j'ai peur. J'ai peur que tu rates ton autobus, j'ai peur que tu t'endormes en classe et j'ai surtout peur que tu rates ton année. Alors, j'ai décidé de travailler à éliminer mes peurs et je ne t'en parlerai plus. Tu es assez grande pour savoir à quelle heure tu dois te coucher et j'ai décidé de te faire confiance. Si tu tardes à te mettre au lit, j'apprécierais que tu ne fasses pas de bruit car moi, j'ai besoin de dormir dans le calme. Je te souhaite une bonne nuit. » Tu l'embrasses et ensuite, tu dois tenir parole : tu n'en parles plus et surtout, tu gardes ta bonne humeur sans aucune insinuation. Ce sera difficile les premiers jours car changer sa façon de dire et de faire les choses ne plaît pas toujours à notre ego. L'habitude est tenace.

– Ça ne marche pas, ça ! dit une autre participante. J'ai déjà essayé et ça n'a rien changé du tout !

Prenant son ton le plus compatissant, Delphine réplique :

– Si tu as essayé avec le même ton que tu viens d'utiliser, je suis d'accord avec toi que ça ne peut pas marcher. L'exemple que je viens de donner doit être dit avec le cœur et non avec la tête. L'authenticité et la vulnérabilité qui viennent du fond de nos tripes, je peux vous garantir que ça marche. Les vieilles formules autoritaires et dictatoriales à outrance ne fonctionnent plus avec les jeunes. Il s'agit d'accepter la différence. Et si on valorisait au lieu de critiquer ? Si on déléguait un peu plus ? Si on écoutait davantage les enfants en acceptant leurs critiques constructives tout en demeurant humbles et vulnérables ? La flexibilité par une grande ouverture d'esprit est un moyen efficace pour diminuer le conflit des générations. La communication n'en sera que plus facile. Rappelez-vous que souvent, on atteint l'équilibre après avoir dépassé nos limites dans les deux sens et après en avoir subi les conséquences. L'expérience, c'est le plus grand des maîtres et il n'y a personne de parfait sur terre. Nous sommes justement ici pour apprendre à évoluer le mieux possible, donc, autant avoir de bons outils en main et la tolérance est un outil essentiel à la construction de toute relation.

– Je te promets que je vais suivre ton conseil à la lettre, dit la dame concernée par le problème.

La semaine suivante, radieuse, cette même dame prend la parole.

– J'ai un témoignage à faire : après avoir appris par cœur ce que Delphine m'a suggéré de dire à ma fille, je lui ai répété mot pour mot le discours. À mon grand étonnement, quelques jours plus tard, ma grande fille, surprise par mon attitude mais surtout contente de me voir réagir différemment, m'a demandé : « Maman, finalement, à quelle heure voudrais-tu que je me couche ? » Je n'en croyais pas mes oreilles et je me suis dit intérieurement : « Delphine, ça marche ton affaire ! » Nous avons convenu d'une heure raisonnable et elle m'a ensuite demandé ce qui s'était passé en moi pour avoir ainsi changé. Je lui ai dit que je suivais des cours sur les valeurs. Elle m'a encouragée à continuer...

– Je te félicite, dit Delphine. Si on ajoute la patience et la persévérance à cette belle vertu qu'est la tolérance, un résultat positif se manifestera d'emblée.

À la fin du cours sur la patience, une enseignante lui dit :

– Si tu savais à quel point ce cours m'aide dans ma vie personnelle... Tu es mon rayon de soleil du mercredi !

– Je te remercie de me le dire, ça m'encourage à continuer. Et toi, si tu te regardes dans un miroir, tu verras à quel point tes yeux sont brillants.

Avant de rentrer chez elle, Delphine se retrouve au restaurant avec la directrice.

– Je suis contente de la participation de mes professeurs, dit-elle, mais je trouve dommage qu'ils n'y soient pas tous.

– Ne t'en fais pas. Ceux et celles qui sont présents finiront par déteindre sur les autres. L'exemple est un bon facteur de réussite. Les choses sont comme elles doivent être. Même si ça ne devait toucher que seulement dix d'entre eux, ça vaut la peine que je me déplace. Je veux te redire merci encore une fois car tu es une directrice exceptionnelle.

– C'est à moi de te remercier. C'est dommage que pour bien des dirigeants, que ce soit en éducation ou dans le domaine hospitalier, la vision de l'humanité demeure plutôt froide, parfois vide de toute compassion. Il est temps que l'on se dirige vers un nouvel art de penser mais c'est seulement grâce à notre ressenti qu'on peut définir nos valeurs. Je pense que nous, les femmes, avons un grand rôle à jouer pour aider l'humanité à renaître.

– Ce sont essentiellement les femmes qui auront intégré leur principe féminin tout en sachant s'affirmer qui pourront aider les hommes à s'en sortir. Malheureusement, je connais bien des femmes qui ont peu de féminin en elles. Il s'agit vraiment d'équilibrer les deux principes en appliquant les vertus correspondantes. En ce nouveau millénaire, je suis de plus en plus convaincue que ce sont les femmes et les artistes qui vont sauver le monde.

– Ça, je le pense aussi ! Pour revenir à tes cours, j'apprécie beaucoup tes exemples, tes mises en situation. Ce que tu enseignes vise à former le caractère chez l'enfant et non pas seulement à lui déverser des connaissances.

– Je pense que la formation du caractère par l'entremise des valeurs fondamentales amènera les jeunes à être plus généreux et équilibrés.

– Delphine, je souhaite que tu visites le plus d'écoles possible. Parents, enfants et enseignants devraient avoir accès à tes cours. Ce que tu transmets est clair, direct, et avec un côté pratique indéniable. Je souhaite que les gouvernements s'intéressent bientôt à l'ouverture de conscience car c'est la seule direction possible si on veut vivre en harmonie dans tous les secteurs de notre vie.

– C’est mon plus cher désir, crois-moi !
– Je te souhaite un bon retour et, à la semaine prochaine !
– Au revoir !

***

CHAPITRE 14
Amitié virtuelle

La lettre nous donne la faculté impressionnante d'ouvrir son cœur et d'exprimer son affection.

Thomas Moore

Un premier contact par la voie du progrès !

Bonjour Delphine,

Comment vas-tu ? Ce n'est qu'une entrée en matière usuelle puisque je sais qu'en général les choses vont très bien de ton côté, et j'en suis vraiment très heureux.

J'ai besoin de ton opinion sur un sujet épineux. Voilà : il était un temps où je ne pouvais tolérer d'entendre parler " du gars qui est parti avec ma femme ". Les enfants savaient que ça me faisait mal. Les plus grands évitaient de le faire mais les petites n'ont pas senti cette obligation de se taire. Lorsque Camille, cinq ans, me pose la question : « Papa, est-ce que tu l'aimes l'ami de maman ? » j'ai un peu de difficulté à répondre. Je sais que Camille est là pour me rappeler que c'est la réalité et qu'il faut que je pardonne. Je ne sais vraiment pas quoi répondre. Souvent je dis : « C'est un monsieur que je ne connais pas, je ne peux pas te dire si je l'aime ou non. » Je me demande si c'est suffisant pour elle ? Je crois que dans le fond, c'est parce qu'elle commence à sentir le " froid " que je dégage lorsqu'elle me parle de lui. Elle sait que cela me secoue, alors elle secoue l'arbre pour voir s'il va tomber quelque chose.

Récemment, Ève, ma plus grande, 12 ans, me parlait de la relation qu'elle a avec son frère. Elle est consciente du pouvoir qu'elle exerce sur lui : elle le mène par le bout du nez. David devient de plus en plus frustré. Lorsque j'en parle avec ma fille, elle est repentante mais elle dit que c'est plus fort qu'elle. Je lui mets souvent son " rapport de force " en pleine face. Alors, elle réagit négativement et dit que je prends toujours la défense de David. Bref, lorsque la tempête se calme, elle reconnaît ce qu'elle fait et se pose la question : « Pourquoi je fais toujours ça avec David ? C'est plus fort que moi ! »

J'ai commencé à écrire cette lettre il y a deux ou trois jours. J'ai eu une semaine très occupée. Les enfants à la maison, toute la logistique de la rentrée scolaire et les achats de dernière minute. Et puis des tapes sur la gueule pour dessert avec mon ex-femme. Je suis quand même assez fier de ce que j'ai réalisé durant la semaine.

Je suis allé reconduire les enfants ce soir. J'ai parlé avec leur mère comme jamais. Je l'aime encore, du même amour que tu as aimé Denis, d'un amour inconditionnel. Elle m'a dit des choses qui m'ont encore secoué mais pas cloué au tapis ; je suis heureux de ma nouvelle force. Lentement mais sûrement, ma vision s'élargit sur tous les événements qui ont fait de moi un zombie pendant les douze années passées avec elle. Je lui ai dit : « Je t'aime encore et c'est mon problème, c'est ma conviction aujourd'hui et tu n'y peux rien. » Je sais qu'elle éprouve pour moi une " forme de respect ", celle qu'elle connaît ! Cela n'en fait pas pour autant une mauvaise personne, juste quelqu'un qui se cherche et qui brise des cœurs au passage, des cœurs malades, je le concède, mais de reconnaître la maladie, n'est-ce pas un pas dans la bonne direction ? Oui, je pense que ce soir, j'ai parlé avec le pendant de Denis : une femme qui n'a pas fini de souffrir. Ce soir, je suis en paix avec moi-même.

Elle m'a dit qu'elle était bien avec moi sous plusieurs aspects. La passion est donc si terrible pour qu'elle ait rejeté du revers de la main un bien-être ? Elle m'a dit que lorsqu'elle a voulu prendre du recul par rapport à notre couple, je me suis mis à tout analyser et quand quelqu'un de négatif argumente contre elle, elle ne sait plus quoi dire. Je pense qu'elle ne me désirait pas, il n'y avait pas de passion entre nous.

Je l'ai laissée, un peu dégoûté. Je me disais : « Voilà où ça te mène le respect de la femme, mon Ric ! Non mais faut-il que je sois " niaiseux " pas à peu près ? Tout ça traduit l'emprise et le pouvoir que je pouvais avoir sur elle par mes éternels retours à la déprime. Elle n'avait effectivement aucune ressource devant mon esprit d'analyse négatif. De peur de m'affecter encore plus, elle s'est bien gardée de dire ce qu'elle pensait de moi. Elle ne voulait pas me faire " plus " de mal, j'y arrivais assez par mes propres moyens.

Bon, d'accord, je suis un ingénu qui n'y connaît rien aux femmes, so what ? Ma vie ne s'arrête pas là pour autant. Ma programmation d'aujourd'hui est : « Je veux partager ma vie avec elle ou l'équivalent approuvé, rien de moins ! » Je me sens fort parce que j'aime inconditionnellement. Elle m'a donné la chance de devenir un être privilégié. Mais c'est dur, parfois. Les obstacles sont encore bien planifiés pour l'atteinte du but parfait.

Et là, je réalise que je viens de te faire toute une " tartine " comme dirait ma belle-sœur suisse. Il n'est pas impossible que je prenne congé la semaine où tu seras en Abitibi. Je te dis un beau bonsoir. J'espère que ce courriel se rendra à bon port. À bientôt !

Respectueusement,

Richard

***

Réagis, enfin !

Bonjour Richard,

Si tu peux te faire le cadeau de quelques jours de vacances, je crois que tu as besoin de cours privés.

RICHARD, OÙ EST TON ESTIME DE TOI ? RÉAGIS, ENFIN !

C'est à croire que tu aimes ça les tapes sur la gueule... Tu es masochiste ou quoi ?

À mon tour de te faire une " tartine ! " Je regrette sincèrement de te redire ceci mais, ce n'est pas véritablement de l'amour que tu éprouves pour ton ex-femme. Tu t'accroches à elle comme à une bouée de sauvetage.

L'amour inconditionnel commence par l'amour de soi. Même si je gardais espoir, je n'étais pas accrochée à Denis, c'est toujours lui qui me relançait et me demandait de lui faire confiance. C'est volontairement que j'ai choisi de le croire et je réalise que j'ai mis du temps à comprendre qu'il ne bougerait pas malgré ses promesses, mais aujourd'hui je comprends qu'en plus d'évoluer, je devais écrire une série de livres. Alors, si tu n'as pas de livres à écrire, tu peux sauver bien du temps. Oui, nous sommes faits du même bois mais il te manque une couche de vernis sur le tien qui s'appelle " dignité ".

Ton ex-femme brise les cœurs de ceux qui veulent bien la laisser faire. Si tu continues de dépenser tes énergies uniquement pour elle, je t'annonce que la vie n'a pas fini de t'en faire voir de toutes les couleurs : tu risques de faire dépression sur dépression. Elle est ton meilleur professeur présentement. Tu es entêté à vouloir vivre ta vie avec elle ou l'équivalent. Bon, d'accord, c'est légitime et humain, mais en attendant, vis, n'oublie pas de vivre ! Tu voudrais que tout marche " à ta façon ", alors que tu sais très bien que ce n'est pas toi qui mènes car tu ne connais même pas la vraie nature de tes besoins. Dieu seul les connaît, laisse-le mener ta barque. Désolée d'égratigner ton ego si cher à ton cœur, mais je donne toujours l'heure juste à ceux que j'aime et je ne sais pas si tu vas te trouver chanceux mais je t'aime beaucoup !

Richard, avant de parler du soi-disant respect que tu éprouves pour la femme, commence par te respecter toi-même, tu éprouveras moins de ressentiment.

En effet, tu as un énorme pouvoir sur elle par tes crises " égotistes ", ta façon de te plaindre ou de quémander son amour. Ce n'est pas de cette façon qu'un ballon crevé va se regonfler. Elle te traite de la même façon que tu te traites toi-même. Tu as pourtant lu sur le sujet... Il n'est pas nécessaire de rencontrer des obstacles sur notre route en poursuivant le but parfait, il s'agit simplement d'être patient. Ta femme n'est pas de la même nature que toi, donc le match est impossible ; présentement, il n'y a tout simplement pas de chimie.

Revenons à tes enfants. Voici ce que j'ai dit à mes enfants qui m'ont posé la même question concernant la nouvelle flamme de leur père et je t'assure qu'à cette époque, mes blessures n'étaient pas guéries : « Je n'ai pas à en vouloir à l'amie de votre père, je dois simplement la respecter. Si votre père l'a choisie, c'est qu'elle doit avoir des qualités. Vous devez donc la respecter et vous déciderez vous-mêmes si vous l'aimez ou pas. » Je n'ai jamais dénigré les femmes de mon ex-mari au grand bonheur de mes enfants. J'ai même consolé la deuxième lorsqu'il est parti pour une troisième.

Autre sujet : ta fille fait exactement avec son frère ce que sa mère fait avec toi. Elle reproduit le pattern. Quand il y a de la tension entre les parents, cette même tension se reproduit entre frères et sœurs. Ton fils joue le rôle de la victime, tout comme toi...

Malheureusement, c'est vrai que ta fille ne sait pas pourquoi elle fait ça : **le comportement de sa mère est déjà imprimé dans ses cellules.** Il s'agit de la déprogrammer et de la reprogrammer. Pour cela, il faudrait qu'on lui explique l'origine des luttes de pouvoir et qu'elle ait ensuite l'image du bonheur sous les yeux.

Richard, ça me rend triste lorsque tu te traites de " niaiseux ". C'est une insulte à mon jugement... Tu es un être exceptionnel qui s'ignore. Tu n'as pas encore découvert ton potentiel énorme à cause d'un voile que tu refuses de soulever. Où est le Richard que j'ai connu en Abitibi ? Ce gars-là semblait libre, équilibré et confiant face à l'avenir. Est-ce que ce Richard-là a menti et manque de substance ? Qui est-il ? Peux-tu me faire savoir rapidement si tu as reçu ce courriel car je n'ai pas l'habitude d'écrire sur Internet. À bientôt !

Affectueusement,

Delphine

***

Message reçu, Delphine, je l'ai eu en pleine face !

Bonjour !

En ce qui concerne la réception du courrier électronique, tu n'as pas besoin de t'en faire ! Pour passer, il passe !!!

Wow ! T'en as de l'énergie, toi. J'en reviens pas de tout ce que tu m'as écrit. Effectivement, j'ai encore " des longueurs " à faire avant que tout ça s'intègre dans ma vie. Je suis très encroûté. Je ne sais pas pourquoi. Lorsque j'étais petit, je découvrais souvent que j'avais certaines habiletés. Je me sentais fort et mon ego se gonflait à bloc. Mais chaque fois, je recevais une tape sur la gueule. J'ai donc développé une certaine crainte de " ces qualités qui me sont propres ". Je pense que l'incrédulité de ma richesse intérieure vient de là.

Delphine, tu es un roc. On voit bien que c'est solide chez toi. J'en suis à des balbutiements, j'apprends à marcher. Il m'arrive souvent de penser au jeune homme qui rencontre le vieux jardinier millionnaire et ce que ce vieil homme lui fait faire pour qu'il allume enfin. Serais-tu, d'une certaine façon, " mon " jardinier millionnaire ? Je sais que les fleurs que tu as mises dans ma tête sont des vivaces, pas des annuelles. Tout ce que j'ai à faire, c'est d'arroser une fois de temps en temps.

Pour ce qui est de mon ex-femme, je pense que j'ai enfin eu ma leçon. Ma dernière tentative remonte au jour où je lui ai prêté la cassette de ton entrevue au Salon du livre d'Amos. J'ai été tellement secoué par le peu d'intérêt qu'elle y a accordé que ça m'a enlevé le goût de tenter quoi que ce soit. Se pourrait-il que je sois si écrasé par mon ego ?

Tu dis que tu vois des choses en moi ? Je ne comprends pas, j'ai la tête qui tourne. D'ailleurs, je viens de me lever. J'ai eu le besoin d'aller vers mon véhicule de fuite par excellence : le sommeil.

Bon, je vais te dire où j'en suis. Les livres que j'ai lus viennent me chercher comme c'est pas possible, mais en bout de ligne, je me sens seul. Je sais que je ne suis pas très enclin à rencontrer des gens et que c'est probablement en multipliant ces rencontres que je pourrais finir par chasser ces idées fausses que j'entretiens en moi. Socialiser davantage ? Oui, peut-être.

En attendant, je vais imprimer ta lettre et méditer là-dessus. Bordel de merde, tu m'as tellement secoué avec tes livres ! Pourquoi j'ai si peu de foi en ces belles choses que tu as remarquées et que tu as eu la gentillesse de me mettre en pleine face ?

Je me retrousse les manches et je continue ! On se reparle au sujet de mes vacances en début de semaine. Merci pour tout, Delphine. Merci pour le temps que tu me donnes généreusement et sans compter.

Respectueusement,

Richard

***

Premier arrosage de la Jardinière.

Bonsoir Richard,

C'est en fouettant l'ego qu'on fait mousser l'esprit ! Quel bonheur de te lire juste avant de me coucher. J'ai tellement ri ! Richard, prends au moins conscience d'une grande et belle qualité que très peu de personnes ont : ton sens de l'humour et ta façon bien à toi de dédramatiser les situations. Sais-tu que très peu de gens accepteraient de se faire répondre comme je le fais avec toi ? Bravo pour ton humilité, c'est le moyen le plus rapide pour atteindre le succès.

Alors, il paraît qu'il passe, mon courriel ? Tant mieux ! Quand tu n'as plus de dépendances, c'est la liberté, la liberté d'être toi-même, sans peur d'être utilisé. Plus personne ne peut t'attaquer ou te blesser.

Je te ramène à ce que tu m'as écrit : « Je sais que les fleurs que tu as mises dans ma tête sont des vivaces, pas des annuelles. Tout ce que j'ai à faire, c'est d'arroser une fois de temps en temps. » Relis-toi et " pogne " l'arrosoir. Ça donne de la substance, du solide. C'est encore mieux si tu ajoutes de l'engrais : relis mes lettres. Ce que j'ai écrit, je le pense encore malgré tes petites rechutes. Arrose-toi quotidiennement !

Le sommeil est un véhicule de fuite par excellence, en effet, et pas dangereux. Repose-toi bien. La guérison se fera lorsque tu arrêteras de te sentir seul. Quand tu seras au bout du rouleau, arrête d'analyser et mords dans la vie. La vie est tellement belle et lorsque tu arriveras à lâcher prise, tes besoins seront comblés.

Bravo pour les manches retroussées et la continuité car j'aspire à rendre visite à un Abitibien aussi fort que le roc de Gibraltar. T'es capable !

Dieu a souri lorsque tu es né, il me l'a dit ! À plus tard pour un deuxième arrosage. Ta jardinière pas encore millionnaire mais qui a bien l'intention de le devenir !

Delphine

***

Vive l'amitié !!!

Chère Delphine,

Je viens de te lire. Tu viens encore de me donner du gaz pour le reste de ma journée. J'ai bien rigolé ! Je peux dire que ça va bien aujourd'hui. Ne mets pas en doute ce que j'ai déjà écrit concernant les vivaces. Effectivement, il y a souvent l'arrosage et l'engrais qui font défaut. C'est drôle cette comparaison, elle s'inscrit encore dans de beaux hasards que je remarque. En arrivant chez moi pour dîner, je me disais qu'il serait bien que j'aie un peu plus de verdure dans la maison. En fait, elle n'est pas bien chez moi ces temps-ci, la verdure. Elle a tendance à flétrir et à mourir. J'y vois là un autre signe...

J'adore lorsque tu me bottes le cul. Je crois que c'est ça la vraie amitié. Je ne veux plus qu'on me ménage. L'origine de ma séparation tient beaucoup à ce ménage. C'est peut-être pour ça lorsque c'est arrivé que je ne le faisais plus... le ménage. Mais là, le goût me revient. Le grand ménage du printemps ! Mieux vaut tard que jamais. Je veux en manger de ce pain-là maintenant... Du pain de ménage, bien sûr !

Je retourne travailler. Il fait super beau en Abitibi. Si on finit par passer du temps ensemble, je t'emmènerai visiter " La Cité de l'Or ", l'attraction par excellence de Val D'Or, avec descente, pas aux enfers, mais dans un vrai trou de mine.

Je pars en moto, juste avant de me retrouver devant ma table de plans, ça va me faire du bien de respirer l'air frais.

Bec,

Richard

***

Deuxième arrosage de la Jardinière !

Cher Richard,

Je suis heureuse que tu adores te faire botter le derrière. Ça fera plaisir à toutes les femmes de la planète !

Oui, la vraie amitié, c'est parfois de brasser ceux qu'on aime, sinon c'est de l'indifférence et l'indifférence, c'est un mot qu'on devrait enlever du dictionnaire.

Revenons au ménage... Y a rien comme faire du ménage pour chasser les idées noires. C'était propre chez moi au cours des cinq dernières années ! C'était ma façon de transcender ma colère. Il arrivait aussi que mes plantes flétrissent, alors je partais et j'allais m'acheter des marguerites, des roses ou des violettes pour égayer la maison. Et là, le moral revenait !

Fie-toi sur moi pour ne pas te ménager, j'ai ta permission écrite ! Après le ménage en retard du printemps, il y a le ménage d'automne. En tout cas, ménage quand même ta santé, mais pour ce qui est de te faire plaisir, ne ménage pas là-dessus, quitte à te prendre une femme de ménage qui ne ménagerait pas son temps et qui prendrait bien soin de ton ménage. Petit conseil : méfie-toi quand même du ménage à trois. Ce n'est pas la solution... Le plus beau ménage à faire, c'est de se nettoyer intérieurement, après " on pète le feu " et il n'est pas question de ménager nos paroles qui aideront ensuite les autres à faire leur ménage.

Je serais ravie de visiter la " Cité de l'Or " avec toi. Je suis contente que tu gardes tes fleurs bien vivantes. Le truc c'est de t'occuper pour conserver ton taux d'énergie au maximum. Quand tu auras un " down ", respire ! Va dans la nature marcher parmi les arbres. Si ça ne fonctionne pas, allume ton ordinateur, envoie un courriel à Delphine et le bottage de derrière est assuré !

J'ai imprimé ta lettre. Le bec était à droite et ton nom était à gauche. Essaie de trouver un moyen pour te placer sur le même bord que le bec car j'ai eu de la difficulté à m'enligner ! À moins que ce ne soit une coutume abitibienne ?

Gros bec,

Delphine

***

Accordons nos violons !

Bonjour Delphine,

Pourrais-tu me préciser la journée de ton arrivée ? De toute façon tu es la bienvenue chez moi, peu importe la journée. Mes projets de vacances ne sont pas très compliqués, il n'y en a pas ! Alors comme tu peux le constater, je suis assez disponible pour te recevoir. J'ai réalisé cependant une chose : je serai à Montréal le week-end précédent ton arrivée. On fête le retour au Québec d'un de mes oncles qui était " Père Blanc " en Afrique. Son retour à Montréal est une occasion pour moi de revoir toute la famille. Je ne veux pas rater cette chance car ces rencontres sont plutôt rares. J'ai beaucoup d'estime pour le frère de mon père. Oncle Conrad est un homme qui possède un charisme qui ne laisse personne indifférent. D'une certaine manière, il me fait penser à mon père qui, par ses longs silences, laissait transpirer toute la sagesse d'un recueillement intense en soi. Un peu comme " l'homme qui plantait des arbres " de Jean Gionot dont Frédéric Bach s'est inspiré pour son magnifique petit film d'animation.

Je pense décoller le samedi matin. Je pourrais te donner un coup de fil si tu es là. Je suis en train de lire ton manuscrit. Tu as vraiment le tour de me parler au bon moment même quand tu ne le fais pas directement. J'ai lu le passage de ta rencontre avec l'ex-femme de Gilles et ton témoignage de leur belle harmonie en tant que couple séparé. Encore là, j'y ai vu une leçon pour ma propre vie et celle de la mère de mes enfants : deux êtres qui ont beaucoup de respect l'un pour l'autre et qui vivent dans des mondes qui sont très différents et difficilement conciliables.

Pour ton histoire de " bec " pas à la bonne place, je t'assure que sur mon ordinateur ils sont bien positionnés. Quand à savoir s'ils sont bien positionnés de ton côté, je te donne la permission de les mettre où tu les veux... mes becs.

Alors, beau bec,
Richard

***

Sur quelle note ?

Bonsoir Richard,

Je n'en reviens pas de cette coïncidence ! L'oncle de mon amie Claire, qui a 81 ans, après avoir lu mon livre, a demandé à me rencontrer. Il a été " Père Blanc " en Afrique durant 25 ans. Il oeuvrait au Nigéria où il y a fondé la JEC (Jeunesse étudiante catholique). C'est un homme d'un positivisme à toute épreuve. Il a changé dix fois de mission en sept ans. J'ai eu l'impression qu'on a abusé de lui. Il me disait avoir les mêmes états d'âme que les miens, la même vision, et qu'il était en lutte contre lui-même et contre les événements. Sa façon de mener ses classes et de parler aux enfants dérangeait beaucoup étant donné l'époque. Peut-être que ton oncle et lui se connaissent ? Remarque qu'il est sorti de la prêtrise : Dieu avait d'autres plans pour lui. J'ai beaucoup aimé notre conversation, ce fut une belle rencontre.

Concernant nos violons... Tu repars quand ? Si tu n'es pas pressé, je pourrais t'emmener au Lac D'Argent. Ensuite, je pourrais remonter avec toi et revenir en autobus. Je n'ai pris aucun engagement cette semaine-là car moi non plus je n'ai pas réellement pris de vacances cet été. J'ai plutôt couru à gauche et à droite à promouvoir mes livres.

C'est drôle que les mots se déplacent durant le voyage. Pour ton information, les becs sont allés tout droit sur mes deux joues ! Je te retourne le beau bec !

La jardinière.

***

Cinq jours plus tard...

Un signe de vie.

Bonjour Delphine,

Un petit mot pour te dire que tout est sous contrôle. Je ne t'ai pas donné signe de vie plus tôt parce que j'ai les enfants depuis vendredi et ils m'occupent beaucoup. Ma plus vieille a fini par me rendre le clavier. Les trois journées de vacances m'ont donné bien du boulot : la bouffe, le ménage, le lavage et puis quelques disputes au passage. J'avais la mine un peu basse parce que je me suis surpris à me battre encore avec mes anciens fantômes. Et là, c'était l'angoisse de ne pas être à la hauteur avec mes enfants. L'impression de perdre le contrôle, de ne plus faire confiance à l'harmonie céleste. Mais je ne me suis pas laissé abattre, j'ai fait le travail. Les petites sont lavées et couchées à l'heure prévue. Les quatre lunchs sont faits. J'ai réussi à convaincre mon gars de lâcher la télévision pour aller se coucher et finalement ma grande fille à se débrancher d'Internet.

Revenons à nos violons. Les choses se précisent. Je te remercie pour ton invitation au Lac D'Argent mais c'est impossible. Je serai à Montréal samedi et en principe, je reviens le dimanche. Voilà, tu peux remonter avec moi si ce n'est pas trop tôt pour toi en rapport avec ton emploi du temps. Je dois récupérer les enfants deux jours la semaine prochaine afin de me libérer le samedi suivant pour aller à une réunion au Lac Nominingue. Mon Dieu ! C'est bien compliqué tout ça mais ça se précise quand même de plus en plus. Je dois négocier avec la mère des enfants. Toujours est-il que je te reviens donc demain, après les devoirs, les leçons, les lunchs, le bain des petites, l'histoire, la négociation avec les grands, etc. pour du nouveau.

Beau bec, Richard (Est-il à la bonne place, celui-là ?)

***

À un homme courageux !

Bonjour Richard,

Je n'arrive pas à dormir tellement il fait chaud. Il est deux heures du matin. Alors j'ai entendu une petite voix qui disait : " Vous avez un message. " Je ne m'étais pas trompée. Tu sais, tu es le plus courageux des hommes que je connaisse... Élever quatre enfants, seul, c'est héroïque. Je le sais, j'en ai élevé deux, seule, à temps plein, et toi, quatre, aux deux semaines, c'est pareil. Je t'admire...

Le but de mon invitation était surtout de rendre tes vacances agréables, différentes, en te faisant connaître le Lac D'Argent où je viens de crécher ce week-end car je participais aux Bouquinistes de Magog. Je m'y suis baignée samedi soir à 22 heures et l'eau était chaude. Gabriel m'éclairait avec une lampe de poche pour ne pas que je m'enfarge dans les poissons... Ce sera pour une autre fois, alors.

Oui, je peux remonter avec toi. Je t'aiderai à faire les lunchs. Je m'ajusterai à ton emploi du temps, n'ayant personne à ma charge.

Richard, l'important n'est pas d'être à la hauteur avec tes enfants, mais d'Être, tout simplement. Le fil est mince entre le pouvoir et l'autorité mais la différence est énorme. Les enfants ont besoin d'autorité dans l'amour. Je sais que tu vas y arriver, bon papa. Je t'en reparlerai en faisant les lunchs...

Bon, je crois que je vais retourner me coucher. Planifie ta semaine de vacances en pensant à toi, compris ? C'est comme ça qu'on arrive à s'aimer...

J'attends de tes nouvelles après les lunchs, les bains des petites, les devoirs, les leçons, l'histoire et la négociation avec les grands...

Bon bec, (Oui, il était à la bonne place !)

Delphine

***

Bonjour chère amie.

Bonjour ou plutôt bonsoir,

Il est 21 h 40, ça y est je viens de terminer mon deuxième chiffre. Bon, je n'ai pas pu parler à la mère des enfants pour la simple raison qu'elle a quitté la région (encore une fois!) pour aller donner une conférence quelque part dans les Laurentides. C'est drôle, j'ai l'impression que c'est elle qui avait tout à gagner de notre séparation. Depuis qu'elle est partie, elle est justement, toujours partie. Depuis deux ans, le Mexique, la Floride, une croisière avec son âme soeur, les Laurentides à Tremblant pour le ski et l'après-ski, le vélo de montagne, bref c'est un vrai tourbillon de départs et encore de départs. Il me vient toujours comme un goût amer lorsqu'elle s'en va un peu partout. C'est à croire que je l'ai empêchée de vivre sa vie. Pourtant, je l'ai toujours encouragée à faire ce qu'elle voulait. Des choses comme ça me font réaliser à quel point nous n'étions pas compatibles, elle et moi. Inconsciemment, j'ai dû mettre un frein à ses beaux rêves qu'elle réalise maintenant à tour de bras. C'est certain qu'être libre six mois par année, ce n'est pas comme avoir tout le " barda " des quatre anytime !

Bon, je la bénis dans ses actions et lui souhaite le meilleur. Ce matin, je rageais quand même lorsque j'ai dû me rendre à toute vitesse récupérer du linge manquant pour Laura et Camille. Je sais, ce n'est pas bien. Ça va mieux maintenant. Disons que je m'en suis fait un peu pour la coordination de la journée typique d'école dont j'ai perdu un peu la programmation. Finalement, tout a été pour le mieux. Après le souper, tout s'est enclenché parfaitement. Les devoirs se sont faits merveilleusement. J'ai eu le temps de faire les lunchs et quelques brassées de linge. Bref, je suis de bonne humeur.

Ma grande fille vient de découvrir le plaisir de " chatter ". Je ne sais pas si je devrais surveiller ça. Elle converse souvent avec des adultes. Petite réflexion en passant...

Tu es invitée chez moi le temps que tu voudras et il y aura deux soirs où " ma gang " va mobiliser pas mal mon attention mais on fera avec. Et là, ça continue ! C'est fou la vie, non ? Je te laisse là-dessus et je te souhaite une bonne journée demain et une meilleure nuit qu'hier... moins chaude si ça se trouve... Moi, je suis bien au frais, ma chambre est dans le sous-sol. Cela dit, ce n'est pas pour t'emmerder bien sûr !

Bec,

Richard

***

Bonsoir cher ami !

Ami très cher, bonsoir !

Attention avec ton goût amer... Tu lui reproches ses sorties parce que tu ne te le permets pas toi-même... De telles pensées introduisent un fiel dans ton aura et c'est ce qui explique tes baisses d'énergie. Bravo pour les bénédictions de ses actions et tes souhaits les meilleurs. Tu commences à comprendre ! Tu vas t'attirer ce que tu lui souhaites, c'est-à-dire le meilleur. Y a de l'espoir !

C'est fou la vie ? C'est nous qui la faisons... Quant à moi, malgré les défis, je la trouve de plus en plus belle, passionnante, excitante, imprévisible, réconfortante et je lui suis reconnaissante de mettre sur ma route des amis comme toi qui me font confiance et sur qui je peux compter.

Le papa d'une ancienne élève m'a téléphoné aujourd'hui. Il vit une situation semblable à la tienne : gros problème d'affirmation. Je lui ai gentiment botté le derrière à son tour et il était content ! Je commence à comprendre comment fonctionnent les hommes ! J'aurais dû y penser avant...

Bonne nuit ! Ce soir, il y a du vent, alors, ta chambre au frais...

Beaux rêves, beaux becs !

Delphine

***

Chacun son tour !

Bonjour Delphy ! (Delphy, c'est mignon, non ?)

Bon, c'est à mon tour de passer une nuit plutôt perturbée. Ça m'apprendra à me moquer des gens ! Laura a commencé à tousser de façon répétée pendant la nuit. Je me suis levé une première fois vers minuit pour lui donner du sirop. Ensuite, de retour au dodo, j'ai continué mon rêve d'une vie meilleure. Et puis, à nouveau, souhaitant que ce soit un rêve plus grand que nature, un bruit est venu me sortir des doux bras de Morphée. Malheureusement, ce n'était pas un rêve mais encore Laura qui ouvrait la porte de ma chambre. Parlant de rêve, elle venait d'en faire un mauvais. Elle m'a demandé la permission de venir se coucher à mes côtés. Et puis, comme elle a laissé la porte de la chambre ouverte, c'est le chat qui évidemment a suivi tout de suite après. Mon chat est très colleux. En fait, c'est une chatte. Tout allait bien lorsque soudain, elle s'est mise à ronfler. Et oui, faut le faire, non ? Une chatte qui ronfle, on aura tout vu ! Puis, cherchant à retrouver mon calme sommeil, c'est au tour de Laura de me respirer ça bruyamment dans les oreilles. Bon, ça va, j'ai compris ! Je me suis dit la même chose que toi, hier, j'ai sûrement un courriel...

C'est ainsi que je viens de lire ton dernier envoi. Delphine, tu dis que tu commences à comprendre les hommes ; c'est drôle car récemment je regardais ma chatte et je me disais qu'elle me donnait beaucoup d'indications sur la manière de s'y prendre pour qu'une éventuelle conjointe devienne un peu plus accro. C'est simple, moins je m'en occupe, plus elle est colleuse. Ma femme me le disait aussi lors de nos premières rencontres il y a de ça vingt ans. Elle ne trouvait plus de défi à me plaire parce que je n'étais pas assez indépendant. Comme une chatte qu'on flatte trop souvent, elle déteste se sentir emprisonnée dans les bras de quelqu'un. Le sens profond de tout ça est sûrement relié au fait qu'il faut à tout prix être bien dans sa peau. Marcher à côté de l'autre et non pas être collé à ses baskets.

Richard est le résultat de toutes ses affaires qui ne sont pas réglées. Le travail que je fais est aussi une conséquence de mes peurs et de mon manque d'affirmation.

Bon, dans quinze minutes, c'est le réveil pour une autre journée. Je vais juste déposer ma tête sur l'oreiller pour méditer un peu là-dessus.

Rebec,

Richard

***

Alors, c'est ton tour ?

Hello Ricky,

Oui, je trouve ça mignon, Delphy, c'est original, ça sonne bien à l'oreille. Alors, une nuit sur la corde à linge à ce qu'il paraît ? Heureuse Laura d'avoir un papa comme toi. C'est amusant qu'on vive certaines choses presque simultanément. Heureusement que les courriels existent. Lorsqu'on se moque de quelqu'un, la vie a tendance à nous servir le même plat... Remarque que je ne t'ai jamais souhaité ça.

Parlant de chat ou de chatte... Je suis allergique à certains chats. J'aime les chats mais certains me font pleurer. J'ai hâte de voir si je suis allergique au tien car je crois comprendre la raison de mon allergie à certains chats. J'apporterai quand même des antihistaminiques au cas où...

Je vois que tu réfères constamment à ton ex-femme pour analyser tes comportements. C'est normal car c'est ton seul point de référence. Moi, l'homme de mes rêves ne me collera jamais assez. Je me suis plutôt plainte du contraire durant 25 ans. Je comprends aujourd'hui que ces messieurs n'avaient pas leur côté féminin. Je comprends aussi que je veux partager ma vie avec un homme qui aura équilibré ses deux principes. En amour, l'indépendance à l'extrême n'est-il pas de mauvais goût ? L'idéal n'est-il pas l'interdépendance ? J'aime bien en temps et lieu me sentir emprisonnée dans les bras de quelqu'un qui m'inspire et je t'assure que je ne suis pas la seule. Mon amie Louise file le grand Amour avec un homme qui démontre sa tendresse. J'aime bien les regarder vivre, ça me donne de l'espoir. On peut marcher à côté de l'autre tout en étant collés de temps en temps, non ? Ce qui est très différent d'être toujours collé aux baskets de l'autre. Tout est une question d'équilibre. Je serais très malheureuse avec un iceberg à mes côtés. Je préfère un " nounours " bien chaud, faut dire que par temps froid, c'est bien commode. En attendant, je dois me contenter de mon " petit sac magique " que je passe au four à micro-ondes pour réchauffer mes petits pieds, l'hiver, bien sûr.

Essaie de dormir cette nuit car plusieurs nuits sur la corde à linge, ça donne l'allure d'une vadrouille... Et bientôt tu auras une longue route à faire.

Je t'embrasse,

Delphy

***

Ah ! Mes belles nuits d'antan !

Bonjour Delphine,

Il est 2 h 30, et non ce n'est pas encore cette nuit que je vais pouvoir me farcir un repos complet. À nouveau, Laura m'a fait le coup de la quinte de toux. Après le sirop, c'est presque inévitable, ça se met à bouillonner dans ma cervelle et je ne peux me rendormir. Évidemment, je jongle. Je répète ce que je faisais lors de ma dépression, j'allume la nuit. Et comme il fait clair dans ma tête, je ne peux trouver le sommeil avant d'avoir couché ça sur papier ou sur un écran d'ordinateur.

Je pense à mon ex-femme et à tout ce qu'on a vécu ensemble durant douze ans. On a travaillé dur, elle et moi. Les tâches étaient vraiment partagées. Les quatre grossesses, les couches lavables, les têtes à laver, les petits bobos nocturnes, les salles d'urgence " aux p'tites heures du mat " etc.

C'était tellement fait avec le coeur et c'est pour ça que je n'arrive pas à l'oublier complètement. Je ne me pense pas masochiste. Je pense qu'il faut l'être pour se lancer corps et âme dans l'aventure des enfants, à moins d'aimer. On me dit souvent que ma liaison en était une de dépendance. Était-elle ma mère ?

Cette nuit, j'ai le mot trahison qui me vient à l'esprit. Pas de façon colérique et amère, non, juste un constat, c'est tout. Lorsque Denis t'a avoué qu'il avait des relations galantes, tu ne t'es pas sentie trahie dans tout ton être ? Je crois que c'est ça le pire des maux. Avoir fait confiance, une confiance aveugle et complète. Et puis, se retrouver avec un couteau dans le dos. Bon, c'est sûr, au début, ça dérange un peu lorsqu'on s'assoit, par exemple : le couteau est accrochant. On en veut à l'autre d'une façon intense. Après, on se calme un peu. Mais le fait demeure : il y a eu trahison. On se dit : « Je ne veux plus ça dans ma vie ». Tout comme l'employeur qui a exploité son employé pendant des années : l'employé se réveille et commence à comprendre l'affront. Il y a un peu de colère et de révolte et ensuite la paix, la découverte qu'on ne veut plus jamais ça. Aujourd'hui, ma relation est encore teintée de ce sentiment profond. J'ai l'impression qu'elle s'est servie de moi et qu'elle le fait encore. Comme je suis le gars qui prend tout au jour le jour, elle " m'organise " mon horaire et ma façon d'être en disant : « Toi, Richard, tu acceptes toujours ce que je te propose parce que tu es gentil ! »

Bon, c'est à peu près tout, j'espère que je vais pouvoir dormir maintenant. Je me suis habitué à la douleur du couteau dans le dos. De plus, j'ai un lit d'eau. La forme de la poignée est absorbée par la surface souple de la poche d'eau, ça fait moins mal. Il y a juste que des fois, j'ai l'impression que la poignée du couteau est une poignée de valise et là, je m'emporte.

Bec,

Richard

(Là il est à la bonne place !)

***

Tu auras de meilleures nuits !

Bonjour, oiseau de nuit,

Après Delphy, c'est Delphine ? Richard, es-tu certain d'y voir si clair que ça ? Je pense plutôt que le voile n'est pas encore levé. Je réalise que tu es à repasser le film de ta vie, et c'est très bien. Il va s'user et l'image deviendra floue pour ensuite disparaître complètement. Je t'assure que c'est vrai...

Je crois que les enfants ont pris beaucoup de place dans votre union et c'est l'erreur de bien des gens. Les enfants d'abord, le couple ensuite, et puis il ne reste plus rien pour l'individu à part entière. C'est le monde à l'envers ! C'est l'individu d'abord, le couple ensuite et les enfants suivront. Imagine le couple si les conjoints sont bien dans leur peau ! Imagine les enfants si les parents sont heureux et amoureux ! Quel exemple !

Lorsque les enfants passent toujours en premier, ils deviennent exigeants, manipulateurs et irrespectueux. Il y a toute une éducation à refaire ! Oui, je sais, tu en as quatre et il faut faire avec... Ne va pas croire que je n'aime pas les enfants, c'est tout le contraire. À la différence que depuis plusieurs années, je les aime de la bonne façon. Je t'en reparlerai de vive voix.

Oui, la trahison fait mal. Oui, il n'y a rien de pire que ça, surtout lorsque tu aimes sincèrement la personne qui tient le couteau. Oui, je me suis sentie trahie parce que Denis m'avait suppliée de lui faire confiance. Mais j'avais choisi de le croire. C'était un " choix ", mon choix, car ma dépendance s'estompait. J'ai voulu croire à sa guérison, mais lui, il n'y a pas cru ou il n'était tout simplement pas prêt. Pourtant, je suis toujours convaincue qu'il m'aimait. Je l'ai vu pleurer de désespoir dans mes bras, je l'ai vu souffrir. Mais je crois qu'il pleurait sur lui-même, sur sa condition d'homme qui refuse d'avancer.

J'ai été protégée car je ne suis pas certaine que j'aurais été heureuse : il n'était pas prêt à partager cette complicité à laquelle j'aspire tant. Il a été un déclencheur dans le film de ma vie pour me forcer à vivre l'amour inconditionnel et je ne regrette rien. C'est tout un cadeau qu'il m'a fait ! Jouer le rôle de la victime stoppe l'évolution. Au lieu de jouer ce rôle, pense donc qu'elle t'a fait un beau cadeau. Je sais, ça prend beaucoup de foi, mais un jour, tu me donneras raison. J'ai connu la douleur, moi aussi, assez pour en avoir écrit plusieurs pages...

Maintenant, je sais exactement ce que je veux vivre et ça prendra le temps qu'il faudra. Si tu as l'impression qu'on s'est servi de toi, agis ! Affirme-toi ! Lorsque tu seras conscient de ta valeur, tu réaliseras que tout ce que je te dis est vrai. Pour l'instant, tu es encore du type " Sois beau et tais-toi ! " Elle t'organise ton horaire parce que tu la laisses t'organiser... Elle est ton miroir, elle te montre ce que tu vaux à ses yeux ; tu devrais la remercier.

Bon, je sens que je vais m'emporter si je continue... Au lieu de t'habituer à la douleur du couteau dans le dos, ôte-le donc le couteau ! Ça fait mal au début mais après on est tellement bien ! Ôte ta poignée dans le dos et commence plutôt à la faire, ta valise.

Merci pour la confiance que tu me témoignes. Oui, le bec était à la bonne place ! Tiens, pour ça, je t'en donne deux de mes becs...

Bec, bec.

Delphy

***

Le couple est mort ? Vive les mariés !

Bonjour Delphy, (la terminaison dépend du degré de décontraction.)

Me revoici, fidèle au rendez-vous nocturne d'une semaine qui aura été, somme toute, riche en somme de toux. Une demie cuillerée de sirop plus tard, je veux prendre quelques minutes pour répondre à ton dernier envoi.

Après la fête de mon oncle, comme j'ai des nuits à ratrapper, je ne crois pas redescendre le même soir. Je te propose un départ lundi matin ; on pourra s'en reparler de vive voix.

J'ai eu des beaux cadeaux encore hier. Je suis très bien dans ma peau présentement. Je me sens fort, prêt à recevoir la tempête du siècle dans ma vie. C'est comme une tornade et comme une tornade, on va faire comme les " Américains ", je vais lui donner un nom. Je vais l'appeler la tempête Delphy. Attachez vos tuques et surveillez vos derrières ! Je n'ai pas mis de panneau de bois dans mes fenêtres mais j'ai quand même entreposé mon chat dans une autre demeure question de ne pas trop diminuer la vigueur de la tempête dans son brassage d'idées. Le couple est mort ? So what !!!! Vive les mariés !

Bec de canard,

Richard

***

Vive la décontraction !

Bonjour Ricky,

La décontraction te va bien, surtout à 4 h du mat ! J'ai l'impression d'avoir reçu moi-même une tempête à travers l'ordinateur tellement le ton de ton courriel est différent du premier envoi. L'ouragan Ricky s'en vient !

Mon Dieu, quelles nuits tu as passées récemment. Si tu le permets, tes nuits légendaires, j'aimerais bien qu'elles passent à la postérité comme exemple d'un papa qui prend soin de ses enfants.

Richard, es-tu en train finalement de comprendre certaines choses ? Pour que la guérison s'opère, c'est-à-dire arriver à RIRE

DE SOI, il y a trois étapes à franchir : la peur, la peine et la saine colère. Je t'assure que j'en ai fait toute une l'an dernier et j'en ai refait une autre il y a quelques mois. Je suis devenue beaucoup plus forte depuis. La rage est sortie, quelle liberté ! Denis en a eu quelques échos... Quand je pense que je l'ai connu un 1er avril ! Le petit poisson s'est transformé en dauphin. C'est intelligent, un dauphin, non ? Et de plus, ça n'a pas peur des requins !

Alors, si je comprends bien, tu repars lundi ? Ça me convient. Laisse-moi savoir si vous aimez les confitures maison. Elles sont bonnes, plutôt " conserves " et pas trop sucrées.

Je te souhaite bonne route et la prudence est de rigueur surtout lorsqu'on se sent affecté par une tornade. C'est correct de vouloir déplacer les montagnes mais on ne doit surtout pas rentrer dedans.

J'adore ton humour, c'est la meilleure médecine. Au plaisir de te revoir. En attendant, j'attache ma tuque et je surveille mon derrière !

C'est quoi un " bec de canard ? " Fais-tu référence au vilain petit canard de mon enfance ou au rusé canard, peut-être ? Je sais apprivoiser les canards, t'en fais pas.

Bec de Delphy

***

Tôt en ce lundi matin ensoleillé, Richard cueille Delphine chez elle, et après un copieux petit déjeuner au " Breakfast Club ", ils prennent la route de l'Abitibi.

– J'ai hâte de connaître tes enfants, lui dit-elle.

– Ils ont bien hâte de te connaître aussi. Je suis très fier d'eux.

– J'adore lorsque j'entends des parents parler ainsi de leurs enfants.

Le sourire de reconnaissance qu'elle reçoit est aussi doux qu'une caresse.

– Tu sais, je n'ai pas vraiment eu le temps de me consacrer à ton manuscrit. Je suis encore essoufflé par les fils d'araignée et les événements qui m'affectent encore émotionnellement.

– Prends le temps qu'il te faut, ce n'est pas urgent.

– J'ai eu à désamorcer un profond découragement chez ma grande fille : prise de panique en milieu de semaine, elle a bien failli m'emmener avec elle dans son mouvement. Elle avait beaucoup d'étude à faire en plus de son examen de violon. Et puis, tout lui a sauté dans la figure d'un coup sec. Elle ne tolère plus que sa mère ne puisse être là lorsqu'elle en a besoin. J'ai commencé par lui dire de tout mettre de côté en lui proposant qu'on se lève très tôt le lendemain pour étudier. Je lui ai allumé une chandelle parfumée et lui ai fait couler un bon bain moussant.

Delphine se dit que les pères évoluent.

– Ensuite, je suis allé la chercher à l'école pour qu'on dîne ensemble, ce qui lui a permis de pratiquer son violon. Elle a beaucoup apprécié. Motivée, elle s'est juré de ne plus se faire prendre de la sorte. Elle a su se discipliner le reste de la semaine.

– Nous avons les mêmes méthodes d'éducation, toi et moi. Je t'admire dans ton rôle de père.

– Pour ce qui est de sa mère, ça ne va pas du tout, c'est la panique. Tout lui tombe dessus maintenant. J'ai beaucoup de compassion pour elle mais je lui ai dit que j'étais probablement la pire personne pour l'aider. J'ai téléphoné à une dame qu'elle estime beaucoup et celle-ci a accepté de lui venir en aide. Cette dame est affligée d'un cancer et mon ex-épouse lui a dit qu'elle aimerait bien être à sa place. C'est effrayant. J'ai dit à cette dame qu'il m'arrivait aussi de fantasmer sur la mort. J'ai réalisé ensuite ma bêtise : alors qu'elle se bat pour la vie, elle rencontre deux personnes en bonne santé qui voudraient la perdre.

– Cette femme a des leçons à nous donner, n'est-ce pas ?

– C'est tout simplement dégueulasse ! Je me suis senti ridicule et je me suis excusé immédiatement pour cet affront. On doit se réveiller mon ex-femme et moi avant qu'il ne soit trop tard. L'avenir de nos enfants en dépend.

– Si on veut que nos enfants soient équilibrés, on doit d'abord trouver notre propre équilibre, c'est dans l'ordre des choses, quoique je connaisse plusieurs enfants qui sont les professeurs de leurs parents : ils les forcent à devenir ce qu'ils enseignent.

– Tu as entièrement raison : mes quatre enfants sont mes miroirs. J'ai du boulot sur la planche si je veux être à la hauteur de ce qu'ils attendent de moi.

– Je ne suis pas inquiète, tu as des longueurs d'avance sur bien du monde.

La fin du voyage se déroule sur une musique douce, une musique qui fait vibrer l'âme.

Le séjour de Delphine chez Richard est des plus agréables : la rencontre magique avec ses enfants, des excursions en pleine nature, la visite de La Cité de l'Or, le tout entrecoupé par les devoirs et les leçons, les lunchs à faire et les réunions à l'école des enfants. Un soir, alors que Richard baigne les petites, elle demande à Ève, l'aînée :

– Comment as-tu vécu ça le divorce de tes parents ?

– Lorsque je l'ai appris, j'ai ressenti un choc immense. Je me disais : « Mais que se passe-t-il, suis-je en train de rêver ? » Je me disais que ça ne se pouvait pas et que tout finirait par s'arranger. J'ai eu tort, alors j'ai pleuré.

– Tu avais le droit d'avoir de la peine.

– Ce fut une expérience difficile à vivre mais j'ai quand même trouvé des côtés positifs.

– Lesquels ? demande Delphine.

– J'ai beaucoup changé intérieurement et mon père a travaillé sur lui et son ego.

Delphine sourit devant ce mélange de candeur et de maturité.

– Le divorce est peut-être quelque chose qui arrive pour qu'on se surveille ? Peut-être aussi parce qu'il y a lieu de changer ce qu'il y a de mauvais en nous-même ? continue Ève.

– Parfois la vie nous envoie une grande épreuve pour qu'on développe nos forces.

– Si je pouvais aider les enfants qui vivent la même situation que moi, je leur dirais : « Pensez toujours positivement, ayez toujours l'espoir en quelque chose et confiez-vous à quelqu'un. Il est important de se vider le coeur et de ne pas tout garder en soi. Pensez davantage au bonheur que vous pouvez avoir plutôt que de penser à votre malheur. S'apitoyer sur son sort est une chose qui peut gâcher une vie. »

– Quelle belle philosophie de vie tu as développée, Ève. Je te félicite !

– Dans les moments de désespoir, lorsqu'on ne croit plus à rien, on doit essayer encore car dans cette situation, essayer, c'est peut-être le plus grand bien qu'on peut s'apporter.

– Comme je suis d'accord avec toi ! On ne doit jamais désespérer de la vie. Mais dis-moi, comment vivez-vous la garde partagée ?

– Nous vivons deux semaines chez papa et deux semaines chez maman. Parfois c'est compliqué à cause du va-et-vient des valises. Et puis il y a les habitudes à prendre chez chacun. L'un a le lave-vaisselle et l'autre pas. L'un est plus exigeant et l'autre moins sévère. Mais avec le temps, on s'habitue.

– Y a-t-il des côtés positifs ?

– J'ai deux maisons, deux chambres et deux parents qui m'aiment énormément. C'est bien certain que quelquefois on s'ennuie du parent qui n'est pas là mais, heureusement, il y a le téléphone.

– Je te trouve très mature pour ton âge, Ève. Chaque être humain a en effet, le pouvoir de choisir son attitude devant un événement malheureux.

– J'ai compris que j'étais responsable de mes réactions.

– Toi, tu as des leçons à donner aux adultes. Je te félicite !

– Merci. Avant que tu partes, peux-tu me donner ta recette de tomates en vinaigrette. C'est tellement bon !

– Viens, on va en faire une ensemble.

Delphine réalise que lors d'un divorce, si l'enfant demeure avec un seul des deux parents, il vit un deuil. Si l'enfant vit la garde partagée, il se sent déchiré, mais uniquement s'il est pris en otage par des parents qui ne se parlent pas et qui se servent de lui pour saboter la vie de l'ex-conjoint. L'enfant sera déchiré s'il se sent constamment assis sur une bombe qui peut exploser à tout moment à cause du questionnement des deux parents. C'est là que c'est dangereux. Un papa coupable ne risque-t-il pas de devenir un papa rentable ? N'est-il pas risqué de vieillir avant le temps en devenant le parent d'une mère malheureuse qui pleure tout le temps, et vice-versa ? Lors de son divorce, sans soutien physique et moral de la part du père de ses enfants, Delphine a beaucoup pleuré et bien inconsciement, elle a quelquefois pris ses fils en otage pour obtenir du soutien de son ex-mari et ils en en ont souffert. L'important, pour un enfant, n'est-il pas de se sentir aimé des deux parents ? Le problème majeur, est-ce vraiment le divorce ou la non maturité des adultes ? D'un autre côté, les enfants qui vivent sous le même toit de parents qui ne s'aiment pas et qui ne se parlent pas auront autant, sinon plus de carences affectives que les enfants dont les parents ont réussi leur divorce en demeurant de bons amis. Bien sûr, l'idéal serait que les parents s'aiment toute la vie, mais comme la plupart des gens jusqu'à maintenant ont fait des enfants sans trop savoir ce qu'était l'amour, si la vie familiale est devenue un enfer et que le divorce est inévitable, ne serait-il pas préférable de divorcer sainement ? Trop de gens confondent encore amour et attachement. Ce qui serait à souhaiter, c'est que les couples réfléchissent davantage sur leurs sentiments avant de faire des enfants car la responsabilité est énorme.

À la fin de la semaine, lorsque Richard la conduit à Rouyn, elle lui dit :

– Je te remercie de m'avoir permis d'entrer dans ton univers. J'ai bénéficié de la candeur de tes enfants, ils sont très attachants. Lorsque ta petite Laura m'a demandé pour quelle raison je portais presque toujours un petit coeur sur moi, j'ai répondu que c'était pour me rappeler de toujours parler avec mon coeur. Ève a ajouté : « C'est ce qui va sauver le monde, c'est ce qu'on devrait toujours faire. » Quand à Camille, elle sait déjà qui elle est : cette petite bonne femme a des leçons d'affirmation à nous donner. Et David ? Quel être exceptionnel de bonté et de douceur : un vrai petit homme. Par contre, il a besoin d'un père qui sache s'affirmer ; tu es son modèle, ne l'oublie pas...Tu es riche, Richard, d'ailleurs, tu portes bien ton nom... Je te remercie encore pour cette belle semaine, je la remiserai dans ma boîte à souvenirs.

– Je crois que " mes amours " garderont aussi un très bon souvenir de toi, Delphine. Merci pour les cadeaux et, ne sois pas inquiète : nous prendrons bien soin du petit chien en peluche. Ton amitié m'est vraiment précieuse ; à ton contact, je développe de plus en plus mon côté féminin. On continue à s'écrire sur Internet ?

– Je m'ennuierais si ce n'était pas le cas. Tu sais, je réalise de plus en plus que l'amitié est une excellente façon de transmettre aux hommes un peu de féminin. L'amitié véritable peut être un sentiment très puissant entre un homme et une femme ; c'est ce qui fera que les hommes seront de plus en plus capables d'aimer et de respecter les femmes, et bien sûr, l'amitié peut, dans certains cas, conduire à l'amour. Bonne fin de semaine et merci encore !

Delphine s'installe chez Gilberte, la mère de Line. Elles n'ont pas vraiment le temps de bavarder car, du jeudi soir au dimanche, Delphine donne ses cours à une dizaine de participantes. À la fin de la session, elle aborde l'amitié.

Pour moi, l'amitié, c'est aussi important que l'amour. Et il n'y a pas de véritable amitié sans compassion.

La compassion, ce n'est pas quelque chose que l'on fait de temps en temps. C'est un état d'être, c'est une conscience que l'on devient, c'est une forme d'amour. Donc, si on arrive à intégrer cette forme d'amour qu'est la compassion, nous assistons à la naissance de notre véritable pouvoir.

Plus qu'un sentiment, la compassion se définit par la qualité de notre pensée et de nos émotions ajoutée au sentiment. Si vous êtes capable d'observer un événement ou un comportement sans le juger, vous avez développé la compassion.

Ce n'est pas évident, surtout en amitié ou avec nos proches parents. Il s'agit de dépasser le " avoir ". Tout le monde veut avoir des amis. Mais ***sommes-nous*** *de bons amis ? Aimons-nous assez pour devenir affection, tendresse et compassion ?*

Est-ce que notre pensée est détachée du résultat escompté en amitié en faisant confiance au processus de la vie ?

Est-ce que le jugement ou les préjugés sont exclus de l'émotion éprouvée lors de conflits ou de divergences d'opinion ? Analysons notre état de santé : notre état émotif en dit long sur notre état physique. Et puis, tout part de nos sentiments : ils indiquent notre qualité de pensée et d'émotion.

Quand nous ne sommes pas obligés de penser pour accomplir, nous sommes " compassion ". Si on peut arriver à voir au-delà du bien et du mal ou du résultat bon ou mauvais d'un événement plutôt qu'à travers notre expérience, nous sommes " compassion ". La compassion est vide de comparaisons, d'interdictions et d'obligations.

Il ne s'agit pas de devenir indifférent ou insensible. Il s'agit d'entrer dans l'expérience de la vie sans juger qui ou quoi que ce soit. On peut observer que quelqu'un est voleur, menteur ou manipulateur, mais nous n'avons pas le droit de le juger : chacun a son cheminement à suivre. Bien sûr, nous pouvons intervenir s'il y a lieu en conscientisant la personne sans la juger. Chaque expérience de la vie se présente pour que nous découvrions de quoi nous sommes faits : est-ce la rancune, la jalousie ou la vengeance qui nous habite ou la véritable amitié, l'amour sans conditions et la compassion ? C'est facile d'aimer nos amis mais nos meilleurs professeurs sont nos ennemis : ils nous forcent à découvrir qui nous sommes.

La qualité de nos amitiés est directement reliée à l'estime de soi. On crée des relations de travail, d'amitié et d'amour qui correspondent à notre opinion sur notre propre valeur. Chaque relation est le miroir de nos croyances, de nos préjugés ou de nos jugements.

Les jugements sont des étiquettes qui bloquent l'énergie. Si on veut vivre une amitié sincère, abandonnons tous les jugements portés sur soi ou sur une autre personne.

Une discussion s'enchaîne sur la compassion. Une participante lui dit :

– Je sais exactement pourquoi je suis ici. Il n'y a pas de hasard.

– Depuis le début, dit Delphine, je savais que tu venais chercher des réponses.

– Lorsqu'on comprend certaines choses, ça devient moins lourd à supporter. Je réalise à l'instant que tu demeures dans la même ville où demeurait ma soeur qui est décédée. Elle était aussi dans l'enseignement.

Lorsque Delphine apprend de qui il s'agit, elle s'exclame :

– Mais je la connaissais ! Nous avons suivi des ateliers de perfectionnement ensemble. Je réalise maintenant à quel point tu lui ressembles...

– C'est sûrement elle qui t'a conduite ici. Je l'ai priée de m'aider la semaine dernière et tu es arrivée. Je sais que j'ai des choses sérieuses à régler avec ma fille. Je répète exactement avec elle ce que j'ai subi dans mon enfance.

– L'important, c'est que tu en prennes conscience. Ne te juge surtout pas, c'est une perte de temps. Continue de communiquer avec ta soeur, elle t'indique parfaitement bien la route à suivre.

Delphine quitte ensuite ce groupe de femmes avec la certitude qu'elles accompliront ce qu'elles ont à accomplir dans cette vie-ci. Dans l'autobus qui la ramène chez elle, elle médite sereinement sur son avenir.

Arrivée chez elle, elle lit ses courriels.

Salutations d'Adèle

Bonjour Delphine,

Je suis une amie d'Adèle. Comme elle demeure dans un petit village et qu'elle n'a pas d'ordinateur, je suis sa messagère. Elle veut savoir quel sera le titre du 3e livre et la date de parution. Je tiens à t'informer qu'elle ouvre son gîte en mai et qu'elle aimerait bien faire un échange avec toi de 24 à 48 heures.

Tout se complète dans la vie. Il s'agit d'en prendre conscience. J'ai acheté " Voyage au pays de l'Âme " car j'aimais le titre et la couverture. Je ne savais pas qu'il était la suite de " La clé de la Vie ". Je trouvais qu'à ce moment il ne correspondait pas trop au titre. Quelques mois plus tard, je rencontre Adèle et elle me parle de ton premier livre. Elle me prête le volume que je dévore et je lui prête le mien évidemment. J'ai ensuite relu le deuxième qui a pris une toute autre signification. Ton premier livre est un outil plein de références. J'ai vécu à travers toi dans ce livre, me sentant presque dans ta peau. Il est simple, vrai, d'une belle profondeur, explicite et facile à lire. Ça fait du bien au cœur et à l'âme de savoir de quelle façon vit une autre personne, comment quelqu'un peut devenir un modèle par la persévérance de vouloir se connaître et de prendre les moyens pour y arriver. Vous êtes un exemple, madame, et bien vivant à part ça. Merci d'être là !

Sylvie

Delphine s'empresse de lui répondre que si Adèle arrivait à réunir quelques personnes, elle irait bien donner son cours des " Valeurs de Vie " durant un week-end intensif dans son gîte en pleine nature. C'est à suivre...

Un beau bonjour !

Ne pouvant dormir à cause d'une toux persistante, j'ai fini de relire " Voyage au pays de l'Âme ". Comme j'ai aimé cette nouvelle lecture ! Te rappelles-tu de moi ? Je suis le vieil oncle de Claire, celle qui t'a prêté sa maison au Lac D'Argent.

Je pense souvent à toi et j'aimerais que nous puissions avoir de nouveau une belle conversation. Quand j'ai relu tes deux volumes, je vivais avec toi tes expériences de vie. En plus de ta façon de faire avec les élèves, il y a un autre point où tu rejoins ma pensée : c'est l'amitié que tu as développée avec certains hommes. Une véritable et profonde amitié. Quand j'étais jeune, j'ai eu plusieurs de ces grandes amitiés avec des filles sans qu'il nous vienne des idées d'amourette ou de sexe. Je me sentais bien dans ces amitiés.

Notre rencontre m'a marqué car j'ai senti chez toi le grand amour de l'autre. L'autre qui est en face de toi, que tu connais à peine et que tu aimes déjà avec tout ton cœur. Je l'ai ressenti quand, en se quittant, après s'être embrassés, tu m'as serré tendrement dans tes bras. J'ai ressenti un bien-être qui m'a surpris. Et par après, lorsque j'y ai réfléchi, j'ai réalisé que tu m'avais transmis cet amour immense que tu as de l'autre. C'est cet amour que tu transmets dans l'écriture de tes livres et qui touche ceux qui te lisent.

Continue car c'est un don que tu as toujours eu mais qui a pris quelques années avant de s'épanouir pour en arriver à ce que tu es aujourd'hui. Je me ferai un plaisir d'assister au lancement de ton 3e livre, chose que je n'ai jamais faite.

Au plaisir de se revoir bientôt ! En toute amitié,

C. Roy

Cher oncle ! Une preuve de plus que l'âge n'a rien à voir avec l'évolution. Le cœur, lui, ne vieillit pas. Au contraire, Delphine pense que plus il s'ouvre, plus les bobos disparaissent et quand les bobos disparaissent, peut-être qu'on arrête de vieillir ? Après ce bain d'énergie, elle range les précieuses lettres dans sa boîte à souvenirs. Quelques jours plus tard, elle repart pour le Salon du livre de Jonquière.

***

Une fois rentrée, elle remarque que Richard lui a envoyé un message.

Jonquière... Jonquilles aux épaules des filles !

Bonjour Delphy,

Je prends quelques minutes pour te remercier pour toutes les petites attentions que tu as apportées à mes enfants et à moi. Je suis très content et heureux de compter parmi tes amis.

Je suis en train de lire “ Les semences du bonheur ” de Aïvanhov et ça me fait du bien. C’est dimanche, tu es probablement encore au Salon du livre de Jonquière. Je suis certain qu’il y a des cadeaux intéressants qui s’offrent à toi en ce moment. Moi, je regarde ceux que ton passage m’a laissés. Je me sens riche et de plus en plus fort. Je dois quand même rester vigilant. Mes vieux spectres tentent de me ramener dans le gouffre que je connais bien. Tout l’attrait des plus beaux trésors, mais des trésors vides comme une casserole vide qui sonne creux et qu’on vient de récurer pour l’amincir de son matériau constituant du fait qu’elle est encore plus vide que son potentiel de vide originel.

Il fait tellement beau aujourd’hui. Je me sens plein d’énergie et je vais aller faire flotter mon petit bateau sur cette mer d’émerveillement offert gracieusement par la nature. Merci encore pour tout ce que tu m’as donné généreusement lors de ta visite. Chaque minute de réflexion me ramènera inévitablement à toute la matière que tu m’as donnée à digérer, en faisant fondre dans ma bouche les “ peppermints ” que tu as oubliés dans ma voiture.

Bec de poisson,

Richard

***

Merci de m’accueillir !

Bonjour Richard,

Je viens juste de rentrer. Quelle joie d’allumer l’ordinateur et de lire ton message. Merci d’être là. Oui, j’ai reçu de beaux cadeaux à Jonquière. J’ai eu beaucoup de plaisir avec l’équipe. J’ai logé chez un bon samaritain avec qui le dialogue était facile et enrichissant. J'ai aussi bien ri avec le " Pelleteur de Nuages ", en plus des belles rencontres avec mes lecteurs.

Maintenant, à nous deux ! Je suis très heureuse du ton de ta lettre. Un peu mélancolique, mais tu es sur la bonne voie. Tu es sur le point d'arriver au troisième stade de la guérison, c'est-à-dire la saine colère. Le premier stade est la peur et le deuxième, la peine. Après la colère, tu arriveras à rire de toi après avoir autant pleuré. Si, si, crois-moi ! Tu achèves de consoler ton ego et je ne crois pas que tu sois obligé de l'envoyer dans une maison de redressement... Le voile va bientôt se lever.

En ce qui concerne les trésors vides qui sonnent creux, il faut croire que la casserole sait comment briller de l'extérieur car elle " te tient encore dans l'admiration et l'illusion. " Ton ex-femme est ton miroir. Suis-je encore ton amie ? Le jour où tu vaincras le " paraître ", tu seras libre et heureux, je te le garantis!

Bec d'ange,

Delphy

***

Une pensée particulière pour un être particulier.

Bonjour Delphy,

Je veux, quelques jours à l'avance, te souhaiter une magnifique journée de fête. Tu es une personne magnifique placée sur terre pour faire des choses magnifiques. Bon anniversaire et longue vie à l'auteure prolifique !

Je pars pour une fin de semaine intensive. Demain, je commence une retraite de " La renaissance " avec Marc Gervais. Je crois que je n'ai rien compris sur ce qu'on appelle " être inconditionnel ". Je te donne des nouvelles à mon retour. Respire le bonheur qui va t'entourer à fond !

Bec en pincettes,

Richard

***

Renaître à la vie !

Bonjour Richard,

C'est à mon tour de t'écrire alors que tu es à renaître. J'espère que l'accouchement s'est passé sans trop de douleurs car renaître à soi-même est parfois douloureux, mais ensuite on est content d'être dans la peau d'un beau bébé tout neuf. J'espère qu'il te reste des " peppermints " pour t'aider à digérer le tout.

J'ai fêté mon anniversaire avec ma douce amie Christine, mes enfants n'étant pas libres avant le samedi suivant. Les fleurs, le souper au restaurant, bref, ce fut une belle soirée.

Il faut maintenant que je te raconte ce que j'ai vécu hier soir. Patrick et Annie m'ont invitée au restaurant et, au retour, ils ont insisté pour monter chez moi. Lorsque j'ai ouvert la porte, j'ai été aveuglée par des appareils-photos. J'ai pensé que je m'étais trompée d'étage, mais quand j'ai entendu « Surprise ! », j'ai bien failli m'évanouir.

Vingt-deux personnes étaient assises dans mon salon. Je me suis mise à pleurer, c'était trop d'émotions pour mon petit coeur. Ensuite, il y eut un moment de silence car, j'étais muette, la bouche grande ouverte. Quand je suis revenue au naturel, j'ai reconnu plusieurs personnages de mes livres ; une belle salade d'amis variés qui ne se connaissaient pas entre eux mais qui avaient tous quelque chose en commun : l'amitié qu'ils éprouvaient pour moi et surtout leur joie d'être là.

J'ai dû les présenter un à un et expliquer quelle place ils occupaient dans mon coeur. Ensuite, j'ai déballé de beaux cadeaux. J'ai soufflé les 25 chandelles sur l'immense gâteau, ce qui représentait mon âge éternel d'après mes amis. Ils ont simplement inversé l'ordre des chiffres. J'ai ensuite avalé quelques vodkas jus d'orange tellement j'avais chaud. Il paraît même que j'ai causé en anglais, moi qui ne suis pas encore parfaitement bilingue. Quel beau souvenir dans le livre de ma vie ! On a fait une photo de groupe du haut de la mezzanine. Je t'envoie des photos de cette " surprise party ". Je te souhaite au mieux après cette semaine de réflexions.

Bec de jeune fille,

Delphy

***

Bonsoir Delphy !

Les petites dorment et je m'installe au clavier pour taper quelques lignes. J'ai reçu tes photos. Wow ! Ce fut une très belle fête ! Tes amis ont l'air fantastiques. Une manifestation d'amour pour toi, multipliée. Garde ce souvenir dans ton coeur pour pallier les jours plus ingrats. Engrangeons, chère Delphy !

À la fin de semaine de " La Renaissance ", il y avait un petit test pour savoir si on était dépendant affectif. Je te dis pas quelle a été ma note... J'ai encore versé tout plein de larmes. L'absence de ma mère a sûrement contribué à la vision que j'ai des femmes. Je pense qu'on doit accepter ces moments où l'on trébuche et les respecter. Je sors d'une semaine où j'ai eu de la difficulté.

Je ne connais pas ce qu'est l'amour. Il me semble que la vision de mon ex-femme commence à changer. Lorsqu'on était marié, elle a tout fait pour que ça marche mais je crois qu'elle a vite compris qu'entre nous il n'y aurait rien. Moi, je l'ai siphonnée de mon besoin affectif et elle a joué son rôle de co-dépendante jusqu'à ce qu'elle explose. Lorsque j'aurai tout nettoyé, je pourrai m'investir dans quelque chose mais il faut vraiment que j'arrête d'espérer comme un essoufflé qui cherche son air. Ah, j'oubliais... Elle m'a proposé de retourner vivre avec elle car elle n'arrive plus financièrement. Wow ! À bientôt !

Bec de pitou en peluche,

Richard

***

T'es trop bon !

Cher Richard,

L'amour est au-dedans de toi mais tu le cherches à l'extérieur. Que veux dire ton " Wow ? " Fatigué de passer uniquement pour un bon gars ? C'est très bien, c'est comme ça qu'on devient un homme.

Richard, sais-tu ce que les femmes n'aiment pas des hommes et ce, de plus en plus ? Un séducteur qui frise le ridicule ; un p'tit gars piteux accroché à sa mère, constamment dépressif ; un homme trop sérieux qui se croit supérieur ou un homme mou qui n'a pas d'identité propre. Présentement, dans ta vie, tu attires des femmes qui te projettent ce que tu n'es pas pour te forcer à le devenir, c'est-à-dire un homme avec une colonne vertébrale. Tu décrocheras de ton ex-femme lorsque tu auras appris toutes tes leçons d'amour envers toi-même et banni certains préjugés, pas avant. Relis ta première lettre : un homme fort, solide émotivement et surtout cohérent dans ses dires et plein de substance. Où est passé ce gars-là ? Qui est le vrai Richard ?

Sur la route de l'Abitibi, j'avais à mes côtés un homme, un vrai, avec qui il a été agréable de voyager. À l'épicerie, j'admirais un papa qui pensait en fonction de sa marmaille. C'était beau et touchant de te voir aller. Et puis la mère de tes enfants a mis le pied dans la maison et la magie est tombée. L'image que j'avais sous les yeux était dramatique. L'emprise que tu la laisses avoir sur toi ne cadre pas avec l'homme de calibre que tu représentes. Même l'énergie dans ta maison a changé à ce moment. Elle sait exactement de quelle façon laisser sa trace en te remettant le collier.

Je sais que tu as ton rythme à suivre mais l'amour de toi-même et les connaissances accélèrent le processus. Surtout, continue de lire, va chercher des connaissances.

Tu sais, Ricky, même si je te dis tout ça, ça ne change en rien l'estime que j'ai pour toi. Je t'aime beaucoup pour tout ce que tu es maintenant et c'est important que tu t'aimes aussi beaucoup.

Merci pour le bec de pitou en peluche, c'était doux. J'adore ce côté enfant de toi. Conserve-le toujours ! À toi le clavier !

Bec salé,

Delphy

***

Message reçu !

Bonjour Delphy,

Encore une fois tu m'as secoué. J'ai une question pour toi : se pourrait-il qu'il y ait une certaine race d'humains qui serait comme des tapis ? Je m'explique : on les secoue bien fort et ils sont propres. Le problème c'est que la poussière revient inévitablement dessus. Il faut alors qu'ils soient " resecoués " ! Le salut suprême : devenir auto-nettoyant !

Bec d'Halloween,

Richard

***

Tu commences à comprendre !

Bonsoir mon ami,

Tout va se placer quand Richard va découvrir réellement qui il est en rendant sa personnalité auto-nettoyante. En attendant, tu peux compter sur moi pour quelques coups de balai et enlever délicatement les poussières une à une s'il le faut, passer la savonnette sur les taches rebelles, terminer par un bon secouage et appliquer une couche de protection anti-poussière. Et si le tapis est trop usé, pourquoi ne pas le remplacer par un beau bois verni ?

Demande à penser, parler et agir selon le Plan Divin. Si le Créateur ne comprend pas, fais-lui une saine colère, ça marche la plupart du temps.

De quelle race es-tu, Richard ? De la race des vieux tapis usés sur lesquels on s'essuie les pieds ou d'un beau bois verni dont on admire la brillance et sur lequel on enlève nos chaussures pour ne pas salir ?

Bec de fée des étoiles,

Delphy

***

Merci !

Salut Delphine,

Merci beaucoup pour ta lettre. J'en ai besoin ces temps-ci. Je réalise qu'il est impossible de changer ses vieilles habitudes du jour au lendemain. L'ego a besoin de temps, aussi devons-nous supporter de voir repasser plusieurs fois le mauvais film. C'est ça qui arrive : il passe souvent, le mauvais film. Et en plus, j'en ai rajouté en allant au cinéma voir " Les hasards du coeur " avec entre autres Harrison Ford. Une histoire qui ressemble un peu à la mienne. Le gars est cocu depuis un certain temps. Après son jogging, sa femme l'invite gentiment à faire l'amour avant d'aller au boulot. Ensuite, elle part en voyage avec un autre mec qu'elle aime passionnément, mais l'avion s'écrase. Harrison " cocu " Ford apprend tout le tralala et puis il se retrouve à baiser avec la femme du gars qui l'a mis cocu. Je dois t'avouer que je suis sorti avant la fin du film tellement j'étais dégoûté.

En plus, mon fils est un vrai paquet de nerfs et sa mère est très déprimée : son grand amour lui a substitué une autre personne. Elle comprend maintenant ce qu'est un rejet. Ouais...

Je pense que je me situe entre trois heures et six heures de l'horloge de Ram Dass. Midi à trois heures, la vie s'égare totalement dans l'illusion de la forme ; de trois à six heures, se produit peu à peu la désillusion par rapport au monde, et à six heures, on touche le fond.

Bec de cocu,

Richard

***

Viens que je te berce...

Bonsoir ami...

Je ne sais plus quoi te dire mais... je vais essayer. La façon dont tu affrontes le chaos est un test en vue de vérifier ta capacité à évoluer et à changer car, le changement provoque de nouvelles expériences et c'est ainsi qu'on apprend. Tant que tu restes accroché au fait que tu es une victime, tu ne peux avancer. Tu n'es pas une victime mais un créateur. Essaie donc de penser que tu es plutôt un être privilégié à qui la vie donnera le privilège un jour d'être véritablement aimé.

Je te sens en état de crise. C'est une opportunité prévue pour faire voler en éclats les comportements rigides qui t'emprisonnent.

Tu fais tout en fonction des autres, tu vis à travers les autres. J'ai connu ça aussi. Pour mieux reconstruire, on doit démolir les anciennes structures. Présentement, tu voles avec une aile blessée alors que tu as besoin de tes deux ailes pour aller vers ton destin. Veux-tu être heureux, Richard ?

Ton seul but devrait être de vibrer à la même fréquence que l'amour de toi-même. Tout change lorsqu'on commence à émettre nos propres fréquences vibratoires. Vas-tu finir par la faire ta sainte colère et passer à autre chose ?

Tu peux transformer les leçons de vie en poisons toxiques ou découvrir en toi la vibration de l'amour qui transforme chaque situation en quelque chose de mieux.

Le choix t'appartient : garde l'esprit ouvert, conserve ton sens de l'humour, sois déterminé, aime-toi et vois ton destin se présenter à toi.

Personne ne peut entrer dans ton coeur tant qu'une autre en occupe la place.

Ton fils est un paquet de nerfs ? Il te reflète, Richard, il est ton miroir... Quand ta personnalité en aura assez de lutter, elle sortira de l'adolescence pour aller vers quelque chose de plus beau, de plus grand, de meilleur et de plus simple. Alors, tout ton être se souviendra du choix de son âme...

Je te fais une belle grosse caresse,

Delphy

P.S. Je me promets bien d'aller voir " Les hasards du coeur ". Je t'en redonne des nouvelles. Connais-tu " Le Mémorendum de Dieu ? "

***

Oui !

Bonsoir Delphine,

Un gros OUI ! Je connais... Delphine, merci d'être là. Je remercie Dieu pour tout ça, pour tous ceux et celles qui ont fait de moi ce que je suis aujourd'hui. J'avoue que mes tests d'aptitudes ne sont pas encore complétés. Je dois m'accepter dans mes moments pénibles et cent fois sur le métier remettre mon travail sur moi. Ne jamais, jamais, jamais abandonner ! Je te souhaite l'inspiration Divine dans toutes tes démarches.

Sincèrement,

Richard

***

Les hasards du coeur...

Salut Ricky,

Viens ici que je te " punch " à la Harrison Ford ! (Un mec à mon goût en passant.) Il se peut que tu sois frustré ensuite mais je prends le risque... Je t'assure que ce qui va suivre est de l'inspiration Divine. Non, tu ne peux pas sauter d'étapes mais tu peux les franchir plus vite en ôtant tes oeillères.

Richard, combien de masques as-tu ? Jusqu'à maintenant, j'en compte quatre : le masque de l'homme parfait qui recherche la perfection, le masque de la pauvre victime, le masque du sacrifié, et le dernier mais non le moindre, le masque du jugement.

Si ta vie est un mauvais film présentement, il n'en tient qu'à toi de changer les acteurs. (Je prends le risque de ne plus faire partie de la distribution.) Quant à moi, je sors du cinéma où j'ai vu le merveilleux film " Les hasards du coeur ".

Tu aurais dû rester jusqu'à la fin : tu aurais eu une leçon de persévérance, d'espoir et d'amour, et la preuve que l'amour authentique finit toujours par triompher. **Tout ce à quoi tu résistes persiste et tout ce à quoi tu fais face, s'efface.**

Qui es-tu pour juger que les personnages n'étaient pas au bon endroit au bon moment ? Dieu t'envoie un film pour t'aider à comprendre et tu ne l'écoutes même pas jusqu'à la fin... J'espère que Dieu n'abandonnera pas et qu'il t'enverra d'autres films ! Les deux personnes disparues ont permis que naisse un amour entre deux personnes authentiques. N'est-ce pas merveilleux ? Au début, l'ego d'Harrison Ford prend le dessus et, graduellement, il comprend lorsqu'il dit : « Je dois trouver un moyen de la laisser s'en aller pour pouvoir repartir à zéro. » Lui, il a compris ! Tu refuses de concevoir le Plan Divin dans sa globalité. Combien de choses importantes as-tu laissé passer dans ta vie à cause de ton jugement trop rapide ?

La scène où ils s'embrassent à s'étouffer est la plus belle de tout le film. J'ai hâte de revivre ça à nouveau. C'est à croire que tu n'aimes pas les belles histoires d'amour... Une fois que tu auras vécu un amour tendre et passionné, tu ne jugeras plus personne. Plus on aime, moins on juge. Voilà pour le jugement.

Passons au sacrifié. Tu essaies de combler les besoins des autres mais tu n'es même pas capable de combler les tiens. Et tu mets ça sur le dos d'Harrison Ford ! J'ai connu ça aussi... Dieu ne te demande pas un sacrifice, il te veut heureux tout simplement. Il sait que tu ne le seras pas présentement avec la mère de tes enfants mais tu as la tête dure !

Quand ça ne va pas, au lieu de te préoccuper, occupe-toi ! Désespérer est indigne ! Mille excuses si je t'ai offensé... Si tu ne prends pas la critique constructive, je vais ranger mon balai et te dire seulement ce que ton ego veut bien entendre. Quoique tu puisses penser, imaginer ou interpréter, sache que je t'aime beaucoup. Je te souhaite une bonne nuit et je te confie à ton ange.

Bec d'une fille qui adore Harrison Ford. J'aime sa fougue !

Delphy

***

Je ne sais plus, il faut que je digère...

Bonjour Delphine,

Ton courriel m'a fait mal... Je me réveille à 40 ans avec le sentiment de n'avoir aucune notion de ce qu'est l'amitié et surtout l'amour.

J'ai besoin d'un temps d'arrêt maintenant. Je trouve ça trop dur. J'ai besoin de digérer. Merci encore pour le temps que tu m'as donné. Je retourne à mes obligations et je continue à travailler sur moi. Merci.

Richard

***

Prends ton temps...

Message reçu, Richard, prends tout le temps qu'il te faut. Relis mon texte sur la compassion. Je t'aime beaucoup et sois assuré que je vais prier pour toi.

Je t'embrasse,

Delphy

Perplexe, Delphine éteint l'ordinateur. Elle se rend compte que l'ego est corriace, même chez les hommes de bonne volonté, mais elle sait que l'amour finit toujours par triompher. Étrangement, elle a l'intuition que l'histoire de sa vie va tourner à la prochaine page...

***

BIBLIOGRAPHIE

AÏVANHOV, Omraam Mikhaël, « Un avenir pour la jeunesse », Éditions Prosveta, 1991.

La jeunesse a besoin de modèles qui suscitent le respect et l'admiration, des modèles qui ont lutté, qui se sont dépassés et qui ont triomphé des épreuves.

AÏVANHOV, Omramm Mikhaël, « La Balance cosmique », Éditions Prosveta, 1995.

Ce grand Maître affirme que le mal, c'est un bien que l'on n'a pas su comprendre. Étude sur l'origine des choses.

AÏVANHOV, Omraam Mikhaël, « La Galvanoplastie spirituelle et l'avenir de l'humanité », Éditions Prosveta, 1990.

Toute la création est l'oeuvre des principes féminin et masculin. Ce livre est une application dans la vie intérieure de la science des deux principes.

AÏVANHOV, Omraam Mikhaël, « Règles d'or pour la vie quotidienne », Éditions Prosveta, 1996.

Consacrer sa vie à un but sublime est l'une des règles. Petit bijou !

AÏVANHOV, Omraam Mikhaël, « Connais-toi toi-même », Éditions Prosveta, 1995.

Toute la science, toute la sagesse est là : se connaître, se retrouver, la fusion du moi inférieur et du Moi supérieur.

AÏVANHOV, Omraam Mikhaël, « Vous êtes des dieux », Éditions Prosveta, 1997.

Belles explications sur la nature humaine et les lois de la destinée.

AÏVANHOV, Omraam Mikhaël, « Une éducation qui commence avant la naissance », Éditions Prosveta, 1996.

J'ai compris que les enfants sont nés pour que l'on sache ce que nous, les parents, on a dans notre tête.

ALBOM, Mitch, « La dernière leçon », Éditions Robert Laffont, 1998.

Ce livre nous montre comment un vieil homme face à la mort, nous apprend le goût de vivre.

ALLARD BÉLANGER, Yvette, « Au bout du chemin », Éditions Lavy, 1997.

Une mine de renseignements qui font réfléchir sur sa vie, sur le passage au bout du chemin et sur l'ouverture de l'au-delà.

AROUNA, « Dis-moi si je m'approche », Éditions Sandalfon, 1997.

Un livre d'amour, une quête spirituelle qui invite le lecteur à prendre la route de sa propre mémoire.

BACH, Edward, « La guérison par les fleurs », Éditions le Courrier du livre, 1985.

L'auteur expose ce qu'est la maladie et comment s'en libérer en énumérant les états d'esprit qui peuvent être corrigés par les extraits des fleurs.

BELZILE, Albert, « Du choc à l'Âme », Les Éditions Faye, 1999.

En passant par le coq à l'âne, attachez vos ceintures, on repart au délire !

BRADY, Joan, « Dieu sur une Harley », Éditions AdA, 1999.

Coup d'oeil touchant sur la démarche spirituelle d'une femme.

CARON, Marjolaine, « Ton ange est Lumière », Les Éditions de Mine, 1995.

Belles histoires d'accompagnement, des témoignages d'espoir, des messages de nos disparus et les enseignements des anges.

CARTER, Steven, SOKOL, Julia, « Ces hommes qui ont peur d'aimer », Éditions Stanké, 1990.

Ces hommes qui ont peur d'aimer ne sont-ils pas des loups déguisés en moutons ? Le phobique de l'engagement est un homme de belles paroles et de pauvres actions. C'est hélas, encore une fois, le drame du bon gars.

CAUSSE-BISCARA, Renée, « Rencontre au centre de soi-même », Éditions Ariane, 1990.

Si la vérité est éternelle, elle est aussi en perpétuelle évolution. Pourquoi ne pas évoluer en même temps qu'elle et non avec des siècles de retard ?

CHICOINE, Francine, « Caresse de porc-épic », Éditions du Roseau, 1996.

Histoire fantastique d'une prise de conscience, celle de l'urgence de l'essentiel dans notre vie.

CHICOINE, Francine, « Un silence qui n'en peut plus », Éditions Vents d'Ouest inc. 1999.

L'auteure nous propose un recueil de lettres savoureuses qui expriment un silence à bout de lui-même, un silence qui n'en peut plus. À savourer doucement !

CHOPRA, Deepak, « Les sept lois spirituelles du succès », Éditions du Rocher, 1995.

Ce petit livre renferme les clés du succès, de la sagesse et du vrai bonheur.

CLAYTON GAULDEN, Albert, « L'Odyssée du millénaire », Éditions l'Art de s'Apprivoiser, 1998.

Fascinant, ce livre aide à retrouver le chemin de sa vraie demeure dans le nouvel âge des anges.

COELHO, Paulo, « La cinquième montagne », Éditions Anne Carrière, Paris, 1998.
L'auteur affirme que le meilleur guerrier est celui qui parvient à faire de l'ennemi un ami.

COELHO, Paulo, « Manuel du guerrier de la Lumière », Éditions Anne Carrière, 1998.
Si vous voulez devenir un guerrier de la lumière, ce livre est pour vous.

COUPAL, Marie, « Le rêve et ses symboles » Éditions du club Québec Loisirs inc. 1993.
Outil précieux pour analyser ses rêves. Merci madame Coupal.

DEFONSECA, Misha, « Survivre avec les loups », Éditions Robert Laffont, 1997.
Sur les années de guerre et l'holocauste, autobiographie dont l'héroïne est une enfant. Un livre bouleversant où le merveilleux côtoie l'horreur. Un livre pour sensibiliser le lecteur à l'effet que l'amour doit triompher sur la haine.

DE MELLO, Anthony, « Quand la conscience s'éveille », Éditions Bellarmin – Desclée de Brouwer, 1994.
Belles prises de conscience qui réveillent.

DE ROHAN, Céanne, « La vraie nature de la volonté », Éditions Ariane, en co-édition avec les Éditions l'Art de s'Apprivoiser, 1996.
Quiconque sur terre se dénie lui-même déniera les autres. Si ce livre vous est destiné, vous vivrez de belles émotions.

DESCARY, Micheline, « La clé de la Vie », édition révisée et augmentée à paraître chez Laval éditeur et distributeur.
La clé de la vie, c'est l'amour, produit de l'équilibre des principes féminin et masculin. Principe universel raconté comme un roman.

DESCARY, Micheline, « Voyage au pays de l'Âme », Laval éditeur et distributeur, 1999.
Lumière et témoignages sur différents problèmes d'une société en mal d'amour.

FILIPOVIC, Zlata, « Le journal de Zlata », Fixot et Éditions Robert Laffont, 1993.
Récit émouvant sur les conflits de l'ex-Yougoslavie.

FINLEY, Guy, « Les clés pour lâcher prise », Éditions du club Québec Loisirs, 1995.
Questionnement sur notre ignorance : Si on en sait autant, pourquoi souffrons-nous ?

FISHER, Marc, « L'Ouverture du coeur », Éditions Un monde différent ltée. 2000.

Le véritable amour consiste peut-être à aimer l'âme d'une personne pour ensuite laisser le désir nous gagner ? Un bijou !

FISHER, Marc, « Le millionnaire », Éditions Québec-Amérique, 1997.

Merveilleux conte où on apprend les principes spirituels de la richesse.

FISHER, Marc, « Le cadeau du millionnaire », Éditions Québec-Amérique, 1998.

Belles réflexion sur le travail, le bonheur et l'amour.

FOSTER, Jean, « L'or éternel », Éditions AdA, 1999.

L'auteure démontre comment la vérité de la Conscience Divine peut enrichir la vie sur Terre et permettre à chacun de réaliser ses buts spirituels.

GARAGNON, François, « Jade et les sacrés mystères de la vie », Éditions Monte Cristo, 1991.

Quand Dieu rend visite à quelqu'un, c'est à la porte du coeur qu'il frappe.

GATTUSO, Joan, « Un cours sur l'amour », Éditions AdA, 1999.

L'art de créer une relation d'amour avec soi-même et avec l'âme soeur.

GOLDBERG, Bruce, « La guérison de l'âme », Éditions l'Art de s'Apprivoiser, 1996.

Ce livre est une clé qui permet d'acquérir la maîtrise de sa vie sur les plans physique, mental, émotif et spirituel.

GOLEMAN, Daniel, « L'Intelligence émotionnelle », Éditions du club Québec Loisirs, 1998.

Voyage au pays des émotions où le lecteur pourra découvrir et exploiter toute une palette de sentiments inexplorés.

GRATTON, Nicole, « Les Rêves, Messagers de la Nuit », Les Éditions de l'Homme, 1998.

Pourquoi ne pas faire de nos rêves une activité aidante ? Ce livre est une démarche d'exploration qui nous fait découvrir les avantages de l'étude des rêves.

GRATTON, Nicole, « Découvrez votre mission personnelle par les signes de jour et les rêves de nuit », Édition Un monde différent, 1999.

Vous questionnez-vous sur le sens de l'existence ? Outil qui propose des pistes pour comprendre et faire face aux changements qui surviennent dans la vie.

GRAY, John, « Mars et Vénus en Amour », les Éditions internationales Alain Stanké, 1999.

Pour que la passion résiste au temps...

HALBERSTAM, Yitta et LEVENTHAL, Judith, « Les petits miracles », Éditions AdA, 1999.
Récits touchants, réconfortants et inspirants qui contiennent de profonds enseignements.

JALBERT, Catherine, « Ouvrir sa conscience », Éditions Québécor, 1993.
L'auteure exprime bien que pour découvrir qui on est, le jugement des autres est superflu et qu'on ne peut vivre au présent si le passé n'est pas digéré.

KRYEON, « Le retour », Éditions Ariane, 1998.
Lorsque l'amour pur traverse l'Être, toutes les cellules vibrent sur une nouvelle fréquence. Alors tout se transforme : la perception, le comportement et le discernement.

KRYEON, « Partenaire avec le Divin », Éditions Ariane, 1998.
Que diriez-vous d'avoir un partenaire qui comprendrait la structure globale de l'univers ?

LABONTÉ, Marie-Lise, « Ces voix qui me parlent », Les Éditions Shanti, 1993.
Et si notre raison d'exister était simplement l'amour ?

LABONTÉ, Marie-Lise, « La danse du funambule », Les Éditions Shanti, 1996.
L'évolution spirituelle n'est-elle pas une prise en charge complète de sa vie ? Récit touchant et véridique imprégné de l'énergie d'amour.

LAFLAMME, Marcel, « La dimension spirituelle de notre projet de société » Éditions Pauline, 1986.
L'idéal collectif consiste à réaliser un développement équilibré et intégral de nos dimensions matérielles, intellectuelles et spirituelles.

MARCINIAK, Barbara, « Les Messagers de l'Aube », Éditions Ariane, 1995.
Pour en apprendre davantage sur une saine sexualité qui s'avère être un pont vers des niveaux supérieurs de conscience.

MARCINIAK, Barbara, « Terre », Éditions Ariane, 1998.
Ce livre sert de catalyseur à un nettoyage émotionnel à grande échelle afin de rendre sa valeur à l'être humain.

MARCINIAK, Barbara, « Famille de Lumière », Éditions Ariane, 1999.
L'éveil de la conscience n'aura jamais été présenté avec autant de ressenti, et la mission individuelle et planétaire, avec autant d'amour.

MARIOTTO, Florent, « Au-delà du coeur », Éditions Jouvence, 1994.
Histoire d'amour entre un homme en quête d'absolu et Dieu.

MERCIER, Irène, « L'amour de la liberté », Les Éditions « Nouvelle Vision », 1998.
Recueil de poèmes qui font du bien, où l'auteure peint la réalité de la vie et transmet aux gens de cette terre l'espoir d'un avenir meilleur. À lire et relire...

MILLMAN, Dan, « La voie du guerrier pacifique », Éditions du Roseau, 1994.
Et si on essayait d'être heureux ? Un moyen pour se libérer l'esprit, accepter ses émotions et ouvrir son coeur.

MORGAN, Marlo, « Message des hommes vrais », Éditions Albin Michel, 1995.
Une offrande à notre humanité en perdition pour retrouver les Valeurs perdues et pour comprendre que la Vérité est en nous.

MYSS, Caroline, « Anatomie de l'Esprit », Éditions Ariane, 1998.
Audacieuse exploration de la médecine énergétique où l'auteure recommande de sonder notre âme et d'améliorer ainsi notre état de santé.

NAZARE-AGA, Isabelle, « Les manipulateurs sont parmi nous », Éditions de l'Homme, 1997.
Ce livre aide à démasquer les manipulateurs relationnels qui sont passés maîtres dans l'art de modifier leurs faux visages.

PELLERIN, Jacques, « Regard sur mes 22 ans de Parkinson », Éditions du Bien Public, 1995.
Conseils pratiques pour contrer les inconvénients de cette maladie, pour voir au-delà des apparences.

PIER-LUKE, « La Rose et le Pissenlit », Nouvelle édition à paraître.

RAJNEESH, Osho, « Tarot Zen », Éditions du Gange.

RAMTHA, « L'âme soeur », Éditions du Roseau, 1991.
La science limitée ne peut conduire à une intelligence illimitée. C'est l'émotion qui crée la vie en toute âme et qui relie les âmes sœurs.

REDFIELD, James, « La vision des Andes », Éditions Robert Laffont, 1997.
Comment construire un monde sans haine, sans conflit et sans guerre, un monde solidaire, tourné vers l'amour de soi, des autres, et vers la spiritualité.

RONNA, Herman, « Sur les ailes de la transformation », Éditions Ariane, 1998.
Messages d'espoir et de pouvoir de l'Archange Michaël.

ROY, Albert, « École, maudite école », Éditions Au mot juste enr. 1998.
Ce recueil de poésie se veut un hommage à tous ceux et celles qui trouvent que l'enseignement est la plus belle des professions.

ROY NOBERT, Marie-Camille, « L'Ange de Pointe Paradis », Éditions Sept, 1996.
Roman mystique qui s'adresse aux aventuriers de l'âme à la recherche du Paradis perdu.

SALOMÉ, Jacques, « Je m'appelle toi », Éditions Albin Michel, 1990.
Un amour fou qui aurait pu rendre fou.

SALOMÉ, Jacques, « Une vie à se dire », Les Éditions de l'Homme, 1998.
Au menu : Humour, tendresse et poésie. À déguster lentement.

SALOMÉ, Jacques, « Le courage d'être soi », Les Éditions du Relié, 1999.
Un pont aisé à franchir entre la psychologie et la spiritualité.

SANDWEISS, Samuel H, « Sathya Saï Baba, le saint homme et le psychiatre », Éditions l'Or du temps, 1975.
Ce docteur se tourne vers la psychiatrie qui, dit-il, doit devenir un art de guérison basée sur la science de la conscience.

SCOVEL SHINN, Florence, « Le jeu de la Vie », Éditions Astra, 1994.
Réaliser son ciel sur la terre est le but du jeu de la vie. Livre de chevet.

VALLY, Zéléna, « L'autre moitié de l'Orange », Les Éditions JCL, 1992.
Au pays de la passion, histoire véridique racontée sur un fond de guerre et de paix.

VICTOR, Jean-Louis, « Le Pouvoir créateur », Éditions de Mortagne, 1989.
L'auteur nous livre que l'objectif principal est Dieu et le chemin menant à Dieu partira de toutes les religions existantes pour arriver à lui. Ainsi, l'homme pratiquera sa religion intérieure.

WALSCH, Neale Donald, « Conversations avec Dieu » Tome 3, Éditions Ariane, 1999.
Un dialogue avec Dieu pour qui veut connaître la Vérité, la Joie, l'Amour.

WALSCH, Neale Donald, « L'Amitié avec Dieu », Éditions Ariane, 2000.
Quand Dieu vous dit qu'il va faire quelque chose, vous pouvez compter sur lui : Dieu fait toujours à son idée.

WHITWORTH, Eugène E, « Le Prince Jaguar », Éditions AdA, 1998.
À travers l'histoire des Mayas, des enseignements anciens et secrets sont révélés. Le dieu de la Puissance ne pourrait-il pas écouter le dieu de la Tendresse ?

***

J'ai écrit ce troisième tome sous l'inspiration musicale de :

« Angels Ecstasy » de Herb Ernst.
« Reflections » 1997, The Reader's Digest Ltd.
« The Silent Path » de Robert Haig Coxon.
« Bhajamana » Friends in Spirit.
« Solitudes, Pachelbel », de Dan Gibson.
« Dolphin Dance », de Stefan Schramm et Jonas Kvarnström.

***

Références

- Micheline Descary, cours sur « Les Valeurs de Vie »
  Courriel : delphinevoyage@sympatico.ca (450) 676-8415
- Hélène Roy, fondatrice du « Feu Sacré »
  1105 Du Hibou, Stoneham, Québec. (418) 848-3691
- Nicole Gratton, École de Rêves
  www.nicole-gratton.com (514) 326-6136
- Donald Saint-Pierre, kinésiologie énergétique.
  Montréal : (514) 252-7907 Québec : 1-(877) 654-0171
- Line Lesieur, relation d'aide, élixirs floraux.
  1161, 12e avenue, Grand-Mère, Québec, (819) 538-6714
- Irène Mercier, thérapeuthe en énergie et en fasciathérapie
  200 ave Mercier, Rouyn-Noranda, Québec. (819) 762-0528
- Lise Massé, Massage Suédois et Trager
  8969 Riel, Brossard. Québec. P.Q. (450) 444-1891
- Johanne Melançon, Fleurs de Bach
  456 Osborne, Verdun, Québec. (514) 767-9545
- Sylvie Caron, École de Nutrition Santé « Le Soleil Levant »
  12700, rte Penney, Québec. P.Q. (418) 847-9704
- Société pour la Prévention des abus envers les aînés
  w2.lavalnet.qc.ca/spaa (450) 663-9547
- Madeleine Rousseau-Hébert, Artiste-peintre
  760 rang 4, St-Étienne-des-Grès, Québec. (819) 378-1868
- Centre de formation et communication relationnelle du Québec
  www jacques-salome.com (450) 965-9464
- Louise Boivin, L'Oasis de l'âme, cours sur les chakras
  Courriel : oasis.de.ame@sympatico.ca (450) 662-1745
- Le Petit Conseiller, dépliants pour les parents.
  Courriel : rogerv@travel-net.com (613) 748-0058

***

À PROPOS DE L'AUTEURE

Québécoise, née à Dorval en 1947, Micheline Descary consacre plus de trente ans de sa vie à l'éducation des enfants au primaire à qui elle transmet avec enthousiasme son bagage de connaissances, son expérience et ses valeurs.

Pédagogue jusque dans l'âme, elle met sur pied un système de valeurs qu'elle intègre à son enseignement de tous les jours. Après une formation en relations humaines, cours de yoga, cours de méditation, elle entreprend l'étude du comportement humain, ce qui l'incitera à écrire son premier ouvrage "La clé de la Vie".

Elle continue à écrire, à enseigner les Valeurs de Vie et à donner des conférences. Son but est de conscientiser les lecteurs aux valeurs fondamentales, les sensibiliser à l'énergie de l'amour, à la synchronicité des événements, à la métaphysique, aux principes féminin et masculin (polarité), aux lois universelles.

Par l'enseignement, elle souhaite que tous les agents de l'éducation deviennent des pédagogues de la conscience.

*
* *

Pour toute information concernant les cours
"Valeurs de Vie", veuillez communiquer :

Valeurs de vie
Courriel : delphinevoyage@sympatico.ca

*
* *

Titres déja parus :

La clé de la Vie
Voyage au pays de l'Âme

TABLE DES MATIÈRES

Réflexions personnelles

Réflexions personnelles

Québec, Canada
2001